白蛇传的现代诠释

李斌 著

中国社会科学出版社

图书在版编目（CIP）数据

白蛇传的现代诠释/李斌著. —北京：中国社会科学出版社，2017.12
ISBN 978-7-5203-1148-9

Ⅰ.①白… Ⅱ.①李… Ⅲ.①中国文学—文学研究
Ⅳ.①I206

中国版本图书馆 CIP 数据核字（2017）第 244878 号

出 版 人	赵剑英
责任编辑	郭晓鸿
特约编辑	武兴芳
责任校对	王佳玉
责任印制	戴　宽

出　　版	中国社会科学出版社
社　　址	北京鼓楼西大街甲158号
邮　　编	100720
网　　址	http://www.csspw.cn
发 行 部	010-84083685
门 市 部	010-84029450
经　　销	新华书店及其他书店
印　　刷	北京明恒达印务有限公司
装　　订	廊坊市广阳区广增装订厂
版　　次	2017年12月第1版
印　　次	2017年12月第1次印刷
开　　本	710×1000 1/16
印　　张	24
插　　页	2
字　　数	336千字
定　　价	99.00元

凡购买中国社会科学出版社图书，如有质量问题请与本社营销中心联系调换
电话：010-84083683
版权所有　侵权必究

"妖气"依然弥漫

(自序)

这本专著是在我博士学位论文的基础上修改而成的。

博士论文的写作过程是艰辛的。我在论文的后记中说,"时间总是如金钱一样匮乏",那是我当时真实的生存状态。

我2010年6月博士毕业。最忙碌的时候大概是2009年秋、冬,午饭后和室友在校园内散步一小会儿,我就回到宿舍写作。有时我会把几张方凳拼在一起,放上枕头,在上面小憩,凳子虽然窄,却也没有掉下来过。这倒不是按照武侠小说中的描写去练功,而是不愿到床上安逸地午休。偶尔在方凳上竟能睡个把钟头。午后的阳光透过阳台的大玻璃窗照射进来,温暖,安静,倒也不失为优良的写作环境。

那年临近春节前几天,我才通过拥挤的交通线辗转回到家中。我在客厅的饭桌上写论文,父亲在旁边看电视,电视的声音极小,我写作中有时停下来时,和父亲说会儿话。母亲怕父亲打扰我,要他关掉电视。我说不会打扰,不必关掉电视。而母亲仍觉得会打扰我,执意要父亲关掉电视。父母是最关心我的。母亲没有进过学校没有读过书,却识很多字,计算也很厉害,她懂得知识和努力的重要。我读大学、硕士和博士研究生,母亲和父亲非常支持,也常常以此为傲。大概他们也知道博士论文写作在我求学过程中的关键性,都以自己认为正确的方式支持我,虽然他们对此全然不懂,也没有看过我的博士论文。

我想,鲜有研究者认为做学问是"寻欢作乐","苦中作乐"已是一种境界吧。这个社会早就摒弃了自谦风格,自吹自擂虽不见得是受欢迎、左右逢源的法宝,但是既然费劲地写了博士论文,又花了点工夫做了些修改，在即将出版的序言中，也不必认为一无是处吧。更何况，出于谋生的需要，我应该为继续坚持"苦中作乐"寻找理由。在此，我将指出"乐"之所在。

"乐"之一是我的博士论文细致梳理了白蛇传改写的作品，从主题、情节、人物形象等方面进行了比较分析，尽管有时存在冗长、重复的现象，但是问题基本能够说清楚、讲透彻。论文涉及了众多的白蛇传改写作品，从目录和附录的作品即可看出，为此我曾下了许多工夫。以往研究白蛇传的论文涉及现代白蛇传作品的相对较少，大陆的研究者对于台港地区的白蛇传改写不是很熟悉，而台港地区的研究者对于大陆的白蛇传改写了解也有限。再加上我对史料研究比较感兴趣，我把现代以来大陆、台港和海外的白蛇传改写作品尽可能搜罗起来——在读硕士、博士的时候，我跟随曹惠民教授治学，他是台港暨海外华文文学的研究者，尽管我现在已经放弃了这一研究方向，但是当初跟随曹先生治学，还是阅读过一些台港和海外的作品和著作的。因此在研究对象的涉及面上，我的论文大概是有些学术价值吧。出于比较的需要，我的论文对古代的白蛇传作品进行了梳理，使读者对现代以前的作品有大致的了解。

"乐"之二是我对相关的作品和此前的研究进行了细致的阅读与思考，有发现，有感触，有认识。写作中虽不能信马由缰，不能做到酣畅淋漓，然而也尽可能把自己的见解写充分，有和读者交流的期待，古人所谓"奇文共欣赏，疑义相与析"。现代以来，白蛇传的改写作品众多，大陆和台港地区、海外作家都有相关作品，整体看，主题多样，风格各异，情节设置和人物形象塑造自然也很不相同。其中有些作品具有较高的艺术水准，有些则显得幼稚、拙劣。比如在小说《青蛇传》中，南极仙翁和洪翁下围棋，洪翁却口吐"将军"二字。又如，在小说《青蛇新传》中，青蛇"有恩必报"的"义举"是为许仙一千年后的后代许言午"留根"，延续香火。在人、妖毫无爱情可言的情况下，作者强做月老，生硬地让青蛇表现出舍我其谁、勇于担当的精神——青蛇提出为许言午"生个大胖小子"，并视之为"亟待解决的问题"。再如赵雪君的剧本《祭塔》，把乱伦的悲剧写成了闹剧，人物形象塑造失败，如许仙几乎修成了绝世高手。类似的例子很多，即便流传数百年的话本《白娘子永镇雷峰塔》也有情节上的硬伤。众多作品的阅读和论文的写作很苦闷，然而有些作品因过于糟糕而着实令人解颐，至今回味，仍会有些忍俊不禁。我绝无恶意嘲讽作品，相反小说《青蛇新传》的作者沈士钧，对文学的虔诚、执着精神令我非常钦佩。但是，有必要指出，文学创作仅有热情是不够的。尤其是对待白蛇传这一著名的民间传说，改写者在构思和创作中应该持慎重的态度，并努力提升自己的艺术修养。

不仅是作品的改写，就是有些评论也谬以千里。如有论者在考察20世纪40年代的话剧时指出："还有的剧作借助神话反封建。如吴祖光根据民间故事《牛郎织女》创作的同名话剧（1944），陈白尘、卫聚贤根据民间故事《白蛇传》创作的《雷峰塔》（1945），分别以王母娘娘和法海作为封建专制的代表，他们阻碍和破坏牛郎和织女、许仙与白蛇追求幸福自由的生活。"该论者大概是既未观赏舞台演出又未认真阅读剧本，而是凭以往的知识先入为主地对剧目做出想当然的判断。《牛郎织女》和《雷峰塔》的作者对以往的剧本进行了大幅度改编，情节、主题与经典的牛郎织女传说和白蛇传说迥异。在《牛郎织女》中，王母娘娘并非封建专制的代表，她善良热诚、善解人意，主动成全牛郎和织女的婚事，衷心地为他们祝福；最后因牛郎想念下界而离开天庭，因此夫妻分别；该剧主题是抒发作者对现实世界的苦闷，并非是立意反封建专制的。话剧《雷峰塔》中的白素贞和许仙相互欺骗，他们都贪财好色、阴险狡诈、自私冷漠，并没有真正的爱情；而法海作为正义的僧人，并未拆散他们的婚姻。

"乐"之三是自省。2015年夏，我对博士论文进行审视，增补了一些新发现的白蛇传改写作品。在查阅2010年后发表的白蛇传论文时，发现又有不少硕士、博士学位论文——这大概也是白蛇传的"妖气"依然弥漫吧。而这些硕士、博士学位论文的具体研究对象，并未超出我2010年博士论文的关注视野，然而鲜见提及我的研究。这里面包含着为了求新而刻意回避的因素，视而不见听而不闻，闭着眼睛做学问。有个博士明确对我说，他在写博士论文时读过我的论文，"本来在参考文献中注明了的，但是答辩时老师们说，最好把那些参考的硕士论文博士论文都回避掉，所以后来交到学校图书馆的论文就把参考的硕士博士论文都删掉了"。然而他对我的名字和论文一直有印象，所以后来QQ群偶遇，他向我提及此事。有篇2011年的硕士学位论文，作者在研究现状中说："然而，令人遗憾的是，'白蛇传'的神话重述已经形成了一定的体系，但至今尚未有人撰文对此进行系统的研究。"的确令人遗憾——这种盲目的回避。在修订博士论文时，我翻看了新出现的白蛇传研究论文，因其并无资料的增加和新观点的提出，或对此前的研究而刻意回避，故而并未将2010年之后以白蛇传为题的硕士、博士学位论文列入参考文献。

白蛇传有"妖气"，研究白蛇传的学术也有"妖气"。也许在这个时代其他的学术研究也多是如此？

批评如果仅仅指向别人，而不能反躬自省，那么批评的意义和价值将大打折扣。2009年6月的时候，我旁听上一届博士的答辩，翻阅博士论文，专著类参考文献竟达到百余种，当然感到惊讶和由衷钦佩。有个参加答辩的博士却告诉我，专著类参考文献一般都要求列一百种以上，否则会被轻视。一年后，我提交博士论文时，也懂得水涨船高，应该与时俱进，罗列的专著类参考文献近140种。

尽管我费了些心机增加了专著类参考文献，然而一篇盲评意见却认为我参考文献不全面，指出我忽略了陶玮选编的《名家谈白蛇传》（文化艺术出版社2006年版）。我的导师曹惠民教授就此说，看来这个评审专家对白蛇传很了解。我说并非如此，他对白蛇传恰恰不了解，因为《名家谈白蛇传》这本书我看过，所选的都是已发表的论文，我都已列入参考文献之中了，而这个评审专家以为是本新书。

有一次，有个博士曾当众坦白说，他列举的近一百种专著类参考文献，只是用来唬人的，真正看过的不到一半。他坦白的话使我赧颜。当初我何尝不是出于唬人的？大部分书只是看了书名、内容提要和目录就列入了。博士论文答辩时，答辩老师的一个问题就是问我，为什么列了某一专著，然而他说可以不必回答这一问题。那一专著的目录我浏览过，虽已记不清，但是可以"顾名思义"，以书名推测其内容，于是简单、"顺利"回答了提问——回答时并不具有什么难度，也不至于到"搪塞"的程度。在修订博士论文时，我认真看了参考文献，剔除了那些我并未看过或虽然浏览过但并未参考的专著。保留下来的专著类参考文献，不及原来的一半。至于报刊上的论文类参考文献，都是原来阅读过的，有些虽然学术价值不大，但是并不删除，以便给其他研究者提供参照。必须实事求是地承认，我没有博览群书。做诚实的浅薄之人，比扮演"伪士"更能令自己心安。

苏州是个美丽而有文化底蕴的地方，小桥流水雨巷，城墙牌坊会馆，古树古井寺观，名人的故居，古典的园林，商业气息和传统文化混合的山塘街、平江历史街区，听不懂却颇令人感兴趣的评弹，木渎、同里、千灯等周边古镇，现代的音乐喷泉，五光十色的城市灯火……一切在记忆中是那么美好。雾霾之下，安有乐土？后来几次回苏州，竟也遇到雾霾，美好的记忆中增添的遗憾与无奈，即便是友人的热情与酒也不能将其驱散。我在苏州大学读硕士、博士6年，对保留历史遗迹的本部校园、对开辟新天地的独墅湖校区的新颖建筑，都很熟稔。我的硕士和博士导师曹惠民先生性格温和，对学术却很严谨，他对我的生活和工作很关心，对我的学业也有很高要求。可是我曾浪费了不少时间在公务员考试上，这使得我在博士论文写作过程中显得比较匆忙和焦虑，未能达到导师的要求和自己的期待。我的爱人程桂婷与我在苏州大学共度了三年的硕士研究生时光，后来她去南京大学读博士，常奔波于沪宁线来苏州看我。博士论文的初稿有些粗糙，盲审前程桂婷花了些时间认真阅读并帮助修改，此外室友江瀚博士等人也进行了阅读与指正。苏州大学的范培松、方汉文、王尧、丁晓原、刘祥安、刘锋杰、季进、汪卫东等教授，或在求学时给了我学术上的指导与关心，或参加了我博士论文的开题、预答辩、答辩，提出了宝贵的意见，在此表示衷心的感谢。此外，本书中林怀民的云门舞剧《白蛇传》一节，关于舞剧分析的一段文字是东华理工大学工作的同事闻慧莲副教授的灼见，在此表示感谢。

　　著作中的某些章节已经在学术刊物上发表过，有几篇还发表在CSSCI源刊或核心期刊。投过稿的人都知道这年头在CSSCI、核心期刊发表文章的艰难与苦恼，偶有文章在上面发表当然会令人高兴，这大概也是另一种"苦中作乐"吧。因此，对那些给予过我学术提携的人表示由衷的感谢——那些编辑于我并无任何索取，当然也不会在意我是否会提及他们的名字——索性就免去吧。只是我对此种"乐"越来越感到淡泊寡味，"苦"倒是一直存在。临近春节，还是少谈些颓丧的话吧，毕竟"夜正长，路也正长"。也许某天"苦"到尽头了，我可以换一种生存的方式，比如去写小说——我一直想象那是另一种乐。

　　2015年夏与出版社签订了出版合同，却一直拖延到现在才出版。这其中自然有我忙碌其他事情的原因，还有就是我不着急出版，因为书稿中不得不出现的"文革"字样是2016年的禁忌。这种特指时代的词语又没有办法找到合适的词语替换。编辑替换一处为"时政"，可是其他的部分替换起来又不合适了。索性就拖延了一年——正好2016年我也有很多其他事情要做，我辈等小喽啰好像一直要忙。2016年底的时候，编辑催我校对，以便在2017年尽早出版。于是我也有些焦急，只是赶上学期末，琐事一堆，仍旧拖延。好在现在校稿完毕，付梓指日可待。

　　和我一样或者说比我更期待这本书问世的，是女儿李鲁西。她快5岁了，聪颖、活泼、可爱、幽默。她会拿着程桂婷的专著《疾病对中国现代作家创作的影响研究》，翻到后记结尾部分，找到她的名字，兴奋地说："这是我的名字。这是妈妈送给我的书。"她甚至想抱着那本书睡觉，就如同别的小孩子抱着布偶睡觉。有时候我比较忙碌——虽然我自己也觉得忙得没劲，但是还要去忙——她会怪我不陪她玩，不到3岁的时候她就会使用"无聊"这个词语。后来我发现和她差不多大的孩子，也有人常说"无聊"。我觉得非常有必要使她少些无聊，多些快乐。在我校稿的时候,她会问我:"书出来了吗?""是送给我的吗?""我的名字在哪里?"这本书当然是送给李鲁西的。我希望她是幸福快乐的,这是"苦中作乐"的最大之乐吧。

2017 年 1 月 26 日

目　　录

绪论 ………………………………………………………… 1
　第一节　研究动机 ………………………………………… 1
　第二节　研究现状 ………………………………………… 3
　第三节　研究方法与思路 ………………………………… 6

第一章　白蛇传：从宋话本到民初小说 ………………… 18
　第一节　发轫之作：《白蛇记》抑或《西湖三塔记》 …… 19
　第二节　基本定型：话本小说《白娘子永镇雷峰塔》 … 24
　第三节　走向成熟：黄图珌、方成培、梦花馆主等人的作品 … 30
　第四节　狗尾续貂：弹词《义妖传后集》、小说《后白蛇传》 … 54

第二章　黑暗中的启蒙霹雳：20世纪二三十年代之交的
　　　　白蛇传改写 …………………………………… 62
　第一节　爱情的伟大：向培良的诗剧《白蛇和许仙》 … 64
　第二节　爱情的神：高长虹的话剧《白蛇》 …………… 73
　第三节　女人·爱·苦痛：顾一樵的话剧《白娘娘》 … 81
　小结　表现主义与白蛇传的启蒙色彩 ………………… 88

第三章 去奇幻的"现实化"风格：20世纪三四十年代的白蛇传改写 ·················· 95

第一节 不问鬼神问科学：谢颂羔的小说《雷峰塔的传说》 ······ 95

第二节 囤积居奇的奸商：秋翁的小说《新白蛇传》 ········ 103

第三节 虚假的爱情与黑暗的世相：卫聚贤的话剧《雷峰塔》 ············· 106

第四节 不完整的"异端"：刘念渠的剧本《白娘子》 ······ 114

第五节 烦恼人生：包天笑的小说《新白蛇传》 ········· 118

小结 "现实化"改写的得与失 ··················· 122

第四章 政治枷锁下的公式化生产：20世纪五六十年代的白蛇传改写 ·················· 126

第一节 从《金钵记》到《白蛇传》：田汉的白蛇传改写 ······ 127

第二节 反迷信与反暴政：徐菊华改编的京剧剧本《白娘子》（草本） ················· 143

第三节 改进的民众通俗读物：姚昕编撰的《白娘子》 ······ 151

第四节 女性的悲惨命运：何迟、林彦的《新白蛇传》 ······ 156

第五节 种性优越论的驳斥：丁西林的古典歌舞剧《雷峰塔》 ··················· 163

第六节 安得长风扫阴霾：川剧《白蛇传》 ············ 172

第七节 评剧、越剧等戏曲《白蛇传》 ·············· 176

第八节 迎合中的悲剧意识：张恨水的小说《白蛇传》 ······ 188

第九节 积极回应"戏改"的小说：赵清阁的《白蛇传》 ······ 195

小结 政治意识形态造成改写的公式化弊端 ············ 201

目 录

第五章 众声喧哗：20世纪70年代以降我国港台地区及海外的白蛇传改写 ………… 212

- 第一节 祭坛上的呐喊：大荒的长诗《雷峰塔》 ………… 212
- 第二节 誉满全球的经典舞剧：林怀民的云门舞剧《白蛇传》 ………… 217
- 第三节 民族传统与现代观念：刘以鬯的实验小说《蛇》 ………… 219
- 第四节 法与情的错误对决：李乔的小说《情天无恨》 ………… 226
- 第五节 "四角纠缠"与"文化大革命"批判：李碧华的小说《青蛇》 ………… 237
- 第六节 小剧场的前卫之作：田启元的《白水》《水幽》 ………… 255
- 第七节 "人畜何处分？"：陈庆龙的小说《蛇的女儿》 ………… 259
- 第八节 复杂的情爱：严歌苓的《白蛇》与周蜜蜜的《蛇缠》 ………… 261
- 第九节 母子乱伦，悲剧抑或闹剧：赵雪君的京剧剧本《祭塔》 ………… 268
- 小结 独出机杼是改写成功的必备条件 ………… 282

第六章 百花齐放：20世纪80年代以降大陆的白蛇传改写 ………… 284

- 第一节 "义贯长河"：萧赛的小说《青蛇传》 ………… 284
- 第二节 "岂能自顾贪情欢"：高舜英的京剧《青蛇传》 ………… 294
- 第三节 荒唐的"留根"：沈士钧的长篇小说《青蛇新传》 ………… 296
- 第四节 拘泥原貌的失败：孙蓉蓉的《白蛇传》、罗湘歌的《白蛇》、吴锦的《白娘子新传》 ………… 301
- 第五节 人性的反思：芭蕉的《白蛇·青蛇》和包作军的《后白蛇传》 ………… 308
- 第六节 放荡的书生许仙：邱振刚的小说《许仙日记》 ………… 311

  第七节 人妖之别与人心之恶：罗怀臻的新编越剧
    《许仙与白蛇》……………………………………………… 313
  第八节 身份认同·人性批判·历史反思：小说《人间》……… 315
  小结 摆脱政治羁绊后的改写………………………………… 327

第七章 有关传说改写的一些重要理论问题……………………… 329
  第一节 现代意识：传说复活的基点…………………………… 329
  第二节 悲剧与大团圆：改写的两种情感基调和模式………… 334
  第三节 "有意味的形式"：改写的重要指南…………………… 343
  第四节 穿越时空：白蛇传的永恒光彩………………………… 351

附录 本书主要研究的与白蛇传相关的作品………………………… 355

参考文献……………………………………………………………………… 361

绪　论

第一节　研究动机

　　白蛇传是中华民族的著名传说，也是世界文化中的亮丽瑰宝，它起源古远，内蕴丰富，流传广泛，其影响已经超越了国界，对日本、新加坡等国的文学都产生过不小的影响。现代以来，更有不少作家屡屡以白蛇传为素材进行创作，产生了小说、戏曲、话剧、影视、现代舞等诸多样式的文艺作品，不仅形式丰富，而且表现精彩，影响巨大。然而与白蛇传创作的繁盛局面相比，学术界对这些作品缺少必要的关注，相关的学术研究显得较为冷清，虽然也有学者尝试对其中的部分作品进行评论，但大量有价值的白蛇传作品还是被人们忽视了，它们被蒙上了岁月的烟尘，埋没于历史的尘埃之中。梳理现代以来改编创造的白蛇传作品，并对其进行整合分析，提取其中具有艺术审美价值和学术理论意义的问题是很有必要的，这既可以填补学术界在这方面研究的不足，又可以通过研究总结得失，为后来的白蛇传创作提供艺术参照和理论支持，也能够为研究其他民间传说提供一个扎实的案例。

　　正是在这样的前提下，本书集中研究现代以来创作的白蛇传文艺作品，主要包括：

　　第一，20世纪二三十年代之交的三部话剧：向培良的《白蛇与许仙》、高长虹的《白蛇》、顾一樵的《白娘娘》等。

第二，20世纪三四十年代有谢颂羔编著的小说《雷峰塔的传说》《白娘娘》、秋翁（平襟亚）的小说《新白蛇传》、卫聚贤的话剧《雷峰塔》、包天笑的小说《新白蛇传》、田汉的京剧《金钵记》、刘念渠的话剧《白娘子》等。

第三，20世纪五六十年代的白蛇传以戏曲居多，有田汉的京剧《白蛇传》、徐菊华改编的京剧剧本《白娘子》（草本）、姚昕编撰的读物《白娘子》、何迟与林彦合著的京剧《新白蛇传》、苗培时的评剧《白蛇传》、张沛与沈毅合著的晋剧《白蛇传》、袁多寿的秦腔《白蛇传》、华东戏曲研究院编审室改编的越剧《白蛇传》、王景中改编的豫剧《白蛇传》（常香玉演出本）、唐山专区皮影社剧目组整理的皮影剧本《白蛇传》、丁汉稼改编的扬剧《白蛇传》、杨鹤斋改编的秦腔《白蛇传》、里果整理的二人转《白蛇传》、苏州市戏曲研究室编印的苏剧前滩《白蛇传》、王健民与马仲怡合作改编的淮剧《白蛇传》、哈尔滨市评剧院改编的评剧《白蛇传》、武汉市楚剧团改编的《白蛇传》、马少波的京剧《白娘子出塔》、泉州市高甲戏剧团剧目工作组编的《许仙谢医》、朱今明与赵慧深的电影舞台剧本《白娘子》、重庆市戏曲工作委员会编的川剧《白蛇传》、丁西林的古典歌舞剧《雷峰塔》以及张恨水与赵清阁的同名小说《白蛇传》等。

第四，20世纪70年代以来，台港及海外作家改写的白蛇传作品有：大荒的长诗《雷峰塔》、林怀民编导的云门舞剧《白蛇传》、刘以鬯的实验小说《蛇》、李乔的长篇小说《情天无恨——白蛇新传》、李碧华的长篇小说《青蛇》、田启元的实验话剧《白水》与《水幽》、严歌苓的短篇小说《白蛇》、周蜜蜜的短篇小说《蛇缠》、赵雪君的京剧《祭塔》、陈庆龙的短篇小说《蛇的女儿》等。

第五，20世纪80年代以来，大陆作家改写的白蛇传作品有：萧赛编的小说《青蛇传》、高舜英的京剧《青蛇传》、孙蓉蓉编著的民间故事《白蛇传》、罗怀臻的新编越剧《许仙与白蛇》、芭蕉的网络小说《白蛇·青蛇》、包作军的微型小说《白蛇后传》、李锐与蒋韵合著的小说《人间：重述白蛇传》、罗湘歌的短篇小说《白蛇》、邱振刚的中篇小说《许仙日记》、吴锦的长篇小说《白娘子新传》、沈士钧的长篇小说《青蛇新传》等。

以上所举作品，形式各异，风采不同，其中虽有失败之作，但是也有不少作品的艺术水准相当高。以上所列的绝大部分作品没有得到学术界的充分关注，即使在专门研究白蛇传的专著和学位论文中也鲜有涉及，如向培良的话剧《白蛇与许仙》、高长虹的话剧《白蛇》、顾一樵的话剧《白娘娘》、谢颂羔编著的小说《雷峰塔的传说》（《白娘娘》）、秋翁（平襟亚）的小说《新白蛇传》、卫聚贤的话剧《雷峰塔》、刘念渠的话剧《白娘子》、包天笑的小说《新白蛇传》、赵雪君的京剧剧本《祭塔》等，审视和整理、分析这些文艺作品，发现其中被忽视或者轻视的艺术成分，指出改编的得与失，将为白蛇传研究，甚至是艺术创作研究带来很多启示。

本书注意到文艺创作的前文本影响，对现代之前的白蛇传作品，尤其是那些影响较为深远的白蛇传作品如《西湖三塔记》和《白娘子永镇雷峰塔》、黄图珌的《看山阁乐府雷峰塔》、梨园抄本《雷峰塔》、方成培的《雷峰塔传奇》、弹词《义妖传》、宋玉山的小说《雷峰塔奇传》以及梦花馆主据弹词《义妖传》"翻译"的小说《白蛇全传》等进行考察，将其作为现代白蛇传文艺改写的重要背景和参照，通过主题阐释、意象解析、角色设置、情节安排等方面的研究透视其中的"互文"关系和"超越"效能，以期获得对现代白蛇传文艺创作的全方位立体观照。

第二节 研究现状

尽管现代以来白蛇传被不断改写，然而只有少数几个作家的白蛇传作品得到评论界的关注，如戴不凡的《评"金钵记"》（《人民日报》

第 3 版，1952 年 9 月 12 日）对田汉改写白蛇传的评论；陈岸峰写有《李碧华〈青蛇〉中的"文本互涉"》（《二十一世纪》2001 年第 65 期），对李碧华的小说《青蛇》进行评论；徐碧霞的《李乔〈情天无恨〉之新意探讨》（《台湾文艺》2000 年第 173 期）、郑清文的《多情与严法——试探李乔〈白蛇新传〉的文学与宗教》（《自由时报》2001 年 6 月 14—16 日连载，第 39 版）对李乔的小说《情天无恨》的评论；王春林的《"身份认同"与生命悲歌——评李锐、蒋韵长篇小说〈人间〉》（《南方文坛》2008 年第 3 期）、董春风的《对人心的拷问与探索——评李锐的长篇小说〈人间：重述白蛇传〉》（《当代文坛》2008 年第 4 期）对李锐与蒋韵合著的小说《人间》的评论等。

显然，这些研究文章多以文艺评论方式为主，不仅关注不够全面，而且理论深度开发也较为有限。更值得一提的是，一些研究白蛇传的学位论文多集中在古代文学领域内，对于现代以来的白蛇传作品很少涉及，如梁淑静的《〈白蛇传〉与〈蛇性之淫〉的研究》（硕士学位论文，台湾文化大学，1980 年）、林丽秋的《论雷峰塔白蛇故事的演变》（硕士学位论文，台湾中山大学，2000 年）、李桂芬的《白蛇戏曲比较研究》（硕士学位论文，台湾大学，2001 年）、李耘的《白蛇传故事嬗变研究》（硕士学位论文，首都师范大学，2002 年）、袁益梅的《方成培〈雷峰塔〉传奇研究》（硕士学位论文，郑州大学，2003 年）、张丽的《白蛇传故事探微》（硕士学位论文，中央民族大学，2007 年）、郭应斌的《〈雷峰塔白蛇故事〉戏剧与文本斟疑》（硕士学位论文，台湾逢甲大学，2008 年）等对现代白蛇传文艺创作完全没有关注；而夏蕙筠的《白蛇传研究——以重要文本的分析与比较为中心》（硕士学位论文，复旦大学，2008 年）、王碧兰的《田汉〈白蛇传〉剧本研究》（硕士学位论文，台湾中国文化大学，2001 年）和平怡云的《〈白水〉与〈雷峰塔传奇〉二剧之意识形态符号学研究》（硕士学位论文，台湾东华大学，2006 年）等论文，虽然对现代以来的白蛇传创作有所涉及，但考察范围十分有限，多以田汉的白蛇传改写如《金钵记》和《白蛇传》为例，视野较为狭窄；而张万丽的《〈白蛇传〉青

绪　　论

蛇形象的流变及演绎初探》（硕士学位论文，西南交通大学，2007 年）从主题设计上看，应该对白蛇传从古至今的重要文本有一定的考察，但作者在研究中也只关注到现代历史上的小部分作品，如田汉的《金钵记》、台湾林怀民的云门舞剧《白蛇传》、田启元的《白水》、香港李碧华的小说《青蛇》等；与此相似的是范金兰的《"白蛇传故事"型变研究》（硕士学位论文，台湾政治大学，2003 年），研究不同时期的白蛇传创作，将其故事创作分为起源期、发展期、成熟期、增异期等四个阶段，其中"白蛇传故事的增异期"仅涉及田汉的京剧《白蛇传》、张恨水的小说《白蛇传》、台湾大荒的诗剧《雷峰塔》、张晓风的散文《许士林的独白》、李乔的小说《情天无恨——新白蛇传》、香港作家李碧华的《青蛇》、海外作家严歌苓的《白蛇》、田启元的《白水》《水幽》等，仍是极其有限的；此外，还有孟梅的《白蛇传说戏剧嬗变过程的文化研究》（硕士学位论文，中国传媒大学，2005 年）也立意于从白蛇传说戏剧创作的历史发展考察，然而对于现代以来的白蛇传作品也只是选取了田汉的京剧《白蛇传》为例；孙正国的《媒介形态与故事建构——以〈白蛇传〉为主要研究对象》（博士学位论文，上海大学，2008 年）从口头形态、书面形态、戏剧形态、影视形态和网络形态等五种媒介表现形式的《白蛇传》作品切入主题，着眼于考察媒介对人类文化的建构价值，对于现代以来出现的大量白蛇传创作的关注极其有限，仅涉及张恨水的小说《白蛇传》、赵清阁的小说《白蛇传》、李碧华的小说《青蛇》，以及李锐、蒋韵合著的小说《人间》而已。

总体来看，不论是报刊艺术评论，还是硕士、博士学位论文，研究界对现代以来白蛇传改写的相关研究是较少的，深度也是不够的，基本上还停留在"管窥"的初步阶段，没有从宏观上、整体上予以恰当的开发，这也给本书留下了较广阔的研究空间。

第三节　研究方法与思路

一　研究方法

本书主要运用互文性理论、文学社会学理论及文本细读方法来研究白蛇传的改写。

第一，互文性理论。

互文性（intertextuality），也译为"文本间性""文本互涉""文本互释性"等，指两个或两个以上文本间发生的相互关系。互文性理论，是在西方结构主义和后结构主义理论思潮中产生的，最早可追溯至巴赫金在《陀思妥耶夫斯基诗学问题》一书中所提出的复调理论、对话原则、狂欢化等概念，朱莉娅·克里斯蒂娃（Julia Kristeva）就是受到巴赫金的启发而在20世纪60年代首先提出了这个概念，她说："在书的话语世界中，接受者仅仅是作为话语本身被包容进来的，因此接受者与作者在写作自己的文本时所参照的另一个话语（另一本书）融合了；这样一来，水平轴（主体—受话者）和垂直轴（文本—其他文本）便重合了，进而揭示出一个重要事实：词语（文本）是一些词语（文本）的交汇，人们在其中至少可以读出另一个词语（文本）。……任何文本都仿佛是由一些引文拼合而成的，任何文本都是对另一个文本的吸收和转换。文本关联性概念在主体关联性概念的位置上安置了下来。"[①]

这一概念提出之后，不少文学理论家相继进行了深入探索和阐释，如罗兰·巴尔特、雅克·德里达、热拉尔·热奈、米歇尔·里法

[①] 秦海鹰：《人与文，话语与文本——克里斯特瓦互文性理论与巴赫金对话理论的联系与区别》，申丹、秦海鹰主编：《欧美文学论丛》第3辑，人民文学出版社2003年版，第15页。

绪　　论

泰尔等。著名的叙事学家杰拉尔德·普林斯（Gerald Prince）在其《叙事学词典》中给互文性下了这样的定义：The relation（s）obtaining between a given text and other texts which it cites, rewrites, absorbs, prolongs, or generally transforms and in terms of which it is intelligible.（一个给定的文本与其所引用、重写、吸收、扩展或在总体上加以改造的其他文本之间的关系，并且依据这种关系才可能理解这个文本。）①

以互文性概念来看，作者在创作时不可避免地会受到以往作品的影响，任何文本都是对于其他文本的有意识或无意识的改写。有意识的改写包括戏仿、拼贴、注释、翻译、用典等，无意识的改写则更为普遍，艾略特说："假如我们研究一个诗人，撇开了他的偏见，我们却常常会看出，他的作品，不仅最好的部分，就是最个人的部分也是他前辈诗人最有力地表明他们的不朽的地方。我并非指易接受影响的青年时期，乃指完全成熟的时期。"②殷企平说："古往今来，不知有多少作品被誉为'石破天惊'之作。然而，即使是再独特的作品也是对其他作品进行改写的结果。不管一个作家有意与否，他写出来的东西都不能逃脱'互文'法则的制约——任何作品都是对以往某些作品的改写。"③

美国学者乔纳森·卡勒在其《符号的追寻》对互文性理论做了比较全面的阐述：

"互文性"有双重焦点。一方面，它唤起我们注意先前文本的重要性，它认为文本自主性是一个误导的概念，一部作品之所以有意义仅仅是因为某些东西先前就已被写到了。然而就互文性强调可理解性、强调意义而言，它导致我们把先前的文本考虑为

---

① Prince Gerald：A Dictionary of Narratology，University of Nebraska Press：Lincoln & London，1987：46.
② ［英］艾略特：《传统和个人才能》，戴维·洛奇编《二十世纪文学评论》上册，卞之琳译，上海译文出版社1987年版，第129页。
③ 殷企平：《谈"互文性"》，《外国文学评论》1994年第2期。

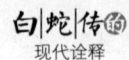

对一种代码的贡献,这种代码使意指作用(signification)有各种不同的效果。这样互文性与其说是指一部作品与特定前文本的关系,不如说是指一部作品在一种文化的话语空间之中的参与,一个文本与各种语言或一种文化的表意实践之间的关系,以及这个文本与为它表达出那种文化的种种可能性的那些文本之间的关系。因此,这样的文本研究并非如同传统看法所认为的那样,是对来源和影响的研究;它的网撒得更大,它包括了无名话语的实践,无法追溯来源的代码,这些代码使得后来文本的表意实践成为可能。[1]

互文性理论强调文本与其他文本之间的关系,注重文本形式之间与文本内容之间的相互作用和影响,而且强调文学文本与其他类别文本间的关系,将文本置于广阔的文化背景中加以分析,有效地开拓了文学研究的视野,从而避免文本研究的狭隘视域和有效开拓,正如程锡麟所说的:"互文性理论不仅仅注重文本形式之间的相互作用和影响,而且更注重文本内容之间的相互作用和影响。在这一点上,与种种形式主义的高论相比,这应该说是一大进步。同时,互文性理论强调文本与其他文本的关系,注重文本与文化的表意实践之间的关系,从而突出了文化与文学文本以及其他艺术文本之间的关系。这对于当今的文化批评有着重大意义,对于拓宽文学批评和理论的视野有着积极作用,同时这也是对传统与创新关系的一种新视角。"[2] 殷企平也指出:"互文性原则无疑为文艺创作和文艺批评提供了新的视角,开拓了新的思路。就作者而言,互文性知识的妙用能够加深并丰富所写作品的内涵。就批评家乃至一般读者而言,互文性知识的自觉运用能够提高他们的审美情趣。同时,互文性原则还有助于打破文学创作和文

---

[1] [美]乔纳森·卡勒:《符号的追寻》,康奈尔大学出版社1981年版,第103—104页,见程锡麟《互文性理论概述》,《外国文学》1996年第1期。
[2] 程锡麟:《互文性理论概述》,《外国文学》1996年第1期。

学批评之间的界限，甚至有助于打破不同学科之间的界限。"①

从这个意义上来看，运用"互文性"理论研究白蛇传是比较恰当的，因为白蛇传是中华民族的著名古老传说，已作为一种文化"原型"沉淀于民族集体记忆中，被历朝历代的作家们所运用、发挥，成为不断生发的"原文本"。从现代以来白蛇传的改写来看，作家在创作时大多参照了"白蛇传说"的"原文本"意义，如主题、情节、人物形象等，他们往往通过阅读白蛇传小说或戏剧文本，观看白蛇传戏剧、电影、舞蹈等途径获得"前文本"参照，有些甚至是从别人那里直接听到的民间故事，比如鲁迅在著名的杂文《论雷峰塔的倒掉》中就明确说过他最初对于白蛇传的了解，就是因为祖母常常对他讲白蛇传的故事。需要指出的是，很多改写者并未对自己接受白蛇传"前文本"影响的事实加以说明，但我们仍然可以通过对作品的主题、情节、人物形象的具体分析，来辨析该文本与"前文本"之间的互文关系，这种关系有些是创作者有所意识的，如主题、情节、人物形象上的相似，甚至是情节和人物台词的雷同等表现；而有些则是创作者没有意识到或者有意回避的，如李锐、蒋韵在创作小说《人间》时，就明确表达过他们在"前文本"巨大影响下"重述"的困难。此外，"后文本"与"前文本"之间的互文性，还常常表现为"后文本"对"前文本"的引述与评价，比如李碧华的小说《青蛇》中就有对《白娘子永镇雷峰塔》《义妖传》等作品的评价；周蜜蜜的小说《蛇缠》更是一个典型的例子。以评价方式直接引入"前文本"，不仅反映了文本之间的关系，还进一步体现了创作者对文本文化意义的多元开发，值得我们深入考察。

第二，文本细读方法。

细读（Close Reading）这一概念是新批评派（New criticism）的开拓者瑞恰兹（Iror Armstrong Richards）在其著作《实用批评》（Practical Criticism）中提出来的，瑞恰兹主张立足于文本批评，极

---

① 殷企平:《谈"互文性"》,《外国文学评论》1994年第2期。

力反对和批判文学的外部研究（External Standards）方法，认为社会、作者、读者等文本以外的因素只会干扰文学批评。新批评派的克林斯·布鲁克斯（Cleanth Brooks）等人继承、发扬了这一文本细读方法，将其发展为一个学术思潮和流派，他们以语义学分析作为文学研究的基本方法，极为注重文学的内部研究，主张通过对文学文本字、词、句、语法、结构、语境等进行更为精微细致的阅读、分析，捕捉词句的言外之意、暗示和联想，辨别词句的多重意义，分析词语、修辞与结构间的关系，并通过语义分析来找出结构上的统一、平衡，弄清文本的象征、隐喻意义，发掘文本的深刻内涵。对于细读这一概念，《西方文论关键词》一书有一段比较全面的概括：

> "细读"（Close reading）指对文本的语言、结构、象征、修辞、音韵、文体等因素进行仔细解读，从而挖掘出在文本内部所产生的意义。它强调文本内部语言语义的丰富性、复杂性，以及文本结构中各组成部分之间所形成的纷繁复杂的关系。细读的主要特点是"确立文本的主体性"，强调文本内部的语义和结构对意义形成所具有的重要价值，而不主张引入作者生平、心理、社会、历史和意识形态等因素来帮助解读文本。从根本上说，它是一种以内部研究为特点的"文本批评"。[①]

对于现代以来白蛇传作品的研究来说，文本细读不失为一种有效的研究方法。因为白蛇传作为一个传说，其主题、人物、情节等主要内容基本上形成了一定的程式，所以后来的不少改写作品之间在某些主要情节上的差别往往并不是很大，比如关于"端阳"的情节，白蛇在什么样的情势下饮了雄黄酒，许宣（许仙）是什么样的心理，这点细微差别就体现出作者对作品人物的不同情感态度，又如"游湖借伞"情节，究竟是谁搭乘了对方的船、是谁将伞借给对方的这些细微

---

① 张剑：《细读》，赵一凡等编著：《西方文论关键词》，外语教学与研究出版社 2006 年版，第 630 页。

绪　　论

问题，其实都蕴含了创作者们不同的理解和意图。

通过文本细读还可以发现很多作品的"硬伤"，这对于我们更加深入地分析、评价作品的思想和艺术价值具有重要的意义，比如何迟、林彦的京剧剧本《新白蛇传》的台词就几次出现纰漏，白娘子对许仙说："你我夫妻自西湖舟遇至今，数年来如一日"，其实对照传说，白、许从舟遇至合钵，时间是一年左右，"数年来"之说显然欠妥；而南极仙翁批评法海之词也不当："屡次拆散他二人美好良缘，害得妻离子散。"其时，白娘子尚未产子，"子散"是错误的。类似何迟、林彦的《新白蛇传》的这种"硬伤"，在20世纪五六十年代的白蛇传作品中比较普遍，很多作品的情节出现严重纰漏，若作深入考察，我们将发现，这显然不是"笔误"或者"粗心"之类的问题，而是表达了作者对作品主题、人物和事件的情感态度，而这又与其时的政治文化环境有着密切关系，是社会整体思潮的一个表现和反映。

通过文本细读，将研究的重心放到文本分析之上，以文本为依据，还可以发现"批评"的真正意义。如某论者从生态学的视角来评论白蛇传改写作品《人间》，理念固然新颖，但在实践时却偏离了作品的主题，再如有论者想当然地评论卫聚贤的《雷峰塔》中，法海是封建专制的代表，阻碍和破坏许仙、白蛇追求幸福自由的生活，实则完全背离了作品的真正价值和意义，即《雷峰塔》实际上是颠覆了人妖之间感人肺腑的爱情，白素贞、许仙贪财好色、阴险狡诈、自私冷漠，相互间欺骗，并没有真正的爱情；而法海则被塑造成一个正义的和尚，这完全是文化意义上的颠覆，更是人性意义上的重审。该论者得出完全相反的结论，正是不细读文本甚至不读文本的后果。可见，依托文本，既要从文本的整体上分析，又要从文本的细节寻找依据。文本细读方法既可以帮助我们进入文本深层，深刻透视文本的内在蕴含，而且也将帮助我们建构正确的文学批评，正如陈思和所说的："在中国的语境中，文本分析的实际含义可表述为：细读文本。目前，文学批评或文化批评渐渐成为一种技术性、工具性的僵固模式。在这一理论套路的操练下，文学作品的文学性、审美性被遮蔽和湮没了。

因此，有必要从作为文学史教学最基本的教学类型——细读文本出发，解读文学作品，提升艺术审美性，认识文学史的过程和意义，实现'细读文本'作为主体心灵审美体验的交融与碰撞，回到文学之所以为文学的文学性上来。"① 正是在这样的意义上，本书将以一定的篇幅进行文本具体内容和细节、情节的叙述与分析。

第三，文学社会学批评方法。

互文性和细读是有效的研究方法，然而二者本身仍然存在着一定的局限性。互文性理论虽然超越了结构主义拘泥于共时性和文本封闭性的研究方式，但它强调的仍然是"文本"，是该文本之外的其他文本，正如殷企平所言，互文性理论"仍忽略了产生作品的另一部分同样也相当重要的条件，即作者所处的社会、历史、文化语境和直接的个人生活经验。诚然，作者、读者观察思考社会历史、文化的现实时的眼光以及写作、阅读时的思想和方法必然要受到先前文本的制约与影响，但是社会、历史、文化的现实同时也在不断地影响、调整、修正并改变着作者与读者的互文性结构。其间的关系只能是辩证的关系"。② 而英美新批评的"细读"方法也存在一定的缺陷，它把文本视为一个自足独立的封闭系统，割裂了文学与社会、作者、读者的联系，陷入极端的文本中心主义和形式主义。

针对以上两种研究方法的缺陷，本书将同时采用文学社会学批评方法进行研究。因为文学的生产、传播与消费具有社会性内容，受到一定社会关系的影响、制约，因此社会学批评一直是东西方文学研究的重要理论方法，正如别林斯基在《关于批评的讲话》中指出的："不涉及美学的历史的批评，以及反之，不涉及历史的美学的批评，都将是片面的，因而也是错误的。"③ 美国批评家魏伯·司各特也说："只要文学保持着与社会的联系——永远会如此——社会批评无论具

---

① 陈思和：《文本细读在当代的意义及其方法》，《河北学刊》2004 年第 2 期。
② 殷企平：《谈"互文性"》，《外国文学评论》1994 年第 2 期。
③ [俄] 别林斯基：《别林斯基选集》第 3 卷，满涛译，上海译文出版社 1980 年版，第 595 页。

绪　　论

有特定的理论与否,都将是文艺批评中一支活跃的力量。"[①] 本书将运用文学社会学方法,在进行互文性影响研究和文本细读研究的同时,关注文本与社会文化环境、作者、读者之间的关系,综合考量文学思潮流派、作者的生活环境与生活经历等多重因素,关注社会制度、市场效应等多方面问题,从而将文本置于一个开阔而多元的文化场域中,得出较为公允、客观的研究结论。

二　研究思路

本书首先对"五四"前白蛇传的产生及演变进行研究,选取重要的作品予以细致分析,然后对现代以来的白蛇传作品按其产生的不同历史时期进行分类,并从主题、内容情节、人物形象等方面予以阐释,既注重现代创作与"前文本"的比较,分析文本间的"互文"关系,又注意结合作品的时代背景和作家的创作观念,进行社会学与心理学方面的探讨,从而较深入地揭示出现代以来白蛇传改写背后的思想、政治、文化等多方面内涵。

第一章主要研究"五四"之前的白蛇传创作状况,探讨其源流和演变历程,从而为现代以来的白蛇传改写提供"前文本"参照。关于白蛇传的"发轫之作",学术界存在《白蛇记》与《西湖三塔记》的争议,笔者参考前人的研究成果,紧密结合文本的主题思想、故事情节、人物形象等予以分析、评判。话本小说《白娘子永镇雷峰塔》的出现标志着白蛇传的"基本定型"。其后,白蛇传被改编为戏曲,扩大了影响,情节也不断完备,黄图珌、梨园抄本与方成培等人的戏曲《雷峰塔》是白蛇传"走向成熟"过程的作品,尤其是方成培的《雷峰塔传奇》是白蛇传基本成熟的标志。之后,玉山主人创作的章回体小说《雷峰塔奇传》、陈遇乾的弹词《义妖传》及根据弹词《义妖传》"翻译"的小说《前白蛇传》,使得白蛇传的情节更加曲折,内容更加

---

① [美]魏伯·司各特编著:《西方文艺批评的五种模式》,蓝仁哲译,重庆出版社1983年版,第66页。

丰富。弹词《义妖传》后集及据其"翻译"的小说《后白蛇传》，属于白蛇传的"后传"，本书将主要以小说《后白蛇传》为分析对象。"续传"是非常失败的，思想庸俗、格调低下，其失败为后世的白蛇传改写提供了警示意义。

现代以来，白蛇传创作受到时代社会思潮的巨大影响，具有鲜明的时代烙印，因此本书拟将现代以来的白蛇传创作按历史时段进行大致划分，并选取每阶段重要的作品予以分析研究，以期通过文本考察发现其中蕴含的时代政治文化动态和人伦精神心理。

第二章主要研究 20 世纪二三十年代之交白蛇传的改写，主要作品是三部话剧：向培良的《白蛇和许仙》、高长虹的《白蛇》和顾一樵的《白娘娘》。这几部话剧具有明显的"五四"精神，以爱情为主题反对封建礼教，暴露社会的黑暗和人生的苦痛，具有浓郁的启蒙色彩和强烈的现实意义。因为作品的主题多为爱情，再加上受世界文学思潮的影响，表现主义成为这一时期白蛇传话剧创作最热衷采用的方式。此外，作品还融合了审美主义的一些特点，如语言的诗意美等。总体而言，这三部表现主义白蛇传话剧具有深刻的思想内涵和较高的艺术水准。

第三章主要研究 20 世纪三四十年代的白蛇传改写，主要作品有谢颂羔编著的小说《雷峰塔的传说》、秋翁的小说《新白蛇传》、卫聚贤的话剧《雷峰塔》、包天笑的小说《新白蛇传》、刘念渠的话剧《白娘子》等。这些作品尽管主题稍有差异，但是都具有鲜明的"现实化"特点，即十分讲究文学的现实功利目的，而不太注重艺术价值。现实化改写显然是对传统的巨大颠覆，固然具有现实批判力度，甚至在艺术上也能带给读者某种新奇的阅读体验，然而在一定程度上牺牲了传奇性色彩。这些作品往往过于追求现实意义，忽略甚至有意回避神秘色彩和传奇情节，从而导致作品的情节陷入平庸的窘境。

第四章主要研究 20 世纪五六十年代的白蛇传改写。政治意识形态对文学创作的颐指气使是这个时代最鲜明的文化环境，在"政治标准第一""文学为政治服务"等创作原则的主导下，政治对文学创作

绪　　论

显示了强大的干涉力量。在"戏改"浪潮的推动下，这一阶段的白蛇传改写相当活跃，产生了大量的作品，就体裁来看，戏曲占据绝大比例，如田汉的京剧《白蛇传》，何迟、林彦的京剧《新白蛇传》以及评剧、川剧、越剧等不同戏曲形式的《白蛇传》等。与之相比，其他文艺体裁的白蛇传显得比较稀少，主要有张恨水、赵清阁分别创作的长篇小说《白蛇传》等。这一阶段也有作品出于反封建、反迷信的主题，承袭现实化改写的手法，如徐菊华改编的京剧剧本《白娘子》（草本）、姚昕编撰的读物《白娘子》。此外，值得一提的是，丁西林的古典歌舞剧《雷峰塔》是对民族戏曲创新的尝试，只是当时未曾发表、出版或演出。

在这一时期的白蛇传改写中，作者成为国家政治控制的提线木偶，缺乏艺术自主性和自由性。作品千篇一律，在主题、情节、人物等方面都具有极大的相似性，有些甚至出现了集体改编、集体创作的现象，从而使得作品不仅呈现出公式化、概念化的严重倾向，而且往往过分暴露了创作者的主观态度，损害了作品的含蓄之美，主要表现在：首先，主题被新政权"钦定"为反封建，批判以法海为代表的封建统治势力，颂扬以白蛇、青蛇为代表的人民群众的反抗精神。其次，情节设置上淡化白、许之间的矛盾，极力渲染法海一方与白、许一方的矛盾，通过强调白、许之间的恩爱来暴露法海的腐朽、残忍和歹毒。最后，人物形象塑造上采取二元对立的思维方式，极力丑化法海，美化白蛇，凸显青蛇的斗争精神。在塑造许仙的形象上，通常写他起先轻信、懦弱，后来逐渐觉醒，坚决反对法海，有的作品将其斗争精神描写到极致——为救白蛇而被法海打死。

第五章主要研究20世纪70年代以降我国港台地区及海外作家改写的白蛇传作品。由于相对宽松的创作政治环境和比较发达的大众文化，70年代以来，中国台湾、香港地区和海外的作家开始大显身手，使白蛇传创作呈现出多姿多彩的景象，主题多元、形式多样、手法各异。大荒的长诗《雷峰塔》，以"平等"观念为主旨，采用自由诗体的形式，兼用散文语言叙事，具有较高的艺术品位。刘以鬯的实验小说《蛇》，对白蛇传做了现实化的处理，诗意盎然，语言艺术非常高妙。李乔的长篇小说《情天无恨》批判了人性的丑恶，情节的改写别具一格。李碧华的长篇小说《青蛇》具有丰富的内涵，既写出了女性的欲望、爱情观念等，也辛辣地嘲讽了"时政"，古今杂糅，将古老的传说和当下历史连缀在一起，写法新颖、独特。田启元编导的实验话剧《白水》与《水幽》，改写自白蛇传中的"水斗"一折，情节上虽然沿袭既往之作，但是在表演上却独出机杼，令人耳目一新，惊叹于编导非凡的创造力。严歌苓的小说《白蛇》，与其他白蛇传文本不同，《白蛇》只是借白蛇传的相关情节来隐喻女性复杂的情爱、感受。周蜜蜜的《蛇缠》属于"元小说"，主要内容是如何改写白蛇传，小说写出了现代人复杂的情爱。陈庆龙的短篇小说《蛇的女儿》有些与众不同，不是蛇变人，而是让人变蛇。赵雪君的京剧剧本《祭塔》竟然写白蛇母子乱伦，实在惊世骇俗，为什么会产生这样的作品，如何公正、客观地来看待这一现象，这既需要贴近文本，也需要接近作者的心灵。

第六章主要研究20世纪80年代以来大陆作家改写的白蛇传。由于这一阶段政治对文学的干涉相对改善，作者具有较大的改写自由，白蛇传的改写一改五六十年代以阶级斗争为主题的单调局面，主题呈现出多元局面。尤其是近些年，白蛇传的改写比较活跃，呈现出"百花齐放"之状，这是一种现实折射，更是改写的趋势。萧赛编著的长篇小说《青蛇传》、高舜英的京剧《青蛇传》、孙蓉蓉编著的民间故事《白蛇传》等承袭了政治斗争的主题，显得有些陈旧。而两部冠名"新传"的长篇小说——吴锦的《白娘子新传》、沈士钧的《青蛇新传》，不仅乏新可陈，也乏善可陈。芭蕉的网络小说《白蛇·青蛇》、包作军的微型小说《白蛇后传》、邱振刚的中篇小说《许仙日记》等剖析了"人性"的内涵，李锐与蒋韵合著的长篇小说《人间：重述白蛇传》，以人性批判和身份认同为主题，显示出悲悯情怀，在叙事上也具有较高的艺术水准。

第七章主要就白蛇传改写的某些问题进行理论探讨。改写要有现

绪　　论

代意识，作品改写的主题和流露的思想、情感，要符合现代人的审美观和价值观，符合人类文明的现代进程，要摒弃腐朽、落后的思想观念。白蛇传蕴含着浓厚的悲剧因素，是一个感天动地的千古悲剧。然而在发展过程中，这一悲剧不但有了"大团圆"结局，甚至被有些作家赋予强烈的喜剧色彩。悲剧性与大团圆是改写的两种情感基调，只要运用得当，都可以采取。形式的变化对改写具有非常重要的意义，尤其是不同的体裁，对于白蛇传的发展、传播具有极大的影响力。白蛇传并非是僵死的，它尚存生命活力，尚存被改写的空间，这一原型等待着那些有创造力的作家来开掘。

第一章

白蛇传：从宋话本到民初小说

宋话本《西湖三塔记》是白蛇传的发轫之作，明末冯梦龙编著的《白娘子永镇雷峰塔》标志着白蛇传的基本定型。乾隆三年（1738年），黄图珌的《看山阁乐府雷峰塔传奇》问世，黄图珌将白蛇传改编为戏曲，促进了白蛇传的传播。伶人陈嘉言父女编写的梨园抄本《雷峰塔传奇》与黄图珌的不同，作者对白娘子的形象加以美化，对白娘子的命运报以极大的同情，渲染了白娘子对许宣的坚贞爱情，增添了白娘子生子得第、受封升天等情节，对白蛇传的进一步发展、传播作出了重要贡献。乾隆三十六年（1771年），方成培编写的水竹居本《雷峰塔传奇》问世，方本是在梨园抄本《雷峰塔传奇》的基础上修改完成的，其情节更为完整，艺术上也臻于成熟，流布广泛深远，成为后世许多地方戏曲《雷峰塔》（《白蛇传》）的蓝本。

在戏曲雷峰塔的影响下，嘉庆十一年（1806年），玉山主人创作了章回体小说《雷峰塔奇传》。嘉庆十四年（1809年），陈遇乾的弹词《义妖传》问世。民国时期，梦花馆主根据陈遇乾的弹词《义妖传》及无名氏的弹词《义妖传后集》，先后"译"[①]成小说《前白蛇传》和

[①] 严格地说小说《前白蛇传》和《后白蛇传》还称不上改写，梦花馆主只是根据弹词《义妖传》和《义妖传后集》稍加整理而成，将弹词转化为小说的形式，剧本的主旨、人物形象没有任何变化，情节基本也没有变化，只是根据小说题材和写续传的需要稍做处理，梦花馆主在小说中常常说是自己"译"的。

《后白蛇传》。章回体小说《雷峰塔奇传》、弹词《义妖传》与小说《前白蛇传》在情节上更加曲折，描写得更为细腻，白蛇传（前传故事）已发展至"顶峰"，显得无可再写，于是写后传、续传似乎可以别开生面。弹词《义妖传后集》[①]与小说《后白蛇传》，属于"狗尾续貂"式的续传，写白娘子、小青与许仙重续旧好、享尽人间荣华富贵，三人最后去西天参见如来。作品格调不高，思想腐朽、落后、庸俗，缺少对悲剧艺术的认识和理解。

白蛇传从萌芽到定型、成熟再到续传，虽然始终受到封建"正统"思想的左右，然而其在主题设置、情节安排、人物形象的塑造方面，已臻于成熟。在这种情势之下，白蛇传的改写若没有现代意识的参与，承袭封建"正统"思想，是难以有所成就的。只有用现代意识来诠释白蛇传这一传说，才能打开其改写的新局面。

第一节　发轫之作：《白蛇记》抑或《西湖三塔记》

白蛇传源于何时何地，尚无明确的文献记载，学者们根据现存典籍进行了考证，结论不一。有些论者认为唐传奇《白蛇记》是白蛇传的起源之作：北宋李昉等人编的《太平广记》第四百五十八卷收录此篇[②]，题为《李黄》，声称出于唐朝谷神子的《博异志》，然而今本《博异志》中未见此篇；明代陆楫等人辑录的《古今说海》中也收录了此文，名为《白蛇记》，只是没有标明撰写者。

《白蛇记》故事有二，故事时间都是唐元和年间。其中一个故事的情节大致如下：陇西人李黄在官员调动选拔的空闲中，来到长安市东，看上了刚除丧服的白衣寡妇。李黄出钱为其买了布帛，侍女说回

[①] 两卷十六回，写作时间不详，上海受古书店1928年曾印行。
[②] 李昉等编：《太平广记》（第10册），中华书局1961年版，第3750—3752页。

家后还钱给他。李黄跟着牛车来到白衣女的住处，一自称是白衣女姨娘的黑衣老女人，撮合李黄与白衣女，并说家中欠债三十千钱；李黄派仆人取来三十千钱给她。李黄快乐地过了三天，第四天回去，仆人觉得他身上有异常的腥臊气。回家后，他隐瞒该事，不久精神恍惚，说话语无伦次，卧床不起。最后李黄的身子化成一汪水，只有头还存在。家人惊慌害怕，通过仆人知道了事情的经过。寻到白衣女的住处，只有座空园子，园中有株皂荚，树上、树下各有十五千钱。住在那个地方的人说，常有大白蛇在树下。

另一个故事情节略有不同：凤翔节度使的侄子李琯，担任金吾参军，他出去游玩，在安化门外看见一辆华丽的白牛车，车子跟随着两个姿容美丽、穿白衣骑白马的女仆。李琯是贵家子弟，不知道检点、约束自己，跟随着车子一直来到奉诚园。一个女仆招他进入园中。黄昏后，一个十六七岁、艳若神仙的白衣女子与他相见。第二天回家后，李琯脑裂而亡。家人询问，奴仆讲述了事件经过。全家人都感到冤枉、害怕，马上命令仆人去头天晚上的住处查看，只见一株枯槐树中，有大蛇盘曲的痕迹，于是伐树，但没有发现大蛇，只有几条白色的小蛇，把它们杀掉后返回。

这两则故事与魏晋志怪小说无殊，以极为恐怖的情节来警告世人勿事冶游、贪恋美色。故事地点、时间、人物形象、情节、主题等与白蛇传无涉，仅有美女为白蛇所变这一点与白蛇传相似，故而不足以认定其为白蛇传的源头。戴不凡就驳斥了把《白蛇记》看作《白蛇传》胚胎的说法："实际上，这篇唐人小说中除了一条能变美妇的白蛇精以外，和现在的'白蛇传'很少相同。'白蛇记'虽是一篇神怪小说，但却寓有叫人不可追求自由幸福之意。……要说'白蛇记'与'白蛇传'有什么瓜葛的话，那只有这一点：在思想内容上，后者恰好是对前者的一个否定。"[①]

从现存资料来看，白蛇传的故事大概形成于南宋时期，这种观点

[①] 戴不凡：《试论"白蛇传"故事》，《文艺报》1953年第11号。

第一章
白蛇传：从宋话本到民初小说

在学术界比较有代表性，戴不凡说："根据今天能见的资料，'白蛇传'故事的雏形，似成于南宋；明嘉靖时，已以'陶真'（弹词）的形式，在民间演唱。"[①] 清代《南宋杂事诗》中有陈芝光的诗句"闻道雷坛覆蛇怪"，注释中引明代吴从先《小窗自纪》语："宋时法师钵贮白蛇，覆于雷峰塔下。"明代田汝成的《西湖游览志》卷二《孤山三堤胜迹》说："湖心亭，自宋、元历国初，旧为湖心寺，鹄立湖中，三塔鼎峙。相传湖中有三潭，深不可测，所谓三潭印月者是也。六十家小说载有西湖三怪，时出迷惑游人，故压师作三塔镇之。"[②] 田汝成在《西湖游览志》卷三《南山胜迹》介绍雷峰塔时说："俗传湖中有白蛇、青鱼两怪，镇压塔下。"[③] 田汝成在《西湖游览志余》卷二十《熙朝乐事》中又说："杭州男女瞽者，多学琵琶，唱古今小说、平话，以觅衣食，谓之'陶真'。大抵说宋时事，盖汴京遗俗也。……若红莲、柳翠、济颠、雷峰塔、双鱼扇坠等记，皆杭州异事，或近世所拟作者也。"[④] 可见，在"说宋时事"的说唱艺术中，就有《雷峰塔》。《万历钱塘县志》上说："雷峰塔相传镇青鱼白蛇之妖，父老子弟转相告也。"[⑤]

明代洪楩在《清平山堂话本》中辑录有宋元话本《西湖三塔记》，绝大多数学者将其视作白蛇传的萌芽。故事发生在宋孝宗淳熙年间，奚宣赞年方二十余岁，不好酒色，父亲原是岳相公麾下统制官，已去世，他与母亲妻子居住在临安府涌金门，叔叔出家在龙虎山学道。奚宣赞喜欢闲耍，在清明时节得了母亲的允许，去西湖边游逛，遇到一个迷路的白姓女孩儿。女孩儿说认识奚宣赞，扯住他不放，只是哭。奚宣赞只得领了女孩儿回家，把事情告诉了母亲，并说若有人来寻，就让她归家。女孩儿叫卯奴，在奚宣赞家住了十余日后，一个婆婆寻

[①] 戴不凡：《试论"白蛇传"故事》，《文艺报》1953年第11号。
[②] 田汝成：《西湖游览志》，浙江人民出版社1980年版，第23页。
[③] 同上书，第33页。
[④] 田汝成：《西湖游览志余》，浙江人民出版社1980年版，第326页。
[⑤] 聂心汤、虞淳熙纂修：《（万历）钱塘县志》（不分卷），明万历三十七年修，清光绪十九年刊本。

上门来，为感谢奚宣赞，婆婆邀请奚宣赞到家做客。奚宣赞随她们来到一座华丽的府第，婆婆引着奚宣赞见一穿白衣服的美妇人（娘娘），她是白卯奴的母亲。饮酒时，妇人命令仆人带上来一个后生，破开肚皮，取出心肝，给奚宣赞吃。奚宣赞吓得魂不附体，推辞不吃，妇人、婆婆吃了心肝。妇人主动表示愿意嫁给奚宣赞："难得宣赞救小女一命，我今丈夫又无，情愿将身嫁与宣赞。"[①] 当夜，两人同房，奚宣赞被留住半月有余。奚宣赞面黄肌瘦，想要回家，话还没说完，仆人问妇人，有新人到了，要不要换旧人？妇人与一个新到的后生饮酒，命仆人取奚宣赞的心肝。奚宣赞极度害怕，请求白卯奴救命。白卯奴向妇人求情，妇人命一力士用铁笼把奚宣赞罩住。妇人和后生寻欢，白卯奴使用法术把奚宣赞送到钱塘门城上。奚宣赞回家后告诉了母亲，母亲找了个地方，全家搬走。一年过去，又到清明节，奚宣赞拿了弩儿到屋后打飞禽，射下树上的一只老鸦，老鸦落地后却变成了黑衣婆婆，正是去年见的。婆婆使法术，招来数个鬼使，捉了奚宣赞，又送到先前的府第。宣赞赔礼，妇人又留住他做夫妻。过了半个多月，奚宣赞请求回家看看老母，然后再回来；妇人恼怒，命令鬼使取其心肝。奚宣赞请求白卯奴救命，白卯奴向妇人求情，妇人骂了白

---

① 石昌渝校点该话本时，在"情"与"愿"之间断开："我今丈夫又无情，愿将身嫁与宣赞"（洪楩编：《清平山堂话本》，石昌渝校点，江苏古籍出版社1990年版，第31—32页）。傅惜华的校点也是如此（傅惜华选注：《宋元话本集》，四联出版社1955年版，第26页）。然而，在"情"与"愿"之间断开，句子的意思就发生根本变化——白衣妇人的丈夫还活着，只是对她"无情"，冷落她，她才提出与奚宣赞成婚。朱眉叔就持这样的观点："现在我丈夫又无情，我愿意嫁给你"（朱眉叔：《白蛇系列小说》，辽宁教育出版社1992年版，第66页），计文蔚也持这种观点（计文蔚：《试论黄图珌的〈雷峰塔传奇〉》，《戏剧艺术》1993年第4期）。笔者认为：不能在"情"与"愿"之间断开，"情愿"是作为一个词出现的——在宋元之前这个词就已经出现，比如唐代诗人李群玉在《龙安寺佳人阿最歌》（之三）中就有"情愿"一词："若教亲玉树，情愿作蒹葭。"笔者以为应该这样理解：白衣妇人没有丈夫——"我今丈夫又无"，她是个寡妇。从故事情节来看，白衣妇人的丈夫始终没有出现——符合"无"的意思。白衣妇人杀人成性，"新人"来到就杀掉"旧人"，十分冷酷，她怎么会责备丈夫无情？杀掉"旧人"也符合丈夫"无"这一事实。正是因为丈夫"无"，故而她提出与奚宣赞成婚，这合情合理。若丈夫还在，南宋时封建礼教严重地束缚着人们，她岂能擅自成婚？就算她性淫，不顾封建伦理道德，可是奚宣赞"不好酒色"，岂能擅自与有夫之妇成婚？况且，白蛇是寡妇，与后来白蛇传作品中的身份一致。

第一章
白蛇传：从宋话本到民初小说

卯奴后，命人用铁笼罩住奚宣赞。白卯奴再次救了奚宣赞；奚宣赞被人送到家中，母亲不再允许他出门。过了几天，一个道士来到奚宣赞家，此人正是奚宣赞的叔叔。奚真人作法，命神将捉来婆婆、白卯奴、白衣妇人，要她们现形。白卯奴向奚宣赞求情，真人叫天将打三人，白卯奴变成了乌鸡，婆子变成獭，白衣妇人变成白蛇。奚真人命令用铁罐封了三个怪物，用符压住，安在湖中心。奚真人化缘造成三个石塔，在湖内镇住三怪。奚宣赞随了叔叔，与母亲在俗出家，百年而终。

故事的时间是宋孝宗淳熙年间，清明时节；地点是临安府，西湖；人物则包括奚宣赞（与许宣、许仙谐音）、白卯奴（乌鸡）、白衣妇人（白蛇），均与白蛇传中的人物接近；故事情节比较曲折，人与蛇妖结为夫妻，妖精白卯奴（乌鸡）救了人的性命，妖精被镇压在塔下，奚宣赞出家。故事具有浓厚的悲剧因素，白卯奴非但没有加害奚宣赞，反而两次救他性命，白卯奴是"义妖"，然而最终被镇压。《西湖三塔记》的情节并非和后来的白蛇传（如清代的）一致，在传说的发展中，人物的数量、形象有了变化，比如，无关紧要的人物削减，婆子（獭）被去除；人物形象发生变化，奚宣赞之母后来演变为许宣的姐姐，白衣妇人（白蛇）从吸人精血、吃人心肝、不断掳掠男人的妖孽，变为爱情专一、为爱献身的义妖，后来的白蛇融合了白卯奴（乌鸡）与白衣妇人的形象。张恨水认为《西湖三塔记》是白蛇传的原始故事，"这个故事，当然是很粗糙，但是可以看到白蛇传，是怎么样来的"[①]。傅惜华在选注这个话本时，曾说过这样一段话："这个'灵怪'故事，恐怕是宋代杭州的民间传说，后来的许宣和白娘子的雷峰塔白蛇传的故事，是很可能从这西湖三塔的传说，发展演变而成的罢？"[②] 该话本的主题是警告世人不要贪恋美色，如戴不凡所说，"人妖不可共居"[③]，这与《白蛇记》主题类似，不同的是该话本中已经出现善良的妖怪白卯奴，这就决定了其悲剧内涵。

[①] 张恨水：《白蛇传·序》，通俗文艺出版社1955年版，第2页。
[②] 傅惜华：《宋元话本集·导言》，四联出版社1955年版，第26页。
[③] 戴不凡：《试论〈白蛇传〉故事》，《文艺报》1953年第11号。

该话本宣扬道法，与晚于其后宣扬佛法的《白娘子永镇雷峰塔》《看山阁乐府雷峰塔》等不同，其原因在于宋代道法盛行，鲁迅说："宋代虽云崇儒，并容释道，而信仰本根，夙在巫鬼"，"徽宗惑于道士林灵素，笃信神仙，自号'道君'，而天下大奉道法。至于南迁，此风未改，高宗退居南内，亦爱神仙幻诞之书"。[①] 从该话本宣扬道教这点来看，白蛇传形成于南宋是可信的。再综合该话本的时间、地点、人物与情节、主旨与悲剧格调等因素，可以认为《西湖三塔记》是白蛇传的发轫之作。

第二节 基本定型：话本小说《白娘子永镇雷峰塔》

明末天启年间，冯梦龙辑录在《警世通言》中的话本《白娘子永镇雷峰塔》，是比较完整的白蛇传故事。

一

话本《白娘子永镇雷峰塔》的故事情节大致是：宋绍兴年间，许宣自幼父母双亡，在表叔李将仕家生药铺做主管。他跟姐姐、姐夫住在一起，姐夫李仁是南廊阁子库募事官，为邵太尉管钱粮。清明时节，许宣扫墓归来遇到白娘子（白蛇所变）及其丫鬟青青（青鱼精所变）。许宣为白付了船钱，又将伞借给她。许宣对白娘子心生爱慕之情，两次去白娘子住处取伞。白娘子主动提出结为夫妻，许宣答应，只是苦于手头拮据，白娘子赠送许宣一锭白银。许宣当晚回家，次日将事情告诉姐姐、姐夫，李仁看到银子后大惊，说银子是贼人从太尉府偷窃的。为免牵连，李仁拿了银子到临安府出首，许宣被缉捕到案并招供。差人押着许宣去捉拿白娘子，白娘子逃走，银子追回，许宣

---

① 鲁迅：《中国小说史略》，《鲁迅全集》第九卷，人民文学出版社1981年版，第101页。

第一章
白蛇传：从宋话本到民初小说

被判发配苏州做工。许宣因李将仕的书信而得到开客店的王主人的照顾，住在王家。半年多后，白娘子与青青寻上门来，许宣起先害怕，怀疑她是鬼怪，白娘子说谎瞒过。两人和好，在王主人的主持下，两人结婚。过了半年光景，许宣去承天寺看卧佛，在寺外遇见一道士，道士说许宣被妖怪缠身，送给他两道灵符。许宣原有疑心，晚上按道士的要求烧符，白娘子发现，埋怨许宣，主动烧符，然而安然无恙。第二天，白娘子教训了道士。又过了一个多月，四月初八释迦牟尼生辰时，许宣不听白娘子劝阻，去承天寺看佛会。许宣因身着白娘子盗来的衣服而被人押到官府，差人捉拿白娘子却没有捉到。白娘子暗中退还赃物，在王主人和姐夫李仁的打点下，许宣被从轻判决，发配镇江。在镇江许宣得到李克用的照料，在其药店中做生意。白娘子和青青来到镇江，与许宣相遇，白娘子又说谎骗过许宣，两人和好。在许宣的要求下，白娘子随同他去参拜李克用，李克用年纪虽高却十分好色，打起白娘子的主意。李克用在生日这天邀请许宣、白娘子赴宴，晚上李克用要对白娘子下手时，却发现白娘子是条大白蛇。白娘子恐怕李克用对许宣说出本相，便以李克用要侮辱她为由，要许宣离开药店，自己开了生药铺。后来许宣不听白娘子劝阻，到金山寺闲逛。许宣回去时，法海和尚追他，恰好遇到来接许宣的白娘子与青青，白娘子与青青跳进水中逃走。许宣知道白娘子是妖怪，于是搬回李克用家。许宣遇赦回到杭州姐姐家中，白娘子与青青早已在此等候多日。许宣既惊且怕，晚上，许宣将遭遇告诉姐姐，姐夫也发现了白娘子是蛇妖。许宣与姐夫请来捉蛇人戴先生，戴先生被白娘子打败。许宣被白娘子恐吓，欲外出躲避，许宣到净慈寺找法海和尚，未果，要跳湖自尽时，法海赶到，劝阻了他。法海给他钵盂，要他罩在白娘子头上。许宣回家后，趁白娘子不备，用钵盂罩住她。法海赶来，使白娘子和青青现出原形——白蛇和青鱼。法海将二物置于钵盂内，封了钵盂口，在雷峰寺前砌成一塔，镇压于塔下。后来许宣化缘，造了七层宝塔，十年万载，白蛇和青鱼不能出世。许宣情愿出家，拜法海为师，在雷峰塔披剃为僧。修行数年，一夕坐化。

二

《白娘子永镇雷峰塔》的主题依然是劝告世人不要贪恋美色,宣扬佛家禁欲思想。然而,小说也在一定程度上表现了白娘子对爱情的大胆追求和执着精神,白娘子不再是可怕的妖怪,其命运令人叹息,情与理形成了小说内在的冲突,很多细节透露着作者对白娘子的同情态度,题目就是一例,王蒙说:"话本的题目不是'法海师神威捉妖',也不是'许宣贪色险丧命',甚至也不是'白蛇妖现形伏法',而是'白娘子永镇雷峰塔',这就有点意思了。'白娘子'三字一下子把她的'人'的性质肯定了,'永镇'云云可以说是带着遗憾的至少是客观的描述。"[①]

小说在一定程度上宣扬了佛教的胜利,贬低了道教,道士被白蛇所捉弄,根本就不是白蛇的对手,白蛇最终为佛教高僧法海所降伏,许宣皈依佛门;而在《西湖三塔记》中,降伏白蛇的是道士,许宣跟随道士在俗出家。

小说《白娘子永镇雷峰塔》的情节曲折生动,引人入胜,然而存在一些粗糙之处,比如:白娘子和许宣相处数载,白娘子如何过了端午节,小说并没有予以描写;许宣开生药铺,一笔带过,未加详细叙述。此外,小说的情节存在一些纰漏之处。

白娘子来苏州找到许宣,两人在王主人的主持下拜堂成亲,后白娘子盗取周将仕的物品,许宣再次被问罪。李仁来苏州办事,歇在王主人家,"主人家把许宣来到这里,又吃官事,一一从头说了一遍"[②]。显然,李仁知道许宣与白娘子成亲之事。可是后来,许宣遇赦回到杭州,李仁却埋怨许宣:"你好生欺负人,我两遭写书教你投托人,你

[①] 王蒙:《〈白蛇传〉与〈巴黎圣母院〉》,《读书》1989年第4期。
[②] 冯梦龙编著:《白娘子永镇雷峰塔》,《警世通言》,上海古籍出版社1992年版,第452页。

第一章
白蛇传:从宋话本到民初小说

在李员外家娶了老小,不值得寄封书来教我知道,直恁的无仁无义?"①许宣说:"我不曾娶妻小。"李仁的怨言显然与他在苏州知道的情况矛盾,他早在苏州就知道许宣成亲之事,而且是苏州王主人主持成亲,不是在镇江李员外家成亲。李仁"两遭写书"的话也是错误的,事实上,李仁仅是"一遭写书"。许宣从杭州被发配至苏州,是李将仕写了两封书——"李将仕与书二封"②,一封给押司范院长,另一封给吉利桥下开客店的王主人;李仁只是将邵太尉赏的五十两银子尽数给许宣作为盘费。许宣从苏州发配镇江,李仁写书给镇江的李克用,他只有这一次写书。其实,许宣发配苏州,应该写书的是李仁,因为后来李仁到苏州住在王主人家,可见,他与王主人或许是相识,这样一来,"两遭写书"的说法也得以成立。

法海问许宣如何遇到白娘子,许宣"把前项事情从头说了一遍",法海听后要许宣"可速回杭州去。如再来缠汝,可到湖南净慈寺里来寻我"③,许宣此时是被发配至镇江的犯人,尚未遇赦,如何回杭州?后来许宣遇赦,才回到杭州。法海则至少在两个多月后才到杭州,当时许宣差一点投湖自尽;若当时许宣速回杭州,怎么能在净慈寺找到法海?

白娘子两次现形的理由也不足。其一,白娘子在李克用家如厕,李克用偷窥到白娘子的本相,难道白娘子每一次如厕都要现形?在后来的某些白蛇传作品中,是李克用欲谋不轨在先,白娘子察觉后才有意现出本相将其吓倒。其二,白娘子到许宣姐姐家时,许宣已对她产生疑心,她应小心谨慎,不该在这个关键时候无缘无故地现形。况且,后来法海呵斥白娘子,要她现形,她尚且不肯。

再有,许宣把白娘子是妖怪的真相一一告诉姐姐,可是,他与姐姐为何不主动告诉李仁?毕竟李仁是募事官,见识广,有主见,后来许宣外出躲避、请戴先生就是李仁的主意。李仁说许宣的姐姐胆小,

---

① 冯梦龙编著:《白娘子永镇雷峰塔》,《警世通言》,上海古籍出版社1992年版,第460页。
② 同上书,第446页。
③ 同上书,第459页。

不敢告诉她真相,那么许宣为何不对姐姐隐瞒、主动告诉李仁?李仁看到白娘子现形,理应当晚就去请戴先生,却拖延至第二日。李仁与许宣去请戴先生,付了银子先回去,明明比戴先生早动身,却比不熟悉路途的戴先生晚至家中,道理上讲不通。许宣与李仁为何不将戴先生引至家中,却要他"问"上门来?或者许宣和李仁应在家中或家外等候戴先生。小说没有这样设计情节,而是安排戴先生先到许宣家,敲门无人应答,最后白娘子出来,于是她知道了捉蛇人的意图,将其吓走,其情节生硬、不自然、拼凑的痕迹明显。

三

与《西湖三塔记》相比,《白娘子永镇雷峰塔》中的人物形象,尤其是白娘子的形象发生了重大改变。

白娘子容貌美丽,性格泼辣,心地善良——比如她为丫鬟青青向法海求情。她已完全有别于《西湖三塔记》中的白衣妇人,不再是以玩弄男子、吸取精血、吃人心肝为乐,而是具有人情、人性的蛇妖,想要过人的生活。她不是令人恐怖的,而是令人同情的。

白娘子大胆、主动追求爱情,提出与许宣结为夫妻:"正是你有心,我有意。烦小乙官人寻一个媒证,与你共成百年姻眷,不枉天生一对,却不是好?"[①] 在封建社会中,婚姻是不自主的,父母之命、媒妁之言决定了一生的命运。而且,封建礼教要求妇女持节守志,宋代封建礼节对于女性的压迫酷烈,程颐(伊川先生)和某人有段对话能揭示这一点:"问:'孀妇于理似不可取,如何?'(伊川先生)曰:'然。凡取,以配身也。若取失节者以配身,是已失节也。'又问:'或有孤孀贫穷无托者,可再嫁否?'曰:'只是后世怕寒饿死,故有是说。然饿死事极小,失节事极大。'"[②] 从中可看出,寡妇再嫁是得不到认可的,"节"比"生"更为重要。白娘子的身份是"寡妇",寡

[①] 冯梦龙编著:《白娘子永镇雷峰塔》,《警世通言》,上海古籍出版社1992年版,第443页。

[②] 程颢、程颐:《二程集》,上王孝焦点校,中华书局2006年版,第301页。

妇主动追求爱情的行为，是对封建礼教的勇敢抗争。

  研究者们往往认为，白娘子还残留着"妖气"，主要依据是作品中白娘子要挟许宣："若听我言语，喜喜欢欢，万事皆休；若生外心，教你满城皆为血水，人人手攀洪浪，脚踏浑波，皆死于非命。"①"你好大胆，又叫甚么捉蛇的来！你若和我好意，佛眼相看；若不好时，带累一城百姓受苦，都死于非命！"②事实上白娘子并未有意伤害过许宣——许宣两次被发配是白娘子无意造成的，本意还是为许宣好；她也没有主动伤害过其他人，即便是捉蛇的戴先生，白娘子起先哄骗他回去，三回五次发落不去，才现出大蟒蛇的本形将戴先生吓走，并未伤害其性命。白娘子首次威胁许宣后，许宣请来捉蛇的戴先生，白娘子只是埋怨并没有报复，让满城人皆死于非命。白娘子的要挟是在婚姻受到破坏的情况下才发出的，这是白娘子坚定维护自己爱情的体现："我和你许多时夫妻，又不曾亏负你"，"我也只是为好，谁想到成怨本！我与你平生夫妇，共枕同衾，许多恩爱。如今却信别人闲言语，教我夫妻不睦"③。

  白娘子最后被钵盂罩住，变成七八寸长的小人，尽管在法海面前战战兢兢，却不肯现出本相，不愿意在众人——尤其是许宣面前出丑，"现形时被人惊笑"④。白娘子现出原形，"兀自昂头看着许宣"⑤，这一细节充分描写出白娘子留恋不舍的心态和倔强不屈的性格，令人同情、惋惜。

  许宣是个"俊俏后生"，"平生是个老实之人"⑥，胆小、怯懦，是个社会下层小市民，他对爱情犹疑不决。白娘子对许宣特别好，尽管

---

  ① 冯梦龙编著：《白娘子永镇雷峰塔》，《警世通言》，上海古籍出版社1992年版，第460页。
  ② 同上书，第462页。
  ③ 同上书，第460页。
  ④ 方成培：《雷峰塔传奇·水斗》，乾隆三十六年（1771年）刊刻。
  ⑤ 冯梦龙编著：《白娘子永镇雷峰塔》，《警世通言》，上海古籍出版社1992年版，第464页。
  ⑥ 同上书，第439、440页。

连累他两次被发配,然而其初衷皆是为了许宣。许宣知道白娘子的真面目后,十分惊恐,想尽办法来躲避甚至捉拿她。许宣持法海的钵盂来收服白娘子,"用尽平生力气纳住",白娘子责备他"好没一些儿人情",要他念在数载夫妻情分上,"略放一放",许宣不肯。白娘子被收服后,许宣化缘砌成一座七层宝塔,将白娘子永远镇在雷峰塔中。许宣情愿出家,皈依佛门。许宣对待白娘子的确有些残酷,不但不念夫妻情分,还造塔将其永远镇压。

法海是位"有德行的和尚,眉清目秀,圆顶方袍,看了模样,的是真僧"[1],小说从相貌上就将其塑造成高僧的样子。法海与白蛇素无怨怼,他见许宣被妖精缠身,出手相救,这是他高尚人格的体现。他发现白蛇后,并没有一心要将其铲除,白娘子和青青逃走后,法海就作罢了,只是告诉许宣,若再来纠缠,就来找他。法海降伏白娘子时,说念她千年修炼,免她一死,可见,他有仁慈之心。

青青是个青鱼精,忠实地陪伴白娘子,"不曾得一日欢娱",最终也被镇压在塔下。话本中有关她的文字并不多,其形象尚且不够鲜明、生动。

第三节 走向成熟:黄图珌、方成培、梦花馆主等人的作品

明代已出现关于白蛇故事的戏曲,洪武年间郏仲谊作有《西湖三塔记》杂剧[2],万历年间陈六龙撰有《雷峰记》,可惜两剧皆已失传,其内容不可考。晚明祁彪佳曾对陈六龙的《雷峰记》有所评论,指出其结构、台词存在不足:"相传雷峰塔之建,镇白娘子妖也。以为小

---

[1] 冯梦龙编著:《白娘子永镇雷峰塔》,《警世通言》,上海古籍出版社1992年版,第458页。

[2] 钟嗣成、贾仲明:《新校录鬼簿正续编》,浦汉明校,巴蜀书社1996年版,第163页。

剧则可，若全本则呼应全无，何以使观者着意？且其词亦欲效靡华赡，而疏处尚多。"①

白蛇传在清代有了进一步的发展。黄图珌根据《白娘子永镇雷峰塔》改编的戏曲《看山阁乐府雷峰塔》，对白蛇传体裁的转变产生了重要影响，然而其"正统"观念与悲剧结局没有使其得到更广泛的认同。根据黄本改编的梨园抄本《雷峰塔》，增加了白娘子生子得第等情节，使得白蛇传流传更为广泛。其后，方成培对梨园本加以增删、润色，至此，白蛇传在情节设置、人物塑造等方面臻于成熟。

一 黄图珌的《看山阁乐府雷峰塔》

今存最早的白蛇传戏曲是黄图珌编写的《看山阁乐府雷峰塔》上、下两卷，刊行于乾隆三年（1738年）。卷首载"乾隆三年八月十二日峰泖蕉窗居士题于钱塘之二桂轩"，凡三十二出：1. 慈音；2. 荐灵；3. 舟遇；4. 榜缉；5. 许嫁；6. 赃现；7. 庭讯；8. 邪祟；9. 回湖；10. 彰报；11. 忏悔；12. 话别；13. 插标；14. 欢合；15. 求利；16. 吞符；17. 惊失；18. 浴佛；19. 被获；20. 妖遁；21. 改配；22. 药赋；23. 色迷；24. 现形；25. 掩恶；26. 棒喝；27. 赦回；28. 捉蛇；29. 法剿；30. 埋蛇；31. 募缘；32. 塔圆。

黄图珌是否读过《雷峰记》不可知，他仅说："雷峰一篇，不无妄诞，余借前人之齿吻，发而成声。于看山之暇，饮酒之余，紫箫红笛，以娱目赏心而已。一时脍炙人口，轰传吴越间。"② 所谓"前人之齿吻"，有可能是话本《白娘子永镇雷峰塔》，因为两者的人物、情节等极为相似。

与《白娘子永镇雷峰塔》稍有不同的是，《看山阁乐府雷峰塔》

---

① （明）祁彪佳《远山堂曲品·具品》，《中国古典戏曲论著集成》，中国戏剧出版社1982年版，第104页。

② 黄图珌：《伶人请新制〈栖云石〉传奇行世·小引》，黄图珌撰《看山阁集六十四卷南曲卷四》，《四库未收书辑刊》第10辑第17册，北京出版社2000年版，第641—642页。

剧本第一折《慈音》，交代了事件的因果关系，点明主题。如来上场，说东溟有白蛇和青鱼，吞食了达摩航芦渡江时折落的芦叶，于是悟道苦修，已有一千余年；可是白蛇和青鱼"顿忘皈依清净，妄想堕落尘埃"[①]。许宣原是如来座前的捧钵侍者，因为他们有宿缘，故令许宣降生凡胎，了此孽案。如来令法海禅师，在他们缘满孽消之日，喝醒许宣，用宝塔收服二妖，镇压于雷峰寺前。法海领旨拜辞。第九至第十一折"回湖""彰报""忏悔"，讲的是白蛇与青儿回到湖中，水属群来诉苦：渔人掠去众多水属，漏网的仅存十之一二。白蛇命青儿捉来渔人，予以严惩。法海禅师救下众渔人，劝他们不要再杀生。第二十九折"法剿"，许宣并未亲自动手收服白蛇。第三十二折"塔圆"写法海喝醒许宣，使其领悟到本来面目，韦驮引领许宣归于极乐世界。

黄图珌在《看山阁乐府雷峰塔》的"自序"中，说："余作《雷峰塔》传奇凡32出，自《慈音》至《塔圆》而已。方脱稿，伶人即坚请以搬演之。遂有好事者，续'白娘生子得第'一节，落戏场之窠臼，悦观听之耳目，盛行吴越，直达燕、赵。嗟乎！戏场非状元不团圆，世之常情，偶一效而为之，我亦未能免俗，独于此剧断不可者，为何？白娘，蛇妖也，而入衣冠之列，将置己身于何地耶？……不期一时酒社歌坛，缠头增价，实有所不可解也。……再续《雷峰塔》者，犹东村捧心，不知自形其丑也。然姑苏仍有照原本演习，无一字点窜者，惜乎与世稍有未合，谓无状元团圆故耳。"[②] 从黄图珌的这段话中，可以知道，有人续写"白娘生子得第"的"大团圆"结局，极受欢迎。然而黄图珌反对这种续写，因为他坚持人与妖的区别，认为白娘子是蛇妖，不能入衣冠之列。

剧本的主要人物与《白娘子永镇雷峰塔》相比，并没有太大的变

---

① 黄图珌：《看山阁乐府雷峰塔》，傅惜华编：《白蛇传集》，中华书局1960年版，第282页。

② 黄图珌：《看山阁乐府雷峰塔》，《白蛇传合编》，（台北市）古亭书屋1975年版，第641页。

化。法海是佛教高僧，他降妖具有正当的理由：一是受奉佛祖旨意；二是应许宣请求，并不是横加干涉。法海心存仁慈，曾为白娘千年苦修毁于一旦感到惋惜。

二 梨园抄本《雷峰塔传奇》

与黄图珌坚持蛇妖不能入衣冠之列的观念不同，广大群众同情白娘娘的遭遇，正如鲁迅所言："试到吴越的山间海滨，探听民意去。凡有田夫野老，蚕妇村氓，除了几个脑髓里有点贵恙的之外，可有谁不为白娘子抱不平，不怪法海太多事的？"①黄图珌的《看山阁乐府雷峰塔》经陈嘉言父女的改编，增设了许多情节，陈嘉言父女的改写本仅在梨园中传抄，没有刻印，因此被称作"梨园抄本"或"旧抄本"。

梨园抄本《雷峰塔传奇》②增加了"端阳""求草""救仙""化香""水斗""断桥""指腹""画真""祭塔""做亲""佛圆"等情节，共38出：1. 开宗；2. 佛示；3. 忆亲；4. 降凡；5. 收青；6. 借伞；7. 盗库；8. 捕银；9. 赠银；10. 露赃；11. 出首；12. 发配；13. 店嫽；14. 开店；15. 行香；16. 逐道；17. 端阳；18. 求草；19. 救仙；20. 窃巾；21. 告游；22. 被获；23. 审问；24. 投何；25. 赚淫；26. 化香；27. 水斗；28. 断桥；29. 指腹；30. 付钵；31. 合钵；32. 画真；33. 接引；34. 精会；35. 奏朝；36. 祭塔；37. 做亲；38. 佛圆。梨园抄本《雷峰塔传奇》在流传、演出中，出目与内容有些变化，不尽一致，阿英说："旧抄本虽同出陈氏父女一源，以扮演者各有改动，亦极不一致也。"③黄裳说："在乾隆三年以后的一段时期之中，流传着不少梨园抄本的《雷峰塔传奇》。这些抄本的内容多少都有些差异，出数各有多少增删，如果把各本不同的折数都排列起

---

① 鲁迅：《论雷峰塔的倒掉》，《语丝》周刊第1期，1924年11月17日。
② 现存本曲谱已不全，阿英的《雷峰塔传奇叙录》中对其有详细的内容记录，本小节资料主要来自阿英的《雷峰塔传奇叙录》（中华书局1960年版）。
③ 阿英：《雷峰塔传奇叙录》，中华书局1960年版，第2页。

来，几乎可以凑成一个六十几出的本子，比起黄图珌的原本来，是几乎已经超出一倍的了。"①

"开宗"讲述剧情梗概，说明剧本主旨。"佛示"写佛宣示许宣、白蛇孽案因果，授法海宝塔，令其前往凡界，在白蛇、许宣孽缘完满后，镇压白蛇，接引许宣同归天界。"忆亲"写许宣自白家世，清明时节追忆双亲，前去扫墓。"降凡"写白云仙姑不听义兄黑风仙劝阻，决然下凡。"收青"写青青本为水族头领，与白蛇交战失败；白蛇令其变作侍儿。"借伞"写许宣游西湖乘舟归去时，风雨大作，白娘子、青儿搭船，与许宣结识，许宣借伞给她们。白、许互生爱慕之情。"盗库"写青儿率四个小蛇盗取钱塘县库银。"捕银"写李仁、何九道失库银之事，令总甲征贴榜文，缉拿贼人。"赠银"写许宣前去取伞，青儿撮合白、许婚事。白赠许两锭银子，嘱咐其料理婚事。"露赃"写许宣姐夫李仁发现许宣的银子为失窃的库银，不听许宣姐姐的劝阻，拿着银子去县衙出首。"出首"写县令李本诚命手下缉捕许宣，经拷问后，押着许宣前往白娘子处取赃。白娘子与青儿见到衙役们后隐去，众人捕捉不到，抬了银子回来。"发配"写县令问讯经过后，知道不是许宣的罪过，为避妖邪，判解差将许宣押赴苏州为民，李仁送许宣下船。"店媾"写白娘子与小青来到苏州王敬溪的店中，找到许宣，经白娘子辩解、店主夫妇与小青等人劝说，白娘子与许宣和好。"开店"写许宣在苏州开药店。"行香"写纯阳祖师诞辰，许宣上香谢神。有道士见许宣面有黑气，问讯经过，赠许宣符咒。"逐道"写白娘子饮符后却安然无恙，白娘子与青儿惩罚道人，许宣信服白娘子，道人决定修炼灭妖。"端阳"写端午时节白娘子已怀身孕，在许宣的强烈要求下，白娘子饮了雄黄酒卧床小眠，许宣为其送茶时，看到白娘子的原形，惊吓昏倒。白娘子决定去嵩山南极仙翁处求取九死还魂长生仙草。"求草"写白娘子先后打败鹤童、东方朔、鹿鸣大仙，寿星布

---

① 黄裳：《西厢记与白蛇传》，平明出版社 1953 年版，第 43 页。

下八卦雄黄阵，擒住白娘子。白娘子求饶并哀求仙草，寿星放了白娘子并给她仙草。寿星对众人解释说，白娘子孽缘未满，所以放她。有剧场将其改名为"雄黄阵"或"盗仙草"。"救仙"写白娘子回来用仙草救了许宣。"窃巾"又名"盗巾"，写龟精至萧太师府中窃得宝巾欲献白娘子，丫鬟发现，急忙报告太师。"告游"又名"饰巾"，写许宣要去虎丘游览，白娘子给许宣戴上宝巾。"被获"写许宣因戴头巾而被捕快发现，遭到捕获。"审问"写李本诚已改做苏州府总捕，李审问许宣后得知，白娘子和青儿追到苏州作祟，命令去逮捕她们。白娘子和青儿知道许宣遇难。捕快将白娘子捉回衙门，却发现所捕捉到的并非白娘子而是捕快。李将宝巾送归萧太师府，判许宣发配镇江为民。王敬溪送许宣，为其介绍在镇江开药铺的朋友何斌。"投何"写何斌与许宣谈许的遭遇，欲收许宣入伙；白娘子和青儿到镇江寻访许宣，何斌见白娘子貌美，为二人撮合，许宣和白娘子和好。何斌设宴款待。"赚淫"写何斌垂涎白娘子美貌，与侍女秋菊商量，秋菊献策。秋菊引白娘子到望江楼观景，然后离去，何斌前来求欢。白娘子派出大头鬼吓何斌，何斌昏倒，相信了白娘子是妖精。"化香"写刘成贩香料至镇江，前夜香被风摄去，告到官府，官府不为其寻找，刘成在大街上叫冤屈。法海禅师恰好经过，知道香被白娘子摄去，安慰刘成。法海向许宣募香，许宣说家中有前夜不知哪里来的檀香，怕被白娘子知道，暗地里答应给法海。法海嘱咐许宣在菩萨诞辰时来金山寺，为其指点。谈话被白娘子听到，但白娘子不好阻拦许宣，只是叮嘱许宣拜佛后立即回来，不要到方丈中与僧人谈话。"水斗"写白娘子与青儿至金山寺寻找许宣，法海不放许宣回去，白娘子、青儿与法海发生冲突，水漫金山。白娘子和青儿战败，从水中遁去。法海说许宣孽缘未满，令许宣下山，待白娘子分娩满月后将其收钵。"断桥"写白娘子和青儿来到临安，白娘子即将临产。法海送许宣至断桥，说白娘子不会加害许宣，让他不要害怕。法海离去，白娘子、青儿与许宣相遇，责备许宣，许宣赔罪，夫妻和好，投奔许宣姐姐家。"指腹"

写许宣引白娘子、青儿见姐姐，姐姐前不久产下一女，白娘子建议指腹为婚，姐姐同意。"付钵"写白娘子满月后，许宣来见法海，法海付钵给许宣，让他收妖。"合钵"写许宣趁白娘子梳妆时合钵，法海赶到。白娘子求饶，青儿战败，也被法海所执。法海携钵至雷峰寺并嘱咐许宣皈依正果。法海将白娘子镇压在雷峰塔下，说西湖水干、江潮不起，白蛇才可出世。法海将青儿锁在七宝池边，令其听候法旨。"画真"亦称"描容"，写许宣决心皈依三宝，将子托付姐姐照管。恐怕孩子将来思念父母，许宣亲描白娘子遗容，附上自己的头发，装在匣中，交给姐姐。许宣伤心哭泣，姐姐听到后阻止他剃发，不可，许宣辞别。"接引"亦名"皈依"或"归元"，写韦驮等奉命接引法海、许宣。"精会"亦名"探塔"，大概十六年后，黑风仙得知白云仙姑被镇雷峰塔底，前来安慰。"奏朝"写许士麟请求毁掉雷峰塔，救出母亲。圣旨不许，说古迹难以拆毁，准许其还乡祭母。"祭塔"写许士麟祭塔，与母亲相见，道思母之情。"做亲"亦名"团圆"，写许士麟与李仁之女完婚。"佛圆"写白娘子灾期已满，弥勒佛与许宣前来接引。白娘子往西池王母蟠桃园中修炼，弥勒佛与许宣回缴佛旨。

与黄本不同，作者对白娘子的命运报以极大的同情，大力渲染了白娘子对许宣的坚贞爱情，白娘子生子得第、受封升天的情节，便是广大民众美好愿望和朴素理想的反映。

白娘子的形象得到美化，形象趋于完美，相貌美丽，心地善良，坚强勇敢，对爱情极为坚贞，为救爱人不惜冒死盗草。当爱情遭遇阻挠时，白娘子不肯放弃，坚定地维护爱情，敢于和法海决斗，反抗精神得到充分的表现，这与《白娘子永镇雷峰塔》中白、青见法海就逃遁的情形完全不同。

许宣则带有负心汉的意味，尽管他先前对法海说，念及夫妻之情，不忍下"毒手"，但他最终还是亲自持钵收服了白娘子。

三　方成培的《雷峰塔传奇》

乾隆三十六年（1771年），方成培改写的《雷峰塔传奇》[①]（即水竹居刻本）问世。

方成培，字仰松，号岫云，新安人。水竹居刻本《雷峰塔传奇》署名"岫云词逸改本，海堂巢客点校"，所附《自叙》落款为"乾隆辛卯冬月新安方成培仰松甫识"，有汪宗沆、徐德达、吴士歧的《题辞》，剧本末附洪笔泰跋，凡四卷三十四出：1. 开宗；2. 付钵；3. 出山；4. 上冢；5. 收青；6. 舟遇；7. 订盟；8. 避吴；9. 设邸；10. 获赃；11. 远访；12. 开行；13. 夜话；14. 赠符；15. 逐道；16. 端阳；17. 求草；18. 疗惊；19. 虎阜；20. 审配；21. 再访；22. 楼诱；23. 化香；24. 谒禅；25. 水斗；26. 断桥；27. 腹婚；28. 重谒；29. 炼塔；30. 归真；31. 塔叙；32. 祭塔；33. 捷婚；34. 佛圆。

对于改写《雷峰塔传奇》的起因和过程，方成培在《雷峰塔传奇》的"自叙"中予以说明：

>《雷峰塔传奇》从来已久，不知何人所撰。其事散见吴从先《小窗自纪》《西湖志》等书，好事者从而撮拾之，下里巴人，无足道者。岁辛卯，朝廷逢璇闱之庆，普天同忭，淮商得以恭襄盛典，大学士大中丞高公语银台李公，令商人于祝嘏新剧外，开演斯剧，祗候承应。余于观察徐环谷先生家，屡经寓目，惜其按节

[①] 董春风对白蛇传的产生与流变做了概括，却出现几处错误："《白蛇传》是中国的四大民间故事之一，它大概是从唐代萌芽《太平广记》中无名氏的《白蛇传》……明人陈六龙编有《雷峰塔传奇》；清代有黄国珌的《雷峰塔传奇》，方成培的《雷峰记》，陈遇乾的《义妖传》。"（董春风：《对人心的拷问与探索——评李锐的长篇小说〈人间：重述白蛇传〉》，《当代文坛》，2008年第4期。）《太平广记》中关于白蛇传的篇名并不叫《白蛇传》，而叫《李黄》，声称出于唐朝谷神子的《博异志》，而今本《博异志》中并无此篇；明代陆楫等人辑录的《古今说海》中收录了此文，名为《白蛇记》，未标明撰写者。把《李黄》《白蛇记》看作白蛇传的萌芽并不确切，本书第一章已论述之。陈六龙撰《雷峰记》，非《雷峰塔传奇》。黄图珌著有《看山阁乐府雷峰塔》，论者把"黄图珌"误写为"黄国珌"。方成培著有《雷峰塔传奇》，非《雷峰记》。

氍毹之上，非不洋洋盈耳，而在知音翻阅，不免攒眉，辞鄙调讹，未暇更仆数也。因重为更定，遣词命意，颇极经营，务使有裨世道，以归于雅正。较原本，曲改其十之九，宾白改十之七，《求草》《炼塔》《祭塔》等折，皆点窜终篇，仅存其目，中间芟去八出，《夜话》及首尾两折与集唐下场诗，悉余所增入者。①

"岁辛卯，朝廷逢璇闱之庆"，即乾隆三十六年，皇太后八十寿辰庆典。方成培有感于淮商祝嘏的雷峰塔传奇"辞鄙调讹"，因此加以修改，使之有益于世道人心，"归于雅正"。

从方成培所言"《雷峰塔传奇》从来已久，不知何人所撰"等语判断，他并未见过黄图珌的《看山阁乐府雷峰塔》，而是根据梨园抄本加以改写，学者们对此持一致态度，黄裳说："方氏是不会见过三十年前出版、而为观众遗忘了的看山阁原本的。他所根据的是梨园脚本。"② 方成培的《雷峰塔传奇》流布广泛深远，成为后世许多地方戏曲《雷峰塔》(《白蛇传》)的蓝本，黄裳说："这个改本，是比较完整的一个本子，一直到今天，昆曲里还经常上演的《盗草》《水斗》《断桥》这些零折大体上和'水竹居本'是几乎完全相同的。"③

对于改写本与原本的主要差异、有关删去的出目，方成培在每出后以附记说明。如方成培在"虎阜"后加了这样的批注："此折前旧本有'盗巾''饰巾''出差'三出。"在"审配"后批注说："此折前原有'审问'一出，亦从删。"在"归真"后批注说："旧有剪发描容一折，赘甚，函芟之。"

方本是在梨园抄本《雷峰塔传奇》的基础上修改的，笔者将对两者的主要不同之处加以论述。在方本"避吴"一出，李仁没有径直去出首许宣，而是要许宣去苏州躲避，缉捕盗贼是关键，他从中尽力周

---

① 方成培：《雷峰塔传奇》，乾隆三十六年（1771年）刊刻。以下本书引用的方成培的《雷峰塔传奇》和方成培的批语均出自该书，因该书未标明页码，故无法加以明确的页码注释。读者可参见该书的"超星读秀"电子文本。
② 黄裳：《西厢记与白蛇传》，平明出版社1953年版，第43页。
③ 同上书，第43页。

第一章
白蛇传：从宋话本到民初小说

旋，方成培批注曰："中间放走一着同时理所难行，情所应有，脱卸颇轻便。若旧本公然呈首，后来又腼颜受封，殊不可为训。匪独两番刺配，文法合掌堪嫌矣。"方成培考虑得较为周全，前后照应，情节贯通。第四出"上冢"中许宣介绍李仁"虽处公门，颇称好义"，方成培批注曰："'虽处公门，颇称好义'八字，早为《避吴》《捷婚》两出埋根，此是文家关键，勿忽略看过。"

"夜话"一出为方成培所创，方成培批注曰："增此一出，通身灵动，起伏照应，前后包罗，有瀚行漆洞之致。又足见人方寸间蔽锢虽深，而本体之明，未尝尽丧，清夜中自有此一番情景。"

对于"远访"与"再访"，方成培考虑得十分周全，从整体上予以构思，避免雷同。"远访"写许宣因赃银案而躲避苏州，投奔开饭店的王敬溪，白、青来寻许宣，王敬溪夫妇调和并为之主持拜堂成亲；"再访"写许宣因宝巾之案发配镇江，投奔开药店的何斌，白、青再次去寻许宣，夫妻和好。方成培批注曰："文法最忌雷同，而此出特与《远访》相犯者，见情魔缠绕，如葛藤滋蔓，未易斩除也。然相犯中正自参差有变化在。"

"重谒"写许宣去净慈寺请法海除妖，但是没有接钵，他心中不忍："但弟子夫妻之情，不忍下此毒手。"[①] 法海只好亲自去收服白蛇。方成培批语云："旧本许生恬然受钵而去，太觉忍心，稍一转移，情理俱尽。"

方成培的改写也存在一些不足之处。比如"设邸"一出，交代王敬溪收留许宣只是几句话，其余情节是王敬溪与小二的插科打诨，对整出戏来说，无关紧要。"开行"中也存在插科打诨的现象。

青儿吊打道士，道士被打后化白光而去，许宣认定道士是妖魔，而坚信白、青是清白的。这段情节构思存在纰漏，既然许宣坚信白、青不是妖怪，何以许宣认为"凡人"的青儿能够吊打具有法力的道士？

---

① 方成培：《雷峰塔传奇》，乾隆三十六年（1771年）刊刻。

"端阳"一出写白蛇决定去嵩山求仙草,青青说很危险,不易得手,白蛇则说:"不妨。我向在西池窃食蟠桃,自有莲花护体,决不伤性命。"白蛇的话排除了危险,这样如何能够表现白蛇冒死救许宣的牺牲精神?

端阳节后,许宣既已目睹白蛇的本相,为何还与之生活在一起,而不是躲避?后世改写的白蛇传中增加了"释疑"情节,相比之下,方成培在这一点上处理得还不够妥当。

白蛇向许宣的姐姐解释宝巾一案时说,宝巾是其先世遗留,"枉冤做窝赃匿证"。许宣的姐姐问后来怎样?白说:"幸赖官府廉明,配往铁瓮暂为民。"既然是被冤枉的,而且官府廉明,为何不释放,却要发配?这显然是矛盾的。

在方成培《雷峰塔传奇》中,白蛇的形象得到极大的美化,很大程度上去除了妖气。白蛇在西池王母蟠桃园中窃食蟠桃,遂悟苦修;而在黄图珌的《看山阁乐府雷峰塔》中,白蛇吞食了达摩航芦渡江时折落的芦叶,于是悟道苦修。两者有相似之处却不尽相同。方成培给白蛇起了个名字——"白云仙姑",对其下山的理由"雅化"了——度觅有缘之士,不是露骨地写她"思凡",按捺不住欲念。对于白、许之间的"宿缘",剧本语焉不详,仅仅是偶尔提到;至于"报恩"之说更不明确,仅是白提到一句"恩债两成空"。白本是峨眉山上修炼的蛇仙,可是她放弃了修炼,不顾道兄黑风仙的劝阻,执意到人间寻找"有缘之士",这是她人性的觉醒。白娘子在"夜话"一出中说:"那天孙仙媛,尚然各偕伉俪,况于我辈?怕甚么耐守寡的孀娥笑我。"这段台词表现出白娘子追求爱情的主动和勇气。

白云仙姑尚带一些妖气,比如强占青青的居所,与多次盗窃案有关联——被她摄去檀香的刘成,几乎因此自杀。然而,白对许宣十分恩爱,为他不惜冒死求草,大战法海甚至水漫金山,犯下荼毒生灵的大罪。剧本对她被镇压在雷峰塔下的痛苦揭示得十分感人:"前情如梦,觉后真堪痛。恩债两成空,泪雨里铎声如把咱讥讽。"① 一片痴情落得如此下场,黑风仙问她是否后悔,她如此回答:"咳,这也是前缘宿孽,悔他则甚?"可见她对于爱情的坚定。然而大团圆的结局,损害了白的魅力,"猛回头笑杀从前"与她从前对爱情的执着不符。

许宣本是佛祖前的捧钵侍者,在人间,他却是个贫困、不得志的药店小伙计。他胆小怯懦,遇事首先自保,比如赃银一案,许宣说:"咳,那小姐待我情分不薄,只是于今也顾他不得了!"白对许十分好,他却始终怀疑,当道士魏飞霞说他被妖怪缠身,许宣立即说自己对妻婢"每每生疑",请求道士相助,感戴不浅。道士说符能够"猛然间定迸断他回肠细",许宣在所不惜,接符后回家除妖。对于道士赠符之事,许宣开始隐瞒,被逼无奈才说实话。许宣上金山寺,是为求法海"指点迷津";白、青来金山寺,许宣担忧:"此妖来了,怎么处?"白分娩半月有余,许宣到净慈寺来请法海除妖,"我想再不驱除,终为后患"。许宣念及夫妻之情并不肯接钵,然而白云仙姑被收服终究是许宣所要求的,他这样对法海说:"明日求禅师早降。"白被收服后,许宣也比较悲伤:"生见蛇,悲介。"许宣伤感之余,看破红尘,愿意出家:"白氏虽系妖魔,待我恩情不薄。今日之事,目击伤情,太觉负心了些。咳!恩怨相寻,一场懵懂,我于今省悟了也。弟子尘心已断,愿随师父出家。"② 许宣没有迷失"真性",终皈佛门,被韦驮接引到西方极乐世界,他如此看待前尘往事:"情丝挽,怎如俺跳出了红尘,妻法喜,女慈悲,同返灵山","不须叹,繁华一瞬"。白、许之间本是悲剧,作者却将其处理成大团圆的喜剧,因此丧失了更为感人的艺术力量,许宣后来"反省"的话语缺少震撼人心的感染力。

青青是千年蛇精,为西湖水族头领时颇具妖气,"动则魔惑群生之元气";在黄图珌的《看山阁乐府雷峰塔》中,青儿是青鱼精。青

---

① 方成培:《雷峰塔传奇》,乾隆三十六年(1771年)刊刻。
② 同上。

青被白收服后，变作侍儿，十分忠实，在白的生活中起了很大作用。她性格尚有些粗鲁，比如"水斗"一出，她起先气势汹汹，骂法海"秃驴"，一番打斗后法力不济，方才示弱："娘娘，还是好好去求他，或者肯放官人，亦未可知。"她恨许宣薄情，对白不离不弃，为白向法海求情，被法海收服。佛祖有感于她"颇明主婢之谊，不以艰危易志"，令法海放了她，她与白一起去了忉利天宫。

法海是位高僧，受佛旨接引许宣归于灵山，降伏白蛇。拆散白、许婚姻，既是佛祖的旨意，也是许宣的要求，许宣不肯和她继续生活，如法海所说："他害怕，不肯与你为夫妇，你只管苦苦缠他怎的？"他对白蛇起先是好言相劝，要她放过许宣。后来白蛇水漫金山，法海才将其镇压。对于白蛇的遭遇，法海也报以同情："叹妖魔，将人缠，致今朝，干天谴。原非我，原非我，破你姻缘，总由他，数定难迁。看啼啼哭哭，慈心岂恝然？只要将来回向，回向忏悔前愆。"法海是善良的，帮助处于窘困之中的商贩刘成，对于青蛇，他念其修炼千年，不忍伤害。

四　小说《前白蛇传》

在戏曲雷峰塔的影响下，嘉庆十一年（1806 年），玉山主人创作了章回体小说《雷峰塔奇传》。嘉庆十四年（1809 年），陈遇乾的弹词《义妖传》问世。民国时期，梦花馆主根据陈遇乾的弹词《义妖传》及无名氏的《义妖传后集》"译"成小说《前白蛇传》和《后白蛇传》。章回小说《雷峰塔奇传》、弹词《义妖传》前集、小说《前白蛇传》在情节上更加曲折、完备。本小节将以小说《前白蛇传》作为重点分析对象。

民国时期有人以"梦花馆主"为名，根据陈遇乾的弹词《义妖传》"译"成小说《前白蛇传》。小说《前白蛇传》共 48 回：仙踪、游湖、说亲、赠银、踏勘、讯配、逼丐、驿保、复艳、客阻、辞伙、开店、散瘟、赠符、斗法、端阳、现迹、盗草、救夫、婢争、香迷、聘仙、降妖、虑后、赛盗、惊堂、迷途、痴恋、惊吓、京叙、巧换、化檀、开光、水漫、断桥、姑留、二赏、降蜈、指腹、产贵、成衣、飞钵、镇塔、剪发、哭塔、收青、见父、祭塔。

《前白蛇传》以此前作品的内容情节为框架，然而却描写得更为细腻，情节更为曲折。

"仙踪"增加了白蛇与法海的宿怨：白蛇因贪心而吞食了得道高僧的内丹，高僧就是后来的法海和尚，乃癞蛤蟆精修炼而成。

在方成培的《雷峰塔传奇》中，白蛇下山的理由是"度觅有缘之士"，作品对"宿缘"含糊其辞；与此不同，小说《前白蛇传》明确交代了白蛇下凡的缘由是为报恩，"报恩"成为白蛇修炼的必要因素——这是金慈圣母对她的提醒。

白素贞别了金慈圣母驾云向杭州而去，路过镇江与黑风大王（黑鱼精）结为兄妹，又在钱塘江口收服青蛇精。在梨园抄本与方成培的《雷峰塔传奇》中有个黑风仙，他是白蛇的义兄，曾阻止白蛇下凡。《前白蛇传》中的白蛇的义兄是黑风大王，他是在白蛇下山后与白蛇结拜为兄妹的。黑风大王赠送五鬼及赃银给白蛇，使得故事情节出现了变化。

"游湖""说亲"写白娘娘托小青做媒，允诺将来和她夫妻三七分，小青做偏房，这是"婢争"的根源，这是黄图珌、梨园抄本及方成培的《雷峰塔传奇》中所没有的情节。

在此前作品中，白蛇赠给许仙的银子是白蛇（或主使青蛇）盗窃的；小说《前白蛇传》与此不同，白娘娘或青蛇没有盗窃钱塘库银，白娘娘送给许仙的银子是黑风大王给的，黑风大王曾盗窃钱塘县库银，这样改写减弱了白的负面形象。差役缉捕白、青的过程，充满了诡异之事，白、青多次使用法术，知县领教了白娘娘的厉害。白娘娘对亲自来捉拿她的知县说，她并非妖怪，而是官宦家的小姐，曾拜梨山老母为师，习得法术。

小说《前白蛇传》增加了"逼丐"的情节：许仙到苏州后，在驿中安身，用完银子后被身为乞丐头领的驿中差人逼做乞丐，乞讨银钱供其使用。

"辞伙""开店""散瘟"与许仙开药店保和堂相关。在此前的白蛇传中，许仙到苏州后投奔的是客店主人；而小说《前白蛇传》中许仙投奔的是药店主人，因此许仙开药店与店主存在矛盾，这就发生"辞伙"问题。许仙开药店，王永昌少了得力帮手，想要许仙破产，重新回到他的药材行，便把一些霉烂的药材发给许仙。许仙的药店本来生意很好，却由此造成生意冷清。白娘娘遣小青在夜里四处散布葫芦中的毒，造成城内外瘟疫流行；保和堂将事先用霉烂药材配好的药出售，赚了大量银子，赢得极高声望。"散瘟"有损于白蛇的形象，这一情节在后来改写的作品中基本被去除，尤其是出于反封建的需要。

有关逐道的情节出现细微变化，在《白娘子永镇雷峰塔》及方成培等人的戏曲中，道士法术低微，根本无法伤到白蛇。在小说《前白蛇传》中，道士张英法术极高，白娘娘令小青逃走，自己焚香祷告，赵天君听了祷告后觉得白娘娘行为深合情理，不忍伤害，于是返回天界，白娘娘躲过一次大难；许仙喷符水，白娘娘咬紧牙关忍耐。这样改写，更能够表现白娘娘的牺牲精神。

小说增加"释疑"情节：白娘娘取酒时跌倒在地，许仙看见一条大蛇，急呼小青；大蛇其实是小青所变，白娘娘装作被吓死，许仙掐她的人中，她才醒来，说看见苍龙，许仙于是不再怀疑。"释疑"使得该小说在情节上更为完备，这是梨园抄本和方成培的《雷峰塔》所没有的。

"婢争""香迷""聘仙""降妖""虑后"是由"婢争"而引发的故事。小青道行浅，毒气未净，未得补阳之法，白娘娘不肯实行"三七夫妻"，小青愤而出走，与昆山尚书之子顾连结识。半月过去，顾公子精枯力竭，生命垂危，顾母请来僧道捉怪，都被小青吓走。白娘娘化作观音托梦给顾母，要她请许仙医治顾公子。白娘娘暗中斥责小青，小青赔罪。许仙胆战心惊地"捉妖"，小青将夜壶弄上血迹充作妖怪，顾府人员以为许仙除掉了妖怪夜壶精。顾公子吃下仙草后身体好转，顾母重赏许仙。

"赛盗""惊堂"与许仙再次吃官司有关。中秋佳节苏州有挂灯结彩、陈列古玩的风俗，白娘娘为使许仙高兴，遣小青去顾府盗宝，小

第一章
白蛇传：从宋话本到民初小说

青盗宝时惊动顾公子。第二日，顾公子和总管来请许仙再去捉拿夜壶精，恰好看到小青和宝物，于是去县衙告状。吴县知县恰巧是审理过许仙案件的原钱塘知县，知县再次领教了白娘娘的厉害，说许仙被妖缠绕，真赃假盗，罪还可恕，令王永昌保释出去。许仙继续在王永昌的药铺做生意，白娘娘和小青搬到镇江，继续开药店。王永昌要许仙去镇江游玩散心、要账，许仙到镇江与白娘娘重逢。在梨园抄本和方成培的《雷峰塔传奇》中，许宣因白蛇盗窃宝巾被捕，白、青逃走，许宣被发配镇江，白、青到镇江去找许宣。梦花馆主却将白、许到镇江的顺序颠倒过来。

"迷途""痴恋""惊吓""京叙""巧换"五回，写白娘娘惩罚好色之徒陈不仁，比梨园抄本《雷峰塔》中的《赚淫》和方成培的《雷峰塔》中的《楼诱》更为详细、生动。陈不仁是镇江保和堂药店的房主，垂涎白娘娘的美色。白娘娘为绝其邪念，令小青扮作吊死鬼向陈不仁索命，陈不仁被吓得昏死过去，患了相思病，卧病在床数月。陈不仁的妻子卢氏为满足丈夫的淫欲，留宿白娘娘，陈不仁从床下钻出来求欢，白娘娘却换来卢氏顶替。陈不仁后来发现与他同睡的并非白娘娘而是妻子，发了疯癫，被自家的狗咬死。梦花馆主这样写陈不仁的下场，是出于他强烈的道德意识，他借白娘娘之口说："这等恶毒，天理难容！若是凡人，定中奸计。我却索性去引诱他，断送他命入阴司，惩恶劝善，也不为过。"[①] 在梨园抄本和方成培的《雷峰塔》中，何员外垂涎白娘娘，侍女秋菊献计，将白娘娘骗上楼，白娘娘以大头鬼吓何员外，何员外始信白娘娘是妖怪，然而何员外并未送命。

"化檀"与梨园抄本和方成培的《雷峰塔》中的"化香"有些微差别，许仙和白娘娘捐助檀香的功德，感动上苍，文曲星下降尘世，白娘娘怀孕。

"水漫""断桥""姑留"与梨园抄本和方本的"水斗""断桥"稍有不同，黑风大王参加了水斗，率领众水族水漫金山，淹死众多镇江

---

① 梦花馆主：《白蛇全传》，岳麓书社 2006 年版，第 142 页。

百姓。法海请来龙王退水，斩了黑风大王。白娘娘和许仙投奔陈彪夫妇，在杭州开保和堂药铺。

"二赏"写端午节白娘娘再次现形，被陈彪看到，陈彪告诉许仙，许仙害怕，借故躲避白娘娘。"降蜈"写茅山道士带着蜈蚣来杭州找白娘娘报仇，道士将一个装有蜈蚣的金盒子交给许仙，要他偷偷放在床顶上面，许仙照办。半夜，蜈蚣要加害白娘娘时，撞翻马桶，法术被破后死去。小青乘道士不备，将其抓住丢入长江淹死。

"指腹"与梨园抄本中的"指腹"和方成培的"雷峰塔"中的"腹婚"有不同之处：白娘娘和许仙的姐姐"指腹"时都没有分娩；而在后两者中，"指腹"时许宣的姐姐已经产下一女，而白蛇尚未分娩。"产贵"写白娘娘产下男婴，取名梦蛟；许氏生了女儿，取名碧莲。"成衣"描写白娘娘为儿子做衣服。

"飞钵"写白蛇分娩满月后，法海持钵盂前来降伏她。法海对来道喜的众人说白娘娘是蛇妖，众人不信，法海说用钵盂一试便知。许仙拗不过众人，为摆脱法海纠缠，只好拿着钵盂到白娘娘房间。许仙正要和白娘娘说明情况时，钵盂从手中飞出罩在白娘娘头上。"飞钵"的情节拙劣，之所以出现"飞钵"，是作者不想将许仙塑造为负心汉，而要将责任推在法海身上；既然如此，完全可以要法海自己动手，可作者又不这样写，"但须许仙亲自动手，才将成功"[①]，毫无道理。在小说《白娘子永镇雷峰塔》中，法海除妖需要许宣配合，许宣接钵盂后回家，趁白娘子不备，用钵盂罩住她，不肯放手。在方成培的《雷峰塔》中，许宣念及夫妻之情，不忍下手，法海自己动手收服她。后两者对许宣收服白蛇时的处理都是讲得通的。

"镇塔"写白娘娘被降伏，小青逃走。"剪发"写许仙看破红尘，画了白娘娘的相貌，落发出家。"哭塔"写许梦蛟七岁时知道事情真相，在雷峰塔前哭诉对母亲的想念。"收青"写小青逃走后修炼飞刀，十四年后来救白娘娘，被法海收在白玉净瓶中，观音菩萨赶来，将装

---

① 梦花馆主：《白蛇全传》，岳麓书社 2006 年版，第 193 页。

第一章
白蛇传：从宋话本到民初小说

有小青的净瓶带至南海。"见父"写许梦蛟进京赶考，路过金山寺见了父亲。"祭塔"写许梦蛟中了状元，奉圣旨回乡祭塔，白娘娘灾满出塔，与梦蛟相见后，随法海回复佛旨。许梦蛟与碧莲完婚。

在前言中，梦花馆主阐述了把白蛇传弹词改编为白话小说的意图，作者认为白蛇传"颇含着讽世的深意"，"原书的本意，是说做了一个人，不可以忘恩负义；就是一个妖怪，也要报答前世的恩德，才能够修成道果，位列仙班，何况明明是个人，非但不知报恩，还要以怨报德，岂非蛇妖都不如吗？"[①] 改编者认同原著浓厚的报恩意识和鲜明的讽刺意图；然而一切为了报恩，那么爱情将置于何地？白娘娘经常想到报恩后便回山修炼，比如，许仙拿灵符来降她时，白娘娘焚香祷告："素贞虽是蛇形所变，恪遵金母慈训，奉命报恩，完此夙愿，实非贪淫好色；又不敢伤害生灵，只待恩怨一清，即便回山。"[②] 每出现一次"回山"的想法，均与她对爱情的执着形成矛盾。爱情不是自然而然发生的，不是使人生愉悦的，而是成了不可推卸的负担，这就使人怀疑她与许仙之间爱情的真诚。"报恩"思想成为弥漫于小说的大雾，遮掩了爱情的光芒。这反映出作者思想的局限，不能正视爱情，以为白娘娘和许仙的结合只是"淫"。

尤为荒谬的是，作者要白娘娘以法术迷惑许仙，这更有损于白、许间的爱情。"游湖"时，白娘娘令小青将"迷"字拍入许仙心中，使其带着三分呆钝，免得猜疑，此后有关"迷"的法术在小说多次出现。免去许仙猜疑，固然是"迷"的好处之一，然而仔细分析，小说中有关"迷"的情节毫无必要，反而造成情节矛盾。许仙中"迷"之后，何以能够发现府第不正常？小青掩饰破绽靠的是法术，而不是依靠许仙的"痴呆"。白娘娘与小青法力高强，即使不使用"迷"的法术，也完全可以遮掩过去。许仙因赃银案被发配至苏州，因心中有"迷"而思念白娘娘，可见其真实情感并非如此，这既损害了许仙的

---

① 梦花馆主：《白蛇全传》，岳麓书社2006年版，第1页。
② 同上书，第61页。

形象,也暴露了白娘娘的自私。其实这"迷"字并未真正起作用,许仙见到小青时,很吃惊,不肯跟她回家,说邻人不知底细,白娘娘"不是人"。许仙被小青强拉到家中,见到高大的门墙时还担心又是祠堂,发现家中没有供灶君后,担心又是祠堂所变。许仙要和白娘娘交欢,被白娘娘婉言拒绝,白娘娘说他们是正大光明的夫妻,不是私下偷情的男女,被丫头进来碰见不成体统;许仙见白娘娘正经、贤德,便认定她不是妖怪,因为妖怪都喜欢淫欲,心中疑惧尽释。从这几处细节可见,许仙处处留心妖的痕迹,头脑非常清楚,思维很敏捷。他之所以疑惧尽释,不是因为"迷"字起作用,而是没有看出破绽,被白娘娘掩饰过去。再如,许仙因吃了仙草,胸前的"迷"字勾销,想起端午的事情,因而很害怕,几日不肯上楼见白娘娘;白娘娘在酒上偷偷写了"迷"字,许仙饮下后"果然十分灵验"。然而事实并非如此,许仙的疑虑并没有消除,他依然知道妻子是蛇妖:"这样的千姣(娇)百媚,绝世无双,如果真是总兵千金,可称得一生艳福!惜乎他是蛇妖所变,真叫我空费周章了。"[1]尽管许仙心中有"迷"字,可他还是怀疑白娘娘,相信法海的话,并帮助道士复仇。小说中有关"迷"字的情节,非但不能使故事情节更合理,反而弄巧成拙,造成情节破绽百出。

小说过分渲染了白娘娘的法力。两次审案,白娘娘法术非凡,捉弄差役知县。然而,白娘娘如此肆无忌惮地使用法术,暴露了其特异之处,使人怀疑她是妖怪——尽管她说自己并非妖怪,是官宦家的小姐,拜梨山老母为师,习得法术。小说过分渲染了白娘娘能掐会算的法力,使情节失去了悬念。白娘娘有时失误,多是因为她未算阴阳,这样一来,某些事情——比如小青去顾府盗宝,只能怪她自己不慎。白娘娘去昆仑山盗草前,说此去不知吉凶,还为此安排好后事;她算阴阳的法力既然那么高明,何不事前算一算?与白娘娘、法海能掐会算具有同样弊端的是对于"劫数""宿命"的宣扬,人物的命运既已

---

[1] 梦花馆主:《白蛇全传》,岳麓书社2006年版,第86页。

第一章

白蛇传：从宋话本到民初小说

注定，那么何来悬念及意外的变化？

小说在叙事技巧上稍显拙劣。有些插科打诨的情节，如喜官偷偷扣取钱财，两个邻人送许仙回家后讨取好处，焦姓客人的谈话，都和整部作品联系不大，滞缓了故事情节的推进，显得累赘。许仙把两个差役当作鬼的情节以及白娘娘会不会"生蛋"的议论，纯粹是为了哗众取宠，流于恶俗。

作者声音过分凸显，经常打断故事进程，插入一些不必要的议论，既使得观点过于直露，缺少含蓄的魅力，又使读者感到枯燥无味，甚至令人感到作者的见解浅显、庸俗。尤其令人不能接受的是，某些议论并非出自对故事情节、人物的评价，而纯粹是出于自我标榜，比如：

> 夫妻对坐谈了一回心，方始上床安睡，不必细叙。若是在弹词中唱起来，定要描摹得淋漓尽致。其实夫妻同床，本是常事，那一个不知道呢！[1]

> 本回名为"斗法"，其实唱弹词的人，所唱的斗法一事，说什么"道士拿起葫芦，放出许多白鹤，飞舞空中，娘娘便将鞋底棉花扯碎，变做寿星，吹入云中，只见许多老寿星，骑鹤四散而去。又拿起令牌宝剑，架起天空，耀武扬威，都被娘娘破掉。又把茅山道高高吊起，鞭打再三，然后放下，抱恨而去"。这一种说法，虽觉得热闹好听，但是和情理不合。你想神仙庙在城市大街人烟稠密的地方，岂容那妖魅斗法，各显神通么？将今比古，世事原是一样的，郡府那有不来访拿的道理！只怕许仙也不能在苏地存身了。所以把这些荒诞的话，还是删改的为是。[2]

这种将原作和改编作品进行比较、分析优劣得失的议论，充斥全书，其实大可不必如此。作者直接将改编的文字写出即可，没有必要

---

[1] 梦花馆主：《白蛇全传》，岳麓书社2006年版，第43—44页。
[2] 同上书，第65页。

和原著比较，或者可采用其他形式，如将原著和改编本的比较放在前言中加以说明。

许仙的形象被生硬地分裂，时好时坏，时而想与白娘娘分手甚至要她性命；时而不在乎白娘娘的蛇妖本相，表示就是被吃掉也愿意甚至还要殉情。许仙这一形象完全由作者的意愿控制，而不是按照故事情节自然发展。如此一来，小说的情节时常矛盾。究其原因，是因为作者既写许仙受到迷惑，对白娘娘不是真心相爱；又想以许仙和白娘娘的真心相爱来感染读者。

小说中多次描写许仙对白娘娘的恩爱。端午前的夜里，白娘娘身体发热，许仙表现得极为关心，他含了冷茶，待其变得温了，哺到白娘娘嘴里。天明后许仙去摸白娘娘是否还发热，他不肯去看龙舟，留在家中照顾白娘娘。他劝白娘娘饮雄黄酒，并非是起了疑心。盗宝案后，王永昌劝许仙断了对白娘娘的思念，说她是妖怪，要给许仙娶个美貌的妻子，许仙则一口回绝："多蒙叔父恩待，频加劝慰，小侄怎敢不从。但是念及我妻恩爱，止不住伤心下泪。我愿学古时的宋宏，义不重婚的了。"[①] 这样的情节固然感人，然而由于许仙心中有"迷"，那么他是呵护爱情还是"执迷不悟"？

许仙捐助檀香，是因为和尚祝福他"早生公子做官中状元"，他爱体面，认为白娘娘最敬观音，知道募化也无妨。可是接下来他又后悔："他忽然转了一念：想起从前妻房谆谆吩咐，叫我和僧道绝交。"[②] 许仙在捐助时想到了白娘娘，难道只想到她同意捐助檀香而忘却她的"谆谆吩咐"吗？这令人生疑，不如删除许仙起先认为白娘娘知道后无妨的文字，这样许仙捐助檀香是一时过于高兴，忘乎所以，根本没有想到白娘娘的反应，捐助后冷静下来才想起她的话。

许仙上金山寺是受到官府的压力，尽管他违背不再与僧道往来的诺言，然而情有可原。可是作者又写许仙去金山寺也是为了体面：

[①] 梦花馆主：《白蛇全传》，岳麓书社 2006 年版，第 134 页。
[②] 同上书，第 145 页。

第一章
白蛇传：从宋话本到民初小说

"今番我独助檀香，何等体面！若然不去，恐惹恼了府太爷，反为不便。我何不瞒了妻房，到一到即便回来，有谁去告诉去呢？"① 他还盼咐伙计为他隐瞒，官府压力下的被迫无奈与自愿前往心理形成矛盾。

小说中多处关于许仙情感的情节是矛盾的。许仙听了法海说出白娘娘和他的凤缘后吓得浑身颤抖，跪求法海救他性命。法海要他出家，许仙道："禅师法旨，敢不凛遵！弟子情愿皈依三宝。只是我与娘子夫妇情深，一旦分离，心实不忍。且容弟子回家，将禅师的训谕，点化一番，使他各归其所，我也放心与他作别了。"② 白娘娘和小青来找他，许仙害怕，然而还是央告法海留情："还望禅师海涵，只用好言回绝了他，休伤他的性命。"③ 许仙向法海求情表现出其心地善良，还顾及夫妻感情，那么这种情感应该持续到后来才合理，然而小说并不这样来塑造许仙：茅山道士携蜈蚣来杭州报仇，说蜈蚣"管教妻婢两命同消"，许仙非但不维护，还称谢："若得降妖，自当重重酬谢。"④

陈彪将端阳看到白娘娘现形之事告诉许仙，许仙回忆去年端阳节见她现形的情景，要和她早日断绝："我被他一直骗到如今，好像在梦里一般。我竟与此物同卧床衾，真是可恨！只不知计将安出，早早和他断绝呢！"⑤ 许仙冷落白娘娘后，白娘娘多次亲自烧各种许仙爱吃的东西送去，许仙却并不领情，全行退回。白娘娘派小青送放了糖的西瓜给许仙吃，许仙无端发怒，说白娘娘心肠狠毒，西瓜上面是砒霜。许仙对白娘娘恨入骨髓，可是他后来对法海说："梦寐难凭。就是妖魔吃我下去，我也情愿的，与你什么冤仇，这般苦苦的作对，快些出去，谁要你来多管！"⑥

白娘娘第二次现形后，许仙冷落了她。姐姐的一番怒骂使许仙改变了想法，他认为做和尚没有好处，不过是骗他去吃苦罢了；况且白

---

① 梦花馆主：《白蛇全传》，岳麓书社2006年版，第150页。
② 同上书，第152页。
③ 同上书，第154页。
④ 同上书，第142页。
⑤ 同下书，第174页。
⑥ 同上书，第196页。

娘娘现形并非他亲眼所见，到底是传闻，不可轻信。他竟连姐夫的话也怀疑，对自己曾目睹白娘娘原形的事不再提起。白娘娘分娩时，许仙竟不去叫产婆，一是害怕她疼痛不过现出原形吓死人；二是怕她生下的不是人，而是"蛋"。他依姐夫陈彪的话，"做了无情汉子"。

法海收服白娘娘时，许仙说："你既然是灵蛇变化人形，平日应该与我说出根由，我自然不上他人的当了，决不害你受这样痛苦的。"① 其实许仙早就知道白娘娘的来历，法海在金山寺已经对他说明；两次端午节现形以及道士复仇事件，应该使许仙知道白娘娘是蛇妖。

小青是道行稍低的青蛇精，被白娘娘收服后，变作侍女，忠心耿耿，多次为白娘娘排忧解难。法海收服白娘娘时，她明知法力不济还要和法海相斗，在白娘娘的恳求下才逃走。她逃走后苦练飞刀，十四年后来救白娘娘，被法海所捉。

然而小说竟设置了她与白娘娘争许仙，要三七夫妻，使得其形象魅力大大减弱。小青这样做，并非出于爱情。端午惊变许仙被吓死后，小青劝白娘娘另寻他人："哭也无益，不如依我的意见，把相公好好的埋葬后，我与娘娘走遍天下，怕没有多情美貌的郎君么！"② 许仙被救后冷落白娘娘，小青说："既然他这等薄情，我们还要跟他则甚！难道世上没有美男子么？"③ 从小青的话中可看出，她并不在乎许仙，其他美男子是可以代替许仙的。因此，小青与白娘娘争许仙的理由不充分。

白娘娘纯粹是为报恩而下凡，对于"报恩"的弊端前文已有。为了报恩，白娘娘坚定地维护爱情，忍受道士符水的伤害，去仙山求草，惩罚陈不仁的引诱，金山寺与法海大战等，都足以体现她在维护爱情上的勇敢与坚毅。白娘娘宽容大度，遭遇许仙几次背叛，都不肯放弃，当她被钵盂罩住时，还为许仙开脱罪责，保护他不被小青吃掉；道士去杭州报仇，险些要了白娘娘之命，小青将道士丢在长江淹死，白娘娘埋怨小青狠毒。

---

① 梦花馆主：《白蛇全传》，岳麓书社 2006 年版，第 198 页。
② 同上书，第 73 页。
③ 同上书，第 84 页。

第一章
白蛇传：从宋话本到民初小说

小说为美化白娘娘形象，以各种理由为其不光彩的行为开脱。白娘娘几次连累许仙吃官司，都是无意的，比如赃银案，库银是黑风大王送的。再如盗宝案，白娘娘是为了使许仙高兴才主使小青盗宝，若不是小青主动唤醒顾公子，事情就不会败露；白娘娘准备"赛宝"之后便归还，并不打算据为己有。

"散瘟"是白娘娘的罪恶之一，其原因是王永昌把一些霉烂的药材发给保和堂，使保和堂本来很好的生意变得冷清。白娘娘遣小青散毒，却再三叮咛，不要在远处官塘大河散毒，防止过路商人沾染疾病，要小青小心谨慎，向四处均匀散派，防受疫过重，伤人性命。尽管如此，散瘟毕竟是罪恶行为，若要美化白娘娘的形象，完全可以不写其散毒，只要写苏州发生瘟疫即可。

"婢争"也是损害白娘娘形象的因素之一。小青为白娘娘做媒时，白娘娘许下将来和她三七分夫妻。白娘娘不肯实践诺言，是因为小青道行浅，不得补阳之法。这种思想庸俗不堪，白娘娘若是因为对许仙强烈的爱情而反悔尚可理解。

白娘娘被镇压在雷峰塔下，小青来搭救时，她表现得有些自私，小青呼唤白娘娘，白娘娘尽管早已听见，却硬着心肠假作耳聋，寂然不发一声，使得小青被法海收服。

法海乃癞蛤蟆精修炼而成，虽然后来修成正果，脱却凡胎，却因白娘娘吞食其金丹而一直耿耿于怀。佛祖命他下山宣传佛教，察看人间苦恶。他假公济私，拆散白、许的孽缘，一来叫许仙皈依佛教；二来叫白蛇知道他的厉害。小说尽管以直露的笔法揭露法海假公济私的心理，然而事实上，法海并无过错，他虽然存了报仇的心理，但是并没有和白娘娘一般计较："但我已证佛果，未便和从前一般见识，况他从无过犯，也不能无罪而诛，违了我佛慈悲的宗旨。"[①] 法海说，白娘娘若向他降伏，便和她消释前仇；所谓的"降伏"，不过是不再纠缠许仙。白娘娘来金山寺要法海放许仙，法海要她远遁高飞，早早归

---

① 梦花馆主：《白蛇全传》，岳麓书社2006年版，第143页。

山,并未因内丹之事而加以为难。拆散人妖夫妻,要许仙皈依佛门,是他的职责,他是有佛命在身的。

王永昌本是古道热肠之人,好心收留发配来苏州的许仙,对许仙十分敬重、关心,慷慨大方,热心地帮助许仙张罗婚事,还说花费银两在所不惜,两年徒罪获释后,许仙便可回杭州。后来许仙再次吃官司,白娘娘和小青到镇江,王永昌关心许仙如故。许仙到镇江去讨账,遇到白娘娘而不归,王永昌恼怒异常:"又被妖怪缠住,迷而不悟,将来决没有收成结局,空费我前番一片心肠。从今以后,我也不要他上门,要与他断绝往来了。"① 从这些情节来看,王永昌是热心的,并非小人。可是,小说为了使白娘娘和小青"散毒"有正当理由,竟把生意不好的原因归结在王永昌身上。

第四节　狗尾续貂:弹词《义妖传后集》、小说《后白蛇传》

弹词《义妖传后集》写白蛇被镇压在雷峰塔之后的故事,小说《后白蛇传》是梦花馆主据其"译"成的。《义妖传后集》与《后白蛇传》属于"续传",由于作品思想庸俗、腐朽,格调不高,叙事拙劣,故而没有很大的思想和艺术价值。其失败说明这样一个道理:随着时代的进步,白蛇传改写必须摒除封建礼教观念,树立现代文明意识。本节将以小说《后白蛇传》作为重点分析对象。

一

小说《后白蛇传》共十六回:脱胎、思凡、假冒、驱妖、封王、产子、归国、报信、征妖、下狱、订婚、请母、照鉴、降魔、

---

① 梦花馆主:《白蛇全传》,岳麓书社2006年版,第137页。

第一章
白蛇传：从宋话本到民初小说

赐爵、升天。

《后白蛇传》的情节大致是：如来认为白娘娘、小青皆与许仙有未了姻缘，于是要她俩下凡与许仙重续旧好。千年狐精胡媚娘与青蛙精变作白、青模样，许仙被迷惑。白、青依如来的金函行事，打败胡媚娘，夫妻重聚，小青做了偏房。大奸臣仇练陷害许梦蛟，要他出使北番连罗麻，许梦蛟经历一番磨难后完成使命。胡媚娘与蜈蚣精在凤凰山兴兵作乱，共谋报仇。小青生下一子，取名梦龙，随九天玄女娘娘学道。仇练再次公报私仇，保举许梦蛟带兵讨伐胡媚娘等妖孽。许梦蛟不幸被妖兵包围，紧要关头，许梦龙赶来，剑斩蜈蚣精。胡媚娘变作白娘娘模样来战，梦蛟与梦龙不能辨别真假，于是派人去杭州探听母亲情况，暂时休战。仇练诬告许梦蛟母子造反，许梦蛟被押在京城天牢。许梦龙找仇练理论，被其押在花园。仇练独生女绣凤在丫鬟春兰的陪同下释放许梦龙，和他私订终身。梦龙到杭州后请来白、青，天子了解了事情真相，释放梦蛟，并派白、青兴兵平妖。白、青打败胡媚娘，率众凯旋，许仙全家得到封赏，荣归故乡；许仙途中落水被河伯换去凡胎。梦龙与绣凤成婚，并纳春兰为妾，许、仇两家合好。白、许、青享尽荣华富贵，经法海劝说去参见如来，修真学道。许家相继产下三个公子，长大后金榜题名，香火不绝，梦蛟、梦龙则白日飞升成仙。

《后白蛇传》的格调不高，作者完全被封建礼教观念所支配，缺少正确的价值观，对传宗接代、男人同时拥有妻、妾现象津津乐道。小说充斥着定数、因果报应等观念，以享尽荣华富贵、得道升仙等"大团圆"情节收场，这不仅表明作者缺少对悲剧艺术的认识和理解，更反映出作者思想的庸俗。

为白蛇传写后续，反映出中国民众的大团圆的心理："白娘子、许仙飞升，不再能过甜蜜的夫妻生活；许梦蛟中状元，奉旨完婚，也难事天伦之乐。中国下层社会的老百姓在洒泪之余，意犹未惬，总希望白氏夫妇能苦尽甘来。于是有民间艺人鉴于白蛇传故事的巨大影响和老百姓喜爱悲喜剧的心理，又创作了弹词《义妖传后集》两卷十六回。"①小说《后白蛇传》对弹词《义妖传后集》稍加变化，作者的改编动机依然是迎合中国民众的大团圆心理，故而主题思想、格调并未改变。

小说明显歧视女性，"香火"观念十分浓厚，带有因缘果报色彩。仇练是大奸臣，故而"天不佑助，膝下无儿"，只生下一个女儿。许家生下的都是儿子，两房有三位贤公子，十分聪俊，"皆因白氏娘娘积下的阴德，子孙兴旺，瓜瓞绵长。青娘也得靠福，子贵夫荣"。②为了使许、陈联姻，小说设定陈连、陈达的夫人都生了女儿，仇练前来祝贺，陈氏弟兄齐答道："不敢！不敢！两房共生三女，虽则聊胜于无，终究是别人家的。"③

许仙纳小青为妾、许梦龙纳春兰为妾的情节，完全是满足于男性对女性的占有欲，毫不顾及女性的感受和尊严。白娘娘与许仙二十余年后相逢，白娘娘为践行"三七分"诺言，当晚就暗示小青与许仙同房，许仙不明就里，打发小青走。白娘娘"眉头一皱，假作不快活的样子""面带霜色"，谎称自己受了风寒，坚持要小青陪许仙。许仙本来深爱小青，以前只是害怕白娘娘吃醋，不敢与小青勾搭；这次白娘娘主动让二人成婚、同房，许仙"可称为受宠若惊，哪有不愿意之理"④。小青则假意推却，要白娘娘和许仙同房，不肯夺爱。婚后三人生活和谐幸福，"七分"代表了正室的权力和地位，"三分"就是对丫鬟的恩宠。爱情是排他的，小说没有写出女性深刻的个人感受，完全是以男性占有的眼光来看待男女之间的关系：男人可以妻妾成群，女性则成为男性的玩物。许梦龙、绣凤、春兰的关系也是如此。

小说以很大的篇幅来写仇练与许梦蛟的斗争，而其斗争显得庸俗，仅仅是因为仇练丢失宝物引起，将政治斗争简单化、庸俗化。小

---

① 朱眉叔:《白蛇系列小说》，辽宁教育出版社1992年版，第66页。
② 梦花馆主:《白蛇全传》，岳麓书社2006年版，第307页。
③ 同上。
④ 同上书，第248页。

第一章
白蛇传：从宋话本到民初小说

说明确说仇练是"当朝赫赫的大奸臣"，然而仇练除了藏匿番邦的贡品外，并无其他危害朝廷、黎民的行为，况且他昔年因平蛮有功，官封平番王之职。小说指明仇练公报私仇，要许梦蛟出使番邦、平定叛乱，但是这不足以认定仇练居心叵测，事实上许梦蛟确实"不辱使命"，若换他人或许难以担当大任。许梦蛟下狱虽与仇练有关，然而主要原因是许梦蛟休战，若许梦蛟派许梦龙回杭州及时查明虚实，则不会有牢狱之灾。仇练与许梦蛟的斗争最后和解，许梦龙与仇练之女成婚，许、仇两家成为姻亲，这岂是政治上的忠奸斗争？若是，许家岂不是同流合污了？

《后白蛇传》与《前白蛇传》一样，依然充斥着因果报应、定数。比如，仇练公报私仇，保举许梦蛟出使番邦，作者议论说："不料灾星未退，还要受一番磨折，才得官居极品，享受荣华。这也是天数注定的。"①

二

《西湖三塔记》与《白娘子永镇雷峰塔》的故事时间都是南宋，前者是宋孝宗淳熙年间，后者是宋高宗绍兴年间；而弹词《义妖传》《义妖传后集》，小说《雷峰塔奇传》《后白蛇传》等的故事时间是元朝。段怀清说，梦花馆主的《前后白蛇传》"更干脆，根本回避了传说发生的具体时间"②。《前白蛇传》的故事时间不明确，但是《后白蛇传》中故事时间是明确的——元朝，"元营中得报"一句就揭示了故事时间。

弹词《义妖传》《义妖传后集》，小说《雷峰塔奇传》的故事时间发生变化，或许是因为这几部作品的作者担心"文字狱"，元朝相对于宋朝来说，更易为清朝统治者所接受。小说《前白蛇传》《后白蛇传》虽然改编于民国，不再有文字狱之忧，然而作者是根据弹词本稍加修改的，故而未对时间做改动。小说《后白蛇传》夹杂着汉族与少

---

① 梦花馆主：《白蛇全传》，岳麓书社2006年版，第272页。
② 段怀清：《中国四大爱情传奇》，东方出版中心2009年版，第16页。

数民族对政权的争夺,胡媚娘在凤凰山兴兵作乱,她变作白素贞模样,对许梦蛟说:"你须及早觉悟,快快与做娘的合为一路,杀进京城,另立帝主,还我大汉的河山!"①

小说《后白蛇传》的人物极多,白娘娘、小青性格并无变化,娶小青为妾的情节使得许仙显得"好色",对爱情不够忠贞,表明他并非是独爱白娘娘,而是早就对小青有欲望。许梦蛟精忠报国,不辱使命。许梦龙为小青所生,聪明异常,跟随九天玄女娘娘,助许梦蛟平定叛乱。陈伦清正廉明。仇练则是大奸臣,但是小说对其"奸"描写得不充分,后来他与许家和解,皆大欢喜。

弹词《义妖传》前后集不能上下呵成一气,情节上存在极大的矛盾,主要原因在于《前白蛇传》的"仙圆"对于人物的结局交代得十分清楚,许仙在金山寺坐化,白娘娘被放出雷峰塔,超升仙界,小青被放出宝瓶后回到北玄山修成正果。这样的结局使得写白蛇续传成为不可能之事,如梦花馆主所说:"照这般说来,凭你有生花妙笔,如何写得下去!即使勉强接续,也难免画蛇添足,节外生枝了。"② 这也是弹词《义妖传后集》取名"后传"而不取名"续传"的原因。弹词《义妖传后集》的缺点诸多,就如梦花馆主所云:"错误迭出,姓名互异,穿插事实,无中生有,用笔僵硬,不能自圆其说。"③ 梦花馆主的小说《后白蛇传》与弹词《义妖传后集》内容、情节基本相同,只是在不甚合理之处做些修改。梦花馆主注重前后传的浑然一体,在改编前传时为写后传做下铺垫,留下余地,因此与弹词《义妖传后集》相比,小说《后白蛇传》前后承接相对来说比较自然,情节上能够自圆其说。最重要的修改就是在小说《前白蛇传》"祭塔"时,便告结束,删去"仙圆"一回,给人物命运的变化留下余地:许仙因尘缘未了而还俗,白娘娘、小青灾难已满,各自被放出,参见如来,如来念她们与许仙尚有孽缘未了,于是令她俩下山与许仙重聚。

---

① 梦花馆主:《白蛇全传》,岳麓书社 2006 年版,第 278 页。
② 同上书,第 229 页。
③ 同上。

第一章
白蛇传：从宋话本到民初小说

三

小说《后白蛇传》叙事极为拖沓，在无关宏旨的地方泼墨过多，絮絮叨叨，比如小青如何产子、白娘娘如何照料等。

小说《后白蛇传》在叙事上与小说《前白蛇传》有相同的缺陷——大段大段地议论，将唱本与改写后的小说做比较。比如"报信"中就许梦蛟和陈伦的谈话，作者议论说："这一番问答的话，虽不十分重要，原书却与《前传》不合，难免阅者指摘。故由在下删改，较为妥当些。哈哈！在下简直做了圆谎先生了！"[①]

第四回"驱妖"，对于白娘娘的诉说，作者议论道：

> 若照着原书叙述，如何做妻的为你受尽苦楚，如何做妻的为你险丧性命，一样一样的细诉苦情，在唱本里还不惹厌，如今变了说部，也是这般译下去，好比一桶水倒出倒进，有什么趣味呢？还有一说：这段救夫情节，说得白娘娘太觉软弱，动不动下泪叹气，大有一筹莫展的样子，亦有些儿不对。所以我又删改了一下子，只不把本意失去就算了。[②]

第四回"驱妖"，白、青、许三人游玩西湖十景，作者议论说：

> 我若照着原本唱篇直译，再将西湖十景，一样一样地叙述，纵然点缀分明，也觉得重复可厌。因为上段书里，胡媚娘玩景思凡，早经说过的了。况且此次祭墓而来，无关重要，只算得连带文字，还是少说几句的为妙。但是娘娘今日随夫祭塔，重到湖塘游玩，未免有今昔之感。人情大抵如斯，所以我提及往事，也其是回顾《前传》的笔意，理上说得过去的。[③]

---

① 梦花馆主：《白蛇全传》，岳麓书社2006年版，第265页。
② 同上书，第246页。
③ 同上书，第254页。

第五回"封王",以大段文字解释前后传中的陈彪即是原唱本中的李君甫。

> 只有一句话,我好似骨鲠在喉,不得不表白出来。你道为了什么,其实是很可笑的。《前传》里做捕役的陈彪,是许仙的姊夫,后来许大娘与白娘娘指腹联姻,生了女儿碧莲,配与梦蛟,陈彪当然是岳父了。这一段情节,谅必看过《前传》的,还没有忘怀呢!如今这部《后传》里,细细将原唱本查看,不见了陈彪,却变做了李君甫。起初我译的人也弄不清楚,不料续书的健忘到如此地步。及至考求其中的事迹和两下的称呼,分明陈彪即是李君甫,李君甫就是陈彪。前后判作两人,连姓名也不合,岂不是荒天下之大唐吗?所以我译本中仍改为陈彪,把李君甫除去,免得前后有不符的弊病。但恐看过原书的,不明此意,反道我译错了,故而我申明这几句。不过也有一说:或者君甫两字,是陈彪的别号,也未可知。他只将姓氏弄错,还算不得十分荒谬呢!好在传奇小说,无从考据,只求委婉动听,前后贯串,或是或非,在所不计,马马虎虎地过去,就是我译错了,也要阅者原谅则个。①

朱眉叔批评小说《后白蛇传》"姓名互异",并无道理,实际上,"姓名互异"是梦花馆主批评弹词《义妖传后集》把"陈彪"改为"李君甫"的,梦花馆主对此大为不悦,用大段的文字予以嘲讽。而梦花馆主的《前白蛇传》与《后白蛇传》中,许仙的姐夫都叫"陈彪",故而《后白蛇传》基本不存在"姓名互异"的问题。需要说明的是,小说《前白蛇传》中的钱塘知县周士杰,在小说《后白蛇传》中变为"陈伦",梦花馆主已在文中予以说明,因其无关轻重,故而依照弹词本未加修改:"依据本传里说,陈伦初任钱塘县,后升苏州

---

① 梦花馆主:《白蛇全传》,岳麓书社2006年版,第250页。

府,好像《前传》里的周士杰。先做钱塘时,因库银一案,将许仙徒配姑苏。及至昆山盗宝事发,告到吴县堂上,这县官也就是他。……好在周士杰非比陈彪,陈彪误作李君甫,断然不可,我在上回早经说明。如今这个陈伦,并不是许仙的亲戚,无关重轻,恕我不再更改了。"[1]再如《前白蛇传》中的昆山公子姓顾名连,表字锦云,在《后白蛇传》中变为"顾蕙兰",亦属无足轻重,况且同姓顾,而且"蕙兰"是其官名。

---

[1] 梦花馆主:《白蛇全传》,岳麓书社 2006 年版,第 259 页。

第二章

黑暗中的启蒙霹雳：
20 世纪二三十年代之交的白蛇传改写

人们对于白蛇传的接受，在新的时代有了新的变化。

从民初的两篇游戏文章，我们可以看出人们在新观念的影响下为白蛇鸣不平。在轶池写的《白蛇控法海禅师禀》中，白蛇以法海教唆许宣伤害其性命为由，请求提起公诉。白蛇自述与许宣结亲以来，"卿卿我我，两好无猜，婢学夫人，深自敛抑"，她修炼虔诚，不会忘记许宣嘘寒问暖的深情，怎么会去伤害许宣？尽管其子中状元祭塔，犹不能因子贵而脱离幽禁，法海的行为也与佛门的慈悲相悖。白蛇请求提起公诉的依据是"新刑律"，期待"庶足申国法而拯蚁命"[①]。颍川秋水的《白娘娘反对重建雷峰塔议》写于雷峰塔倒掉之后，有西湖游客拾得白娘娘反对重建雷峰塔的宣言书，宣言书列举了反对的四点理由，其中便有破除迷信，违背民国人身自由的约法[②]。

1930 年 9 月，江苏省立镇江民众教育馆编辑出版《民间旬刊》，指铭在该刊物上发表了一些民间文学作品，如《河蚌精》《孟姜女故事》《小白龙》《许仙与白娘娘》等。在《许仙与白娘娘》中，作者开

---
① 轶池：《白蛇控法海禅师禀》，《小说新报》1915 年第 4 期。
② 颍川秋水：《白娘娘反对重建雷峰塔议》，《红玫瑰》1924 年第 22 期。

第二章
黑暗中的启蒙霹雳：20 世纪二三十年代之交的白蛇传改写

门见山地亮出自己的观点：反对假道德、赞成真恋爱，为白蛇精鸣不平；而且期待读者通过阅读这一传说，表同情于白蛇[①]。开篇的这番话大约表明作者受了新思潮的影响，然而，作者的讲述不过是陈词滥调，并没有与传统的白蛇传有明显区别。作者从白、许游湖相遇说起，到白娘娘被镇压在雷峰塔下、儿子祭塔结束，将一个复杂的故事压缩为约 4 页纸的短篇，叙述极为简略，传统白蛇传中很多精彩的情节没能展开，表明了作者叙事水准的拙劣。作品还有"话本"的痕迹，如"读者不信，在下愿意……""话说""读者呀"等。作品有不少经不起推敲的细节，如白娘娘轻易能摄取银两，却又苦于本钱太少；白娘娘为了赚钱，竟然散毒使人们得瘟疫，于是趁机抬高药价，其行为丧心病狂，与作者所期待的为白娘娘鸣不平、争取读者的同情背道而驰。主题的游离、人物形象塑造的失败、叙事水准的拙劣大概就是当时这类民间文学所呈现的真实水准。这一民间传说要想大放异彩，显然还需要受过良好艺术熏陶的文人的精心改写。

"五四精神"的影响力是巨大的，现代文明观念在思想贫瘠、社会黑暗的中国逐步扎根、成长。受"五四精神"冲击而觉醒的几位文学青年，以现代意识来诠释白蛇传，借这一古老的传说，热烈地抒发着内心渐渐苏醒的情爱欲望，传说在现代复活。20 世纪二三十年代之交的白蛇传改写具有明显的现代意识，高长虹的《白蛇》、向培良的《白蛇和许仙》、顾一樵的《白娘娘》，具有表现主义戏剧的典型特征，剧本借白蛇传来宣扬现代爱情观念，批判了旧礼教对人性的束缚，响应了启蒙运动，具有强烈的现实意义和相当高的艺术价值。

[①] 指铭：《许仙与白娘娘》，《民间旬刊》1931 年第 44 期。

第一节　爱情的伟大：向培良的诗剧《白蛇和许仙》

一

向培良的独幕诗剧《白蛇与许仙》①（《传说的独幕剧》），1930年4月发表于《北新》半月刊（四卷第七期）。

该剧以茶馆中的母女对话拉开帷幕，采草药的客人讲述不久前发生的白蛇和许仙的爱情故事，客人走后，法海、许仙、白蛇和青蛇陆续登场，在茶店相遇。许仙与白蛇、青蛇雇船回家，茶店女儿追随白蛇等人而去，法海则陷入迷茫之中。剧本的主旨是歌颂白蛇与许仙的爱情，批判法海对于自由恋爱精神的破坏，具有五四时期鲜明的反封建色彩。《白蛇与许仙》连载于《中央日报》时，编辑黄其起介绍说："这是以一篇民间传说的故事加些想象写成的戏剧，这里告诉我们的，是爱情的力量，一切坚贞、苦痛都是在那个神圣的字下孕育出来的。读者要擒住这篇剧本的意义，不要错认了这是神话剧或是舞台上所演的《封神榜》一类的东西呀！"②

狂飙社作家在创作中积极借鉴表现主义，产生了很多表现主义作品，尤以向培良和高长虹为代表。表现主义的重要特征就是对现实的反抗，《白蛇与许仙》处处闪耀着反抗黑暗现实的火光——以爱情来反抗封建礼教，表现白蛇、许仙、茶店女儿等对于自由的热烈追求。白蛇和许仙自由同居，这种人与妖的爱情，受到法海的干涉。白蛇不

---

① 潘子农在其回忆录中说："狂飙社的作家向培良，曾以'旧瓶新酒'形式写过中篇小说《白蛇与青蛇》，约在一九二九年连载于南京《中央日报》副刊。"（潘子农：《舞台银幕六十年——潘子农回忆录》，江苏古籍出版社1994年版，第328页。）潘子农的说法有误，作品的名称是《白蛇与许仙》（《传说的独幕剧》），不是《白蛇与青蛇》；体裁是话剧，并非"中篇小说"；连载于《中央日报》1930年5月9日至6月3日，并非是1929年。

② 黄其起：《其起附志》，《中央日报》1930年5月9日。

第二章
黑暗中的启蒙霹雳：20世纪二三十年代之交的白蛇传改写

肯屈服，为爱情而与法海战斗。对于水漫金山淹死无数镇江人民这场灾难，白蛇也认识到自己的罪过，因此不肯逃跑，要在生完孩子后听凭法海发落。她对许仙说："因为爱你，我要把你从那个老和尚的手里夺出来，才涨起大水来漫掉金山寺。因此，许多的生灵都被伤害了，我应该受我的惩罚。"① 她认为涨水的动机是崇高伟大的："水漫金山寺的一夜，滔天的大水是由我涨起来的，许多生灵因此伤害了，但我是以如何崇高的目的而涨起大水来的呵！"② 这种爱情至上的论调非常契合五四时期的启蒙语境。

二

向培良在剧本集《不忠实的爱·自序》中写道："自从表现派的剧本在舞台上活跃以来，从前制作剧本的技巧完全被打破了，表现派以非常大胆的自由的手法写他们所爱写的东西，完成许多从前视为不能表现的东西，使剧本之领域侵入更大更大的方位。"③《白蛇与许仙》的写法就比较自由、大胆。

该剧在结构上比较新颖，白蛇和许仙的故事分为两个阶段展开，水漫金山之前的部分，以客人讲故事的方式展开，白蛇、青蛇、许仙、法海等人物并不出场；后半部分白蛇、青蛇、许仙、法海登场，现实生活中的人物和神话人物由茶店这个地点结合起来。这样的结构，有利于淡化故事叙述成分，加强"情绪"表现。故事的前半部分，客人在讲述时表露出爱憎倾向，茶店女儿、客人不时通过对话来展示评判态度。

客人讲述故事时，不用"妖精""妖怪""蛇妖"来称呼白蛇，而是用"白娘娘"。对于白蛇和许仙的结合，在以往白蛇传作品中，白蛇基于"报恩"委身许仙；而客人给出了两种说法："听说是因为报恩才来找许仙，又说是无所谓报恩不报恩，只是她爱许仙许仙也爱

---

① 向培良：《白蛇与许仙》，《北新》半月刊4卷7期（1930年4月），第944页。
② 同上书，第945页。
③ 向培良：《不忠实的爱·自叙》，上海启智书店1929年版。

她。"① 爱情成为两人结合的重要理由,"报恩说"退居其次。"他们同居有好久,人间的夫妻哪有那样的亲爱呢。"② 在婚姻听凭父母做主的时代,自行同居被视为有违礼教、大逆不道的。鲁迅的小说《伤逝》中,涓生和子君的同居不就招致非议吗?而客人却赞赏他们的同居行为,并且认为他们之间的恩爱是人间罕见的。白蛇去盗仙草,客人的说法是,仙翁明知白娘娘要来盗仙草,同情白蛇,有意帮助她,于是故意支开蛇的天敌鹤童,留下容易对付的鹿童。仙翁这样做有足够强大的理由:白蛇"不是邪魔外道,偷仙草也是要救丈夫"③,充分肯定白蛇的行为。客人有对白蛇的批评,但与其说是为了批评,还不如说是为了预先堵住读者之口:客人的批评话语是为了引出茶店女儿的反驳话语。例如,对于水漫金山淹死镇江人民的灾难,茶店女儿说:"都是法海和尚引起的,在相爱而不能够相爱的时候,谁又顾得到别的事情?"④ 这就否定了白蛇的责任,把过错推给了法海,高度肯定了爱情——为了爱可以不顾一切。女儿完全站在白蛇这边,肯定白蛇的所作所为。比如,对白蛇盗草救夫,女儿赞赏她不顾性命危险救心爱的人,哪有这样的妖精?对于端午现形,她批评道士多事,破坏爱情,滥显神通。法海说白蛇与许仙缘分已尽,女儿反驳说,只要仍相爱,就是最大的缘分。

三

在人物塑造上,《白蛇与许仙》具有明显的表现主义特点:除了白蛇、青蛇、法海有明确的名字外,其他人物都没有姓名,如"母亲""女儿"是以家庭身份称呼,"樵夫"则是以职业称呼;人物塑造不以个性化为目的,而以类型为标志,这样能够表现出抽象的普遍性。表现主义着眼于普遍人性,人物形象类型化,被用来象征某些抽

---

① 向培良:《白蛇与许仙》,《北新》半月刊4卷7期(1930年4月),第924页。
② 同上。
③ 同上。
④ 同上书,第925页。

第二章
黑暗中的启蒙霹雳：20世纪二三十年代之交的白蛇传改写

象的、永恒的观念，缺少鲜明的个性特征，托勒说："在表现主义戏剧中，人物不是无关大局的个人，而是去掉个人的表面特征，经过综合，适用于许多人的一个类型人物。表现主义剧作家期望通过抽掉人类的外皮，看到他深藏在内部的灵魂。"[①] 表现主义作品的人物往往没有姓名，有的以某种符号来代替，有的则根据性别、年龄、家庭和社会关系、职业来称呼，洪深曾说，表现主义的人物"均是笼统的典型的代表的，没有特殊的性格（常时不用姓名，只称为男子女子医生警官等）"[②]。

女儿和白蛇的称呼有时混同，白蛇是"湖山的主人"，女儿也被称为"湖山的主人"，甚至女儿和白蛇的台词有时都是一样的，都憧憬有一天能够站到雷峰塔顶上，比谁都能更接近太阳。这意味着，白蛇虽然是异类，但其对于爱的追求，对光明和幸福生活的渴望，与常人无异；女儿是普通人，但她不愿意被狭小的空间所拘束，她要自由，要反抗，要像白蛇那样成为"湖山的主人"。女儿和白蛇一样，渴望生命的充实，想要过一种新的生活，不要麻木、虚空地生存，这正是五四时期"人"的觉醒的体现。客人认为白蛇从前在深山中逍遥自在，到人间后几次险丢性命，是自寻苦恼，女儿反驳说："山中的岁月不能算幸福，人间的生活也不能算苦辛。我也想到外面去，我要多多地看，我要多多地做；无论痛苦幸福于我都一样。"[③] 这正如白蛇自诉："在山中，我们是太空虚了，太空虚了。我们度了千年岁月，正如同现在度了一月时光，或许不及现在一月所知道的更多。"[④] "我们的内心也不会感到生命；我们是没有欢喜也没有忧伤，没有烦恼也没有舒畅。"[⑤] 白蛇与女儿称呼、语言的含混性，使得人物形象具有更为普遍性的意义，这是表现主义惯用的手法。

---

① 朱虹等编译：《外国现代剧作家论剧作》，中国社会科学出版社1982年版，第232页。
② 洪深：《"表现主义"的戏剧及其作者》，《洪深戏剧论文集》，天马书店1934年版，第187—188页。
③ 向培良：《白蛇与许仙》，《北新》半月刊4卷7期（1930年4月），第926页。
④ 同上书，第933页。
⑤ 同上书，第934页。

四

表现主义的一个重要特点就是注重主观情感的揭示。表现主义文学反对自然主义的模仿现实，强调艺术的抽象性，要求透过事物的表象表现内在本质，认为内心世界才是真实的、本质的，因此尊崇自我心灵世界，注重主观情感的表达，主张向内心世界进行挖掘。埃德施密特说："世界存在着，再去重复它是毫无意义的。在最近一次的震颤中，在最真实的核心中去探寻世界并重新创造世界，乃是艺术的最伟大的任务。"① 库·品图斯说："使现实从其现象的轮廓中解放出来，使我们自己从现实中解放出来，战胜现实，不是用现实本身的办法，不是通过逃避现实的办法，而是更加热切地把握住现实，用精神的钻透力，灵活性，解释的渴望，用感情的强烈性和爆炸力去战胜和控制现实……"②

作为狂飙社的重要成员，向培良深受表现主义影响，其剧论和剧作的核心概念就是"情绪"。在《中国戏剧概评》《剧本论》和《艺术通论》等著作中，他对情绪多次强调并深入探讨。在《剧本论》中，向培良阐释说："动作的归结在于显示情绪，则情绪自然是剧中主体了。不过，情绪之为物，虽然不像思想那样隐晦，却也要有所凭借才能体现。情绪，在另一方面说，也可以称之为内心的动作，以区别于体态的动作。"③ 向培良对"五四"以来的话剧创作进行了激烈批评，因为它们"不曾表现人生，传达真正的情绪"④。他将情绪作为评判剧作的圭臬："真的戏剧是应该忠实表现人生，忠实地传达情绪的。"⑤ "写一个剧本，是以故事始而以情绪终的。为了故事，则应注意到题

---

① [德]埃德施密特：《论文学创作中的表现主义》，《现代主义文学研究》上册，中国社会科学出版社1989年版，第435页。
② [德]库·品图斯：《论近期诗歌》，《现代主义文学研究》上册，中国社会科学出版社1989年版，第413页。
③ 向培良：《剧本论》，商务印书馆1936年版，第5页。
④ 向培良：《中国戏剧概评》，上海泰东图书局1929年版，第23页。
⑤ 同上书，第88页。

第二章
黑暗中的启蒙霹雳：20 世纪二三十年代之交的白蛇传改写

材和结构，为了情绪，则应注意到人物，而人物的个性则借对话和动作表现出来。"① "戏剧是运动的艺术，即以运动为表现思想情绪底中介。"② 向培良不仅在戏剧批评上强调"情绪"，还在创作中予以渲染。因沉闷生活和社会黑暗而产生的苦痛，对自由和光明的热烈向往，对爱情的渴求，成为《白蛇与许仙》渲染的主要情绪。

女儿患病吐血，感到来日不多，可是她并不颓唐，有强烈的生存欲望；她感到生活沉闷，想要去外面的大世界闯荡，渴望自由与光明。死亡能够造成沉闷压抑的氛围，而对生存的渴望则能够打破压抑气氛，女儿生命受疾病威胁，虽然她强烈地渴望生存下去，但是她不肯接受法海的治疗，因为法海没有感情，不懂得爱。她不能接受没有爱的生活，她跟随白蛇而去，因为白蛇懂得爱。许仙被法海送到断桥后十分迷惘："我到什么地方去呢？正如同丧家之狗，如同迷失了路途的小鸟，我岂不是没有地方可去吗？你曾经叫我到你那里，现在又要我离开，我一切都照着做了，但我是茫然遵从你的旨意，什么也不知道！是你要我这样做的。"③ 白素贞则强烈肯定自己对爱情的追求和所获得的生命的充实："我如今已不再是一个妖精，所以我是不再怕他的了。我已经比他懂得更多。我懂得一些微妙的感情，人间的东西。他却什么也不知道。"④ 小青则露出对许仙动摇、背叛行为的愤恨之情，几次吵嚷着要把许仙吃掉完事。这些人物的内在强烈情绪都得到展现，更为典型的是白蛇与许仙重逢后，以大段的对话憧憬未来：

许仙　不快的时候只像夏天的浮云，很快就走过了，仍然会显出青天同闪耀的太阳——只有太阳才是永久的光明，永久的！

白素贞　我们现在一块儿回去，度我们愉快的时光。你也不要再开药店了，免得惹起意外的麻烦。你就留在家里。我们要躲

---

① 向培良：《剧本论》，商务印书馆 1936 年版，第 6 页。
② 向培良：《新的舞台艺术》，《矛盾》第 2 卷第 6 期，1934 年 2 月。
③ 向培良：《白蛇与许仙》，《北新》半月刊 4 卷 7 期（1930 年 4 月），第 927 页。
④ 同上书，第 944 页。

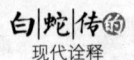

在我们的小屋子里，像一时被风惊怕了的小雀儿，躲在他们的窝里。

　　许仙　只在天净气佳的时候才从我们的小窝里出来，在满是野花和芳草的树林子旁边游戏。我们站在桃花和杏花繁艳的枝头，用我们的小喙儿衔起花片，那些花片是和你的脸颊一样晕红的。我又要用我的翅膀扑着和你的眉色一样青黛的嫩叶。以后我们落下来，缓缓飞着，在明净的湖水上面照见我们双飞的影子。

　　白素贞　湖上不会有吹散我们的大风，也不会有鹰鹞，也不会有猎人来打我们。湖上不会有这些东西——哎，使我们多么担心。

　　许仙　不会再有这些东西，不会再使你担心。在美丽的湖水上面一切都会美丽而且欢乐，在微波软软的时候，我们要坐上一只小小的游艇，也不用驾船，也不用摇橹，随微风软软地飘动着的湖水把我们带到什么地方。我要唱一支歌给你听，是我所知道的最美丽的歌，以前你不会听过的。白云会留着听我唱完，微波会去了而又回头——我的歌有这样好听。要是湖上的南风把你吹倦了，你就睡在我的膝上；我会轻轻地拍着你，我会看守着你的梦。我会是多么温存而且我要多么谨慎地看守着你的梦呵。①

　　类似这样的大段对话在剧本中多次出现，成为传达"情绪"的重要手段。

五

　　梦境与幻觉能够揭示出人物更为复杂的心理世界，而且往往造成奇诡的氛围，是表现主义作家普遍使用的手段。山岸光宣说："和神秘的倾向相偕，幻觉和梦，便成了表现派作家的得意领域。他们以为艺术品的价值，是和不可解的程度成正比例的，以放纵的空想，以绝

---

① 向培良：《白蛇与许仙》，《北新》半月刊4卷7期（1930年4月），第940—941页。

第二章
黑暗中的启蒙霹雳：20世纪二三十年代之交的白蛇传改写

对无上的东西，而将心里底说明，全部省略。"① 《白蛇与许仙》展现了女儿的梦与幻觉，女儿做了个梦，仿佛站在无尽的湖水中间，水面开满了如碗口般大的像玫瑰似的花朵。水不流动，花瓣儿也不振荡，四周没有一点东西和声音，这使她觉得异常难受的冷清。她醒来后天还没有亮，现实情形就如同梦中一样，没有一点声息，她好像仍是站在水面上，尽是望着、等着，而天却不肯亮。梦与现实的情形一样，梦就是现实社会的象征，没有声息、天不肯亮，象征着五四运动低潮后的黑暗现实和青年们梦想破灭、找不到出路的内心苦痛。

象征手法是表现主义的另一重要特征，弗内斯说："对表现主义来说，隐喻是一个中心问题。"② "意象占据主导地位，并常常具有象征意义，这是表现主义的一个特征。表现主义的诗人感到，有必要这样来运用意象，不仅把它作为外部现实的反映，而且作为意义的决定性的中心（庞德所说的旋涡）；它成为独立的，以它来在读者中激起大量的回应，使它成为读者想象的推动力或者作为读者反应的催化剂来起作用。纯熟地运用意象不一定是描述现实，也许仅仅只是编造一个富有魔力的咒语，它会诱使读者自己去发现使人已经历了什么和企图表达什么。意象和象征都表现意义的内部世界，都是从普通经验中抽象出来。意象作为隐喻和意象作为象征都超越了模仿，它在对世界的重新阐释中积聚了加强的意义。"③ 布莱希特在《戏剧辩证法》中指出："表现主义是用象征手法和风格化舞台的。"④ 袁可嘉说："从许多手法看来，表现主义可以视作戏剧领域的象征派。"⑤

《白蛇与许仙》中的人物形象具有象征意义。白蛇象征着勇敢追求爱情、与黑暗势力不懈斗争的青年。女儿是觉醒的青年，渴望自由和光明，不满于现实黑暗，她这样赞美白蛇："我爱她情深似海，我

---

① ［日］山岸光宣：《表现主义的诸相》，鲁迅译，《朝花旬刊》1卷3期，1929年6月。
② ［英］R.S.弗内斯：《表现主义》，艾晓明译，昆仑出版社1989年版，第24页。
③ 同上书，第27页。
④ 伍蠡甫主编：《现代西方文论选》，上海译文出版社1983年版，第159页。
⑤ 袁可嘉等编：《外国现代派作品选 第一册（下）》，上海文艺出版社1980年版，第401页。

爱她胆大如天。她就只为了爱,别的什么也不顾。我也要学她那样胆大妄为。"母亲说:"这总是年轻人的派头。"① 母亲是不知反抗、听从命运的被压迫者,她具有善良的人性,也有愚昧的奴性,比如对于白蛇的婚姻,她就这样看待:"就只为痴心妄想,白娘娘才弄一个家破人离。姻缘有一定,何必苦争持呢。"② 这与女儿的看法、白蛇的抗争是截然不同的。法海象征着黑暗势力,他破坏了美好的爱情。许仙则象征着从懦弱、迷茫到觉醒、坚定的青年。

剧中的太阳、黑夜、季节等都具有象征意义。女儿、许仙、白蛇强烈地赞美太阳,渴望光明,太阳象征希望、象征战胜黑暗的力量、象征美好的未来。在向培良的剧本《生的留恋与死的诱惑》中,病人在死神降临时渴望着生命和光明,呼喊着"太阳"。太阳的这种象征意义,在"五四"时期的作品中很普遍。女儿认为自己活不久了,母亲安慰她:"你看花草有在春天谢了的么?到夏天岂不是都要更长得茂盛吗?妈就算到秋天了,但妈还要活着,看你成人家呢。"③ 此处的春天、夏天、秋天则象征着人不同的年龄阶段。象征使作品充满了朦胧的色彩,具有丰富的意蕴,使作品显得诗意盎然。雷峰塔象征着压迫势力,剧本开头就明确说它"以非常之沉重的气势压着一切";白、许断桥重逢后,白蛇说,雷峰塔以如此沉重的气势压着一切,正在恐骇着她,并说,法海要把她关到塔里,直至塔倒才许她出来。女儿和白蛇都憧憬有一天,能够站到雷峰塔顶上,比谁都能更接近太阳,塔倒、站到塔顶上象征着压迫势力的失败和被压迫者的胜利。

向培良的剧作除深受表现主义的影响外,还深受唯美主义的影响,爱、美、死亡是唯美主义艺术表现的基本主题。《白蛇与许仙》就可以看出唯美主义的显著特征:注重意象和意境的营造,语言具有浓郁的诗意和强烈的抒情色彩,注重语词的藻饰和铺排。剧中大段大段的抒情独白,显然受到王尔德的名剧《莎乐美》的影响。

---

① 向培良:《白蛇与许仙》,《北新》半月刊4卷7期(1930年4月),第927页。
② 同上。
③ 同上书,第922页。

第二章
黑暗中的启蒙霹雳：20世纪二三十年代之交的白蛇传改写

第二节 爱情的神：高长虹的话剧《白蛇》

《白蛇》是独幕五场剧，1929年4月高长虹游镇江时所作，发表于《长虹周刊》第十九期（1929年6月8日）。《白蛇》极具表现主义特色，是高长虹的著名剧作之一。

一

高长虹思想激越，对社会黑暗充满反抗的激情，如其在《狂飙》周刊的发刊词《本刊宣言》中所说："软弱是不行的，睡着希望是不行的。我们要做强者，打倒障碍或者被障碍压倒。我们并不惧怯，也不躲避。"[①] 他极力赞扬和呼唤"超人式"的个体反抗："有敢以一人而敌全世界的吗？有在百败之后，而仍欢快地去赴最后的绝地的吗？……真的反抗者出来呵，请你把力量与了世界！"[②] 鲁迅评价说，高长虹起先"尚未以'超人'自命"，"不过后来却日见其自以为'超越'了。然而拟尼采样的彼此都不能解的格言式的文章"[③]。殷克琪在研究尼采与中国现代文学的关系时指出："在1925年至30年代这一时期，只有两个文学社仍受尼采的影响，它们是'狂飙社'和'沉钟社'。"[④] 尼采是表现主义的先驱，如弗内斯所言："在任何关于表现主义的前驱的描述中，讨论尼采都是必不可少的。……正是尼采对自我意识、自主和热烈的自我完善的强调给了表现主义者的思考方式以最

[①] 高长虹：《本刊宣言》，《狂飙》周刊第14期（1925年3月1日），该文在同日出版的《京报副刊》发表时题为《狂飙周刊的开始》。

[②] 高长虹：《弦上·给反抗者》，《高长虹文集》（上卷），中国社会科学出版社1989年版，第198页。

[③] 鲁迅：《〈中国新文学大系〉小说二集序》，《鲁迅全集》第6卷，人民文学出版社1981年版，第251页。

[④] 殷克琪：《尼采与中国现代文学》，南京大学出版社2000年，第22页。

大的推动力。"①

作为狂飙社的发起者、组织者和代表人物，高长虹对表现主义极为称赞，认为表现主义比现实（写实）主义更为真实和科学："人类的行为是刺激的反应，而不是有意识的，所以人常不能够认识自己的同别人的行为。表现行为的艺术，所以最真实的，便是那最近于无意识的。写实主义者在表现现实，却以观察为依据，所以不能够表现真实的现实。……我常觉得表现主义比现实主义更是科学的，而且这也是用最进步的科学可以说明的呢！"②他认为表现主义是中国文艺进步的重要手段："中国文艺，向来被束缚于反表现主义，不能冲出它的樊篱者，也便不能走近艺术的墙垣。中国文萃，向来都是简明的记述，没有抒写复杂的情绪的。在这种铁样的因袭之下，非经过超绝一切的飞跃突进，新的艺术没有法子成功。"③他极力倡导表现主义文艺，他说："我希望表现派作品能多几种译出来，对于中国是有益的事。"④他在1928年写给史济行的信中说："表现派文艺，也确是我最先倡导的"，"德国表现派作品，我已在动手翻译一剧本 Gas。写点精彩的作品，我也正在进行"。⑤《白蛇》就是高长虹所写的表现主义剧作之一。

二

《白蛇》剧作以白蛇和许仙在白蛇家中的对话展开，对白蛇和许仙的邂逅采取倒叙的回溯式结构。许仙因接受白蛇盗窃来的元宝而获罪，被发配到苏州。一个多月后，许仙在苏州开了家小药店，开张那天，白蛇找到许仙，两人和好。接下来的情节包括端午现形、仙山盗草、金山水斗、断桥重逢、弥月合钵等，在白蛇产子满月后，许仙拿钵盂来收服她，白蛇呼喊着许仙前来杀她，两人立着不动，幕落。

---

① ［英］R.S. 弗内斯：《表现主义》，艾晓明译，昆仑出版社1989年版，第8—9页。
② 高长虹：《中国艺术的姿势》，《高长虹文集》（中卷），中国社会科学出版社1989年版，第102页。
③ 高长虹：《批评与感想·〈春痕〉》，《狂飙》（不定期刊）2期，1928年9月21日。
④ 高长虹：《走到出版界》，《狂飙周刊》第6期。
⑤ 高长虹：《通信一则》，《长虹周刊》第8期。

第二章

黑暗中的启蒙霹雳：20 世纪二三十年代之交的白蛇传改写

表现主义戏剧的情节往往缺乏逻辑，剧情离奇突兀，只用来解释主题和某些观念；结构相当散乱，场次之间缺少逻辑联系，事件的本来顺序和因果关系常常被故意割裂、打乱，以至于前无因、后无果，中间还要随意颠倒穿插其他事件，叙事不连贯，线索不明晰，人物的行为动机不明确，言行矛盾百出。话剧《白蛇》明显具有表现主义的这种特征。剧作打乱了事件正常的发展顺序，使用倒叙、追叙手法，省略掉许多情节，使故事叙事简洁精练，有的事件则有上文而没下文，比如，白蛇在苏州找到许仙的药店，要帮他偷盗人参，许仙答应，这一事件就此结束，它只是为了表现白蛇为了爱情不顾一切的冒险、牺牲精神。许仙接受了白蛇赠送的元宝，如何被发现与获罪？在白蛇传戏曲或小说中，这都交代得十分明确；该剧则极简略，只是后来从许仙的口中得知，因元宝是盗窃的而使他获罪。由于剧本不注重叙事，必要的交代也被省略了，故而有些情节之间存在矛盾，缺少内在逻辑。例如，法海如何出现，许仙如何去金山寺，这些极为重要的情节剧本并没有提及。许仙对白蛇情感的变化更是不合逻辑。许仙因元宝而受累，引了公差到白蛇府上，华壮的府第却变成荒地，地上伏着一条长蛇。在苏州药店，许仙怀疑白蛇是个妖怪，然而他与白蛇和好了；金山水战后，许仙在断桥与白蛇相遇，许仙对爱情如此坚定："为了我，你曾犯罪，你的伟大更大于你的厉害。我愿永久地爱你，我愿永久地哪怕做你的奴隶。你是人也好吧，是神也好吧，哪怕就是妖怪也好吧，你来吃他，因为他是你的！"可是，在白蛇分娩满月后，许仙竟然拿着钵来降白蛇。此外，很多奇异的事件，许仙竟不深究，不弄个明白。

显然，剧作的重心并不在这些外在的情节和细节上，而在于揭示人物的内心世界。该剧作情节叙述简略，而情感的表达却极为强烈，白蛇和许仙常以大段的抒情或独白来表达内心的感受。赤裸裸地宣泄内心情感，是《白蛇》的重要特点。比如第五场，对于白蛇内心世界的揭示：白蛇听到钵声，很慌张，在房间里走来走去，感觉有大祸临头、末日到来，极为恐惧，呼唤许仙来救她；可是当看到拿钵来收服她的竟是许仙时,她先是惊得乱跑乱跳,一度的沉痛的恐怖后,又恢复镇静,表现出某种绝望:"盗窃库银,我摄取人参,我更至于淹死了成千成万的生命,我都是为了你,为了我对你的爱,我做了那超于我的能力和职分之外的事情。你不要害怕。世间没有可怕的妖怪,但那爱情也许是可怕的,我愿意带它去永终了吧!"[①]

剧中出场人物减少到极致,只有白蛇和许仙,"妖僧"法海仅是在白蛇和许仙的对话中被提到,至于青蛇连提到的份儿也没有。与人物的减少相一致,故事也只保留了基本的内核和矛盾冲突,即白蛇与许仙相爱而法海从中作梗,以此凸显白蛇与许仙的伟大爱情,展示他们的内心世界。

剧本以爱情为主题,反对法海的压迫。1927年2月,高长虹在其攻击鲁迅的打油诗《戏答》中,就使用了白蛇传说:"妖精男身而女心,疑是白蛇变诗人","白蛇水淹金山寺,我妻吃我伤他人"。[②]"把鲁迅影射为独霸《莽原》的'女妖'",[③] 剧本《白蛇》显然与鲁迅无涉,而是对白蛇与许仙之间的爱情予以热烈的颂扬,比如写他们对爱的表白,那是大胆的,赤裸裸的:

  白蛇 你为什么还不说出来:你爱我?
  许仙 (低下头,拱起手来。)我爱你,我像爱天上的仙女一般地爱你!
  白蛇 (低下她的头来。)我也爱你!我像爱我的灵魂一般地爱你!
  许仙 我的生命上的春天来了!
  白蛇 我的生命上的春天来了![④]

[①] 高长虹:《白蛇》,《高长虹文集》(下卷),中国社会科学出版社1989年版,第426页。
[②] 高长虹:《戏答》,《高长虹文集》(中卷),中国社会科学出版社1989年版,第250—251页。
[③] 陈漱渝:《鲁迅与狂飙社》,《新文学史料》1981年第3期。
[④] 高长虹:《白蛇》,《高长虹文集》(下卷),中国社会科学出版社1989年版,第418页。

第二章
黑暗中的启蒙霹雳：20世纪二三十年代之交的白蛇传改写

白、许不再讲究父母之命、媒妁之言、门当户对等旧习俗，去除了一切封建礼教的束缚，这是时代进步的体现，也是高长虹的理想。在剧中，许仙和白蛇的爱得到了仙翁的同情，仙翁说，为了爱和牺牲，仙草是属于白蛇的，偷盗因此成为"最大的正义"。仙翁甚至称白蛇是"爱情的神"，并威胁鹤童，若伤害白蛇就将其赶出天宫。

三

与其他的白蛇传不同，在高长虹的《白蛇》中，白蛇和许仙被冠以"诗人"称号。此处的"诗人"并非是《戏答》中的戏谑称呼，而是饱含了高长虹对诗人品格的由衷敬佩之情。1925年，高长虹曾写过散文诗《诗人》，赞美诗人是人生的"实行者"，不计较个人利益，"不是自我的利害，个别的琐事"，而是关心人类。诗人"诅咒罪恶"，"歌颂理想"，是"光明的嗜好者"，"人类的灵魂的探险家"。诗人对黑暗现实与广大庸众决不妥协，决不"委蛇而周旋"。如此，诗人必不被社会所了解和接受，而是被敌视："诗人是敏感的，社会是跛脚的，真的诗人必不为社会所了解。诗人所明见的未来时代的真实，在社会是疯狂者的呓语"，"诗人的行为，在社会必常以怪诞目之，诗人常成为人生的奇装异服者"。作者使用了一个精妙的比喻，"诗人是人类的一首好诗"。[①]

在白蛇和许仙恋爱前，白蛇曾试验许仙有没有"诗人的灵魂"，她甚至称自己怀的孩子为"未来的诗人"。"诗人"在剧作中具有象征意义，即人类的拯救者。

"自然的女儿"也是白蛇的独特身份。作为"自然的女儿"，白蛇不要差人，不奴役他人。因人类社会的可怕，白蛇把西湖当作朋友，只有在西湖她才能做"自然的女儿"："她是我们的有始有终的朋友，她在为我们的爱情作证。我们的悲欢离合，都没有一点能够隐瞒她。

[①] 高长虹：《诗人》，《高长虹文集》（上卷），中国社会科学出版社1989年版，第212—213页。

所以我才又赶到这里。我只有回在西湖,我才能服从我那自然的运命。"① 在许仙要收服白蛇时,白蛇骄傲地对许仙说自己是伟大的蛇:"你没有轻视她的资格,你也不必要害怕她吧!她比你们人类更伟大,她有那比你们人类更善良的心!"② 剧中对自然的热烈礼赞与高长虹崇尚自然的思想有关。高长虹有一部诗集名字就叫《献给自然的女儿》,他崇尚自然,认为人类不应该违背自然,他对人类社会现有的剥削、倾轧和残杀现象非常不满,主张按照自然法则实现公平和正义。如董大中说:"高长虹也是十分尊崇自然的。……在他看来,人作为一种高级生物,人与人之间的关系以及整个人类社会,都应该按照自然规律合理地发展,而不应该由外力去戕害他,扭曲他。""他崇尚自然,同样不是要'回归自然',更不是回复到远古的洪荒时代,而是拿这种理论,引导人们认识现实社会的不自然、不合理、不公正,从而警醒起来,与黑暗社会相抗争,达到将它'打倒'或'相歼'的目的。"③

　　白蛇把肚里的孩子称作"未来的诗人",把产下孩子称作"力的新生",将其当作人类的"补报工程"。孩子是他们希望的象征,如许仙所说:"我们的孩子要来到,我们的新生命也要来到了。"孩子更是人类希望的象征,白蛇在被许仙收服前说:"那里间屋里,是我留给你的一个新的生命,他将为你们人类创造那新的历史。"④ 许仙、白蛇受到黑暗现实的压抑,然而并没有失掉反抗的勇气和信心,茅盾在《西洋文学通论》中高度评价了表现主义对现实的反抗:"表现主义是积极的,主动的;……表现主义就是处在绝望中的人心的热刺刺地要努力创造的精神。""就是在这样极度的危难,扰乱,怀疑的空气中,德国的表现主义者努力求一条出路。他们批评这现代社会,憎恶这现

---

① 高长虹:《白蛇》,《高长虹文集》(下卷),中国社会科学出版社 1989 年版,第 422 页。
② 同上书,第 427 页。
③ 董大中、郝亦民:《有关"狂飙社"和高长虹研究的几个问题》,《黄河》1996 年第 6 期。
④ 高长虹:《白蛇》,《高长虹文集》(下卷),中国社会科学出版社 1989 年版,第 426 页。

第二章
黑暗中的启蒙霹雳：20世纪二三十年代之交的白蛇传改写

代社会，他们咆哮，诅咒，他们却不绝望，反而更自信地自居于预言者的态度。……他是为了要披沥自己的伟大而有光的灵魂而生活着，他以艺术手腕表现了自己的灵魂，使别人同样地经验，感应，鼓舞。他们要在阴霾的大战后的德意志做先知者，引导着失却了自信力，粉碎了意识的德意志人民走上那光明的出路。"[①]

"自然的女儿""诗人""未来的诗人"，这些称呼表达了高长虹对于黑暗现实的反抗精神，这与他受到表现主义的影响有关。表现主义强调对现实的反抗，宋春舫指出："表现派以现世界为万恶之窟而欲改建一理想之世界"，"唯德国之表现派新运动，足当文学革命四字而无惭"，"表现派一方面承认世界万恶。一方面仍欲人类奋斗，以剪除罪恶为目的。……虽饱受苦辛，然决不当受命运之束缚。故表现派之剧中常有一'我'与'世界'相抗两种势力"。[②]

四

神秘色彩与象征手法是表现主义戏剧的重要特征之一，高长虹在话剧《白蛇》中也运用了这些手法。剧中的现实经梦化处理，具有恍惚迷离的神秘色彩。例如，端午节许仙被白蛇的原形吓晕，白蛇救醒他后，许仙说他梦见一条美丽而可怕的白蛇；白蛇也说自己做了梦，梦见去昆仑山盗仙草来救许仙。白蛇听到雷峰塔的名字时，感觉"一定在什么时候曾听到过他的名字。它也许会同我有什么神秘的关系"[③]。卢洪涛说："高长虹的诗剧写得朦胧模糊，带有神秘和虚幻色彩。热衷抽象性、哲理性问题的探索和灵魂的剖示，激情高昂而又晦涩难懂，恣肆随意似乎在写无意识，体现着比较典型的表现主义的特征。"[④]

[①] 方璧（茅盾）：《自然主义以后》，《西洋文学通论》，世界书局1930年版，第261—262页。
[②] 宋春舫：《德国之表现派戏剧》，《东方杂志》第18卷第16号。
[③] 高长虹：《白蛇》，《高长虹文集》（下卷），中国社会科学出版社1989年版，第424页。
[④] 卢洪涛：《中国现代文学思潮史论》，中国社会科学出版社2005年版，第105页。

象征成为揭示白蛇和许仙内心情感的重要手段。白蛇与许仙刚开始接触时,白蛇对未来寄予了期望,希望许仙是大胆的、热烈的,她以红艳的桃花隐喻青年的热血:"那断桥上的桃花开得比血还红,好像在说,春天来了,你们青年的血液流动了吧!春去了还有明年。一个人的青春,她是不能再来的呵!自由吧!别让风雨打散了你们的生命的花吧!"① 断桥重逢后,白蛇对现实充满失望,对未来感到恐惧,她说那粉红鲜洁的荷花"正像是血染了后,又用水洗过的样子"②,她把荷花看作自己生命的象征,"血染""水洗"象征着她在金山寺水战的遭遇。许仙则比较乐观,带着重逢的喜悦,对两人的爱情抱有希望:"那些荷花,它们是我们的新生命的象征。"③ 白蛇又以桃树来象征他们的爱情:"那些桃树,当我们在这里初次见面的时候,她们的花开得像我们的生命一样的红。他们现在也像我们的生命一样,他只剩有那枝和叶了。"④ 两人断桥初次相遇时,爱情是顺畅的、甜蜜的;而现在法海破坏了他们的爱情,白蛇预感到他们在一起的日子不多了,故以桃花的凋落来象征他们之间爱情的枯萎。

法海拆散了白蛇和许仙的美好婚姻,法海和雷峰塔是压迫势力的象征,雷峰塔的威慑力量使白蛇隐约感到不安,她对许仙说:"我已走到我的生的末路,就像你可以望见的那座对面的古塔。"⑤ 法海、雷峰塔的这种象征意义,在20世纪20年代以降的作品中比较普遍,如向培良的《白蛇与许仙》、鲁迅的《论雷峰塔的倒掉》等。

---

① 高长虹:《白蛇》,《高长虹文集》(下卷),中国社会科学出版社1989年版,第417页。
② 同上书,第424页。
③ 同上。
④ 同上书,第424—425页。
⑤ 同上书,第424页。

第二章
黑暗中的启蒙霹雳：20 世纪二三十年代之交的白蛇传改写

第三节　女人·爱·苦痛：顾一樵的话剧《白娘娘》

一

顾毓琇（1902—2002 年），字一樵，著名教育家、科学家、文学家，是上海戏剧专科学校（今上海戏剧学院的前身）的创始人之一。

《白娘娘》是五幕话剧，顾毓琇在写于 1931 年的《编剧后记》中说："曩于冰雪中渡大西洋，狂风怒涛，夜不成寐，因就白蛇故事，草拟剧旨及结构，归国后，卜居西子湖畔，雷峰塔已不复见，姑成此稿，以慰湖山之岑寂，日来漫游镇江，登金山寺，访法海洞，因就旅次录旧作以了因缘。"[①] 从此可以看出，此剧是分几次写就的，"曩于冰雪中渡大西洋"是指 1929 年 1 月作者从美国到欧洲的途中。万国雄在《顾毓琇传》中对当时的情形进行了"还原"："顾毓琇学成后，于 1929 年 1 月辗转回国，从纽约到欧洲的船行中，有一夜，船摇动得很厉害，彻夜难眠，思绪万端，回味在纽约观看奥尼尔的名剧《奇遇》，联想到中国传说中白娘娘与许仙的神话故事，不是更加'奇遇'吗？经过一夜的思索，便打下了剧本《白娘娘》的腹稿。"[②] 顾毓琇构思《白娘娘》时，是否想到了奥尼尔的《奇遇》，根据现有资料不易做出判断。然而，顾毓琇观看过话剧《奇遇》，《白娘娘》受表现主义的影响则是确定的。1930 年夏，顾毓琇在杭州教书时，写成了剧本。

20 年代前期，奥尼尔的剧作对中国文学的影响不是很大，1929 年奥尼尔访问中国，此后，国内评介其剧作的文章逐渐增多。奥尼尔是表现主义戏剧的代表人物，顾毓琇观看过他的剧作，受到其影响，

[①] 顾一樵：《白娘娘·编剧后记》，商务印书馆 1938 年版，第 68 页。
[②] 万国雄：《顾毓琇传》，南京大学出版社 2002 年版，第 77 页。

顾毓琇回国时中国文坛对奥尼尔的关注度渐增，这使得顾毓琇的剧作染上表现主义的色彩。

1990年初冬，《白娘娘》在上海首演，王建平以"毓琇先生会欣慰的"为题，发表评论："国内的许多剧种，都演过《白蛇传》，而在话剧舞台上塑造白娘娘的形象，尚属首次。"① "首次"的说法有误，早在1929年10月，狂飙演剧队就在天津演出了高长虹的话剧《白蛇》，许仙和白蛇分别由甄梦笔和郭森玉扮演。1945年，在重庆"抗建堂"演出了话剧《雷峰塔》，周彦导演、署名卫聚贤编剧。

二

人的发现与觉醒是五四时期社会进步的重要表征，新文学的作家们在创作中高举启蒙主义的大旗，积极响应"人"的主题。剧本《白娘娘》借虚幻的神话故事，真实地写出五四时期青年们要求做人的强烈愿望以及梦醒后的生命苦痛。

剧本浓烈地渲染了白娘娘与许仙之间的爱：

白　我是一个不懂世情的女子，但是我觉得爱是一件又有趣又冒险的事呢。

许　唯其是冒险，所以有趣，所以值得！姑娘，我愿牺牲一切来爱你！

白　（真是不懂世故地问）牺牲一切，难道连生命也肯牺牲吗？

许　岂止是生命。前面的小河，是我们时常游息的所在，那里我可以死，但是死了以后，我的灵魂还会随着我的爱人。姑娘，真不信么？

白　（听见严重过意不去）好朋友，我早知你的忠诚。我起初还只是糊里糊涂的，但是逐渐地，我感觉到你的温存，你的深

---

① 王建平：《毓琇先生会欣慰的》，《人民日报·海外版》1991年2月1日。

第二章
黑暗中的启蒙霹雳：20世纪二三十年代之交的白蛇传改写

情和厚意。

  许 姑娘，请你爱我！为着爱——
  白 让我们的生命做保障！
  许 让我们的生命来牺牲！①

追求自由爱情是人觉醒的重要体现。

作品还表现了母子之爱。许仙死后，白蛇无限疼爱孩子，如法海所说，"宝贝得像夜明珠一样"。为了从法海手中要回孩子，白蛇以首撞门，不惜拼命。

此外，剧本还写出了做人的痛苦，尤其是女性的痛苦。白蛇想做女人，法海劝阻说："做人不是容易，做人有做人的苦处"，"女人最难做，女人的难处最多"。②白蛇坚持要做女人，法海叹息说："你既然一定要做人，就预备着尝试做人的一切甜酸苦辣。你就去做女人吧。世界上一切的情绪一切的欢乐一切的痛苦，只有女人最尝得透！但是最后我叮嘱你一语：做人不是容易，学做人更不容易。你应当预备牺牲，你应当接受痛苦。但是不要怨恨，勇往地做人去吧。"③法海还要白蛇好好做人，争个光荣："你可知道世界上的人每说人面蛇心，把你当作狠毒的东西？……你须记得你自己的本来面目，你变成了人也是人面蛇身，你可不要跟人面蛇心的人们学坏了，你还须为天下的蛇类争个光荣，免除一向的丑恶和侮辱。"④

白蛇要求做人的想法以及在做人时所承受的苦痛，具有深刻的时代隐喻。人的觉醒是五四运动的伟大功绩，要求做人是时代的呼声，郁达夫说："五四运动的最大的成功，第一个要算'个人'的发现。"⑤此种情形酷似数百年前欧洲的文艺复兴，其时莎士比亚在其剧作中写

---

① 顾一樵：《白娘娘》，商务印书馆1938年版，第27—28页。
② 同上书，第6—8页。
③ 同上书，第8页。
④ 同上书，第67页。
⑤ 郁达夫：《中国新文学大系·散文二集·导言》，上海良友图书公司1935年版，第5页。

下这样激动的语言："人是多么了不起的一件作品！理性是多么高贵，力量是多么无穷！仪表和举止是多么端正、多么出色！论行动，多么像天使！论了解，多么像天神！宇宙的精华，万物的灵长！"① 当欧洲人文主义的阳光照耀在黑暗发霉的中国大地上时，顾毓琇给予了响应。

　　白蛇爱许仙，然而爱得很痛苦，她明白自己是蛇，由于这种异类的身份，她对于嫁不嫁许仙感到矛盾，"惟其他是恩人我才不好爱他嫁他"。② 她刚刚来到人间就被少帅欺辱，她与许仙只有短暂的爱情与幸福，许仙死后少帅不肯罢休，要把她抢去。尽管她生下孩子，可是她不能将其抚养成人，饱受母子离散之苦。她因要抢回孩子和法海大战，被镇压在雷峰塔下。做人，对于白蛇来说，是个十足的悲剧，正如法海所叹息："唉，这矗立的雷峰塔，代表着慈母亲子之爱和牺牲。他日山纵崩，塔纵倒，这做人的悲剧将永远流落在人间！"③ 白蛇在许仙坟前的哭诉："世上一切原是梦，我们的恩爱本是痴。但是谁又想到这两情相爱的结晶品，这天真烂漫的小宝贝，要你的生命做代价？儿啊，我愿你不要来到世上来受苦吧，世界是怎样的无情！儿啊，我要你，我又没福要你，还是你自己命苦，还是我命苦，害得你的前途也孤苦伶仃？……"④ 这里既有真挚的夫妻之爱、母子之爱，又有对人世苦痛的控诉。

　　青海所作的《序诗》也强烈表达了剧本爱与痛的主题：

（一）你不见暮山的雷峰，塔上一团团云移，白娘娘在睡着叹息，表现那数说不清的爱？

"我是爱的精灵——我还是爱的精灵！固然，爱是无上的祸根，没有爱？咳，没有爱，世界？顽石一块，乱石一堆！" 爱，

---

① 莎士比亚：《哈姆雷特》，卞之琳译，人民文学出版社1956年版，第63页。
② 顾一樵：《白娘娘》，商务印书馆1938年版，第31页。
③ 同上书，第67页。
④ 同上书，第55页。

第二章
黑暗中的启蒙霹雳：20 世纪二三十年代之交的白蛇传改写

爱，千年塔下也不孤零。湖边的伴侣，成双的侣影，膜拜着谁？送子观音，砖上留的是热吻；塔边流不住的清泪。

（二）如今你不见了雷峰塔影，你将永远不见那雷峰塔影。不是——不是风雨的摧残，也不是白娘娘在翻身。初霜的深夜，一瓣黄叶紧紧地，靠着一瓣黄叶，轻轻地坠落，微微的暗泣，是情在作怪障，爱在造孽。是湖心的白衣女郎，纤腰倚定湖波摇曳，把昨夜和今宵，做一滴泪一声叹息。从此你不见了雷峰塔影，你便永远不见那雷峰塔影。[①]

弥漫于《白娘娘》中的痛苦情绪，大概正是作者内心痛苦的反映。"五四"退潮后，青年们普遍彷徨、苦闷，体验着"梦醒了无路可走"的痛苦。新文化运动兴起后，顾毓琇积极参加新文化运动，以白话文写作。清华文学社成立后，他是小说组织员兼戏剧组主席，后又担任清华戏剧社社长及《清华周刊》文艺栏及新闻栏集稿员，他说："总结清华求学，以参加新文化运动、五四运动为最有意义。"[②]在国外求学期间，顾毓琇还积极参加话剧表演。可是中国依然处在黑暗之中，理想和现实的差距，使得作者感到痛苦。

三

有论者批评顾毓琇的话剧缺乏独创性："他的历史剧和神话剧，往往局限于历史记载或前人作品的格局，缺少艺术上的独创性。"[③]然而也有论者指出："顾毓琇的历史剧是别有新意、别开生面的。"[④] 翟毅夫也评价说，顾毓琇在文学创作上不模仿他人，具有独创性："一樵尝试小说的时间很短，但是从来不屑模仿他人的作品。因为有了这

[①] 顾一樵：《白娘娘》，商务印书馆 1938 年版，第 1—4 页。
[②] 顾毓琇：《百龄自述》，江苏文艺出版社 2000 年版，第 21 页。
[③] 陈白尘、董健主编：《中国现代戏剧史稿》，中国戏剧出版社 1989 年版，第 174 页。
[④] 高恕新、顾一群：《国际著名学者顾毓琇》，《江苏文史资料选辑 第 37 辑》，江苏文史资料编辑部 1990 年版，第 66 页。

种充满的个性,所以他的创作的天才才能够渐渐显露出来。"[1] 话剧《白娘娘》在剧情和人物塑造上不拘囿于前人之作,多有创新之处,在艺术手法上具有明显的表现主义特征。

在《白娘娘》中,白蛇和青蛇是经过法海的帮助而化为人身的,白蛇和许仙的婚姻也是法海有意撮合而成的。而在此前的白蛇传中,白蛇是通过自己的修炼化为人身的,为"报恩"而与许仙在西湖相会、结亲,法海是白蛇的对头,要拆散人与妖之间的爱情、婚姻。顾毓琇的改写显然别出心裁,摒弃了报恩说,将法海塑造成白蛇的恩人。

再如"盗草",在此前的白蛇传中,端午节白蛇现形吓死许仙,白蛇冒着性命危险去盗仙草,与看守仙草的鹤童等展开战斗;而在《白娘娘》中,盗草的情节省去,仅是简略地交代白蛇出去采药。

在此前的白蛇传中,白蛇和许仙是"一夫一妻"制,青蛇是忠实的奴仆——弹词《义妖传》和《前后白蛇传》中有"婢争"情节,青蛇是在白蛇出塔后才成为许仙的小妾的,"婢争"的原因是白蛇早在要小青做媒时就许下诺言。在《白娘娘》中,青蛇是听信了白蛇和许仙的命冲之说以及许仙占卜说她和白蛇有同样好的丈夫的戏言,才嫁给许仙的。

在此前的白蛇传中,许始终存在,白蛇大战金山寺是因为法海要拆散夫妻,许仙身在金山寺。而在《白娘娘》中,青蛇嫁给许仙后不久,许仙就病逝了——大概是纵欲的结果。白蛇在许仙病逝前就产下孩子,白蛇与青蛇大战金山寺,是因为法海骗走了孩子。白蛇在金山寺战败后就被压在塔下,青蛇逃走,剧情结束,没有祭塔等情节。

四

表现主义戏剧注重情感的表达而轻故事叙述,因此剧情常常缺少内在的逻辑关联,《白娘娘》也有这样的特点。例如:白蛇知道许仙

---

[1] 翟毅夫《芝兰与茉莉·序》,《顾毓琇全集》第1卷,辽宁教育出版社2000年版,第359页。

第二章
黑暗中的启蒙霹雳：20世纪二三十年代之交的白蛇传改写

是救命恩人后，对自己与许仙的婚姻犹豫不决，担心害了许仙；可是，当青蛇提出嫁给许仙时，她竟毫不犹豫地答应。她为什么不道出"隐情"？白蛇见到明珠后就告诉青蛇，她俩与众不同，有特别的来历，却没有了下文，青蛇也不追问。对于青蛇抚摸许仙，白蛇只是"瞪了小青一眼"。青蛇提出嫁给许仙，白蛇"恶狠狠看了青一眼，亦笑了"，连内心的排斥、苦痛、挣扎都没有，不符合常人的心理。

又如，少帅对白蛇垂涎三尺，多次要强抢她；可是许仙死后，少帅却不来抢了。甲、乙流氓抱走小孩子引白蛇去帅府，可是这个办法不奏效时，少帅为什么不派人来抢白娘娘？少帅把小孩子给金山寺后，却不再写少帅下一步的行动，没有了下文。再如：关于白蛇的法力问题。白蛇知道自己的"本来面目"——蛇，可是在流氓要抢她去帅府时，她只是害怕哭泣，毫无反抗之举；流氓抢走了她的孩子，也只是大哭，没有以法力来反抗，没有去帅府把孩子抢来。可是，她后来却在金山寺和法海斗法。

最奇怪的是法海的行为，他先是促成许仙和白蛇的婚事，继而又挑拨许仙和白蛇分开。法海是个得道高僧，一方面出于好心，担心白蛇无法把孩子养大而设计夺得白蛇之子，可另一方面，他粗暴又霸道，任凭白蛇和青蛇苦苦哀求，就是不归还孩子，其理由是"克命"："据我推算，这孩子的命中克爹娘，克了爹又要克娘，克不了娘克自身。"[①] 以至于白蛇气愤得以首撞门，骂他是"助纣为虐的和尚"。后来在白蛇战败之后，他才说白蛇的本来面目是蛇，无法把孩子养大。法海为什么不早讲道理来点拨白蛇呢？再者，白蛇早就知道自己是蛇变来的，难道经过法海的"一语道破"就"羞缩无言"？

此外，清明时节白蛇、青蛇来上坟，白蛇哭诉去年清明才是他们定情的日子，法海对甲、乙流氓说许仙的小孩子"五个月"大了，"五个月"显然不合常理，说一两个月不是更合适一些吗？

剧本自觉地运用灯光、色彩、音响、布景等舞台艺术手段，如在

---

① 顾一樵：《白娘娘》，商务印书馆1938年版，第58页。

"幻化"情节中，深山的茅屋，游动的蛇，雷电、乌云、风雨、山林，电闪雷鸣的黑暗世界，雨过天晴。第五幕金山水战和收服白蛇，也是运用了类似的舞台艺术手段，光线、色彩、声响前后对比反差极大。这些都是表现主义戏剧的重要特征。

《白娘娘》具有"怪诞"色彩。白蛇和青蛇由蛇变成人的"化幻"，深山的茅屋，游动的蛇，电闪雷鸣的黑暗世界，白蛇以极简单的表情和动作来向法海表达意愿，都显得很怪诞，而怪诞是表现主义的特点之一。

和向培良的《白蛇与许仙》、高长虹的《白蛇》一样，《白娘娘》也有梦幻的描写：许仙对白蛇讲述了明珠的来历后，白蛇昏过去不省人事，做了个梦，梦游深山，老僧指点她的本来面目。

小结 表现主义与白蛇传的启蒙色彩

表现主义是20世纪重要的艺术潮流，刘大杰指出："新世纪的德国文学思潮，给予世界文坛很大的影响，我们都知道是表现主义。"[①]这当然包括对中国文坛的影响。中国很多文人、学者对表现主义给予高度评价，进行热情的介绍并在创作中积极借鉴；表现主义一经介绍到中国，便产生了巨大影响，给中国文坛带来新气象。

"五四"是一个地火奔突、熔岩喷发、狂飙突进、除旧布新的时代，表现主义注重心灵反抗的特点，对在黑暗中挣扎的现代作家产生强烈的吸引力和影响力，有论者指出："中国表现主义戏剧的兴起，不仅仅是因为西方表现主义文学派别影响的结果。也许更重要的是它已经有了一种内在的需要，一种一俟与表现主义理论的'相撞'就喷

[①] 刘大杰编：《德国文学概论》，北新书局1928年版，第51页。黄国祯先生却误以为这句话出自茅盾的《西洋文学通论》（见黄国祯《浅谈表现主义对我国现代文学的影响》，《外国文学》1987年第10期）。

第二章
黑暗中的启蒙霹雳：20世纪二三十年代之交的白蛇传改写

发出火光的精神'淤积'，一种有待解放的思想'潜力'。"① 狂飙社作家尤其是高长虹、向培良就明显受到表现主义的影响，许剑铭说："借德国'狂飙突进'运动而得名的狂飙社代表作家高长虹、向培良的理论主张和创作实践受表现主义的影响更大。"② 葛聪敏说："五四后期出现的文学社团'狂飙社'，本身就是第一次世界大战前后德国兴起的表现主义运动——'狂飙运动'直接影响的产物。"③ 这些论者的评价是确切的。作为狂飙社的重要成员，向培良和高长虹分别创作了具有表现主义特征的话剧《白蛇与许仙》《白蛇》。此外，顾一樵的《白娘娘》受到奥尼尔剧作的影响，也具有典型的表现主义特征。

表现主义文学最大的成就是戏剧。尽管人们对表现主义文学存在不同看法，然而还是可以归纳出一些主要的特点。表现主义文学在题材开掘、艺术手段、风格特点上等都带有反传统的特点，试图超越传统的自然主义、现实主义局限，显示出不同的风貌。具体说来，表现主义文艺大致有以下几方面特点。

表现主义文学极具反抗色彩，不满社会现状，要求改革与"革命"。弗内斯说："对处在压榨、逼搭和无情的烈火焚烧中的灵魂全神贯注的人可称为表现主义者。"④ 表现主义文学反对自然主义的模仿现实，强调艺术的抽象性，要求透过事物的表象表现内在本质，认为内心世界才是真实的、本质的，因此尊崇自我心灵世界，注重主观情感的表达，主张向内心世界进行挖掘。表现主义注重表现主观世界，特别是思想、情绪的强烈宣泄，追求戏剧的鼓动作用，常常运用大段大段的语言来抒发内心强烈的情感。运用象征、夸张、变形、梦境、幻觉手段，造成奇异怪诞的风格。梦境与幻觉是表现主义作家普遍使用的手段。表现主义的很多典型特征，如对于黑暗现实的不满情绪，对自由的渴望，痛

---

① 徐行言、程金城：《表现主义与20世纪中国文学》，安徽教育出版社2000年版，第82页。
② 许剑铭：《现代文学表现主义的审美意识阐释》，《内蒙古社会科学》2005年第5期。
③ 葛聪敏：《"五四""现代派"剧作与西方"现代派"作家的影响》，《中国现代文学研究丛刊》1986年第2期。
④ ［英］R.S.弗内斯：《表现主义》，艾晓明译，昆仑出版社1989年版，第10页。

苦情绪的宣泄，内容的荒诞，情节的离奇、突兀与割裂，大段大段的抒情语言，象征、梦境、幻觉手法的运用，诡异的风格，神秘的色彩等，在向培良、高长虹、顾一樵改写的白蛇传话剧中都得到充分的展示。尤其是作品中所传达的爱情的呼喊，更是振聋发聩。

新文化运动带给中国社会的福音就是"人"的觉醒，爱情无疑是觉醒后人们的必然思考和要求，尤其是那些受过新文化运动熏陶的青年。鲁迅称赞爱情的声音是"血的蒸气，醒过来的人的真声音"：

  爱情是什么东西？我也不知道。中国的男女大抵一对或一群——一男多女——的住着，不知道有谁知道。

  但从前没有听到苦闷的叫声。即使苦闷，一叫便错；少的老的，一齐摇头，一齐痛骂。……

  可是东方发白，人类向各民族所要的是"人"，——自然也是"人之子"……可是魔鬼手上，终有漏光的处所，掩不住光明：人之子醒了；他知道了人类间应有爱情；知道了从前一班少的老的所犯的罪恶；于是起了苦闷，张口发出这叫声。①

爱情的声音响彻于五四时代，给道貌岸然的封建礼教一记响亮的耳光。爱情于是成为五四文学作品的重要题材，受到隆重的礼遇和欢迎，无论是贴近现实的再现，还是借助于神话的表现。

白蛇传作为一个千百年来伟大、传奇的爱情故事，非常适合表达"五四"作家狂热的激情、深刻的思索和伤感的情怀。白蛇往往被看作爱情的女神，反抗封建礼教的摧残，而法海或者雷峰塔往往被看作是残酷的镇压者，是被厌恶的多事之徒，这在鲁迅等人关于雷峰塔文章中得到确认。汪静之在1923年秋末写的《叔父说的故事》一诗就是典型的例子：

---

  ① 鲁迅：《热风·随感录四十》，《鲁迅全集》第一卷，人民文学出版社1981年版，第322页。

第二章
黑暗中的启蒙霹雳：20 世纪二三十年代之交的白蛇传改写

> 我幼时爱听叔父说故事；
> 夜间叔母常来催睡灭明，
> 但我是例外的殷勤，
> 点起灯儿要再听。
> 他说到白蛇被压在塔下，
> 使我惋惜哀矜愤恨；
> 那时我立志要学神仙法力
> 救出可怜可爱的女神。
> 如今我只能无可奈何地
> 对着强暴的雷峰塔；
> 而且我自己的心中
> 也有了沉重的塔儿镇压。①

在女作家白薇 20 年代末所作话剧《打出幽灵塔》中，雷峰塔是和"幽灵塔"一样的压迫者，如剧中女仆所言："'幽灵塔'是少爷指老爷的哪。老爷本身虽然不像个幽灵，但他压迫家里的青年，不和雷峰塔镇压白蛇精是一样吗？"②

"五四"时代需要白蛇传，白蛇传也为这个不可重现的历史时代而狂热呐喊。这种爱情的声音，并非仅仅关乎一己之私，而是具有深刻的时代意义。有论者说："由于'五四'作为创作主体的作家自我，总是以这样那样的方式联系着时代与人民，他们的'自我表现'所宣泄的情愫，一般说来，并不单纯地属于他们个人，总是在不同程度上体现出广泛的意义。"③ 欧阳予倩说："要论戏剧的内容，先要晓得戏剧与时代的关系。所谓内容者，就是指一篇戏剧所含的意义。所谓人情事理，即是社会反映的结晶。所谓一个戏剧，没有无内容的，我们

---

① 汪静之：《叔父说的故事》，《寂寞的国》，开明书店 1927 年版，第 128 页。
② 白薇：《打出幽灵塔》，《奔流》1928 年 9 月，第 1 卷 4 期。
③ 许志英、倪婷婷：《五·四：人的文学》，南京大学出版社 1992 年版，第 16 页。

要看它的性质如何，思想如何，与时代关系如何，来定其价值。"① 这三部话剧具有明显的现代意识，借白蛇传来宣扬现代爱情观念，批判了旧礼教对人性的束缚，融入了争取个性自由的新思想，响应了启蒙运动。爱情至上成为这三部话剧的突出色彩，表现主义无疑是青年们宣扬爱情的有效武器。日本学者金子筑水指出："表现主义的艺术，大概是富有抒情的，情绪的，又或情调的特征。……深切的悲哀似乎就是这派艺术的特征。尤其无限深的爱情——普度众生的那样深的爱情——似乎就是这派作家所爱采的题目。"②

值得注意的是，虽然这三部话剧都以爱情为主题，但其中所蕴含的痛苦也许比表现出来的爱还要浓烈得多，因为梦醒后无路可走的苦痛是当时青年们的普遍心境。鲁迅曾说："那时觉醒起来的智识青年的心情，是大抵热烈，然而悲凉的。即使寻到一点光明，'径一周三'，却更分明地看见了周围的无崖际的黑暗。"③ 茅盾也描述过类似的情景："苦闷彷徨的空气支配了整个文坛，即使外形上有冷观苦笑与要求享乐和麻醉的分别，但内心是同一苦闷彷徨。"④ 李泽厚说："传统的框架、规律、标准已在这新一代知识者心中打破，但新的生活、道路、目标、理想还未定型。路怎么走呢？走向何处呢？一切都不清楚。感受体验到的只是自己也说不清的各种苦恼、困惑和彷徨。"⑤ 向培良的《白蛇与许仙》中的女儿因生命受疾病威胁而造成的沉闷与压抑，高长虹的《白蛇》中，白蛇对于许仙背叛她的惊异、恐慌和失望，顾一樵的《白娘娘》中展现的做人的痛苦，尤其是女性的痛苦，都是积淀得比爱更深厚、更沉重的情感底蕴。这三部话剧摒弃

---

① 欧阳予倩:《戏剧改革之理论与实际》,《戏剧》1927年第1卷第3期。
② [日] 金子筑水:《"最年轻的德意志"的艺术活动》, 厂晶（李汉俊）译,《小说月报》第12卷第8期。
③ 鲁迅:《〈中国新文学大系〉小说二集序》,《鲁迅全集》第6卷, 人民文学出版社1981年版, 第243页。
④ 茅盾:《中国新文学大系小说一集·导言》, 上海文艺出版社2003年影印本, 第12页。
⑤ 李泽厚:《二十世纪中国（大陆）文艺一瞥》,《中国现代思想史论》, 东方出版社1987年版, 第223页。

第二章
黑暗中的启蒙霹雳：20世纪二三十年代之交的白蛇传改写

了传统白蛇传中的大团圆结局，无一例外地以悲剧收场，具有较高的美学价值，也深刻反映出青年作者们在面对无边的黑暗时的悲观情绪。

这一阶段白蛇传的改写以话剧为主，戏曲白蛇传则没有被重视。因为在轰轰烈烈地反传统的"五四"时期，旧戏受到严厉批判，新剧与旧戏被严重对立起来。其实，传统戏曲也可以容纳现代文明观念，何况中国本是戏曲大国，戏曲在中国有着广泛的群众基础，然而大多从事新文学运动的人没有认真审视这一点，简单地以为戏曲是陈旧的文学形式，不适合时代的发展，故而戏曲白蛇传没有产生新的作品。中国是个戏曲大国，多数观众还是戏曲的爱好者，这三部白蛇传话剧采取表现主义手法，不太注重叙事，因此在当时产生的影响有限。这种情况就如蔡元培早在1916年的演说时所指出的："近人主张改良戏剧，莫不致力于新剧之编纂。窃谓新剧初起，其感化社会之力，或尚不及改良之旧剧。盖旧剧之体裁，久已印入人心，而新剧则尚未习惯，又编演者程度幼稚，或不足以动人，故不能与旧剧相抗衡也。就中国往事观之，旧剧感人之魔力，实为至巨。"[①] 只是，在激进的语境中，编纂新剧之呼声盖过了改良旧剧之提议，理性的建议得不到采纳。

这三部表现主义白蛇传话剧丰富了中国话剧的表现手法，具有深刻的思想内涵和较高的艺术水准，是对"五四"问题剧的超越。这三部话剧除了具有表现主义的典型特征外，还融合了审美主义的一些特点，如语言的诗意美。将古老的传说与西方的现代主义结合起来，不能不说是个创举。然而，长期以来，这三部话剧都没有得到研究界的充分重视，被淹没在历史的尘埃中。恩格斯曾指出："任何一个人在文学史上的价值都不是由他自己决定的，而只是同整体的比较中决定的。"[②] 列宁说："判断历史人物的

[①] 蔡元培：《在北京通俗教育研究会演说词》，《东方杂志》1917年第14卷第4号。
[②] 恩格斯：《马克思恩格斯全集》第1卷，人民出版社1979年版，第529页。

功绩，不是根据历史活动家没有提供现代所要求的东西，而是根据他们比他们的前辈提供了新的东西。"[①] 就此来评价，这三部白蛇传话剧在白蛇传的改写上是有卓越贡献的，即便放到现代文学史上，也应得到较高的评价。

[①] 列宁：《列宁全集》第 2 卷，人民出版社 1972 年版，第 150 页。

第三章

去奇幻的"现实化"风格：
20世纪三四十年代的白蛇传改写

从20世纪30年代到40年代末期，有关白蛇传改写的作品大体有：谢颂羔编著的小说《雷峰塔的传说》、秋翁的小说《新白蛇传》、卫聚贤的话剧《雷峰塔》、包天笑的小说《新白蛇传》、刘念渠的话剧《白娘子》等①。这几部作品尽管主题稍有差异，然而都具有鲜明的"现实化"特点，将白蛇、青蛇改写为凡人②。白蛇传的现实化改写，增强了作品的现实讽喻和批判力度，然而也使得作品缺少传奇色彩，在某种程度上减损了作品的艺术魅力。

第一节 不问鬼神问科学：谢颂羔的小说《雷峰塔的传说》

谢颂羔编著的中篇小说《雷峰塔的传说》（又名《白娘娘》），从提倡科学、反对迷信的角度诠释白蛇传，进行现实化改写，小说中的

---

① 田汉的《金钵记》也产生在这个时代，由于《金钵记》当时并未公开演出或出版，故而没有留下相关文献。直至20世纪50年代初，田汉才将《金钵记》稍作修改予以出版，由于其修改时的环境和写作时的环境明显不同，故而本书将其放在下一阶段。

② 秋翁的小说《新白蛇传》与其他几部作品将人物完全现实化改写稍异，前者仅仅有几处保留了超现实的情节，这类情节所占比例极低，作品的故事背景是现代，白素贞和小青基本和凡人没有区别，其现实化色彩非常明显。

白娘娘不是蛇妖，而是普通女性。小说写作时间不详，1939年由竞文书局出版。小说宣扬"德先生"和"赛先生"思想，无论是作品的主题还是拗口的语言都具有浓重的"五四"烙印。

一

《雷峰塔的传说》去除了传奇性：白娘娘是个凡人，因为被色鬼和尚与许宣的姐夫李某陷害，而被误认为是蛇妖。作者认为蛇变人或人变蛇是无稽之谈，直露地批判迷信风气，特别是借白娘娘之口来指出蛇妖之说的荒谬：

> 做人要有点常识，人是不会变成蛇的，蛇也不会变成人的。一个不良的人，我们可以称之为蛇，或是骂他一声畜生，但是人还是人，蛇还是蛇，人不会变蛇，蛇也不会变成人。此理甚明，别人要陷害我，便说出那不近情理的话来。①

许宣和白娘娘成婚，与好友青青一同坐着小船在西湖游荡，小说在此结束，作者议论说，"以后的事"，白娘娘被镇压在雷峰塔下，"都是迷信的话"。田仲济对该小说反迷信的主题予以肯定："谢氏之说不悉有所据云尔，抑为仅据人情以论。即系后者，亦仍有存在理由也。"②

除了大张旗鼓地扫除迷信阴霾，小说还借白娘娘和许宣的爱情来抨击封建礼教的腐朽和对人性的压迫，这里不妨试举几例。

白娘娘和许宣在船中谈话，摇船的老张心中思忖："这样的谈话，如果给那些自命为道学先生，或是给一些佛门的法师听见，也许要给他们大骂一顿了。"③老张的想法无疑就是作者想要表达的。

许宣送白娘娘回家，两人同打一把伞，作者议论说：

---

① 谢颂羔编著：《雷峰塔的传说》《白娘娘》，竞文书局1939年版，第51页。
② 田仲济：《白娘娘》，《田仲济文集》第1卷，江苏文艺出版社2007年版，第544页。
③ 谢颂羔编著：《雷峰塔的传说》《白娘娘》，竞文书局1939年版，第7页。

第三章
去奇幻的"现实化"风格：20世纪三四十年代的白蛇传改写

不过在街上，也有些行人看见他俩如此的行为，认为太失体统，同时他们并不认识他俩，也不知道他俩是二位素不相识的路人。如果给他们知道了，也许会马上惹出一些谣言来，因为古代的人们对于男女的关系，是没有健全的观念的。[1]

作者对女性所遭受的压迫命运给予同情，借白娘娘之口说："我们女子在社会上如同弃物，有了丈夫，便会有人奉献，没有了丈夫便遭人欺侮或是遗弃，要寻一个同情的男子与他谈谈心，真难如登天，因为社会的组织是如此，女子唯有忍受而已。"[2] 作者甚至直接站出来抨击宗法社会对女子所造成的罪恶："不过在宗法社会之下，白娘娘所遇见的便是一些顽强的反对，与不近情理的压迫。"[3]这是作者站在启蒙主义的立场上对封建礼教进行的鞭笞。

李老板四处宣扬白娘娘是蛇妖，作者议论说："这岂不是大大的侮辱女性吗？"[4] 作者甚至认为雷峰塔的倒掉具有这样的意义："这次雷峰塔倒掉了，乃是象征一切被压迫的女子也有一天翻身的日子。"[5]

作者抨击了社会的专制与不平等现象：

许宣是一位忠实的男子，但是为了没有钱，也没有势，所以在一般的官吏与商人看来，是不配有一个美貌女子做他的妻子。他如果真的要想吃天鹅肉，惟有下狱，或是成为一个牺牲者，同时如果一个女子，不知自爱，与一个没出息的男子恋爱，结果也惟有受资本家的欺侮与凌辱，这是社会的不平等，自古已然。[6]

这段议论，不单单是批评过去社会的黑暗，更具有强烈的现实批判意义。

由于过分宣扬反抗精神，小说中的一些情节设置走向了极端，有悖

---

[1] 谢颂羔编著：《雷峰塔的传说》《白娘娘》，竞文书局1939年版，第12页。
[2] 同上书，第30页。
[3] 同上书，第41页。
[4] 同上书，第58页。
[5] 同上书，第43页。
[6] 同上书，第58页。

常理，例如，为了突出许宣的"反抗精神"，小说把亲人之间的关心都丑化了：许宣很晚才回家，早上起得很迟，姐姐斥责他，这自然是姐姐的关心和爱护，许宣竟因此表示着"反抗的精神"——不与姐姐谈话。

作者把许宣对生活的不满情绪也视为反抗，人为地拔高其思想境界。许宣说自己在药铺是"做牛马"，店主对他不好，但是小说并没有描写店主如何压榨、剥削他。许宣因想念白娘娘做事常常出错，受到店主的斥责，这本在情理之中，尤其是药店的工作还比较特殊，更不能马虎；可是许宣竟因此消极工作，实在违背情理，小说却错误地把这种消极行为当作反抗精神予以赞赏。

小说的故事时间是南宋高宗时期，作者站在现代人的立场来讲述过去的故事，以现代人的观念来评论古代的人、事，动辄就是"古代"怎样、现代怎样，不但借人物之口来表达自己的见解，还时常站出来直露地议论。

比如，许宣对白娘娘产生爱慕之情，作者议论说："生出一种电力来，这就是现代的人所谓'爱情'，他自己还不知道那是爱情。"① 古人的爱情观念受礼教影响，固然与现代人的自由恋爱观念在某些方面存在差别，然而说许宣不知道那是爱情，不能令人信服。难道古代就没有爱情？小说中甚至还有这样一段议论："但是事后，大家散开，也没有人去替白娘娘登报申明，因为那时并没有甚么日报。"② 宋朝没有日报是众所周知的事情，作者对白娘娘无辜遭受侮辱之事感到不平，其心情可以理解，然而这样的议论实在多余。

二

小说中的主要人物形象与此前白蛇传作品中的人物形象有很大不同。

白娘娘是个普通女子，毫无法术、心地善良、伶俐机警、有情有

---

① 谢颂羔编著：《雷峰塔的传说》《白娘娘》，竞文书局1939年版，第10页。
② 同上书，第59页。

第三章
去奇幻的"现实化"风格：20世纪三四十年代的白蛇传改写

义，不屈服于和尚、李某等人的淫威，对爱情坚贞不二。尽管她反对封建礼教，希望自己再嫁，与许宣同打一把伞、与许宣交往、不畏惧谣言，然而她仍缺少彻底的反抗精神，比如，许宣搬出姐姐家后，小青要许宣住在白娘娘处，白娘娘却不同意，因为"人言可畏"。

许宣是个小市民，在药店做伙计，为人忠厚，性格懦弱，常因一点小事就哭泣。许宣性格多疑，尽管白娘娘是个凡人，不是蛇妖，然而他几次对白娘娘产生疑心。作者是站在现代人的立场来讲故事的，作者笔下的许宣便有了现代知识青年的特点，能赏识真善美。

青青是白娘娘的丫鬟，同样是个凡人女子，对白娘娘十分忠诚，勤快伶俐、遇事机警，幸亏有她的帮助，白娘娘才躲过抓捕。

小说中并无法海这一角色，只有个无姓名的不守清规的和尚，他垂涎白娘娘的美色，造谣说她是蛇妖。

许宣的姐夫李某在小说中是个关键人物，他是个小吏，为人势利、心肠歹毒，勾引白娘娘不成便附和白娘娘是蛇妖的谣言。正是由于他的陷害，许宣才蒙受牢狱之灾。

三

作者将白蛇传予以现实化改写，去除了原有故事的传奇情节，使得作品平淡无奇，缺少引人入胜之处。作者抱着扫除迷信的观念，套用原有的故事框架，对某些传奇情节予以现实化诠释，有时不仅显得乏味而且难以令人信服。

比如，在"白娘娘"这一称呼的来源，是因为白衣妇女不愿意说出夫家或娘家的姓名，许宣便因她穿着白衣服而叫她白娘娘。白娘娘既然钟情于许宣，那么她没有必要隐瞒姓名。她既然是个普通人，那么她的邻居等人也应该知道她姓什么。在某些白蛇传中，"白娘娘"这一称号，是因为白蛇取了名字白素贞，姓白。

再如，白娘娘是蛇妖的谣言的形成与推翻：首先是好色的和尚造谣白娘娘是蛇妖，李某附和，然而他们造谣白娘娘是蛇妖竟毫无依据，为什么不说她是狐狸精、青蛙精等？有两个为白娘娘翻案的情节尤其不足信：其一，白娘娘和青青逃走，兵士捉拿不到她们，只看见白娘娘平时养的兔子、金鱼等动物，也许看到了四脚蛇，兵士对这些动物心生厌恶，便说白娘娘与青青是妖，谣言四起；其二，白娘娘在墙上画了一些小白兔、四脚蛇之类的东西，躲在床后边，李老板进去时看不到白娘娘，慌张不定，看到墙上的动物，"便大大的惊骇起来"，[1] 向后一退，跌倒在门槛上，连连惊叫"有白蛇"。兵士和李老板难道就是这等低级智商？

小说套用了白蛇传的某些情节框架，然而难以自圆其说。比如在赃银案件上，许宣起先拿了白娘娘的银子，后来在姐夫李某的要求下还给白娘娘，那么李某后来怎么知道许宣再次拿了白娘娘的银子？白娘娘和青青逃走更可疑，因为白娘娘的钱是正当的，并非偷窃，何况她们的逃走将使许宣蒙受不白之冤——白娘娘也认为"官吏也得讲理"[2]。白娘娘不应该逃走，而是应该去衙门将事情解释清楚。

白娘娘原本是为了减少生活的痛苦和再嫁而从苏州移居杭州的，丈夫的墓也在杭州，白娘娘认为杭州好，因此她没有必要再返回苏州，应该建议许宣在杭州开药店，而不是去苏州。

有关许宣的姐夫李某的情节也不尽合理。李某对许宣不满意，想要把许宣驱逐出去；许宣同意搬出去，可是李某"更加动怒"。李某既然想要驱逐许宣，就没有理由更加动怒，应该高兴才是。白娘娘说她在杭州时，李某冒充许宣之名来见她，用各种方法来引诱她。李某什么时候引诱她？如果事实的确如此，白娘娘为何先前没有对许宣讲？小说对此缺少必要的交代。

白娘娘说她的丈夫是个小官，"不过他为人中正，是一位好官啊"[3]，这与小说的另一段话明显矛盾："她的丈夫做小官，曾经作过不端的事，因此早死，也没有留下子女。"[4] 不仅在判断白娘娘丈夫的

---

[1] 谢颂羔编著：《雷峰塔的传说》（白娘娘），竞文书局1939年版，第57页。
[2] 同上书，第51页。
[3] 同上书，第8页。
[4] 同上书，第40页。

第三章
去奇幻的"现实化"风格：20世纪三四十年代的白蛇传改写

好坏上不一致，而且作者的话明显具有因果报应和道德说教色彩：做了不端的事就早死，就没有留下子女，这是作者思想认识的局限。同样的道德判断表现在小说开头一段，许宣为人忠厚，"所以许宣得以享受了人间的一种幸福"[①]。为人忠厚而命运悲惨的例子太多了，这一因果关系太勉强，况且这样的因果关系使白娘娘与许宣的复杂爱情简单化了。

四

宣扬科学、反对迷信是"五四精神"之一，谢颂羔以弘扬这一精神为己任，值得赞赏，然而他误将文学作品中的怪异精灵等神秘现象看作是与科学对立的迷信。小说本身就是虚构性文体，它要求的是艺术上的"真实"，而非生活或科学上的真实，违背生活或科学"真实"的事物在小说中却可以存在，将其视为"迷信"不妥当。韦勒克、沃伦指出："想象性文学本来就是一种'虚构'，是通过文字艺术来'模仿生活'。'虚构'的反义词不是'真理'，而是'事实'或'时空中的存在'；'事实'要比文学必须处理的那种可能性更为离奇"；"'真的'这个形容词词性可以表达出一个不偏不倚的分界线，即艺术在本质上是美的，在形态上是真的（也就是说，它与真理并行不悖）"[②]。

1922年，周作人在谈到文艺上的怪异精灵时说，怪异精灵是文学中常见的描写对象，有其自身的文艺价值，不能用唯物论的标准作为文艺批评的标准，否则就犯了"胶柱鼓瑟"的错误：

> 古今的传奇文学里，多有异物——怪异精灵出现，在唯物的人们看来，都是些荒唐无稽的话，即使不必立刻排除，也总是了无价值的东西了。但是唯物的论断不能为文艺批评的标准，而且赏识文艺不用心神体会，却"胶柱鼓瑟"的把一切叙说的都认作

[①] 谢颂羔编著：《雷峰塔的传说》《白娘娘》，竞文书局1939年版，第1页。
[②] ［美］勒内·韦勒克、奥斯汀·沃伦：《文学理论》，刘象愚等译，江苏教育出版社2005年版，第108页。

真理与事实,当作历史与科学去研究他,原是自己走错了路,无怪不能得到正当的理解。传奇文学尽有他的许多缺点,但是跳出因袭轨范,自由的采用任何奇异的材料,以能达到所欲得的效力为其目的,这却不能不说是一个大的改革,文艺进化上的一块显著的里程碑。①

科学与文艺是不同的领域,怪异精灵固然会对文化的发展产生某些不利因素,但是其文艺价值不可忽视,周作人呼吁要有宽阔的心胸来理解和鉴赏这类文艺作品:

> 民间的习俗大抵本于精灵信仰(Animism),在事实上于文化发展颇有障害,但从艺术上平心静气的看去,我们能够于怪异的传说的里面瞥见人类共通的悲哀或恐怖,不是无意义的事情。科学思想可以加入文艺里去,使他发生若干变化,却决不能完全占有他,因为科学与艺术的领域是迥异的。明器里人面兽身独角有翼的守坟的异物,常识都知道是虚假的偶像,但是当作艺术,自有他的价值,不好用唯物的判断去论定的。文艺上的异物思想也正是如此。我想各人在文艺上不妨各有他的一种主张,但是同时不可不有宽阔的心胸与理解的精神去赏鉴一切的作品,庶几能够贯通,了解文艺的真意。②

神怪文学是中国文学的重要组成部分,要理性地看待,不能高举"科学"大旗,宣判其为"迷信"而加以诛戮。欧阳健说:"神怪小说,连同它背后隐藏的神怪观念的产生,都不是用'宗教迷信'一类的简单判断所能解释的,而是有着更为深刻的认识论的原因。"③ 林辰说:"在现实生活中,神怪是不存在的,但作家可以用虚幻的想象,

---

① 周作人:《文艺上的异物》,《自己的园地》,岳麓书社1987年版,第27页。
② 同上书,第29页。
③ 欧阳健:《中国神怪小说通史》,江苏教育出版社1997年版,第2—3页。

借以折射社会生活;说穿了,是作家将世间的人情,幻化成神和鬼,并赋予神鬼以奇能异术,去表现世间的人事。所以,评价一部神怪小说的思想内容如何,主要是看它折射的是什么样的社会生活和世人心态,以及它是怎样表现的。"[1]

第二节　囤积居奇的奸商:秋翁的小说《新白蛇传》

秋翁是平襟亚的笔名。平襟亚(1894—1980年)是评弹作家、小说家,名衡,江苏常熟人,赘于沈姓家,一称沈亚公,笔名网蛛生、襟霞阁主、秋翁,著有《人海潮》,创办中央书店、《万象》杂志。

秋翁在上海沦陷时期写了很多"故事新编",如《孔夫子的苦闷》《潘金莲的出走》《孙悟空大战青狮怪》《孟尝君遣散三千客》《贾宝玉出家》等,这些作品古今杂糅,将古人放置在现代社会环境中,通过对故事的改写,讽刺日伪统治下的黑暗社会现实。《新白蛇传》就是其中一篇,小说不再以白蛇和许仙的爱情为叙述重心,而是借白蛇传的几个人物和部分情节,来暴露日伪政权统治下上海社会的黑暗和混乱,对商人囤积居奇的行径予以辛辣的讽刺。

一

《新白蛇传》作于1942年"新端午",作者由现实炎热的五月,怀想起白素贞与许仙的恋爱。白素贞在杭州认识许仙,爱得发狂,不惜放弃三千年的修炼之功与许仙相恋。许仙因生计而苦闷,[2] 白素贞出主意让丈夫做生意,囤积西药,并举小青之例劝说:小青到上海后

---

[1] 林辰:《神怪小说史》,浙江古籍出版社1998年版,第43页。
[2] 论者王军误将描写许仙的一段文字认为是描写白素贞的,并将"他"(指许仙)错写为"她"(白素贞)(王军:《上海沦陷时期的平襟亚与"故事新编"》,《青岛大学师范学院学报》2007年第1期),故事中感到苦闷的其实是许仙。

改名刘美娘，嫁了个诗人，帮丈夫做西药生意，发了大财。许仙于是欣然同意，夫妻俩第二天便乘火车来到上海，在许仙的两位爷叔的帮助下开始做西药生意。白素贞利用自己的美貌，代许仙交际并请来小青，让她做进货主任，保和堂生意一开始便十分兴隆。在一次店务会议中，营业主任徐先生提出"囤积居奇"的建议，认为目前营业虽好，但是盈利不丰，原因就在于"薄利多销""济世利众"。白素贞积极肯定徐先生的意见，认为的确应该抱着"有货不愁销"的宗旨，"济世利众"的招牌不合潮流。许仙第二天就改变营业方针，实行"半关门"策略，若职员随意大量出售药品，则一律停职；生意做得少，则增加薪水。保和堂的职员，为了不卖药，只得每天向顾客拱手、磕头、求饶甚至自己打自己耳光，请顾客去别处买药。许仙见顾客上门，则如丧考妣；若没有顾客光临，则笑得嘴都合不拢。药品价格涨到一百倍时，许仙还不让出售；涨到一百二十倍时，和白素贞商量后才"有所活动"。然而囤积的药品大半霉烂，白素贞顾不得"人道主义"，竟然忘了"人"的立场，命小青去"散毒"。于是上海瘟疫流行，百病丛生。保和堂将霉烂的药品高价出售，大捞一把，许仙高兴得心花怒放，对白素贞的丰功伟绩赞不绝口。小青还开了一爿棺材店，也发了大财。白素贞并不满足于此，索性抛弃了人的立场，与小青幻化成两条小蛇，钻入各米行仓库，将米吞进腹中，回家后吐出，除满足家用外，还卖出去赚了不少钱。许仙因操劳过度，患了伤寒。保和堂没有伤寒药，别家药店又不肯出售，于是白素贞只好乘飞机到外国去买了药才治好许仙的病。大家却纷纷传说，白娘子到仙山上盗了仙草，救活了丈夫，赞赏她有义气。法海查明了白素贞的劣迹，以买药为由，用瓦钵乘机收服了她。许仙听到白素贞惨叫，出来援救她时，法海已远去。

二

作者标明写作时间是1942年"新端午"，"新"大概是指日本占领租界，上海陷入一个更加黑暗的时代，故而"新"是反讽用语。在

第三章

去奇幻的"现实化"风格：20世纪三四十年代的白蛇传改写

日伪政权统治下，上海社会黑暗、混乱，民不聊生，商人囤积居奇，昧着良心赚钱，徐先生的话道出了时弊："要知在此洪流中，谁还在讲'济世利众'，谁不是染黑了良心在做买卖。……经商不欺诈，那就离赚钱远了。目下，经本人调查所得，海上各同业，生意虽没有我们做得广阔，但年终的盈余，却十倍百倍于本店……"① 作者对商人的卑劣行径痛心疾首，通过白素贞、小青、许仙等人物形象的重新塑造，对商人给予了辛辣的讽刺和嘲弄。作者不仅通过具体细节揭示商人的丑恶，还在行文中不时露出批判观点，如白素贞命小青去散毒，作者评论说白素贞顾不得"人道主义"，竟然忘了"人"的立场。及至文章结束时，作者还无法压抑火气，不惜"自毁形象"，如泼妇骂街般进行咒骂：世人不查白素贞的下毒手段，称她为义妖；奸商仿行囤积居奇的手段，但是没有下毒的本领，囤积下的药，将来没人买时，只好留给子孙服用——或许这些奸商绝了后代，只好留给自己当粥饭吃。

《新白蛇传》以现代社会为故事背景，的确是"新"白蛇传。

小说《前白蛇传》中，白蛇散毒是因为他人卖给保和堂的药材本身就是霉烂的，生意不好，而《新白蛇传》中，药材霉烂是囤积居奇造成的。

《新白蛇传》还增添了个新情节，白素贞和小青变回蛇身去偷米，利欲熏心；小青开棺材店，大发横财；不但赚了活人买药的钱，连人死后也要遭受盘剥。

此前白蛇传中，白蛇喝了雄黄酒现形而将丈夫吓死，白素贞去仙山盗取灵芝草，这体现了白蛇对爱情的坚贞。《新白蛇传》中，许仙因为忙着发财而患了伤寒；伤寒药本来并不稀缺，只是其他药店同样囤积居奇，不肯出售，白素贞不得已坐飞机去国外买药；盗仙草只是"谣言"。

清代以来的白蛇传中，白蛇形象逐步美化，是个"义妖"，法海

---

① 秋翁：《新白蛇传》，《万象》1942年第12期。

收服白蛇是非正义的；《新白蛇传》中，白素贞作恶多端，法海收服她大快人心。

　　与平襟亚的其他"故事新编"一样，《新白蛇传》采用了讽刺手法，陈蝶衣说："秋翁先生的一支笔，就妙在能抓住现实，予以有力的讽刺。"① 如讽刺白素贞的虚假言行，起先白素贞要以人的手段谋生，放弃搬运之术，"就是搬运，也只能在明中装作了'取诸有道'，不能暗中施手脚"。② 可见她并未真正坚持人的立场，"明中装作了'取诸有道'"，不过是自欺欺人。后来她差遣小青去散毒，就完全放弃了人的立场，毫无"人道主义"。

　　再如，为了囤积居奇，许仙不准店员出售药品，店员为了不卖药，每天向顾客拱手、磕头、求饶，甚至打自己耳光，请顾客去别处买药。若顾客上门买药，许仙如丧考妣；若没有顾客光临，则笑得嘴都合不拢。作者讽刺说："你买他一磅鱼肝油，无异割他身上四两肉；买它一盒万金油，无异剥他身上一块皮。"③ 及至许仙患了伤寒，别的药店为了囤积居奇也不肯卖药，白素贞只好出国买药，可谓自食其果。

第三节　虚假的爱情与黑暗的世相：
　　　　　卫聚贤的话剧《雷峰塔》

一

　　1944年6月重庆说文社出版部初版、1945年6月说文社出版部3版的话剧《雷峰塔》均署名卫聚贤。然而有不少人指出《雷峰塔》的作者系陈白尘。卜仲康在《陈白尘生平纪略》中指出，1941年，陈白

---

① 陈蝶衣：《编辑室》，《万象》1941年第5期。
② 秋翁：《新白蛇传》，《万象》1942年第12期。
③ 同上。

第三章
去奇幻的"现实化"风格：20 世纪三四十年代的白蛇传改写

尘"代洪深为山西人卫聚贤作独幕剧《雷峰塔》"①。是否捉刀暂且搁置，此处的时间有误，应该是 1944 年。《中国古今戏剧史（中）》也说："（陈白尘）代洪深为卫聚贤作独幕剧《雷峰塔》。"②《重庆抗战纪事》中说："《雷峰塔》出自陈白尘手笔。当时在写剧本热潮中，洪深应卫聚贤之请，由陈白尘用三天时间写成，署名卫聚贤编剧，由项堃等人演出。"③《重庆文史资料》中说："考古学家卫聚贤并不会写剧本，他兴之所至，委托洪深替他写个剧本，洪深则请陈白尘为之代庖，陈白尘用三天时间写出名叫《雷峰塔》的话剧，请项堃等人演出，用卫聚贤的署名，在卫聚贤主持的说文出版社出版。"④ 马俊山指出："《雷峰塔》署名卫聚贤作。卫系某银行高级职员，爱好演剧，经朋友作伐，转请陈白尘捉刀代笔。陈两三天即草成该剧，送卫排演，其粗糙可想而知。"⑤

以上文章仅仅指出陈白尘捉刀、卫聚贤只是署名，却没有拿出令人信服的依据。石曼的《重庆抗战剧坛纪事》以陈白尘的话为证据："1983 年 5 月，陈白尘到重庆，在重庆市剧协召开的座谈会上，他说：'1944 年，在写剧本的热潮中，洪深应卫聚贤之请，由陈白尘用三天时间写成《雷峰塔》，署卫聚贤之名，由项堃等演出。'"⑥ 陈虹就依据这段话主张"还真面目"——《雷峰塔》系陈白尘所作⑦。

潘子农在回忆录中说："还有一本卫聚贤的话剧本《雷峰塔》，是抗日战争中在成都出版的。此人是位文物考古者，面对大后方的抗日剧运高潮，他忽然'见猎心喜'，想起写个剧本来。但写剧与考古毕竟是两码事，光有资料仍等于废纸。他只得去求教洪深。洪先生将这

---

① 卜仲康编：《陈白尘专集》，江苏人民出版社 1983 年版，第 25 页。
② 李万钧主编：《中国古今戏剧史（中）》，广东高等教育出版社 1997 年版，第 455 页。
③ 见《重庆抗战纪事》，重庆出版社 1985 年版，第 354 页的注释。
④ 见《重庆文史资料》第 39 辑，西南师范大学出版社 1993 年版，第 100 页。
⑤ 马俊山：《论国民党话剧政策的两歧性及其危害》，《近代史研究》2002 年第 4 期，第 152 页注释。
⑥ 石曼：《重庆抗战剧坛纪事》，中国戏剧出版社 1995 年版，第 181 页。
⑦ 陈虹：《还其庐山真面目——陈白尘以他人之名发表的四部作品》，《新文学史料》1997 年第 1 期。

'任务'介绍给其门弟子陈白尘,请他一手包办。剧成,署名卫聚贤,实系白尘捉刀。记得三人间还产生点小纠纷,我作了鲁仲连。这本书还是有一定参考价值的。"[1] 鲁仲连是战国末期齐国人,常周游各国,排难解纷。潘子农说自己"作了鲁仲连",即成为他们纠纷的见证者和调解者。尽管潘子农的回忆录中有个别细节出错,如此处的"在成都出版",事实上是由重庆说文社出版部出版的,但这个瑕疵不妨碍事件大体的真实,即纠纷确实存在——作为无利害关系的第三人,他没有必要说谎。

还有人说《雷峰塔》是陈白尘、卫聚贤共同创作的:"陈白尘、卫聚贤根据民间故事《白蛇传》创作的《雷峰塔》。"[2] 然而并未说明原委。

如果剧本完全是陈白尘捉刀,卫聚贤还会争执以至于要他人来调解?其实卫聚贤不会写剧本的观点站不住脚,除了《雷峰塔》外,卫聚贤还写过其他剧本,他以卫大法师之名出版过《端节三幕短剧》,内收《雄黄酒》《钟馗捉鬼》《吃粽子》三个剧本[3]。《雄黄酒》与《雷峰塔》一样,去除了神话成分,两者的构思也有相似之处。在《雄黄酒》中,许仙出家,白素贞和青儿被母亲带走,留下了出生不久的儿子由许姊抚养。为了遮蔽丑剧,许仙的姐姐和姐夫想出了这样的计谋:

许姊夫:这个孩子长大,别人谈及他父母的故事,不觉丢人吗?

许姊:这不妨,你不是说她们都好像蛇精吗?我们这就造出些神话来,说许仙前世放蛇还生,白蛇今世转报,就把他们自由结婚的丑遮住了。法海识妖,叫许仙出家,就把端午酒醉吐真言也遮盖了。

---

[1] 潘子农:《舞台银幕六十年——潘子农回忆录》,江苏古籍出版社1994年版,第329页。
[2] 孙晓芬编著:《抗日战争时期的四川话剧运动》,四川大学出版社1989年版,第44页。
[3] 卫大法师:《端节三幕短剧》,说文社1947年版。

第三章
去奇幻的"现实化"风格：20世纪三四十年代的白蛇传改写

许姊夫：雷峰塔内生子呢？

许姊：这！这也放在法海和尚身上，说法海以法力将白氏镇压在塔内，鼓励着孩子读书，说他中了状元，好去祭塔。状元祭塔，护塔的神就放白氏出来，好让他母子见面。

许姊夫：将来如祭塔祭不出来白氏，将如何？

许姊：鼓励儿子读书成名，祭不出白氏，也可掩护他父母这场大闹，家破人亡的丑剧！[①]

这一情节与卫聚贤在《雷峰塔》序言中的话是一致的，卫聚贤说："在妇女贞操严重之下，儿子对于他母亲被人叫骂或指责为不贞节，是儿子的大辱……在知识阶级，他就想将这故事掩饰使人将故事的观点改变。……我就想这故事，是状元许龙捏造的，即是他们乡间人指责他母亲不贞节为掩饰此种事实，造出他母亲前世为蛇……"[②]

卫聚贤在序言中说，他曾和姚蓬子谈及自己关于白蛇传的构思，并将大意在新蜀报上发表了。后来他将剧本写成六幕：第一幕家变，写白素贞与仆人私通，父亲发现后要处死她，白素贞在小青与母亲的帮助下，以假装投井骗过父亲，带小青逃走。第二幕西湖巧遇，白、许西湖相遇、生情。第三幕端节醉酒，白素贞酒后说出许仙本是她的未婚夫，将家变一事和盘托出，许仙气昏。第四幕大闹金山寺，许仙欲逃避白素贞而出家，白追到金山寺与法海起了冲突。第五幕雷峰塔生子，因与法海冲突，白素贞被关在雷峰塔中并生下一子，适值白母前来，于是带走白素贞，儿子许龙由许仙的姊姊带回家。第六幕祭塔，状元许龙前来祭塔，祭文中读到如白蛇传故事，围观中的白素贞听后认子，自悔在娘家另外招赘，失了这状元儿子，于是进塔后自尽，状元大哭说升天去了。

卫聚贤将自己编的剧本《雷峰塔》给郭沫若、洪深看过，两人都

---

① 卫大法师：《端节三幕短剧》，说文社1947年版，第10页。
② 卫聚贤：《雷峰塔》，说文社1945年版，第1页。

对其剧本不满，其中洪深说："趣味甚好，就是离戏太远了，我替你改过。"然而洪深忙于自己的事务，一再拖延并没有修改，而是荐举了一个朋友修改。[①] 卫聚贤写这段话时，郭沫若、洪深、陈白尘都还健在，若非自己所作，卫聚贤不可能大胆地在他人作品上署名。卫聚贤治学严谨，著作等身，并未发生过"抄袭"事件。

对于陈白尘的修改，卫聚贤在序言中有说明：改编成四幕，加上序幕与尾声，共成六幕，序幕是雷峰塔前准备祭塔时，李仁醉酒后说祭文中的白蛇传故事全是鬼话，是来掩饰状元不知母亲的下落而编造的。第一幕是西湖巧遇，将白素贞写成逃难女子，小青有同性恋倾向，与白素贞是路中相识。白与许相见于茶亭，没有同舟的故事在内。第二幕为端节醉酒，李仁把从小青那里听到的白素贞以前的恋爱故事告诉许仙，许仙借端阳节灌醉白素贞，白素贞酒后吐真言。第三幕是大闹金山寺，许仙听到白素贞有爱人在逃难途中病故，气得要死，许仙因在绍兴、苏州、镇江各地均有家室，被白素贞追去大闹，许仙为了躲避白素贞而到镇江金山寺出家，白素贞追到金山寺与法海大闹起来。第四幕系雷峰塔生子，白素贞不肯回许家去，坚持住在雷峰塔中产子，许仙为要回儿子而向白付出五十万养老金。倭寇侵杭，法海练兵征倭，要许仙当兵，许仙抱着儿子跑了，白、青拿着银子走了。尾声接着序幕，仍是预备祭塔，李仁酒醒后不承认刚才说的话，并肯定祭文中白、许的离合，恰如雷峰塔义妖传的传说，他以许仙老友在许仙药材店工作过、亲知其事的资格来说明。

综上所述，可以推断：《雷峰塔》初为卫聚贤所作，陈白尘做了较大的改动。

二

卫聚贤在序言中说起自己的写作起因：幼时听说过白蛇传的故事，又看过晋腔、秦腔的断桥剧；在上海时看的白蛇传，"但是将白

---

① 卫聚贤：《雷峰塔》，说文社1945年版，第13页。

第三章

去奇幻的"现实化"风格：20 世纪三四十年代的白蛇传改写

蛇太人格化了，反而觉得这神话是增加的，于是便将这神话去掉，留下故事的本来面目"。那么，故事的"本来面目"是怎样的？作者由白、许之子中状元祭塔这一情节，设想白蛇传的故事，是状元捏造的：别人指责他的母亲不贞节，为掩饰此事，他捏造母亲前世为蛇，父亲在前世救过母亲的命，母亲为报恩，于是有了非"父母之命媒妁之言"仪式下的婚姻。

话剧《雷峰塔》完全颠覆了白蛇传的主题、情节和人物形象，消解了白蛇与许仙感人肺腑的爱情悲剧，代之以相互的欺骗与无尽的谎言，并增加了李仁对白素贞的单相思、明朝的抗倭斗争等情节，神话故事被改写为凡俗的讽刺喜剧，以此讽喻中国 40 年代日本侵略下的黑暗时局。

剧本中的白素贞、小青不再是蛇精或青鱼精，而是地道的凡人。白素贞不像大多数白蛇传中塑造的那样善良贤惠、安分守己、洁身自好，而是行为放荡、爱慕虚荣、泼辣狡诈，把金钱看得比爱情宝贵得多，为了利益不择手段，甚至将儿子作为交易的筹码。

许仙的形象也大有变化，不是依附于姐姐、惨淡度日的可怜虫，而是药材商之子，身份显赫、家财万贯。许仙继承父业，药材生意兴隆，遍布江南各省；既有管家李仁、黄秀才帮助打理事务，也在绍兴、苏州、镇江等地另设家室，"商场""情场"都很得意。许仙一反此前白蛇传中胆小懦弱的形象，而变得强硬、好交际、有心机、善计谋。作为商人，许仙囤积居奇、发国难财、自私冷漠、为富不仁。剧作有这样一段对话：

> 李：前天有人来买，出了顶大的价钱了，我们是四两银子买进的，他出我五百两银一两，每两足足赚了四百九十六两银子，这真是一本万利呀？
>
> 许：那么，你卖了？
>
> 李：十几两人参赚了八千两银子呀！
>
> 许（大怒）：八千两？你嫌多吗？没有见过世面的；百倍、

上千倍算多吗,你去问问那些做大生意的,算多吗?告诉你:做生意要良心黑,良心不黑怎么会发财呀?

……

许:什么贵重药都不许卖了,死了人都不卖,囤起来!囤起来:抬高价钱!①

许仙和李仁的对话,淋漓尽致地揭示了黑心商人唯利是图、贪得无厌、囤积居奇、见利忘义的无耻行径,商人为了金钱竟至于丧心病狂,置他人性命于不顾,人性被金钱严重扭曲。

许仙为逃避白素贞的纠缠而请求法海收留自己做和尚时,信誓旦旦,态度坚决:"承蒙大法师的法海,真是令在下这顽石点头了。大法师如果准了在下剃度,但凭法师教诲,即使真入地狱,在下也在所不辞。"② 然而当倭寇入侵,法海要许仙当兵征讨倭寇时,许仙却逃跑:"师父!对不起!我有儿子!我有铺店!我有百万家财!我要去保护我的家财呀!""我不当和尚,我还俗了!"③ 以致法海叹息着骂他为"败类"。许仙前后行为判若两人、对比鲜明,其巧言令色、自私怯懦、背信弃义的本质显露无遗。

与他们不同,法海是勇于反抗的战斗者,以慈悲为怀,关心人民疾苦,在倭寇入侵时敢于承担责任,组织大家反抗,是个正义、高尚的高僧形象。

有论者在考察20世纪40年代的话剧时指出:"还有的剧作借助神话反封建。如吴祖光根据民间故事《牛郎织女》创作的同名话剧(1944年),陈白尘、卫聚贤根据民间故事《白蛇传》创作的《雷峰塔》(1945年),分别以王母娘娘和法海作为封建专制的代表,他们阻碍和破坏牛郎、织女、许仙、白蛇追求幸福自由的生活。"④ 论者大概

---

① 卫聚贤:《雷峰塔》,说文社1945年版,第63—64页。
② 同上书,第75页。
③ 同上书,第111页。
④ 孙晓芬编著:《抗日战争时期的四川话剧运动》,四川大学出版社1989年版,第44页。

第三章
去奇幻的"现实化"风格：20世纪三四十年代的白蛇传改写

是既未观赏舞台演出又未认真阅读剧本，而是凭以往的知识先入为主地对剧目做出想当然的判断。《牛郎织女》和《雷峰塔》的作者对以往的剧本进行了大幅度改编，情节、主题与经典的牛郎织女传说和白蛇传说迥异。在《牛郎织女》中，王母娘娘并非封建专制的代表，她善良热诚、善解人意，主动成全牛郎和织女的婚事，衷心地为他们祝福；最后因牛郎想念下界而离开天庭，因此夫妻分别；该剧主题是抒发作者对现实世界的苦闷，并非是立意反封建专制的。话剧《雷峰塔》中的白素贞和许仙相互欺骗，他们都贪财好色、阴险狡诈、自私冷漠，并没有真正的爱情；而法海作为正义的僧人，并未拆散他们的婚姻。

隐喻和讽刺手法的运用，是该剧的重要特色。与大多的作品把白蛇传的故事时间安排在南宋不同，《雷峰塔》把故事时间放到明代，使故事内容同明朝抗倭战争联系起来，隐喻了现代日本的侵华战争，使作品带有时代色彩和抗战意义。卫聚贤在考证白蛇传时得出这样的结论：传说中小青火烧雷峰塔，只是附会；雷峰塔被烧实乃倭寇所为，因为当时的僧人参与了抗倭斗争。他还说："将三百九十年前倭寇之焚烧演出，时甚相宜。"[①] 作者的隐喻意图是明显的。这同阿英40年代的话剧《牛郎织女传》把故事时间设定在明嘉靖年间一样，出于同样的意图和隐喻意义。

《雷峰塔》将爱情神话改写为世俗喜剧，突破了经典白蛇传的成规，带给人们新奇的感受，故而《雷峰塔》的演出和剧本在当时都受到欢迎，《剧刊》第八号登载的新闻中称："万忠师管区剧团，目前正在万县演出卫聚贤编的古装剧《雷峰塔》，观众均呼'安逸'。"《雷峰塔》剧本成为1945年"重庆初版的话剧剧本单行本影响较大者"。[②]

然而，剧作《雷峰塔》也招致了一些批评。马俊山指出，陈白尘

[①] 卫聚贤：《雷峰塔》，说文社1945年版，第31页。
[②] 石曼：《重庆抗战剧坛纪事》，中国戏剧出版社1995年版，第194页。

捉刀代笔,"陈两三天即草成该剧,送卫排演,其粗糙可想而知"①。以写作时间的短长作为评判作品优劣的依据有失公允,因为作家文思泉涌在短时间内写出佳作的例子很多;况且,陈白尘是对剧作修改,非完全捉刀。当时剧评家刘念渠说:"今天不少像许仙与白素贞的人存在,却有他的社会原因,这不是用'讽刺'可以解决问题的。""必须指出女性(以及男性)如何被封建传统压迫这一事实,才能具有现实性与积极性,才能还给这一传说以真实面目,才能获得高度的社会意义。"②"还给这一传说以真实面目"道出了刘念渠批评的动机。《雷峰塔》并不乏"现实性与积极性",对抗战的隐喻、对商人囤积居奇的行径、对唯利是图、相互欺骗的丑恶人性,剧作都予以深刻的揭露和辛辣的讽刺。这些批评主要是出于对传统白蛇传的颠覆,如郭玉华所指出的:"时人与后人对卫聚贤的讥讽,与其说是对卫聚贤剧作的不满,不如说是对揭破传统爱情神话、暴露伪善情爱的不满,是固守传统而生出的拒斥。此时,他们所维护的并非剧作改编的法则,而是道德成规与情节成规的圣典地位。"③刘念渠和田汉都指出了现实化处理使《雷峰塔》失去了反抗封建礼教压迫爱情的意义,但失之东隅,收之桑榆,《雷峰塔》与传统白蛇传迥异的情节和人物形象给人们带来了新奇的审美感受,而且不乏批判现实黑暗和丑恶人性的积极意义。

第四节 不完整的"异端":刘念渠的剧本《白娘子》

刘念渠的剧本《白娘子》连载于1949年《春秋》月刊第1—4期上,第4期上的《白娘子》连载到第三场第二幕,写着"未完",然

---

① 马俊山:《论国民党话剧政策的两歧性及其危害》,《近代史研究》2002年第4期,第152页注释。
② 刘念渠:《歉收的一年》,《时与潮文艺》1945年第5卷第4期。
③ 郭玉华:《〈雷峰塔〉的反向叙述与正史意图》,《齐鲁学刊》2007年6期。

第三章
去奇幻的"现实化"风格：20世纪三四十年代的白蛇传改写

而《春秋》1949年3月25日终刊，《白娘子》不能继续在该刊发表，以后也未出单行本，"未完"的《白娘子》于是给我们留下了一个不完整的白蛇传故事。

刘念渠在评论卫聚贤的《雷峰塔》时说："必须指出女性（以及男性）如何被封建传统压迫这一事实，才能具有现实性与积极性，才能还给这一传说以真实面目，才能获得高度的社会意义。不媒而和的白蛇与许仙不为封建传统所容，法海以封建势力的代表出现，强迫他们分开，白素贞被囚在雷峰塔里被'诬'为蛇，或者较为接近这一传说的本质吧。"[①]《白娘子》就是刘念渠按照他评论《雷峰塔》时接近传说本质的想法进行创作的。

剧本《白娘子》又名《异端》，时代为"千年以前"，地点为"江南"。

序幕为黄宗江所写，序幕的末尾注明："本剧序幕，于一九四七年年尾，承黄宗江兄病中执笔，谨此致谢——作者。"序幕写的是白蛇传的游湖，许、白、青三人共打一伞，白蛇传的故事由是开启。出场的人物除了这三人以外，还有牧童、光头白胖的和尚、老头。牧童吹笛，带来的是春天的活力与欢乐；和尚与老头则代表了封建势力：和尚很"庄严"，见白、青"妖"也似的背影，于是站住、斜眼、叹喟；老头看见三人共伞图，"大不以为然"，"不禁怒火中烧，摇头而去"。由序幕可见，在自由恋爱的白、许周围，存在着怎样顽固的封建势力。

其后的内容主要是：白、许婚后很恩爱，许母却对白娘子的身份起了疑心。后来许官人生病（受了一点风寒），许母的疑心更重，请来法海捉妖，法海污蔑白、青为蛇妖。许官人病愈后，奉母之命去金山寺烧香还愿，被法海拖住不得返回。白娘子在思念和焦虑中得病，然后和小青一同去金山寺找许官人，却被法海与众僧人制伏，关在雷峰塔内。许官人在悔恨中，每天去雷峰塔看望，终于在一天晚上看塔

[①] 刘念渠：《歉收的一年》，《时与潮文艺》1946年1月。

人走后,白、青从塔里出来和许仙见面。

从剧本开篇时所列的人物来看,所有人物都已登场;从白蛇传的剧情来看,白、青被关在雷峰塔内,她俩出塔和许见面,由此可以推测,剧本尽管未连载完,却已接近尾声。

刘念渠的《白娘子》以反封建礼教、反迷信为主旨,将神话故事改编为凡人女性受压迫、被侮辱、被污蔑的故事。该剧又名《异端》,"异端"一词出现在第二场,许官人患了风寒病,引起大家严重的猜疑:所谓没有看"八字",没有选择"宜嫁娶"的黄道吉日,女克夫或者冲撞了神道,白娘子是妖怪等。这惊动了法海,"他凭着无边佛法统治尘世,一向容不得任何'异端'的念头和引动"。法海污蔑白娘子为妖,他对许母的谈话更为直接:"私自苟合,藐视父母,破坏天律,就是罪恶。而且,流连忘返,荒淫无度,更是人神共愤!"[①] 白娘子去金山寺索夫时,法海怒斥白娘子:"私奔淫行,根本算不得夫妻!"法海甚至对白、许的夫妻关系都不予以承认。可见,封建礼教的势力多么强大、顽固。法海与惠静的谈话暴露了其可恶、歹毒的本来面目:"我要说他们是蛇精,他们就一定是蛇精了。"至于水漫金山,法海笑道:"此乃天助我也","春水泛滥"。

作品出于现实化改写的需要,对人物进行了重塑。

白娘子当然不是妖,她的父亲是朝中的一位官员,因不肯把白娘子嫁给更大官位的儿子(不成才的花花公子)而被罢官入狱,白娘子带了小青逃出来。白娘子美得如人们想象中的仙女,"心地善良,性情既温柔又刚强,不大肯对环境低头服输",性格中带有反抗色彩,颇有新女性的意味。

小青作为奴婢,对白娘子忠心耿耿;而白娘子从未把小青当作奴婢看待,"情同骨肉,谊如姊妹""闺中密友"。这种主仆如同姐妹的关系在五六十年代的白蛇传作品中常见,这主要是出于争取平等、反对压迫的现实革命需要。

---

① 刘念渠:《白娘子》,《春秋》1949 年第 2 期。

第三章
去奇幻的"现实化"风格：20世纪三四十年代的白蛇传改写

许官人（作品仅以官人称，未出现许宣、许仙等字样）不是孤儿，有哥哥、母亲，而母亲迷信，封建意识浓厚，是白娘子被迫害的因素之一。许官人没有定见，性格懦弱；不过，在白、青被关在雷峰塔后，许表现出了悔意和深情。

法海道貌岸然，实则无耻、恶毒。他污蔑本是凡人的白、青为妖，剧作鞭挞、讽刺了其捉妖的丑行："眼睛经常的半闭半垂，不大肯分神于外界的事物；但是，在必要睁开的时候，那可是一双不平凡的眼睛，它们闪着一种交杂着杀气、淫欲、威胁、虚伪、奸狡的逼人的光芒，会引起对方的战栗和憎恶。"法海看小青和白娘子就是如此："半闭半垂的眼睛倏地睁开了，目不转睛地盯住了她，他仿佛要看透了她的衣服，看透了她的肉体，看透了她的五脏六腑，看透了她的那颗活跳跳的心。"当白娘子出现的时候，作品如此叙述："这个'妖精'的姿容丰采，较之小青给予他更大的吸引力。那半垂半闭的眼睛，又一次倏地睁开了，目不转睛地盯住了她，他仿佛要看透了她的衣服，看透了她的肉体，看透了她的五脏六腑，看透了她的那颗活跳跳的心。"[①] 两次盯着看的神态和心理描写，戳穿了这个口念"阿弥陀佛"的"高僧"的假面。

《白娘子》剧作矛盾冲突不够尖锐，情节推进缓慢、拖沓，人物冗长的对话有时显得不必要。有些剧情让人捉摸不透，不明白作者的意图何在，比如白娘子向小青提出的共侍一夫的建议，许官人也提出要给小青做媒、将她许配给他人，然而这一话题后来再未出现。现实化的改写使得原本精彩的情节变得乏味，比如，白、青去金山寺索夫，小青尽管小时候在家学过点武艺，带了宝剑去，与法海的斗争过程却很简单，她俩很快就被众僧人制伏。

---

① 刘念渠：《白娘子》，《春秋》1949年第2期。

第五节　烦恼人生：包天笑的小说《新白蛇传》

包天笑的小说《新白蛇传》连载于《茶话》第 26 期（1948 年 7 月）至第 35 期（1949 年 4 月）。小说完全摒弃了白蛇传说的神秘色彩。小说的时代背景是抗战胜利后的国共内战时期，与小说的写作时间基本一致。故事发生的地点关涉杭州、上海与苏州。小说保留了白素贞、小青、许宣、法海、茅山道士等基本人物，但是故事情节与传统白蛇传迥异。

一

故事发生在现代社会，虽然也涉及某些新旧观念的冲突，但是并没有什么深刻的思想内涵。比如在婚姻观念方面，许宣的姐姐觉得兄弟还是童男，对他娶了一个在醮的女人终觉不满；许宣也痛恨别人提起白素贞嫁过老头子的往事，他们的婚姻观念依然是封建保守的。小说还触及某些社会问题，作者曾借小青之口言及内战所造成的社会混乱："至于天堂之说，现在到处是伤兵难民，只怕变成了地狱了吧？倘到我们乡下去看看，抽丁征米，愈是鸡犬不宁了。"[①] 小说中军队占据民房、物价飞涨，但是这些事实并没有造成严重后果，只是给人们的生活增添了些许烦恼，矛盾冲突并不尖锐。整篇小说充斥着一些琐碎、庸常的生活场景，如吃什么，在哪里吃饭，穿什么，如何打扮，去哪里游玩，如何出行，房屋怎么处置，住在哪里等。小说中不存在破坏爱情的强大力量，人物不是为了坚定地维护爱情而与敌对势力激烈斗争，法海只是想得到白素贞的钱财，而白素贞以金条交易的行为在当时并不合法，不值得同情。白素贞和许宣没有遭遇来自封建势力

---

① 包天笑：《新白蛇传》，《茶话》1948 年第 26 期，第 151—152 页。

第三章
去奇幻的"现实化"风格：20 世纪三四十年代的白蛇传改写

的强力压迫，她一再担忧前夫的家族来榨取她的财产，然而事实上前夫的家族除了骂她是妖精外，并未对她的生活构成严重影响；法海、李克用等人想敲诈她的钱财，也被她轻易躲过。白素贞的烦恼只是担着一个"妖精"的名声，可是并没有多少人信以为真，"妖精"不过是取笑谐谑之语。

> 白素贞只穿了雪白电访（纺？）敞胸小衫，露出了一抹玉痕，用纤手挽住了许宣肩头。许宣像个小孩子一般，将头钻到她的胸怀里，搂着她细圆灵活的一搦水蛇腰。素贞只是用丁香舌尖，舐着樱唇，吃吃地笑。许宣想："谁说她是个妖精？就说她是一条白蛇精，我也甘心为她而死了。"
> "怪热的！不要吧！"素贞轻轻地推开了他。①

这段关于"妖精"的话语尽显缠绵和情欲，许宣甘心而死的念头有些荒唐可笑，因为白素贞是个凡人，而不是"妖精"。在很多作品中，许态度坚决，明知妻子是蛇而仍要与她在一起，甘心为爱情而死，这样才具有感人的力量，因为爱情已超越了人与妖之间的界限。小青的遭遇也是如此，在没有征得她同意的情况下，家人将她许配给纨绔子弟，这本是悲剧，然而小说又将此轻松地化解了。

二

白素贞被塑造成一个普通的女性，不是蛇妖，也没有学过法术。尽管白素贞也开药铺，甚至赠药给贫苦之人，但她不具有妖性或神性。小青是白素贞的丫头，也是个普通女子。许宣是上海某大学学药物学的青年学生，性格懦弱，甚至会为一点小事流泪，在白素贞面前像个小孩子。小说中有一处写到许宣的成就：许宣用西药的技术来研究中药，居然制造了几种成药。许宣的姐姐观念守旧，她很信佛教，

---

① 包天笑：《新白蛇传》，《茶话》1948 年第 29 期，第 159 页。

在家庭中毫无地位，完全是个旧式妇女形象。

　　许宣的姐夫李克用在警界做事，不守本分，交游很广，过着花天酒地的生活。他贪得无厌，不但将许宣父亲的遗产据为己有，还想从白素贞那里敲诈些钱财。在《白娘子永镇雷峰塔》中，许宣的姐夫是募事官李仁，李克用是镇江开药店的老板，年纪大却很好色；包天笑的《新白蛇传》中，李克用融合了这两个人物形象。

　　法海和尚是上海金山寺下院的当家，贪图金钱、喝酒吃肉、追求肉欲的享乐，收了不少地痞流氓做徒弟，敲诈、骗取他人钱财。法海和尚"算是个职业僧人"，金山寺下院供人备丧礼、做佛事、吃素斋，营业不错。法海生就一双鼠目，看女人的本领却很高妙，口才很好，哄骗不少女信徒，赚了不少钱财。作者对这类和尚是非常厌恶的，在小说中如此议论："中国的和尚，应该在深山丛林中去潜修，他们却偏喜到繁华喧闹之区来胡撞，甚而至于嫖赌吃着之场，都有他们的足迹。他们所设某某寺下院之类，连寺院的形式也没有，借了一座普通的房子，悬上一块匾额，里面供几尊佛像，就算数了。至于标榜着什么寺下院，那不过是戤这牌头，作为护符而已。"①在与白素贞的关系上，法海认为这个"小寡妇"可欺，"既艳其色，复涎其财"。

　　茅山道和法海是一类的人，在上海开过向导社，是个"皮条客"，赚了很多钱，还开过小型跳舞厅。他有个绰号"老百脚"，从这个绰号可以看出他的人物原型和性格特点：

> 百脚原是一种虫名，苏沪人呼蜈蚣为百脚，因为它是多足之虫。书上说："百足之虫，死而不僵。"就是说它因为脚多，可以活动的意思。那么老百脚的绰号，也是这个意思，一方面说他随便什么事物，都晓得一点，老百脚等于"老百晓"。一方面意思是倘被百脚钳一下，非常之痛，而且它还有毒。②

---

① 包天笑：《新白蛇传》，《茶话》1948年第26期，第156—157页。
② 包天笑：《新白蛇传》，《茶话》1948年第32期，第108页。

第三章
去奇幻的"现实化"风格：20世纪三四十年代的白蛇传改写

茅山道是"茅山道士"的转化，"老百脚"的绰号，表明他信息灵通、心肠恶毒，这显然受到以往白蛇传中蜈蚣精原型的影响。

胡媚是茅山道的干女儿，是个舞女，交际花，妩媚娇艳，行为放荡。这一形象是"胡媚娘"的转化，胡媚娘在小说《后白蛇传》中是狐狸精。

总之，小说涉及了白蛇传的主要人物，尽管是现实化处理，却生搬硬套一些情节，意图保持与以往人物的紧密联系，使传说中的人物和现实生活中的人物一一对应，这种做法并不可取，茅山道、胡媚这样的名字是极为少见的，令人忍俊不禁的是白素贞的姑母竟然无缘无故地有个绰号"骊山老母"。

三

小说《新白蛇传》在叙事上极为拖沓，叙述了一件又一件琐屑的小事，对于表现人物没有起到任何作用，缺少概括和提炼，缺少激动人心的主干事件。作品充斥着有关衣食住行的琐碎细节，细节对于表现主题、塑造人物固然重要，但是细节如果是未经提炼的、与主题或人物性格无关的，则会成为作品的赘疣，损害作品的艺术魅力。

《新白蛇传》涉及了众多人物，骈枝丛生，很多人物如郝渔津、阿珠等与白素贞、许宣的生活联系不密切，完全可以去除。朱光潜说："人和事的错综关系向来极繁复，一个人和许多人有因缘，一件事和许多事有联络，如果把这些关系辗转追溯下去，可以推演到无穷。一部戏剧或小说只在这无穷的人事关系中割出一个片段来，使它成为一个独立自足的世界，许多在其他方面虽有关系而在所写的一方面无大关系的事事物物，都须斩断撇开。"[①] "一部小说或戏剧须取一个主要角色或主要故事做中心，其余的人物故事穿插，须能烘托这主角的性格或理清这主要故事的线索，适可而止，多插一个人或一件事就显得臃肿繁芜。再就一个角色或一个故事的细节来说，那是数不尽

---

① 朱光潜：《选择与安排》，《谈文学》，安徽教育出版社2006年版，第61页。

的，你必须有选择，而选择某一个细节，必须它有典型性，选了它其余无数细节就都可不言而喻。"①

除了无关宏旨的琐事外，小说还充满了冗长的对话以及不必要的解释和议论，这一方面让人感到乏味，另一方面也使得小说缺少节奏感。节奏在小说叙事中是相当重要的，爱·摩·福斯特说："节奏在小说中的作用是：它不像图像那样永远摆着让人观看，而是通过起伏不定的美感令读者心中充满惊奇、新颖和希望。"②

《新白蛇传》在叙事上的这些缺陷，大概是由于在期刊上连载的缘故，因为时间所迫，作者匆匆忙忙下笔，来不及深思熟虑，无法进行整体上的观照。如小说第八章就是"寄自台湾"，是作者为了完成连载任务在台湾赶写的。

小结 "现实化"改写的得与失

大体来说，白蛇传的现实化改写是出于现实功利目的，而不是出于艺术的考虑。谢颂羔编著的小说《雷峰塔的传说》，具有浓厚的"五四"烙印，宣扬科学反对迷信，暴露社会的黑暗，赞扬青年的反抗精神，小说剔除了"非科学"的情节，把传奇情节和科学对立起来。刘念渠的话剧《白娘子》与此相似，旗帜鲜明地反封建、反迷信。秋翁、包天笑的同名小说《新白蛇传》以及话剧《雷峰塔》，是抗战时期黑暗社会的折射，具有鞭策社会黑暗与人性丑恶的现实意义。此外，袁雪芬主演的戏曲《白娘子》，社会批判力度也非常强烈。1949年5月17日起，袁雪芬主演了《白娘子》③，李之华、成容编剧，韩义导演，魏凤娟饰许仙，张茵饰小青。戏分上、下两集，日场

---

① 朱光潜：《选择与安排》，《谈文学》，安徽教育出版社2006年版，第61页。
② ［英］爱·摩·福斯特：《小说面面观》，苏炳文译，花城出版社1984年版，第148页。
③ 参见章力挥、高义龙：《袁雪芬的艺术道路》，上海文艺出版社1984年版。

第三章
去奇幻的"现实化"风格：20世纪三四十年代的白蛇传改写

演上集，夜场演下集。这出戏最大的改动就是取消了神话色彩，把白素贞塑造成一个正义的政治逃犯，白素贞和小青不再是传说中的"蛇妖"，都是凡人，法海被塑造为自私的封建势力的象征。父亲被昏庸的朝廷陷害，白素贞抱着为父复仇的愿望逃出来；因为她喜欢穿白衣裳，又不能宣布自己的真姓名，因此被人们诬为妖怪。法海和尚由于得不到白素贞家传辟瘟丹的秘方，怀恨在心，便勾结官府陷害她。[①]这样改动，对于暴露社会黑暗、鞭挞统治集团和为旧时代受压迫的妇女鸣不平方面，是有积极意义的。该戏与时代结合紧密，颇受欢迎。郑传锉曾形容她们为"金鸡独立"。章力挥、高义龙评价该戏说："艺术只有和时代紧密相结合，架起通向观众心灵的桥梁，才能受到人民的欢迎；脱离了时代，脱离了人民的愿望，就会丧失生命力。"[②]戏曲《白娘子》的政治色彩比较鲜明，成为政治的传声筒。

白蛇传的现实化改写，固然具有一定的现实批判力度甚至在艺术上也能带给读者某种新奇的阅读体验，然而其缺陷十分明显——去除了白蛇传中某些传奇情节，而"尚奇，是我国传统的美学观念"[③]。"奇"是作品的艺术价值之一，能够对读者产生吸引力。孔尚任说："传奇者，传其事之奇焉者也，事不奇则不传。"[④]李渔说："古人呼剧本为'传奇'者，因其事甚奇特，未经人见而传之，是以名。可见非奇不传。"[⑤]白蛇传的传奇情节能够表现爱情的伟大，故而显得合乎情理，袁于令在评点《西游记》时说："文不幻不文，幻不极不幻。是知天下极幻之事，乃极真之事；极幻之理，乃极真之理。"[⑥]奇幻与真实可以并行不悖，以白蛇传来说，白蛇修炼为人在文学世界中是可行

[①] 从内容介绍来看，该剧与姚昕编撰的《白娘子》相似，姚昕编撰的《白娘子》1950年12月由广益书局、民众书店联合出版，是民众通俗读物的第十三种。
[②] 章力挥、高义龙：《袁雪芬的艺术道路》，上海文艺出版社1984年版，第180页。
[③] 张庚、郭汉城主编：《中国戏曲通论》，上海文艺出版社1989年版，第263页。
[④] 孔尚任：《桃花扇小识》，郭绍虞主编：《中国历代文论选》第3册，上海古籍出版社1996年版，第377页。
[⑤] 李渔著，单锦珩校：《闲情偶记》，浙江古籍出版社1985年版，第9页。
[⑥] 袁于令（慢亭过客）：《西游记题词》，转引自石建初《中国古代序跋史论》，湖南人民出版社2008年版，第603页。

的，仙山盗草、水漫金山等传奇情节，是爱的极致的表现，并不使读者认为不真实。因此，将传奇情节与"科学"对立的做法并不可取，这既违背文学艺术自身的规律，也与我国尚奇的文学传统不符，因而在艺术上很难引起读者的认同。

　　白蛇传在其产生之初，便以传奇色彩对人们产生强烈的吸引力。富有传奇色彩的作品，超越了现实生活的庸常，常常以新奇、独特的情节来吸引人们，传奇摆脱了现实的桎梏，很多在现实中难以实现的事情，在传奇中可以得到充分展现，因此其效果更为明显。以仙山盗草、水漫金山为例，现实中的哪个女性能够做到这一点呢？但是白蛇可以。可以设想，丈夫突然死去，在现实生活中是个悲惨事件，然而故事到此就终结；可是，在传奇情节中，白蛇却可以通过去仙山盗取仙草来救活丈夫，事情有了转机，情节显得跌宕起伏。水漫金山更是维护爱情的极致表现，若是在现实生活中，丈夫受到欺骗一去不归或者被囚禁起来，固然悲惨，然而妻子只是哭天抹泪；在传奇情节中，白蛇却可以发动水斗，这使得矛盾冲突更加尖锐，更有助于强化人们的感受、提高人们的认识。吉利恩·比尔说："传奇是在神话层次上的模仿。它成为一个时代的集体潜意识的形式。这一点并不使它总能成为优秀的文学或在另一个时代被读者喜爱，但是意味着它总是富有启示性的；它能够使我们暂时地、戏剧性地体验陌生的社会独特心理的压力。"[1] 屈育德指出，正是传奇情节才使得白蛇传等成为不朽的艺术："再看在我国漫长的封建社会中，由于封建宗法和礼教造成的爱情婚姻悲剧何止成千上万，而牛郎织女传说、梁山伯祝英台传说、白蛇传说却以它们与众不同的情事给人留下了深刻难忘的印象。它们的艺术生命力不仅在于真切地再现了特定历史条件下的生活画面，也在于它们具有离奇曲折、变化多端的情节。这些情节，奇而不怪，超乎寻常而顺乎人情，都具有典型的传奇性。"[2]

---

[1] （英）吉利恩·比尔：《传奇》，邹孜彦、肖遥译，昆仑出版社1993年版，第87页。
[2] 屈育德：《传奇性与民间传说》，《北京大学学报》（哲学社会科学版）1982年第1期。

第三章

去奇幻的"现实化"风格：20世纪三四十年代的白蛇传改写

传奇性并非完全需要鬼神等形象，排除了鬼神因素完全写现实生活，只要构思巧妙也能达到"传奇性"，有论者指出："戏曲情节的传奇性，并非所有的剧本情节都得动天地，泣鬼神，只要在平凡的事件中写出新奇的情节来，同样具备了'传奇'的内涵，无论是写古代生活或现代生活，都是如此。"[①] 香港作家刘以鬯在20世纪70年代后期写的短篇小说《蛇》，同样对人物做现实化处理，却构思巧妙，采用诗体小说的形式，令人赞赏。然而大体来说，排除鬼怪等事物，将白蛇传完全现实化改写，容易使作品陷入平庸的尴尬处境。白蛇传流传近千年，其吸引读者的重要原因之一就在于传奇情节，故而现实化的改写者非有生花妙笔是难以超越传统的。

现实化改写，使得作品失去了神秘色彩，夏多布里昂说："除了神秘的事物外，再没有什么美丽、动人、伟大的东西了。"[②] 夏多布里昂的观点虽然有些偏颇，但是他指出这样一个道理："神秘"能够增添文学作品的魅力。秋翁、包天笑的同名小说《新白蛇传》等作品，故事时间被设置在现代社会，这样改写，作品固然能够更加贴近现实，然而其美学魅力却大大褪色，朱光潜说："年代久远常常使最寻常的物体也具有一种美"，"'从前'这二个字可以立即把我们带到诗和传奇的童话世界"。[③]

巴尔扎克说："小说在细节上不是真实的话，它就毫不足取。"[④] 白蛇传的现实化改写是对传统的巨大颠覆，因此需要对某些现实化情节做出合理的诠释。以谢颂羔编著的小说《雷峰塔的传说》为例，该小说最大限度地保留了以往白蛇传的主要情节，如一个女子为什么会被称为白蛇精，她如何吓倒药铺李老板，然而其细节显得不真实，不能令人信服。

---

① 张庚、郭汉城主编：《中国戏曲通论》，上海文艺出版社1989年版，第265页。
② [法] 夏多布里昂：《基督教真谛》，见《欧美古典作家论现实主义和浪漫主义》第2册，中国社会科学出版社1981年版，第68页。
③ 朱光潜：《悲剧心理学》，人民文学出版社1983年，第23页。
④ 王秋荣：《巴尔扎克论文学》，中国社会科学出版社1986年版，第68页。

第四章

政治枷锁下的公式化生产：
20 世纪五六十年代的白蛇传改写

20 世纪五六十年代的白蛇传改写[①]带有明显的"工具论"色彩。在主流意识形态的干预下，"戏改"成为具有政治任务的轰轰烈烈的运动，白蛇传作为传统戏曲的重要剧目之一，自然也在改造之列，因此，这一时期涌现了相当多的白蛇传作品且以戏曲居多，如田汉的《白蛇传》、何迟与林彦合著的《新白蛇传》等，小说有张恨水与赵清阁的同名之作《白蛇传》。集体改写是这个阶段白蛇传改写的重要特点，虽然不少作品署名个人，然而不具有个性色彩，作品包含着强烈的"集体意识"，没有真正的个人独创性，总体成就不高，主题非常单调，是清一色的"反封建"——个别作品涉及"反帝"，情节严重雷同，人物形象缺少变化。

[①] 20 世纪 60 年代中后期，随着"革命样板戏"的兴起，《白蛇传》戏曲趋于销声匿迹，被打入"冷宫"，白蛇传改写出现"断层"。我国台湾、香港地区在 20 世纪 70 年代中后期出现《白蛇传》的改写，主题、情节、人物形象等与以往有很大不同；直至 80 年代，随着极左思潮的结束，大陆有关白蛇传的改写才得以恢复。

第四章
政治枷锁下的公式化生产：20世纪五六十年代的白蛇传改写

第一节 从《金钵记》到《白蛇传》：田汉的白蛇传改写

田汉20世纪40年代后期就写出了京剧《金钵记》，1950年匆忙修改后发表，后来又多次修改，定名为《白蛇传》。田汉的《白蛇传》影响非常大，很多白蛇传戏曲都受其影响，以之为蓝本。

田汉对于传统戏曲持理性、辩证的态度："从事新剧运动的人，说演旧剧的没有生命，说旧剧快要消灭。演旧剧的人看不起新剧，说新剧还不成东西，还不能和旧剧竞争。但在我们，觉得戏剧的新旧不是这样划分的，我们只知道戏剧分成歌剧与话剧。说歌剧便是旧剧，话剧便是新剧，不能说公平，因为不独歌剧有新旧，话剧也有新旧。"① 田汉认为传统戏曲还是有生命力的："我不相信话剧（Drama）勃兴，歌剧（Opera）便会消灭。世界上决无此例的。中国的现有歌剧——'京戏'的思想内容渐次贫弱，形式渐次腐化恶化，有救正刷新之必要，是不错的，但将来新的歌剧也一定以此为根据，不能说它里面全无有艺术意味的东西。"② 在激进主义的语境中，田汉的观点看似不合时宜的"保守"，然而是辩证的、公允的，正如宋宝珍所评价的："田汉对于艺术现象的分析是辩证的，他并不简单照搬在20世纪初相当流行的进化论的观点，把产生时间的先后当成是衡量一个事物之新旧的重要依据，而是看到了艺术现象本身所具有的复杂性，看到了人们借着一定的艺术形式所蕴藏的内容的复杂性。"③ 田汉的

---

① 田汉：《新国剧运动第一声》，《田汉文集》第14卷，中国戏剧出版社1987年版，第183页。

② 田汉：《第一次公演之后》，《田汉文集》第14卷，中国戏剧出版社1987年版，第187页。

③ 宋宝珍：《残缺的戏剧翅膀：中国现代戏剧理论批评史稿》，北京广播学院出版社2002年版，第163页。

这种戏曲观念在他改写的京剧《金钵记》与《白蛇传》中有很好的体现。

一　田汉的京剧《金钵记》

田汉的《金钵记》写于抗战后期的桂林，故事的时间背景是明朝嘉靖年间——以明朝的倭寇入侵影射日本的侵华战争。1950年，因演出需要，田汉匆忙修改《金钵记》，起先是集体执笔，要他总阅，后因来不及而仍演旧戏，田汉则陆续就原定计划把故事写成。修改后的《金钵记》既保留了抗日战争的情节，又迎合了当时反封建的政治要求。

《金钵记》共二十六场，各场的名称及情节如下：

第一场"别师"写白素贞在峨眉山跟随白莲圣母修行大道，思念曾经救过她性命的许仙，不听师傅劝阻，带着师妹小青去杭州找许仙。第二场"雨归"写许仙收账归去时在西湖遇雨。第三场"借伞"写白、青躲在树下避雨，许将伞借给她们，并喊来船家，三人同乘船回去。许对白产生爱慕之情。第四场"结缡"写第二日，许来白住处取伞，在小青的撮合下，白、许当日结为夫妇。因生活需要，白指使小青去钱塘县衙盗取银两。第五场"盗银"写钱塘知县私通倭寇，收取倭寇银两，小青将五百两银子和书信摄去；知县命令陈彪三日内破案，否则重罚。第六场"婚别"写天亮后许辞归，白将赃银赠许。第七场"见姊"写许将结婚之事告诉姐姐，姐夫陈彪回到家中后发现赃银。第八场"被捕"写陈彪为自保而暗中出首许仙，知县审问许仙时，白、青赶来，白握有知县私通倭寇的把柄，知县不好为难白，糊涂结案，判许仙发配镇江。第九场"长亭"写姐姐、姐夫与白、青在长亭送别许仙，陈彪带书信给镇江好友赵万选，托他照顾许。第十场"郊遇"写许仙到镇江后被赵担保出来，在赵家居住，为其药店收账，心中思念姐姐和白素贞；许外出遇到来镇江寻他的白、青，为生计，白、许决定开药材店。第十一场"疗疫"写由于鬼子四处散毒，镇江发生瘟疫，白因医术高明、施药给穷苦人而受到大家称赞。法海到保

第四章
政治枷锁下的公式化生产：20世纪五六十年代的白蛇传改写

和堂找许，说白是千年蛇妖所变，端午节她喝下雄黄酒就会现出原形；许将信将疑。第十二场"酒变"写端阳节时，在许的一再劝说下，白只得饮酒，醉卧床上，现出原形；许在矛盾之中揭开帐子，吓死过去。第十三场"盗草"写白为救丈夫，去仙山盗仙草，被鹿童、鹤童打败，在性命攸关之际，南极仙翁赶来，念她痴情又兼怀孕，救下白，并赐给她仙草。第十四场"煎药"写小青煎药，劝白回峨眉山，白不肯。第十五场"渡语"写法海渡江，与艄公就度人出家之事展开论辩，法海理屈词穷。第十六场"听潮"写因端午节白现形之事，许心事重重地来到江边，法海找到许，许为求解脱拜法海为师，跟随法海上金山寺。第十七场"飞桨"写白、青摇桨去金山寺，找法海报仇。第十八场"水斗"写白、青讨还许仙不成，发动水斗，白、青战败逃走。第十九场"风送"写许后悔，要逃出去；法海念许、白还有一月夫妻之缘，要待白分娩后再去降她，于是派风神送许至断桥。第二十场"断桥"写许在断桥与白、青相见，小青气愤之下要杀许，被白拦下，许仙赔罪，三人和好，投奔许仙姐姐家。第二十一场"产子"写白在许仙姐姐家生了个男孩。第二十二场"海迫"写白产子满月后，法海带了韦驮前去临安捉拿白。第二十三场"仙惊"写陈彪之子说有个老和尚要见许，许知道是法海来到，十分惊慌，怕别人知道，赶紧出去见法海。第二十四场"接钵"写法海要许接钵去收服白，许在痛苦之中接钵。第二十五场"别子"写法海来到，青儿战败逃走，法海要许仙动手，许不肯，法海抢钵罩在白头上，许哀求法海饶恕，法海不肯，白被镇压在雷峰塔下。第二十六场"倒塔"写青儿在灵山修炼数百年后，大道已成，打败法海和塔神，救出白素贞。小青为白娘子报仇的情节，并非田汉独创，这一情节在川剧白蛇传中就有，阿英说："川戏则于原来情节外，又增益小青为白娘子复仇之后部。"[①]

田汉曾对诗剧《白娘娘》表示欣赏："有一位谢先生费了十年工

[①] 阿英：《雷峰塔传奇叙录》，中华书局1960年版，第2页。

夫写了《白娘娘》诗剧，把白素贞看成了与封建势力搏斗的人性的象征。我觉得这样写法非常之好。"① 而他自己的作品《金钵记》也是以反封建为主题的，剧作揭露法海的罪恶，歌颂白素贞、小青等对封建势力的斗争，白素贞在金钵下惨烈地叫着，说自然界的爱力不是金钵可以压得下来的，田汉指出："这大概就是我们想说的话，也算一篇的主题。"②

《金钵记》因袭"报恩说"，受到戴不凡的严厉批评，认为"报恩"情节削弱了反封建的力度："一使观众搞不清楚法海要害白娘子的原因，二是减弱了白娘子的野性，三将缩小白娘子（反封建）的代表性。"③ 其实《金钵记》中的白素贞下山不是单纯为了报恩，而是"由恩生爱，常是按捺不住。……成佛成仙全不想，心似柔丝绕许郎"。④ 白素贞在"报恩"的想法中对许仙产生了热烈的爱。

对于增加白素贞的师傅白莲圣母这一人物和有关剧情，戴不凡也提出批评："因为圣母如此一说，不仅将引起观众的阴阳迷信感触，而且为师的有言在先，则以后遇酒而乱，遇水而斗，水漫金山，镇压塔下，那都将是白素贞'咎由自取'、'罪有应得'了！谁叫白素贞不听圣母的话呢？"⑤ "观众对白蛇恐怕只会有责备，对法海的仇恨会削弱得一干二净了。"⑥ 这种观点是武断的，缺少深入、辩证的分析，"遇酒而乱"是因为许仙一再逼迫白素贞喝酒，甚至以下跪的方式逼迫；白素贞拒绝，许仙却不听，白素贞不得已才勉强喝酒，这足以证明白素贞对许仙的爱。"遇水而斗"是因为白素贞接到许仙的书信，为救许仙而不顾自身安危去战斗，"咎由自取""罪有应得"只能是不顾剧情整体而断章取义后得出的片面结论。有些事情白素贞明知做了

---

① 田汉：《怎样写〈金钵记〉》，《田汉文集》第10卷，中国戏剧出版社1983年版，第438页。
② 同上书，第439页。
③ 戴不凡：《评"金钵记"》，《人民日报》第3版，1952年9月12日。
④ 田汉：《金钵记》，中华书局1950年版，第3页。
⑤ 戴不凡：《评"金钵记"》，《人民日报》第3版，1952年9月12日。
⑥ 同上。

第四章
政治枷锁下的公式化生产：20世纪五六十年代的白蛇传改写

于己有害，但是又不得不做，这正是故事悲剧的体现。戴不凡的批评在很大程度上是从政治角度来考虑的，而不是纯粹从艺术上考虑的——"政治第一、艺术第二"是那个时代的批评准则。然而，时过境迁，我们可以从多角度来分析作品的"报恩"情节，况且有无报恩情节，并不是评判作品思想内涵和艺术价值的决定性因素，只要作品能够做到浑然一体即可。

《金钵记》增添了"渡语"一场，揭露法海的不义行为：

> 鹃：您救度他去干什么呢？
> 法：救度他出家吓。
> 鹃：人家在家里过得好好的，干吗要他出家呢？
> 法：出了家就可以享清净之福哇。
> 鹃：那么为什么老师父又这样整天的忙着呢？①

《金钵记》删除了有关道士的情节，剧情比较紧凑，这样更加适合舞台演出。

抗日战争时，田汉曾提出"戏剧作战"的口号，注重戏剧的宣传鼓动作用，他说："动员民众的最有效的手段就是戏剧"，他批评脱离现实抗战的戏剧创作现象："某些剧作家只好在历史陈迹中找现实的题材，一时形成历史剧的风气；另一部分人，诚如方之中君所说：'索性滑到家庭的悲剧和恋爱纠纷的泥坑中去了。'这些剧因为结构的相当巧妙，一时颇能引起观众兴趣，一时几乎形成一种家庭悲剧的潮流，一切以抗战救亡为题材的戏剧都被视为迂阔或'公式主义。'"②《金钵记》通过改写传统白蛇传中的某些情节，来影射日本侵华战争的罪恶和汉奸的卖国行径。

剧中许仙介绍自己身世时说，父母原在上海经商，因倭寇侵凌，

---

① 田汉：《金钵记》，中华书局1950年版，第65页。
② 田汉：《抗战与戏剧》，《田汉文集》第15卷，中国戏剧出版社1986年版，第14—15页。

店被夷为平地,父母一气之下亡故。

在此前的白蛇传中,白蛇赠给许的银子有的是从湖底摄来的,有的是库银,有的是大王所赠,上面有"钱塘"印记;在《金钵记》中,小青盗的银子上的印记是"东"(指东洋,日本),是傀儡"汪大王"用来收买钱塘知县的,剧本十分辛辣地讽刺了钱塘知县的卖国行径:"钱塘县提笔多拜上,多多拜上汪大王:听说你攀兵三岛上,愿将中国属东洋。收到你银子五百两,汪直送来五百两银子,我到(倒)是收的好呢?退的好呢?收了吧,他说过在倭兵攻杭之日,叫我作一内应。想下官也是两榜进士出身,这卖国的勾当如何作得?要是不收吧,银子是白的,眼睛是红的,有道是'善财难舍',况且他说事成之后再送五百两,这这这便怎么好?"① "汪大王"是影射汪精卫;"汪直"与"汪曲"相对,讽刺汪精卫的"曲线救国"。

在弹词《义妖传》和梦花馆主的小说《白蛇全传》中,瘟疫的发生是由于白蛇散毒。《金钵记》中镇江发生瘟疫,原因是鬼子四处放毒。田汉已不再使用"倭寇"字样,直接以"鬼子"名之。

对于《金钵记》中的"反帝"情节,戴不凡进行了严厉的批评:"这是一种粗暴地对待神话的、反历史唯物主义的不良倾向。别说明代的倭寇不同于抗战时的日寇,没有买过汉奸放毒;别说明代嘉靖年间上海还不是一个商埠;别说明代倭寇所至,千里无人,不容许仙和白娘子恋爱结婚与到镇江开药店行医,即使史实如此,这样的穿插和歪曲,也是破坏原故事的反封建的完整主题的。而且别忘记,白蛇故事在宋代就已有雏形了。"然而,戴不凡又认为,《金钵记》产生于抗日战争时期,当时没有言论自由,作者利用一点空隙骂汉奸的用心还是可以理解的,这似乎有些矛盾的话语,只是因为政治形势已发生了改变:"在新中国成立后出版或上演此剧,作者没有认真地修改,就是极不严肃的态度了。"② 其实,南宋时已设立上海镇,元朝设立上海

---

① 田汉:《金钵记》,中华书局1950年版,第22页。
② 戴不凡:《评"金钵记"》,《人民日报》第3版,1952年9月12日。

县，明代嘉靖年间，上海商业已比较昌盛，许仙父母去上海经商并非"反历史唯物主义"。

《金钵记》的"反帝"情节在某种程度上破坏了作品的"神韵"，显得有些生硬。曹禺在谈到《北京人》的创作时说："在这个戏里，瑞贞觉悟了，愫方也觉醒了，我清楚地懂得她们逃到什么地方去了，那就是延安。但是，我没有点明。他们由袁任敢带到了天津，检查很严，又是在日本占领的地区。这样写，不但要写到日本侵略军，当然把抗战也要连上了。这么一个写法，戏就走了'神'，古老的感觉出不来，非抽掉不可。这个戏的时代背景是抗战时期，但不能那么写，一写出那些具体的东西，这个戏的味道就不同了。"① 对于抗战时期的文艺，梁实秋说："与抗战有关的材料，我们最为欢迎，但是与抗战无关的材料，只要真实流畅，也是好的，不必勉强把抗战截搭上去。"② 曹禺和梁实秋都强调，创作要从作品的整体构架上考虑，不能为了增强对社会现实的干预力度而勉强增加情节。《金钵记》不像《北京人》那样是浑然一体的，所有情节都有紧密联系，《金钵记》"反帝"情节对作品的整体艺术形成干扰。

"产子"一场，在无关紧要的事情上插科打诨，有失严肃，与作品的整体悲剧基调不符。作者将"武林"误认为"武陵"，在"钱塘门""清波门"的先后顺序上的错误，的确有些漫不经心。

《金钵记》对人物形象的塑造符合当时"推陈出新"的"戏改"要求。法海作为封建势力的代表者被极端丑化了，而白素贞、小青作为反抗封建势力的典型代表被大力渲染，许仙也被塑造成了一个"好人"。这样以或好或坏的二元类型来塑造人物形象的做法，是从阶级成分的角度出发的，是对复杂人性的简单化处理。

法海被塑造成封建势力的代表，拆散他人的美好爱情，尽管白素贞疗救瘟疫，是"义妖"，但他丝毫不能容忍，打着清除妖孽的幌子，

---

① 曹禺：《谈〈北京人〉》，《曹禺全集》第5卷，花山文艺出版社1996年版，第76页。
② 梁实秋：《编者的话》，《中央日报·平民副刊》1938年12月1日。

实则是为了"除却老僧心头之恨"。他掩盖鬼子放毒的真相,做了鬼子的帮凶。身为出家之人,他却毫无慈悲之心,小沙弥因送信而被他重重责罚。法海的形象就如田汉所说:"法海一般是被写成顽固的、爱管闲事的、反人性的人物,这剧里也是一样。……他的忙实在是多余的,阻碍进步的。"①

白素贞美丽、善良,完全褪去了妖气,对人间充满了爱,不辞辛苦地疗救病人。她与以法海为代表的封建势力进行了勇敢的斗争,是维护爱情、反抗封建势力的典型。她被法海收服时说:"男女的恩爱,'人性的光明',岂是你这金钵压得住的么!"②

小青性情暴躁,这点在断桥要杀许仙时表现得比较充分;然而她热情、忠实,对于封建势力的反抗非常坚决,不屈不挠,最终救了白素贞。田汉在《怎样写〈金钵记〉》中说:"她(白素贞)在下山的途中收了青儿,据说是一个男妖变的,她在灵魂深处藏着对人类的不信与仇恨。"③然而《金钵记》中并没有"收青"情节,白素贞和小青是师姐妹,一同下山;小青对人类是有些不信任,但说她有着对人类的仇恨则言过其实——田汉说的或许是《金钵记》的修改前的面貌。

许仙起先对白素贞的爱有所动摇,轻信于法海,及至上了金山寺,看清法海的丑恶面目才心生悔意,对爱情的态度逐渐变得坚定。白素贞与法海战斗时,他甚至要打出去帮妻子。许仙跪求法海饶恕白素贞,法海不许,许仙大怒,奋起抗争,要打碎金钵,甚至要和白素贞死在一起。许仙的形象在此得到了美化。

可能是作者一方面想要美化许仙这一形象,另一方面又拘泥于传统白蛇传的窠臼,《金钵记》中的许仙形象常有矛盾之处。例如,剧中曾写许仙明确说过自己不在乎白素贞的蛇妖身份:"不要说她不是

---

① 田汉:《怎样写〈金钵记〉》,《田汉文集》第10卷,中国戏剧出版社1983年版,第439页。
② 田汉:《金钵记》,中华书局1950年版,第98页。
③ 田汉:《怎样写〈金钵记〉》,《田汉文集》第10卷,中国戏剧出版社1983年版,第439页。

妖怪，就是妖怪又待何妨？"[①] 但后来许仙知道白素贞是蛇妖后又愤而出家且态度如此坚决："弟子不想她们就是"，"斩断人间冤孽缘"[②]。那么许仙究竟在不在乎白素贞的蛇妖身份呢？又如，在白素贞与法海交战时，许仙甚至要打出去帮助妻子，恳求小沙弥放他下山，而后来许仙又接受了法海给他的金钵，并遮遮掩掩，不肯对白素贞说出实情。尽管许仙没有亲自将金钵罩在白素贞头上，但白素贞最后被法海降伏，许仙也脱不了干系。那许仙究竟是封建势力的反抗者还是帮凶呢？

二 二十四场京剧《白蛇传》

田汉的京剧《白蛇传》存在不同的版本，1953年田汉在《剧本》第8期发表了二十四场的京剧《白蛇传》：下山、扫墓、游湖、结亲、盗库、银祸、发配、查白、说许、酒变、守山、盗草、煎药、上山、渡江、索夫、水斗、逃山、断桥、海迫、败青、合钵、哭塔、倒塔。1953年10月，北京宝文堂书店出版了二十四场京剧《白蛇传》的单行本。

将二十四场的京剧与《田汉文集》中的十六场京剧《白蛇传》相对照可知，下山、扫墓、盗库、银祸、发配、海迫、败青、哭塔这八场被删除，"煎药"在十六场中改为"释疑"。

第一场"下山"写白素贞因"心羡人间温暖"[③]逃出峨眉山，师妹小青要求跟随，主婢相称。

第二场"扫墓"写许仙清明去西湖扫墓，自道身世。

第三场"游湖"中，许仙把伞借给白素贞后又去叫船，白素贞感谢许仙，要小青告诉许仙地址，白的台词是：

　　白：好说了。（向青）你去对郎君言讲：

---

① 田汉：《金钵记》，中华书局1950年版，第54页。
② 同上书，第67页。
③ 田汉：《白蛇传 京剧》，《剧本》1953年第8期，第6页。

（唱）寒家住在钱塘门外，

红楼一角近曹祠。

郎君若是移玉趾，

真乃是蓬荜生光辉。①

文集中的十六场《白蛇传》改为：

白素贞：好说了。（见许仙不回问，唱前腔）

这君子老诚令人喜，

有答无问只把头低。

青儿再去说仔细：

请郎君得暇访曹祠。②

小青告诉许仙住址后还加上一句："您有工夫一定请来坐坐啊！"③

第四场"结亲"写白、许结亲，白素贞要小青去钱塘县盗银。

许仙来拜访白素贞时，起先找不到"红楼"，这一情节在十六场中被删除。

小青问许仙是否已娶亲，许仙回答："小生零丁孤苦，虽然姐姐见怜，总是寄人篱下，还说什么'娶亲'二字？"④十六场的去掉了"虽然姐姐见怜，总是寄人篱下"之语。

小青为白、许做媒，许仙担心生计问题，小青说："我们主婢二人不是在柴米油盐上打扰的。先老爷去世还有一份家财，也够你们俩吃个半辈子的了。您就答应了吧。"⑤

在十六场的《白蛇传》的"结亲"中，小青的台词改为："我们主婢二人不是在柴、米、油、盐上打搅的。先老爷去世，还留有一份

---

① 田汉：《白蛇传》，《田汉文集》第10卷，中国戏剧出版社1983年版，第8页。
② 同上书，第130页。
③ 同上。
④ 田汉：《白蛇传 京剧》，《剧本》，1953年第8期，第10页。
⑤ 同上。

第四章
政治枷锁下的公式化生产：20世纪五六十年代的白蛇传改写

家财。你既在药铺做伙，小姐也深明医理；结亲之后，学个夫妻卖药，那还愁什么呢？"[1]前者仅是强调白素贞有家财，台词带有不劳而获、坐吃山空的嫌疑；后者增加了开药店的建议，体现了"劳动"美德。

第五场"盗库"写小青盗取钱塘县库银。

第六场"银祸"写许仙因盗银获罪。许仙辞归，告诉姐姐结婚之事，拿出银子给姐姐。姐夫陈彪回家后愁眉不展，原来县令限他三日破案。陈彪发现许仙给的银子是库银，大惊，要姐姐去叫许仙赶紧回来。此时公差到来，告诉陈彪说，许仙在银号兑换银两时被差人抓去，县令要陈彪去县衙。姐姐和陈彪要保全兄弟性命。

第七场"发配"写许仙被发配镇江的途中，白、青赶来，说银子乃是先父遗留，瞒过许仙，夫妻和好。白素贞说已打点官府，可保释许仙出来，白、许商量到镇江后开药店。

第八场"查白"写钱塘知县曾写信给法海，提及白素贞之事。法海查明了白素贞的来历。十六场删除了钱塘知县写信给法海的情节。

第十场"酒变"写许仙再三劝白素贞饮酒，白素贞不忍伤害夫妻情感，于是饮酒。十六场《白蛇传》中的"酒变"改为，白素贞起先不肯饮酒，许仙提到法海，并把法海的话当作笑话；白素贞追问，得知法海的计谋，为了不使许仙起疑心，白素贞方才饮酒。

第十三场"煎药"写白素贞盗草回来，小青煎药，劝白素贞去金山寺除掉法海，白素贞要她不可造次；小青又劝白素贞回转山林，白素贞念及夫妻情爱，不肯答应。

十六场中将其改为"释疑"，小青劝白素贞回转山林，白素贞不肯，于是设计消除许仙疑虑。

第十八场"逃山"写小沙弥放走许仙后，因为害怕挨打，也逃走了。十六场的《白蛇传》中的"逃山"情节与此不同，改为法海令风

---

[1] 田汉：《白蛇传》，《田汉文集》第10卷，中国戏剧出版社1983年版，第133页。

神送许仙去杭州与白团聚。

第二十场"海迫"的情节与《金钵记》中的相同，十六场的《白蛇传》予以删除。

第二十一场"败青"写法海来到，青蛇与之打斗，青蛇败走。十六场的《白蛇传》删除了"败青"。

第二十二场"合钵"写法海来捉拿白素贞，青儿又进来与法海打斗，在白素贞的要求下逃走，以便日后报仇。白素贞被罩在金钵下，法海要韦陀将其镇压在雷峰塔下。其情节与十六场中的基本相同。

第二十三场"哭塔"写许士林知道自己的身世后来哭塔。

第二十四场"倒塔"写若干年后，青蛇率领水族来到，打败塔神，白素贞与许士林相见。《金钵记》和十六场《白蛇传》中的"倒塔"时间发生在数百年后，与此不同的是，二十四场中的"倒塔"发生在"若干年后"，时间不久，白素贞得以和儿子团圆，"大团圆"结局是"革命乐观主义"的体现，带有庸俗色彩。

三　十六场京剧《白蛇传》

收在《田汉文集》中的十六场京剧《白蛇传》，是在二十四场京剧《白蛇传》的基础上修改而成的。《田汉文集》中的《白蛇传·序》写于 1955 年 5 月，据此推断，二十四场京剧《白蛇传》应该是在 1953—1955 年 5 月修改而成的。

第一场"游湖"写白素贞和小青原是师姐妹，在峨眉山修炼，因对人间的喜爱而下山，以主婢相称，游览西湖，白为许仙俊秀的外貌所吸引。天下大雨，许仙看见白、青在柳树下避雨，就主动把伞借给她们，然后去叫船。三人同乘船，临别许把伞借给她们，白、许互生爱慕之情。

第二场"结亲"写第二天许仙来白素贞住处取伞，在小青的撮合下，白、许当晚结为夫妇。与《金钵记》中的"结缡"相比，"结亲"通俗易懂，并删去了白素贞要小青盗银的事件。

第三场"查白"写白、许结为夫妇后来到镇江开药店，法海查明

第四章
政治枷锁下的公式化生产：20世纪五六十年代的白蛇传改写

白素贞乃千年蛇妖所化，不能容忍，要度许、降白。法明受法海差遣去查访白、许，回来禀报说，从许那里募化檀香一担，许本打算来金山寺拈香，白不许。法海恼怒，离开寺院去度许。

第四场"说许"写许仙为"女华佗"白素贞买来时鲜水果，白虽怀有身孕，却不辞辛苦为众人看病。法海到保和堂说许，告之白是蛇妖，许不信；法海说端午节白喝下雄黄酒后就会现出原形，许起先有些本能的惊惧、踌躇，但想起白的好，认为法海的话断不可信。

第五场"酒变"写端午节时，白托病在床，青去附近山中暂避。许认为端午佳节应当饮酒，白拒绝。许想起法海的话失笑，如实告诉白，二人将此看作笑话。在许劝说下，白饮下两杯雄黄酒，酒力发作，不由自主地呕吐。许仙为白素贞调了醒酒汤送到房中，揭开帐子，看到白的原形后受惊吓死去。小青回来后叫醒白，白伤心痛哭，决定冒死去仙山盗取灵芝草。

第六场"守山"写鹤童与鹿童奉仙翁之命看护仙山。

第七场"盗草"写白因盗仙草而与鹿童、鹤童打斗，南极仙翁赶来救下白素贞，赐给她仙草。

第八场"释疑"写许仙被救醒后内心畏惧，冷落白、青。白将腰间白绫化作一条银蛇，盘踞厨房房梁之上，引许仙一同观看，说是苍龙出现。许仙内心疑虑顿消，夫妻和好如初。

第九场"上山"写许打算到金山寺烧香还愿，在长江边上遇到等候他的法海。法海对许说出事情的真相，并恐吓说一旦许失去青春，白蛇就会吃掉他。许害怕，为保性命，不得已拜法海为师，跟随法海到金山寺烧香。

第十场"渡江"写许一去三日了无音信，白、青迁怒于法海，于是渡江，打算到金山寺找法海报仇。与《金钵记》中"飞桨"的情节基本相同。

第十一场"索夫"写白向法海索夫不成，发生冲突。

第十二场"水斗"写白发动水族攻打金山寺，屡败神将。白因触动胎气，形势逆转，小青与水族掩护她撤退。

139

第十三场"逃山"写许仙通过小和尚得知妻子与法海打斗,他在乎与白的恩爱,不在意其蛇妖身份。在许仙的恳求下,小和尚准备放他出去,却遇到法海。法海令风神送许仙去杭州与白团聚。"逃山"对应着《金钵记》中的"风送",不同的是"风送"中的小和尚没有放许仙的打算,阻止许仙逃走。

第十四场"断桥"与《金钵记》中的情节基本相同,只是增加了白说出自己是蛇妖身份的情节。

第十五场"合钵"写白产子满月后,法海前来收服。青儿战败逃走,许恳求法海饶恕白,法海不许,白被镇压在雷峰塔下。

第十六场"倒塔"与《金钵记》的"倒塔"情节相同。

该剧时至今日广有影响,尤其是五六十年代,很多白蛇传剧作都或多或少受到该剧的影响,成为很多戏曲的蓝本。该剧可以说是众人合力的结果,当然田汉的作用是最大的。田汉指出,《白蛇传》是好些人在一块儿磨出来的,剧本在周扬的帮助下经过多次修改,演员再三反复地改变表现方法,"没有紫贵和剧校同学们不断的舞台实验,尤其是没有党的细致指导和鼓励,这个戏可能还停留在以前的阶段的"。[1]"法海命风神送许仙到临安"的情节就是在演出中得到的启发。除了对导演、演员和所有的舞台工作者寄以热切的期待之外,田汉也要求观众们给以严正的批评和鞭策,使这戏改得更符合人民的需要。

与《金钵记》相比,《白蛇传》舍弃了"反帝"等情节,集中笔力反封建。有论者评价说:"特别是他(田汉)对传统京剧《白蛇传》的改编,剔除了剧中主人公白娘子身上妖冶怪异的因子,还神话世界这个多情女子以钟情重义的本性。不仅减除了芜杂的情节线索,而且严密了戏剧结构,突出了反抗强权、追求自由的主题。"[2]

《白蛇传》舍弃了报恩说。戴不凡认为报恩情节"该是统治阶级的作者所杜撰的","除了故弄虚玄之外……那就可为调和斗争——白

---

[1] 田汉:《〈白蛇传〉序》,《田汉文集》第10卷,中国戏剧出版社1983年版,第440页。
[2] 宋宝珍:《残缺的戏剧翅膀:中国现代戏剧理论批评史稿》,北京广播学院出版社2002年版,第165页。

第四章
政治枷锁下的公式化生产：20世纪五六十年代的白蛇传改写

氏升天安下伏笔。而且，有果必有因，叫一条陌不相识的白蛇忽然上天，毕竟要使天上人间两担忧的"[1]。戴不凡曾激烈地批评了《金钵记》中的报恩情节，他说："没有'报恩'之类的前缘，倒反能衬托出白娘子的纯洁爱情，表现出白娘子是封建社会中普遍青年的代表人物，而不致使人有'事有前定'之感。"[2]《白蛇传》还删除了与盗银相关的情节，白、许婚后直接来镇江开药店，舍去了与苏州有关的情节，如发配苏州、赛宝等。

与《金钵记》相比，《白蛇传》中的法海、白素贞、小青、许仙等人物性格基本没有变化，但在人物形象的塑造上，好坏则更加分明。

法海依然是封建势力的代表，不容"妖孽"混迹人间，然而白素贞是不辞辛苦为人们看病的"女华佗"，白、许之间非常恩爱，他拆散白、许的婚姻就是妄加干涉。

白素贞的反封建精神被进一步拔高。与《金钵记》中白素贞的"新寡"身份不同，《白蛇传》中的白素贞出场时还待字闺中。白素贞"断然跟这封建压迫的代表者作殊死的战斗"[3]，在产后与法海的斗争中，始终不肯屈服。与《金钵记》中白素贞要许仙向法海求饶不同："你快求法师他怼裙钗！"[4]《白蛇传》中的白素贞断然阻止许仙向法海跪拜求情，她说："对屠夫讲什么恩和爱？"[5]

小青的斗争精神也被进一步渲染。她疾恶如仇，无比忠实，对封建势力的反抗也非常坚决。有个细节有力地展现了小青的忠实品格、斗争精神：法海捉拿白素贞时，说小青战败逃走了，不料小青又挥剑冲上；白令其逃走，以便报仇，小青才逃走——这一情节常被其他白蛇传"借用"。对于小青的形象，田汉说："小青是与白娘子的美丽性格相衬托相影响的强烈的性格。她对于朋友是忠实的、坚贞的，她对

---

[1] 戴不凡：《评"金钵记"》，《人民日报》第3版，1952年9月12日。
[2] 同上。
[3] 田汉：《〈白蛇传〉序》，《田汉文集》第10卷，中国戏剧出版社1983年版，第443页。
[4] 田汉：《金钵记》，中华书局1950年版，第96页。
[5] 田汉：《白蛇传》，《田汉文集》第10卷，中国戏剧出版社1983年版，第184页。

于敌人,对于压迫者背叛者是嫉愤的、好斗的,我们正要求这样爱憎分明的性格。"①

对于白素贞、小青等形象,周扬赞扬说:"强烈地表现了中国人民,特别是妇女追求自由和幸福的不可征服的意志,以及她们勇敢的自我牺牲的精神,她们在远非她们的力量所能抵抗的强暴的压迫者面前竟敢来抵抗,没有丝毫动摇,没有妥协,她们至死不屈;简直可以说,她们的爱战胜了死。"②

许仙的形象被进一步美化。剧本删去了许仙接钵的情节,白素贞被降伏完全是法海自己的行为,与许仙无关。第四场《说许》写法海对许仙说白素贞是妖,许仙不仅不相信,而且还和法海理论,为白素贞的美德辩护:

  许仙 唉!我妻乃贤德之人,怎说是蛇妖所化!老师父说出此话,忒以无礼了。

  法海 许官人,老僧喜你善根甚深,才亲下金山,指点于你。你若执迷不悟,久后必被她所害。

  许仙 她既要害我,为何对我十分恩爱呢?

  法海 此乃她迷惑于你,待等时候一到,定要将你吞吃腹内。

  许仙 她如今忘餐废食,医治病人,也是迷惑于我么?③

这与《金钵记》中许仙将信将疑的表现完全不同。

又如端午惊变,《金钵记》中,许仙隐瞒法海的话,甚至以下跪的方式逼迫白素贞饮酒,用的是大杯。在《白蛇传》中,白素贞平日饮酒海量,许仙劝她,但是没有苦苦相逼,他把法海的话当作"胡话",将实情告诉白素贞;白素贞自恃道行高深,决定饮酒,许仙就

---

① 田汉:《〈白蛇传〉序》,《田汉文集》第10卷,中国戏剧出版社1983年版,第444页。
② 同上书,第443页。
③ 同上书,第140页。

第四章
政治枷锁下的公式化生产：20世纪五六十年代的白蛇传改写

为她换小玉杯。这样改写，当然是为了美化许仙的形象。

因为特殊时代的政治要求，许仙作为一个被压迫者必须被塑造成反抗者形象，他必须是封建势力坚决的反抗者——白素贞的同盟。田汉在《白蛇传》中对许仙形象的改写有他不得不迎合主流意识形态的苦衷。然而作为一个艺术家，田汉对许仙形象的改写也多少糅合了一些艺术上的思考：许仙并不是一开始就坚定地站在白素贞一边的，他在知道白素贞是蛇妖的真相后，也一度离开了白素贞，追随法海，但他后来经过反省，终于坚定地站在了白素贞一边，一起与法海战斗。田汉说："许仙也是值得我们精心塑造的人物。他代表了忘我无私的爱和自我保存欲望剧烈战斗的情人。他是善良的，但也是动摇的。他若完全不动摇，便没有悲剧；他若动摇到底，便成了否定人物。以前的佛教戏《白蛇传》便是像后者那样处理许仙的，那样便毁了许仙，也毁了白娘子。"①

第二节 反迷信与反暴政：徐菊华改编的京剧剧本《白娘子》（草本）

徐菊华改编的京剧剧本《白娘子》（草本），由李纶、贾容阅，1950年由东北戏曲新报社编辑出版。据该书的"说明"可知，该剧本在东北文协各位领导和东北京剧团各位同志的帮助下，根据旧本《白蛇传》改编而成，曾由东北京剧团等演出并不断改进。该剧将白素贞、小青塑造为平凡女性，承袭三四十年代的现实化改编风格，以反迷信和反暴政为主旨，注重剧本的社会功利性，带有庸俗社会学的色彩。其演出效果据甄崇德云："由于该剧是从旧'白蛇传'脱胎改编而成，其故事曲折，情节动人；又向为群众熟悉，再加以充实了反封

---

① 田汉：《〈白蛇传〉序》，《田汉文集》第10卷，中国戏剧出版社1983年版，第443页。

建、反迷信、反官僚、反旧礼教的新思想内容；故演出后，一般均得到观众的称赞。"[1] 为了满足需要，将此草本先行印出。

一

　　该剧共三十场，每一场无标题，各场的情节如下：

　　第一场：孙桥、吴进、周飞、陆腾四位寨主参见总寨主贺伯阳，他们占聚鸡鸣山，"替天行道"，多次打败官兵。贺伯阳见寨中无事，打算去苏杭一带交结豪杰，为民除害。

　　第二场：沈万贵自道乃四川人氏，家中失火后无可奈何，自幼家业豪富，他因吃喝嫖赌、浪荡逍遥，将产业败光，眼看就要乞讨，于是去投奔姑母。三年前，沈万贵曾与姑母私通，被沈万贵的父亲看破，将姑母赶出；姑母出走后嫁给杭州总镇白岳山为妻。

　　第三场：白岳山自道前妻万氏去世，留下一女白素贞，他续娶冯氏。白素贞与冯氏不睦，冯氏刁毒、泼辣。沈万贵来投奔姑母冯氏，冯氏不忘旧情，还要与沈万贵合起来霸占白岳山的家业。

　　第四场：任中白、任中黄及许仙游西湖。许仙的风寒症痊愈，出外散心。

　　第五场：青玉莲自幼父母双亡，卖到白家为奴，与白素贞相依为命。白岳山酒色迷乱，不能察觉冯氏的丑恶本质。沈万贵行为放荡，垂涎于白素贞的美色。白岳山要白素贞陪同冯氏、沈万贵同游西湖。

　　第六场：游西湖时冯氏为沈万贵向白素贞提亲，白素贞不答应；沈万贵出主意陷害白素贞，冯氏应允。

　　第七场：许仙看上白素贞，天降大雨，把雨伞借给白素贞，白、许各自归家。

　　第八场：公差"崔得紧"与"要命"奉县官之命去催"人头捐"，不论男女老幼都要交。

　　第九场：黄学深家贫，无米下锅，妻子黄周氏又患病无钱请医，

---

[1] 甄崇德：《〈白娘子〉剧评》，《察哈尔文教》1951年第5期。

第四章
政治枷锁下的公式化生产：20世纪五六十年代的白蛇传改写

崔得紧与要命前来催捐税，发生冲突，许仙为黄学深夫妇拿了人头捐。贺伯阳要崔得紧与要命退回所收的银两，崔得紧与要命不肯，于是发生打斗，贺伯阳打败崔得紧与要命，救下被押解的众贫苦人，要他们分了银两。贺伯阳又拿出十两银子给黄学深，要他请医生。贺伯阳见许仙仗义疏财，于是与他结拜为兄弟。

第十场：沈万贵与姑妈冯氏偷情时被白素贞发现，两人密谋设计除掉白素贞。

第十一场：三更时分，沈万贵拨开白素贞的房门，吹熄灯，装作许仙来挑逗，冯氏拉了白岳山在门外偷听。白岳山上当，恼怒白素贞败坏门风，要她自尽。在青玉莲的建议下，白素贞收拾东西逃跑。五更时，白岳山发现两人不见，于是命人搜索。

第十二场：白素贞与青玉莲逃到白家祠堂，白素贞忧闷成疾，青玉莲傍晚时出来抓药。许仙与任中黄、仁中白一起饮酒大醉，许仙把白家祠堂当作酒馆，进来避雨。青玉莲撮合白、许婚事，当时拜花堂入洞房。

第十三场：贺伯阳拜访许仙，许仙将结婚之事告诉他，并说去催讨账目做小本生意；贺伯阳决定盗取钱财给许仙。

第十四场：贺伯阳盗取钱塘县库银，被更夫发现，县令"满搂"命差人缉捕盗贼。

第十五场：贺伯阳把盗来的银子送给青玉莲，要她不对许仙讲。白素贞把贺伯阳送来的钱给许仙，许仙去换银两，被差人抓住，贺伯阳决定搭救。

第十六场：许仙被抓进县衙后争辩说银两是妻子的，并非盗窃的，知县命人抓来白素贞。贺伯阳来到县衙，大骂知县，竭力辩护，并自认盗库。在他的要求下，知县放了许仙，贺伯阳打败差役逃出。

第十七场：许仙带着白素贞、青玉莲来苏州投奔姐姐，许仙诉说赃银案件，想要救出贺伯阳。

第十八场：白岳山来金山寺见法海，请他占卜女儿下落，以便除去她。

第十九场：法海发现小青，于是要徒弟广明打听，得知白素贞的下落。

第二十场：法海通报白岳山，白岳山着人传唤陈彪。法海出主意说，要陈彪在端午清晨去金山寺取一条白蛇，于午时三刻放在白素贞床上，散布流言，说白素贞是条白蛇精。陈彪被胁迫，为保全家性命，只得答应。

第二十一场：贺伯阳来苏州见许仙，法海对许仙说白素贞是千年蛇精，许仙将信将疑。

第二十二场：端阳节白素贞饮酒大醉，陈彪谎称有人找许仙，许仙出去时，陈彪将白蛇放在白素贞床上，许仙见蛇吓得昏倒在地。陈彪将蛇收起，把白素贞放床上，小青进房间叫醒白素贞。许仙以为白素贞是蛇精，直奔金山寺。白素贞对贺伯阳说了这件事，贺伯阳知道法海与官府勾结、以迷信害人，拉着白素贞和小青直奔金山寺，去劝许仙回来。

第二十三场：广明奉法海之命看守庙门。

第二十四场：贺伯阳要法海放人，被众僧人打退后逃走；法海为了不走漏消息，说许仙和白素贞孽缘未了，要他回去待白素贞分娩后再回来告诉他。

第二十五场：白、青逃到断桥，许仙也来到断桥，许仙认错，白素贞原谅他，许仙搀扶白素贞去他姐姐家。

第二十六场：三人来到许仙姐姐家中，白素贞和陈许氏都要分娩。

第二十七场：白素贞产子满月，许仙外出请亲友来吃喜酒，遇到前来寻找他的法海，许仙为白素贞求情。

第二十八场：法海来到许仙姐姐家中，许仙再次为白素贞求情。法海念了白岳山的信，白岳山要白素贞听从法海。法海要白素贞去雷峰塔内住上几日，待白岳山气消后再回去，还说念她修炼千年不肯叫她现形，怕吓坏众人。为了白家的清白，白素贞只好承认自己是白蛇精，被关押在雷峰塔内。小青要去向白岳山说明真相，再回来找法海算账。

第四章
政治枷锁下的公式化生产：20世纪五六十年代的白蛇传改写

第二十九场：许仙得到白岳山要白素贞服从法海计策的信，方知道白素贞不是蛇妖，他要去找白岳山辩理。

第三十场：青玉莲先是要在树林中自缢，想到白素贞冤仇未报，于是打消自杀念头，去鸡鸣山找贺伯阳，恰好遇到贺伯阳带领众弟兄下山找法海算账，于是一同前往白岳山家。沈万贵被迫诉说阴谋，众人杀死白岳山，押着法海来到雷峰塔，将其杀死，救出白素贞，众人一同到鸡鸣山聚义。

二

剧本以反迷信与反暴政为主题。

法海以迷信来哄骗他人的钱财，如其所言："自幼出家入佛门，心中只想要金银，全凭迷信将人哄，名利双全方称心。老僧法海，自幼在金山寺出家全仗迷信蒙哄世人，这一般愚民官府，拿我当作四方如来一般，因此金山寺香火甚盛。"[①] 法海出场时的一段台词，"迷信"竟出现3处。其他人物的台词也点明了反迷信的宗旨，如白素贞在祠堂中对许仙说："想公子乃是读书之人，岂能迷信，这夜游神乃是青儿与你玩耍。"[②] 许仙误信法海之言，以为白素贞是蛇妖，因而去了金山寺，白素贞说："凭性命也要破邪除教"[③]。

迷信往往和暴政结合在一起，白岳山与法海的勾结就是如此，这使得社会更为黑暗。剧中人物黄学深说："世界之上，只有人吃人，人骗人。哪有什么妖怪。"[④] 这句话既点明了剧作反迷信的思想，又指出了人吃人、人骗人的社会现实。

"人头捐"是最典型的暴政。黄学深极度贫困，无米下锅、无钱请医却还被逼要人头捐，那些被公差抓起来的"刁民"都是贫苦之

---

① 徐菊华改编：《白娘子 京剧剧本》（草本），东北戏曲新报社1950年版，第29页。
② 同上书，第20页。
③ 同上书，第34页。
④ 同上书，第43页。

人。公差"要命"还发出了与其身份不符的言辞："黎民活受罪"①，直接暴露了社会的黑暗。贺伯阳大闹钱塘县府，说百姓年年受尽水灾旱灾，民不聊生，朝廷非但不救济，反而增加捐税，他大骂知县："你这赃官苛政害人，助纣为虐，你的人心何在，天理何存？"②贺伯阳还说："就是再厉害的王法，也挡不住穷人拼命。"③"王法"在穷人的"拼命"面前失去威严，这是对暴政的坚决反抗，众人去鸡鸣山聚义则是反抗行为的极致，恰如"逼上梁山"。

剧本将白蛇传做了现实化的改写，从反迷信和反暴政的角度对白蛇传予以诠释，试图驱散笼罩于白蛇传上的"迷信"阴霾，批判"蛇妖"的荒谬说法，揭示"蛇妖"形成的原因，还原"蛇妖"背后女性的真实命运和悲惨人生，暴露造成这些现象的暴政，宣扬对迷信和暴政的反抗精神。这一主题，使得该剧的情节与其他白蛇传作品迥然不同。比如，"盗银"是反抗官府的贺伯阳盗来接济许仙的。白岳山为白素贞之父，却参与迫害白素贞，这种角色安排、情节设置是有明显意图的：封建家长制与封建政治专制结合在一起，阻碍了社会进步，传统的家庭观念、伦理道德必须被"革命"。剧末，众人杀死白岳山与法海，到鸡鸣山聚义，"造反"情节服务于新政权政治统治需要，试图证明"革命"的合理、正义与必胜。

三

许仙是一个从懦弱的书生到反抗暴政的"起义者"形象，不再是药铺的伙计，而被改写为书生，与名为《宝象塔》④的旧白蛇传中许仙的身份相同。许仙见义勇为，在黄学深陷入困境时慷慨解囊。他有胆小怕事的弱点，如在白家祠堂被装作夜游神的青玉莲吓得失魂落魄。许仙起先被迷信所支配，认为白素贞是蛇精，就如小青所评价：

---

① 徐菊华改编：《白娘子 京剧剧本》（草本），东北戏曲新报社1950年版，第11页。
② 同上书，第27页。
③ 同上。
④ 见戴不凡：《试论〈白蛇传〉故事》，《文艺报》1953年第11期。

第四章
政治枷锁下的公式化生产：20世纪五六十年代的白蛇传改写

"耳软心活迷信太深"①。后来许仙有所转变，为白素贞向法海求情。当他知道白素贞不是妖怪的真相后，还要找白岳山去辩理，与众人大闹白府，杀死白岳山等人，救出白素贞，最终跟随贺伯阳一同到鸡鸣山聚义。

白素贞不是蛇妖，而是毫无法术的凡人。她在白府受尽继母的欺凌，又被沈万贵所陷害，父亲不明就里竟要她自杀。白素贞的性格是矛盾的，出身于官员之家，她受到白岳山的封建伦理教育，认同"男女授受不亲"的古训，斥责沈万贵的放荡行为，可是她也有反抗封建礼教的一面，如在祠堂中私自和许仙拜堂成亲。白素贞不像青玉莲那样性格坚强，有时往往表现得懦弱，习惯于逆来顺受。白素贞尽管也发出了"破邪除教"的强音，但是她终究屈服于父亲和法海："此事也不怨法海禅师，只怪我的命苦。"② "我是遵从父命，为了我家世代清白，我才这样含苦受屈。"③ 她的悲剧命运在很大程度上是其自身的性格造成的。

青玉莲是个凡人，命运悲苦，自幼父母双亡，后被卖到白家为奴，与白素贞相依为命，对白素贞忠心耿耿。青玉莲性格坚强，帮白素贞渡过难关，她具有反抗精神，对沈万贵、法海等人进行了坚决的斗争。

法海是个没有法力的和尚，是迷信的制造者，专以迷信为手段骗取钱财。

贺伯阳是剧中的一个重要人物，具有很多"闪光点"：作为鸡鸣山的总寨主，他以"替天行道"为己任，多次打败官兵；"胸有大志""心忧天下"，见寨中无事，就去苏杭一带交结豪杰，为民除害；心地善良，在杭州暴打欺压民众的官差，慷慨解囊。他重义气，盗金钱接济许仙；斗争勇敢，大闹县衙，据理力争，毫无畏惧；很有智谋，只身打金山寺失败后，就回寨中搬来救兵，最终打败白岳山、法海等

---

① 徐菊华改编：《白娘子 京剧剧本》（草本），东北戏曲新报社1950年版，第37页。
② 同上书，第39页。
③ 同上。

人。贺伯阳比较符合"革命者"的形象,很鲜明地传达了剧本反抗暴政的主旨。

沈万贵与姑母冯氏,寡廉鲜耻、心肠恶毒,两人不顾伦理而私通,并嫁祸白素贞。"冯氏"其实应该是"沈氏",因为他是沈万贵的姑母,应该姓沈。

公差"崔得紧"与"要命"、县令"满搂"都是欺压人民的势力,他们的姓名直接暴露了罪恶本质,鲜明地传达了作者的爱憎情感。

四

剧本的不足之处是明显的。

首先是现实化改写本身的弊端,如本书前面所言,现实化改写去除了传奇性,往往会使作品陷入平庸的窘境。徐菊华改编的《白娘子》也是如此,比如"收青",在有些白蛇传作品中,白蛇、青蛇(或青鱼精)都是妖,两者经过打斗,白打败青,青成为白的侍从,对白忠心耿耿;而在徐菊华改编的《白娘子》中,"收青"被改写成青玉莲被卖到白家为奴,与白素贞相依为命,相比较之下,现实化的改写显得滑稽可笑。再如,"金山水斗"被写成普通人之间的打斗,前者是不同凡响、激动人心的神话;后者是平淡无奇、枯燥乏味的现实事件。白素贞为了白家的清白,承认自己是白蛇精,被关押在雷峰塔内,这是对"合钵"的改写,思想庸俗,不能给读者带来悲剧的美感。

地点设计不合理,由此导致情节的纰漏。许仙的姐姐、姐夫在苏州居住,许仙在杭州读书,第十七场写许、白来苏州投奔许姐。可是,在第二十五场,白、青逃出金山寺后为何到断桥来?许仙说要回家去,可是也莫名其妙地跑到断桥来了,他还说:"此处,离我姐姐家中不远,待我搀扶与你。"① 杭州远离苏州,岂是"不远"?白素贞要分娩,许仙如何能搀扶她到姐姐家中?在其他的白蛇传中,许姐家

---

① 徐菊华改编:《白娘子 京剧剧本》(草本),东北戏曲新报社1950年版,第36页。

第四章
政治枷锁下的公式化生产：20世纪五六十年代的白蛇传改写

在杭州，从断桥到许姐家"不远"；白、青是蛇妖，有法力，故而可以从金山寺逃到杭州，许仙则是被法海以法力送至断桥与白素贞相见，或者许仙逃至家中（或镇江或苏州），不见白素贞，然后去断桥找她。还有，杭、苏相距甚远，黄学深如何从杭州到苏州？大家又如何一起去白岳山家讲理？白岳山如何从杭州远赴镇江问卜？法海在镇江如何会遇到在苏州的小青、许仙等人？白岳山在杭州为官，如何去苏州传唤陈彪？

某些情节没有脱离低级趣味。许仙进入祠堂避雨时问鬼先生在家吗，青玉莲装作夜游神吓唬许仙，情节固然有趣，却冲淡了剧本的悲剧意蕴，有哗众取宠之嫌；小青要许仙吃屎的情节，更是恶俗——刻画许仙胆小形象，可以通过其他细节，完全不必如此丑化许仙；况且，在剧本中，许仙是个被认可的正面人物。

台词有时过于恶俗，如"放你妈的屁""王八蛋""王八日的"，缺少加工与提炼。

剧本错别字比较多，如把"朝廷"写作"朝庭"，把"玩命"写作"完命"，把城市的"城"写为"成"等，还有脱字等现象。

剧本粗糙到这种程度，真是无愧于"草本"之名了。

第三节 改进的民众通俗读物：
姚昕编撰的《白娘子》

姚昕编撰、江栋良绘图的《白娘子》，由广益书局、民众书店联合出版于1950年12月，是民众通俗读物的第十三种。该丛书的总序有助于我们了解包括《白娘子》在内的这套丛书的性质、特点，总序认为，流传广远的旧有通俗读物内容"大部分存在着封建甚至具有荒诞、迷信、色情等毒素，是违反了人民的利益的"，"怎样的改进通俗读物是值得研讨，而且是目前的急要工作。我们以为就旧题材重编改写该是改进方式的一种","试以新的观点重加编释"。由此可知,这套丛书重在重新诠释,追求的是"新的观点"。那么,《白娘子》是如何去除"霉素"并力求符合"人民的利益"呢?

从目录看,《白娘子》分为十个部分:法海和尚的来历、丽人行、畅游西子湖、避雨邂逅巧谛(缔)良缘、甜蜜的新婚、瘟疫起祸、人变了蛇精、夫妻反目、别离·重逢、雷峰塔下的幽魂。从这些目录我们可以推测白蛇传的很多情节,如游湖、结亲、端阳、断桥等。但是,阅读其内容,我们可以发现,作为"目前的急要工作"而问世的通俗读物《白娘子》,在主题、情节、人物等方面迥异于传统的白蛇传。

故事的时间背景是元朝,金山寺的法海和尚挂单在杭州灵隐寺,因为挥霍完了化缘来的钱财,而将疫菌毒药散布到各处食用的土井和沼泽中使人们染病,以便妖言惑众诈骗钱财。白医生的女儿白素贞携小青游湖,与许汉文相遇并成亲,婚后一同打理保和堂药店,生意好转,两人相亲相爱。瘟疫发生后,白素贞从父亲留下的古本医书中找到治疗疫病的药方,无比灵验,于是人们争相购买保和堂的"避瘟丹"。法海因断了财路而"恨得咬牙切齿"。许汉文的嫂嫂李氏觊觎白素贞的钱财,因向白素贞借一笔银子遭到拒绝而怀恨在心。端午节时,法海与李氏合谋陷害白素贞,李氏与小和尚将一条白色蟒蛇放在白素贞床前,许汉文见白蛇后吓昏,醒后以为白、青是蛇妖,遂将白素贞和小青赶出家门。白素贞和小青流落西湖,法海得知消息后勾结钱塘知县拘捕了白素贞,知县污蔑白素贞为蛇妖散播瘟疫,白素贞被严刑拷打而死,埋于雷峰塔边。侥幸逃脱的小青最终手刃法海,为白素贞报仇雪恨。

《白娘子》将蛇变化为人的神话故事改写成普通女性被污蔑为妖,旨在去除"荒诞、迷信"这种"霉素",小说描写了法海捉妖的荒谬,还原了蛇妖说的原本面目,暴露了打着宗教旗帜的迷信对于人们的迫害。小说中几次出现"迷信"以及类似的字样,如白素贞斥责许汉文"迷信",批判了许汉文等"俗夫愚妇"的迷信心理。小说中有这样一

第四章
政治枷锁下的公式化生产：20世纪五六十年代的白蛇传改写

段话，斥责了以法海为代表的宗教迷信对于人们的戕害：

> 杭州地方的人，因为寺院林立，造成了他们迷信的习惯，他们害了病便到庙里求签卜问，吃些"香灰""仙水"之类，于是，使城内外一般僧道尼姑，赚了不少钱，其中银钱骗得最多的，法海和尚是首屈一指了。他会招揽宣传，布施"仙方"，然而那些所谓"仙方"怎能医的好病人呢？所以病情轻的，慢慢痊愈起来，病重的都被仙方贻误，也就死了。①

小说暴露了法海与贪官污吏的勾结，即宗教和封建政治势力勾结起来对人们进行压迫，法海勾结钱塘知县污蔑白素贞为蛇妖散播瘟疫，白素贞被拷打死后，许汉文的家产被没收，涌金门外的白氏大宅院也成为钱塘知县的私有财产。

许仙听信谣言，将白素贞赶出家门，白素贞对许汉文的斥责表明了女性所受的丈夫的压迫："迷信，懦弱，无能，他对世故毫无认识，只会狠心，压迫女人！"②

由此可见，毛泽东所言的束缚中国人民的"四条极大的绳索"，《白娘子》批判了三条：神权、政权、夫权。

在人物塑造上，《白娘子》以直白的手法，明确地告诉读者人物的特征，刻画了法海、钱塘知县等丑恶人物，把恶人写得更恶。小说第一章就交代了法海的来历，有一段文字集中描写了法海的恶人形象：

> 可是天生他一副凶恶的面貌，粗眉大眼，满脸横肉，毫无一点慈悲心肠。平时，从那些民间俗夫愚妇搜刮来的财帛，供其化用，倒养得他肥头胖耳，造成了寄生依赖的习性。这法海并不专心于佛经，只是把菩萨当作他的事业的幌子，终日出入那些劣绅

---

① 姚昕编撰，江栋良绘图：《白娘子》，广益书局、民众书店1950年版，第16页。
② 同上书，第30页。

土豪、贪官污吏之家，从事勾结、谄媚，这就是他唯一的擅长。可是一班地主土豪们也乐于和他周旋，狼狈为奸，互相干着那敲诈勒索的勾当！①

法海不仅拆散白、许婚姻，而且竟然为了诈骗钱财而散播瘟疫，这是过去所没有的，由此可见，作者站在"人民利益"的立场上如何痛恨敌对势力的。然而，把一个僧人写得如此罪大恶极，如散播瘟疫这个"恶毒的计划"由法海来实施，是否合适呢？难道法海对瘟疫就没有忌惮？小说开篇写法海来历时，就写他匆匆赶到钱塘知县那里，"如何进行商议他们的阴谋"，然而其时法海尚未散毒，尚未与白素贞产生纠葛，其阴谋是什么呢？小说并未交代。再如小青手刃法海的情形也值得推敲：法海已经迫害死了白素贞并将其埋在雷峰塔边，无缘无故地来到危崖旁，在大笑中自揭阴谋；可巧被小青看到、听到，于是送了性命。这种生硬拼凑的情节显然不是艺术上情节的自然进展，而是斗争胜利思想的越位主导。

从相貌上丑化反面人物、美化正面人物，是五六十年代白蛇传塑造人物的重要特点。再如，钱塘知县"獐头鼠目"，许汉文"模样也可以称得上仙骨不凡，风度翩翩"，白素贞则"贤淑美丽"。

许汉文不像其他的白蛇传中那样孤身一人，而是有个哥哥许汉堂、嫂嫂李氏，李氏"阴险狠毒，精明泼辣"，正是在她的参与下，白素贞才受到迫害。李氏在许汉堂的揭露下，感到无脸见人，投河自尽，表明了作者对于恶人应有下场的快意。

姚昕对《白娘子》的重新诠释，受到洪野的批评。洪野认为《白娘子》去除神话色彩、反对迷信，歪曲了故事原有的反封建主题：

"白蛇传"是个神话，然而，它绝不是悬空存在着的，它之所以产生、流传以及得人民所热爱不是偶然的，人们深刻的体会

---

① 姚昕编撰，江栋良绘图：《白娘子》，广益书局、民众书店1950年版，第2—3页。

第四章
政治枷锁下的公式化生产：20 世纪五六十年代的白蛇传改写

了封建社会中婚姻的不自由，因而想像（象）出这样一个故事，这想像（象）是丰富的，大胆的，他们向封建统治者提出了抗议，因而，"白蛇传"正与广大人民的理想与愿望深深地结合起来，生根在现实的泥土之中，而不是所谓"迷信"的传说……作者没有懂得这个故事本身所具备的现实意义与其庄严、有力的反封建的主题，作者缺乏对"白蛇传"的基本认识，因而把它改成了毫无意义的庸俗的故事，是必然的结果。

洪野认为法海与白素贞的斗争，是围绕封建旧礼教的斗争，"法海对白的迫害以及白对法海的坚强不屈的斗争，不是个人之间的'冤仇'，而是意味着一场激烈的阶级斗争。然而，我们的作者却偏偏把这庄严的阶级斗争写成是法海因白无形中断绝了他的财路而引起的私人的仇恨，这不是有意识抹杀或掩饰了阶级斗争是什么？"白、青被许汉文赶出家门时，白、青"跪倒尘埃，落泪哀求"，洪野认为，"不论对白或是青儿也都是极大的歪曲与侮辱。如果作者不是对群众所热爱的人物的性格作有意识的歪曲，那么，也足以说明作者的思想里还严重地存在不健康的封建意识"。[1] 可见，洪野的批评也是基于"人民的利益"的立场的，其批评有助于我们理解当时《白蛇传》改写的政治语境。

除了徐菊华的剧本《白娘子》、姚昕编撰的读物《白娘子》外，50 年代还有其他作品对《白蛇传》做了现实化改写，承袭了政治斗争色彩，将白素贞改为农家女，小青改为马戏班出身，法海改为地主，结局是一位农民领袖暴动，救出白素贞，公审法海，白素贞得以翻身。[2] 该戏曲强调人物的政治成分，是强调阶级斗争的时代主题折射。与三四十年代白蛇传的现实化改写相比，50 年代白蛇传的现实化改写

---

[1] 洪野：《从〈白娘子〉说起——兼谈"民众通俗读物"的编辑态度》，《文艺月报》1953 年第 7 期。

[2] 《1952 年全国第一届戏曲会演政策组召开的座谈会记录》，转引自张庚主编《当代中国戏曲》，当代中国出版社 1994 年版，第 696 页。

更加注重作品的社会功利性,强调"政治意义",努力迎合时代政治形势,具有浓重的庸俗化色彩。

第四节 女性的悲惨命运:何迟、林彦的《新白蛇传》

何迟、林彦的京剧剧本《新白蛇传》是"大众戏曲丛书"的一种,出版于1952年,剧本暴露了封建礼教的腐朽、残忍,对于人性的摧残,尤其是对于妇女的迫害。

一

剧本共十六场:云游、舟遇、订盟、点化、避吴、惊异、远访、贺喜、开行、端阳、盗草、疗惊、水斗、断桥、付钵、合钵。

剧本的故事时间是"很多年以前",地点是"中国南部",时间与地点是模糊的,"很多年以前"是泛指的,正好与"现在"(20世纪50年代)相对应。

剧本的主题是暴露封建势力对于女性的压迫。首场《云游》揭露了封建礼教的腐朽,所谓"维持王道"不过是维持封建礼教罢了。法海是封建势力的代表,对封建礼教的衰败痛心疾首:"百年来人心不古,邪魔作乱,三纲不兴,五常沦丧。"[1]他顽固地认同封建礼教,容不得白、许私自订婚:"人世之间,婚姻大事全凭父母做主,怎能自订终身?"[2]

为了突出主题,《新白蛇传》在情节设置上与此前的白蛇传作品有很大的不同。较为明显的改变有以下几处:

---

[1] 何迟、林彦:《新白蛇传》,上海杂志公司1952年版,第5页。
[2] 同上书,第6页。

第四章
政治枷锁下的公式化生产：20世纪五六十年代的白蛇传改写

第一，此前白蛇传中，白蛇为了搭船、借伞，以法力来下雨；在《新白蛇传》中，白娘子并没有主动作法行雨，风雨大作是自然的而不是法力的，这样改写使白娘子主动追求爱情的欲望没有那么强烈了。

第二，在田汉、张恨水等人的白蛇传中，为了突出反封建的大无畏精神，白素贞与许仙是在许仙来取伞的当晚就拜堂成亲的，许仙不必与姐姐、姐夫商量；在《新白蛇传》中，白、许当晚并没有拜堂成婚，只是定亲，许仙还要回家请姐姐、姐夫来说合。白娘子叮咛许仙要"请媒妁把佳期早定"，并有些担心："只怕你姐姐怪罪于你"。[①] 这样改写是为了更充分地表现封建礼教对于人性爱欲的压抑。

第三，青儿主动提出去盗钱塘县库银，是因为县令贪得无厌，"三尺地皮都被刮净"。颇有意味的是，在五六十年代的白蛇传作品中，凡是涉及钱塘县盗银的，都强调库银是被搜刮的民财；如此一来，盗银行为非但无损白、青形象，似乎还为她们增了几分光彩：因为"盗窃有理"。

第四，在此前的白蛇传中，法海并没有参合"捕银"，许仙被发配和法海没有关系；《新白蛇传》为了丑化法海的形象，将法海在白、许生活中出现的时间大为提前了，法海的出现直接导致盗银案发、许仙被发配。另外，在黄图珌的《看山阁乐府雷峰塔》、梨园抄本《雷峰塔》、方成培水竹居本《雷峰塔传奇》中，许、白、青到镇江，是因为盗窃案发许仙被发配镇江，而在《新白蛇传》，白娘子是因为受到法海的迫害，才建议搬到镇江以躲避法海。

第五，在此前白蛇传中，金山寺一战，白、青、水族根本不是法海的对手，水族溃败而逃；《新白蛇传》为了显示了反抗者的力量，虽然最后仍是白娘子战败，但起初失败的是法海，法海先于白娘子离开金山寺。更有意味的是，在《新白蛇传》中，金山寺被大水冲倒了！这是此前白蛇传作品都未有过的。

第六，在此前白蛇传中，白娘子生下的是个男孩；在《新白蛇

[①] 何迟、林彦：《新白蛇传》，上海杂志公司1952年版，第19—20页。

传》中，白娘子生下的却是个女儿，其用意显然是为了突出女性的悲惨命运。剧本中的台词对此揭示得更直白：白娘子起先动凡心时，青儿就告诉她人间女性的不幸命运："你只知人间有乐，焉知人间有苦？自周公制礼，也不知人世上有多少痴心女子死在三纲五常、三从四德这些规矩上。"① 白娘子被捉拿时，她要青儿抱了婴儿离开，"异日长成，要打碎金钵，扭断枷锁，替千万个被杀害的女孩儿报仇，也不枉我受了许多苦楚"②。女婴水生承担着妇女解放的重任。

二

何迟与林彦的《新白蛇传》在人物形象的塑造尤其是在许仙形象的塑造上，存在许多矛盾之处。如果要突出既定的反封建的主题，作品就要丑化法海，加剧白蛇和法海之间的矛盾冲突，许仙则必须被塑造为坚决反对法海、深爱白娘子，或者逐渐从动摇者转变为坚决反对法海（像田汉的剧作那样）的反抗者形象，如此才能表明法海妄以封建礼教干涉人们的幸福生活。何迟、林彦着眼于揭示女性的悲惨命运，将白娘子塑造成了既不为封建势力的代表者法海所容，也不被深受封建礼教影响的许仙所接纳的悲剧形象。然而，许仙不能接受白娘子，表明法海的除妖行为具有正当理由：他是为许仙着想的。作品既要充分暴露法海的丑恶，又要批判许仙的动摇，这样就存在逻辑上的矛盾了：批判法海就要美化许仙，批判许仙就会美化法海。于是，在何迟、林彦的笔下，许仙时"好"时"坏"，一会儿站在白娘子一边，一会儿站在法海一边，人物性格被作者生硬地分裂了，而不是按照自身的性格来发展的。

许仙开始表现得温文尔雅、慷慨多情，正是这点吸引了白娘子，可是他深受封建礼教的束缚。许仙见到白娘子后心生爱意，想要上前打听，却碍于封建礼教而退缩："待我上前问讯。哎呀且慢，想我既

① 何迟、林彦：《新白蛇传》，上海杂志公司1952年版，第7—8页。
② 同上书，第85页。

第四章
政治枷锁下的公式化生产：20世纪五六十年代的白蛇传改写

读孔孟之书，必达周公之礼。有道是'非礼勿言，非礼勿视'，怎能做此不才之事？也罢，待我急忙过江便了。"① 若非白娘子主动追求，许仙必将与白娘子失之交臂。王敬溪做媒，要成全白娘子和许仙的婚姻，许仙却说："不告而婚，只怕使不得！"② 许仙后来还是把白娘子不守礼教的行为作为判定她是妖怪的依据之一："与我私订终身，又不守孔孟之道，或许是妖怪也是有的。"③

在对待白娘子的态度上，许仙犹疑不决，甚至在被发配苏州后埋怨白娘子，心中又悔又恨。白娘子到金山寺要法海放许仙，发动水族淹金山寺，许仙害怕白娘子获胜后取自己的性命："只听得山门外大水滔滔，急得我许晋贤心似火烧。怕只怕获胜来到，许晋贤在今天命赴阴曹。"④ 从这点来看，白娘子来金山寺是违背情理的，许仙既不愿与她在一起，她何必苦苦纠缠？

后来许仙思想发生转变："我许仙左拥娇妻，右抱爱女，无忧无虑，自在逍遥。我想人生一世，不过如此，何必自寻烦恼啊！她纵然是妖，也是义妖；纵然是怪，也是好怪。法海秃驴！你也太多事了啊！"⑤ 许仙骂法海为"秃驴"，恨其多事，全然忘记当初惊恐万分请求法海保护的情景，不但毫无反躬自省之意，反而忘恩负义。及至法海出现后，许仙又毕恭毕敬。当面叫师父，背后骂"秃驴"，许仙显然是一个龌龊的小人。说许仙是个小人，还因为他在断桥与白娘子重聚时不敢承认错误，而是百般狡辩，将责任推卸给法海。

许仙按照法海的要求将金钵带至家中，白娘子被法海收服后，许仙还是以"师父"尊称法海，自称"弟子"，求法海饶恕自己，这与许仙思想的转变存在矛盾。许仙既不愿意背叛白娘子，"我有心毁金钵逃亡外边"⑥，可是他为何不那样做呢？就算无法毁掉金钵，至少可

---

① 何迟、林彦：《新白蛇传》，上海杂志公司1952年版，第9页。
② 同上书，第23页。
③ 同上书，第41—42页。
④ 同上书，第67页。
⑤ 同上书，第75—76页。
⑥ 同上书，第77页。

以把金钵藏在外边，将实情早早告诉白娘子。为了不损害许仙的忠诚形象，作者让许仙最终向白娘子讲出了实情，然而许仙讲实情时恰好是法海来收服白娘子之时——许仙仍是一个负心人。

　　作者有意将法海塑造成一个心肠歹毒的和尚。李君甫初次见到法海，就觉得"这和尚长得好凶"。为了丑化法海，作者设计了这样的情节：法海在赃银案上出场，要李君甫出首许仙，导致许仙被发配。法海后来说"在杭州害白蛇未能到手"①，一个"害"字，暴露了法海的罪恶，改变了行为的性质。有些行为在某一时代也许被认为是正确的，可环境改变后，也许就成了错误的。比如，法海告诉李君甫，许仙被妖魔缠身、赃银在许仙之手，这被作者处理成拆散白、许婚姻的恶行；可是若在一个法制健全的社会中，法海这样做当然是正确的。李君甫没有出首许仙，还帮他逃脱，这固然体现了亲情的重要，是"亲亲相隐"，然而，李君甫无疑是徇私枉法。法海不但自己不能疗救瘟疫，还仇视白娘子疗救瘟疫的行为，他说："苏州城遭瘟疫天意造就，小妖蛇开药店逆水行舟。"②法海竟如此向许仙解释白娘子是蛇妖："你那妻室自谈婚姻，私订终身，怪之一也；不远千里前来寻你，怪之二也；精通医术，人力胜天，怪之三也。有此三怪，你的性命难保！"③这些话语都暴露了法海的恶毒心肠。

　　与许仙相似，法海的形象也被生硬地分裂了。金山水斗时，法海法力不济，无奈中送许仙回临安，要许仙去姐姐家躲避。法海叮嘱他："你可回你姐丈家中躲藏起来，若再与白蛇见面，你的性命休矣！"④法海全力救护许仙，担心他的性命安危，这与法海端午节置许仙性命于不顾相矛盾：法海在端午节时就已预料到白蛇现形后将会吓死许仙："那白蛇必然现出原身，许仙凡夫俗子，必然惊吓而死，我

---

① 何迟、林彦：《新白蛇传》，上海杂志公司1952年版，第40页。
② 同上。
③ 同上书，第41页。
④ 同上书，第70页。

第四章
政治枷锁下的公式化生产：20世纪五六十年代的白蛇传改写

再趁机收服白蛇便了。"① 许仙为白娘子求情时，法海威胁说"管叫你玉石俱焚"，甚至用金钵吸许仙。这几处情节放在一起，不难看出其中的矛盾。端午现形的情节纰漏普遍存在于五六十年代改写的白蛇传中，既要写法海出主意使白蛇现形，又不写法海乘机来收服白蛇。再如，法海先是允许白娘子哺乳婴儿，可是为了显示法海的残忍，后来又设置了与此矛盾的情节：法海连婴儿也容不得，"妖孽之子哪里容得"②，他要护法神抢下婴儿。法海既然歹毒到不容婴儿，怎么会允许白娘子哺乳孩子？

剧中白娘子的形象比较完整，她始终是一个心地善良、敢于追求爱情、勇于反抗压迫的正面人物。她主动追求爱情，亲自开口与许仙谈婚姻之事，盗草、水斗等情节都表现了她对爱情的忠贞；她心地善良，医术高超，为救死扶伤不辞辛劳，赢得了民众的尊敬。与白娘子相比，青儿是一个较次要的正面人物形象。她与法海也进行了不懈的斗争，态度坚决并不亚于白娘子。例如，端午惊变后，白、许为躲开法海决定前往镇江，青儿则不同意，她说："依我看，找着凶僧，将他一刀两断，也免去多少是非。咱们逃到镇江，难道说他就不会跟到镇江吗？"③

剧中的南极仙翁是一个反封建的支持者形象。他支持男女自由恋爱、反对封建礼教，同情白娘子，对法海十分不满。他曾怒骂法海："想这人世间男女婚姻，本当男女自定，谁料想人世上偏偏要父母之命，媒妁之言。白蛇、许仙十分恩爱，可恨那法海秃驴偏偏与她作对……教她夫妻团圆，白头偕老，方不愧神仙之道也。"④ 在传统戏曲中，白蛇盗草时已怀身孕，仙翁不忍杀一丧三，是出于人道之心而救下白蛇并给她仙草的；何迟与林彦笔下的仙翁，观念开明，很像现代思想革命的先驱。

---

① 何迟、林彦：《新白蛇传》，上海杂志公司1952年版，第40页。
② 同上书，第85页。
③ 同上书，第59页。
④ 同上书，第52页。

三

朱光潜说："每个作者必须是自己的严正的批评者，他在命意布局遣词造句上都须辨析锱铢，审慎抉择，不肯有一丝一毫含糊敷衍。"[1] 何迟、林彦的《新白蛇传》显然还没有达到这样的创作高度，剧本的一些台词欠斟酌，例如，白娘子对许仙说："你我夫妻自西湖舟遇至今，数年来如一日，自问无负官人……"[2] 白、许从舟遇至合钵，时间是一年左右，怎么会有"数年来"之说？再如，南极仙翁批评法海与白娘子作对，"屡次拆散他二人美好良缘，害得妻离子散"。其时，白娘子尚未产子，何来"子散"之说？再如，白娘子为了使许仙相信自己不是妖怪，竟然说道："到如今口口声声说我是妖是怪，你就不想：世上的妖怪，只有害人性命，那有救你性命之理啊？"[3] 如果说连白娘子自己也认为妖怪都是害人性命的，那么许仙在得知白娘子是蛇妖的真相后害怕她、背叛她也是情有可原、无可厚非的，而法海除妖也当是正义之举，又有何不可？这样的台词所隐含的意义实在与作者的创作意图不符。

此外，在五六十年代改写的白蛇传中，白蛇下山报恩的情节被删除，代之以白蛇厌恶修道、羡慕人间的美好生活，其寓意无非是为了表明人间才是美好光明的——人间象征着新社会。然而事实上，剧中的白蛇看到了人间太多的丑恶，小青建议离开人间回到深山去，也是因为感觉人间的生活尚且不如在深山修炼的生活好。白娘子为瞎、聋、跛、哑病人治病时，说出了人间的黑暗："人间黑白颠倒，何必看它"，"人间有的是悲哭叹息之声，听之何用"，"人间道路崎岖，本来难走"，"不能讲话，省了多少是非"。这些台词无意中揭示出来的意义显然与剧作歌颂人间的本意相悖。

---

[1] 朱光潜：《文学的趣味》，《谈文学》，安徽教育出版社2006年版，第19页。
[2] 何迟、林彦：《新白蛇传》，上海杂志公司1952年版，第84页。
[3] 同上书，第56页。

第四章
政治枷锁下的公式化生产：20 世纪五六十年代的白蛇传改写

第五节　种性优越论的驳斥：丁西林的古典歌舞剧《雷峰塔》

一

丁西林的古典歌舞剧《雷峰塔》，创作于1951年提倡"戏改"时期，1956年进行了修改，当时未曾发表、出版，1985年收录在中国戏剧出版社出版的《丁西林剧作全集》中。

丁西林对《雷峰塔》的主题思想也作了说明，即借白蛇做人的故事来驳斥西方学者所宣扬的白色人种优越、有色人种低级的论调："剧本《雷峰塔》是针对这种荒谬无耻的'学说'作一个戏剧形象的驳斥。剧本中的主角不但不属于上帝创造的人种，而竟是一条蛇，自己修炼成人，它既变成人，就有做人的平等权利，何况她还是'一个有用的妇人'。"[①] 根据这种主题思想，作者对白蛇、青儿、许宣、法海等人物形象做了修改，在"各种优美的戏剧"的基础上做了进一步的删改，丁西林说："近代的戏曲《白蛇传》，把《雷峰塔传奇》和《义妖传》中那些不必要的、不合理的、迷信的，甚至恶劣的情节删的删，改的改，而编成了各种优美的戏剧。剧本《雷峰塔》，根据上述的主题思想，又在《白蛇传》的基础上有所发展。总的说来，《白蛇传》主要的是写男女关系，即一个女人对丈夫如何恋爱、如何忠贞；《雷峰塔》主要的是写社会关系，即一个人如何热爱人类而愿意终身为他们服务。"[②]

---

① 丁西林：《雷峰塔》，《丁西林剧作全集（下）》，中国戏剧出版社1985年版，第4页。
② 同上。

二

剧本分三部分十六场，第一部分为六场：《但愿长在人间住，不愿背人学神仙。》《怎不令人心往神驰。》《娘娘该时常出门玩耍玩耍啊。》《有情人自成眷属，何曾要，月老脚上来把红线牵。》《怎么，你两位不是一家人么？》《这话你说过了。》，内容是白素[①]羡慕人间生活，下山后偶遇许宣并与之成亲。第二部分为八场：《你真是一个聪明可爱的好人。》《带着脑袋，回见太爷。》《一定又是一个害人的好主意。》《这这这酒中有毒！》《今日听了一番话，教我也想去做人。》《让你丈夫再看看你那丑样。》《又谁知，患难中，还要两地分离。》《师傅把她饶恕了吧！》，时间是五年之后，法海拆散白、许婚姻，许宣为救白素被法海用禅杖击死，白素被法海收服。第三部分两场，《母亲，孩儿许英来了。》《钵破门开，雷峰塔坏！》，时间是二十五年后，青儿来复仇，打破金钵，杀死法海。白素见到儿子许英。每场标题字数多少不等，仅从标题的形式来看，就与传统戏曲存在差别。

该剧作在时间处理、情节设置以及人物形象的塑造上都与此前或当时的白蛇传作品有很大的不同，主要有如下几处。

第一，剧本对时间的处理是模糊的，如第一场的时间是"历史上某一时代，某年某月某日的一个清晨"，然而从剧本内容来看，具有20世纪五六十年代的明显印迹，如关于"劳动"的描写。舞台布景具有鲜明的时代色彩："台的后面挂一帐幔，上面是一幅图案画，主要部分是一个红色太阳和一条彩色霓虹。"[②]"红色太阳""彩色霓虹"的象征意义非常明显，这是五六十年代中国的常用词汇。如果从许英带兵扫荡海寇，做了"扫寇先锋"来看，故事的时间背景大概是明朝，以扫荡海寇隐喻抗击日本帝国主义的侵略，这与卫聚贤的《雷峰塔》、田汉的《金钵记》中的故事时间和隐喻手法相似。

---

① 在此前"白蛇传"中，白蛇叫白素贞，不知丁西林为何去掉"贞"字而名之"白素"，或许是丁西林写白素贞名字时漏掉了"贞"字？着实令人费解。
② 丁西林：《雷峰塔》，《丁西林剧作全集（下）》，中国戏剧出版社1985年版，第10页。

第四章
政治枷锁下的公式化生产：20世纪五六十年代的白蛇传改写

第二，剧本改写了白蛇"别师下山"的原委。白素与八仙学道于慈惠道人，慈惠道人要在众门徒之中选一高才，为他分掌职责，将来继承衣钵。白素是蛇精修炼成的人，资历聪颖、精通技艺、性情温和、心思仔细，一向被慈惠道人器重，众仙推举白素。可是白素在巡山采药中目睹了人间的美好，不愿意再修炼成仙。慈惠道人发怒，将其逐出师门。在推举白素的问题上，曹国舅和李铁拐发生争论，他们的对话揭示了剧本的种性"平等"主题。曹国舅属于"贵族"，反对蛇精白素继承师父的衣钵："想那白素，虽然聪明伶俐，精通技艺，乃是一条白蛇修炼成人，她原是一个妖精，怎能继承道统？"李铁拐则对曹国舅如此讽刺："啊，舅老爷，你在人间，贵为国舅，位极人臣，你可知道，你的前生是一个妄自尊大的耗子成精么？"①

第三，不同于此前白蛇传中的"报恩"或外貌吸引，该剧中的许宣是以其美好的品性吸引了白素的。"舟遇"一节，许宣在岸上让亭子给白素和青儿，牵扯出四个纨绔子弟，纨绔子弟的形象与许宣形成了强烈的对比，衬托出许宣善良、老实、忠厚的品性。

第四，剧作删去了白素和许宣定亲、成亲的情节。"盗银""发配"等相关情节也被删去。白素和许宣到镇江来不是因为发配，而是为了给人民治病。如王小二所唱："临安有个白娘娘，/救苦救难出了名。/做的事，令人敬，/说出来，难相信，/她不在西湖享福，/却来到镇江治病。"② 白素和许宣的唱词也证实了这一点："长江居民遭不幸。/灾荒瘟疫广流行。/毁家破产来援救。/夫妇移居镇江城。"③ 为了治病而移居镇江，甚至不惜"毁家破产"，极大地美化了白素的形象。

第五，与此前白蛇传不同，丁西林的《雷峰塔》没有从正面来表现白素如何疗治瘟疫，而是通过众人争着为白素摆渡，来侧面表现白素医术高明、心怀大众。

第六，在此前的白蛇传中，许宣从和尚或道士那里知道妻子是妖

---

① 丁西林：《雷峰塔》，《丁西林剧作全集（下）》，中国戏剧出版社1985年版，第14页。
② 同上书，第42—43页。
③ 同上书，第45页。

怪的信息，故而以雄黄酒来试探妻子；或者出于美化许宣的原因，许宣虽不相信妻子是妖怪，然而以过端午节为由，劝妻子饮雄黄酒，总之，许宣是有责任的。但在丁西林笔下，白素端午现形，是因为法海和县令勾结，县令以白素、许宣防治瘟疫有功为名送来雄黄酒，许宣并不知情，白素喝雄黄酒与许宣无任何干系。许宣为救白素而被法海打死，这显示了法海的残忍，并使许宣的形象有了更为耀眼的光芒。

第七，"盗草"一节改写得非常新颖。白素盗仙草被南极仙翁的徒弟鹿童、鹤童发现，绑了起来。及至听白素说了她的遭遇，鹤童为她抱不平，立即将她松绑，放她回去；鹿童、鹤童甚至发出想做人的感慨。而在此前白蛇传中，白蛇盗草被发现，险些丧命，被南极仙翁救下，鹤童始终是白蛇的敌人，在张恨水的《白蛇传》中，鹤童还作为白蛇的敌人参加了金山水斗。在丁西林的改写下，连鹤童都成为白素的支持者，侧面烘托了白素的美好形象，支持白素贞是人心所向。

第八，在此前白蛇传中，小青战败逃跑——毕竟不光彩；丁西林索性让小青不在场，法海降伏白素时，小青不在，出去沽酒了。另外，小青倒塔，这是五六十年代白蛇传作品中的普遍情节，在此前的白蛇传作品中，法海没有露面，小青只是打败塔神；但在丁西林的笔下，小青杀死了法海。丁西林的改写使小青的形象更为"高大"，彰显了"正义必将战胜邪恶"的主题。[1]

三

丁西林的《雷峰塔》具有鲜明的政治烙印。例如，剧作为白素"不愿背人学神仙"的行为设置了"深刻"的缘由。剧本浓墨重彩地

---

[1] 然而，这一情节并不能令人信服，法海法力非常高强，金山水斗以白、青儿失败告终就是个明显的例子，当时法海尚未使用金钵。白素作为青儿的师傅法力同样不弱，何以青儿只用了二十五年法力便如此令人刮目相看？简直就是修炼上的"大跃进"。这种"大跃进"，在赵清阁的《白蛇传》中更为明显，小青仅修炼十年便毁坏了雷峰塔。这无疑是肤浅的"大团圆"观念作祟，小青来毁塔的时间越早，白蛇所遭受的苦难就越少，白蛇就能够越早和家人团聚。相比之下，更为真实、可信的是田汉、张恨水的《白蛇传》，青儿来报仇，是在修炼了数百年之后。

第四章
政治枷锁下的公式化生产：20世纪五六十年代的白蛇传改写

将人间与深山修炼的生活进行对照，赋予"人间"与"深山"不同的象征意义。热爱人间，脱离原来的修炼生活到人间来，有着深刻的寓意：即离开黑暗、走向光明，投身于新政权下的生活中。人间象征着新政权建立后发生了翻天覆地的变化的中国，热爱人间即是对于新政权的拥护，对于新时代的认同和欢呼；离开深山意味着对旧时代、旧生活的摒弃。白素如此讲述自己的见闻和感受："我看到了海上的滔天白浪，/我看到了陆上的锦绣山河，/我看到了城市的男男女女，/看到乡村的老老幼幼，/看到了人间的熙熙攘攘。/我感觉到荒山上做神仙的寂寂寞寞。"[1] 她的歌同样将荒冷的深山和热闹的人间做对比："山花红，山果鲜，山中太冷静，播种到人间。……到人间，乐无边，花花相对枝枝连，儿女笑堂前。"[2]

丁西林的《雷峰塔》将八仙和白素对比，从侧面烘托白素的正确选择，以八仙的唱词来批评神仙的生活："离家庭，齐人世，山中炼丹。一无牵，二无挂，好不清闲。不劳心，不劳力，好吃懒做。赴仙筵，醉美酒，快活神仙！"[3] 这极具阶级斗争时代划分成分的色彩。热爱劳动、用自己的双手建设新生活是20世纪50年代的政治号召，白素被塑造成积极响应这一号召的劳动人民形象："离开黑暗，/走向光明，/主意早拿定。/摘下道冠插荆钗，/脱去道袍系罗裙。/毁丹炉，起炉灶，学烹学调。/弃药杵，拿针线，学缝学纫。/进机房学纺学织，/下田野学种学耕。/既不想做一个离群的仙女，/就必须做一个有用的妇人。"[4] 下山后，白素看到的是人们积极劳动来建设美好家园："看这两旁村舍，/柳暗花明，/近处樵声，/远处炊烟，/树林中鹿兔追逐，山坡上牛羊成群。/再听那秧田内，传清歌，/男唱女和，怎不令人心往神驰。"[5] 剧中其他一些人物和情节也是讴歌劳动的，如

---
[1] 丁西林：《雷峰塔》，《丁西林剧作全集（下）》，中国戏剧出版社1985年版，第17页。
[2] 同上书，第15—16页。
[3] 同上书，第11页。
[4] 同上书，第20—21页。
[5] 同上书，第21页。

王公公七十岁了还能撑船,与他同年的老伴还能耕田种地。秦巧姑主动和王小二比赛:

> 王小二 今日江中风紧水急,行船不易,这样艰苦的事,还是让咱男子汉来担当的好。
>
> 秦巧姑 啊,你看女子不起,我来和你比赛比赛。①

"劳动竞赛"是 20 世纪 50 年代作品中极为常见的场景。

另外,剧中法海被杀死与许宣为情战死等情节,在很大程度上也是为了突出时代主旋律的需要。

同时,为了符合时代的创作要求,丁西林笔下人物形象的善、恶、美、丑更加分明。法海的形象如丁西林所言,是"相信种性不变的信徒"②。他勾结官府,欺压良民,百姓恨入骨髓。法海对镇江流行瘟疫仅是募捐化缘、念佛拜忏,却不能消灾降福。白素施药传方,法海因此恼羞成怒,怀恨在心。为了收服白素,他诱骗许宣上山,将其拘禁起来引诱白素自投罗网。白素产子三天后就被收服,在此前白蛇传中,是弥月合钵,丁西林的改写强化了法海的罪恶。

白素是"思想崇高的女子","为了爱人学作人",救苦救难,婚后为了疗救镇江瘟疫,甚至毁家纾难。她情感坚定,对许仙无比忠诚,冒死盗仙草,不惜发动水族淹金山寺。丁西林没有像张恨水、赵清阁等那样回避水淹金山的危害,而是写了白素水淹镇江后的悔过:"淹没了田中五谷,伤害了地上生灵。从今后我要虔诚,忏悔,改过,赎罪。"③白素一到金山寺就指责、大骂法海,显得杀气腾腾:"无耻秃驴,大言不惭。你这阴险狠毒、穷凶极恶的佛门败类,本当诛戮,为民除害,我看了佛祖之面,宽恕于你。快快将我丈夫交出,饶你不

---

① 丁西林:《雷峰塔》,《丁西林剧作全集(下)》,中国戏剧出版社 1985 年版,第 44 页。
② 同上书,第 6 页。
③ 同上书,第 64 页。

第四章
政治枷锁下的公式化生产：20世纪五六十年代的白蛇传改写

死。如若不然，管教你在我的宝剑之下，身首异处！"① 在张恨水等人的《白蛇传》中，白蛇"先礼后兵"，为了救夫对法海低声下气，甚至下跪哀求。丁西林的改写，强化了白蛇强烈的斗争精神，然而也产生弊端：一是白素不能够为爱情牺牲尊严，爱情在反封建面前显得黯淡；二是不能更充分地暴露法海的冷酷无情。

许宣是"忠厚老实的至诚君子"，为救白素牺牲了自己的性命，其形象得到极大的美化。不足之处是，许宣如何被法海骗上金山寺，作品没有给予充分的展示，仅是一笔带过，而如何上金山寺是塑造许宣形象的重要环节。许宣尽管为爱情而死，可是却很难引起读者的共鸣，反而给读者一种不可置信的感觉。这并非是先入为主的观念作祟，受到既往作品影响，认为许宣不能死于法海之手，而是许宣之死缺少铺垫和足够的依据，显得过于戏剧性。

青儿的形象如丁西林所言，是"一个义侠的女子，意志坚强，憎爱分明"②。青儿初亮相就是武装侍女打扮，手提宝剑，属于"不爱红装爱武装"之列。丁西林的《雷峰塔》不仅强化了青儿的斗争精神，还改写了有损于其战斗形象的情节。在此前白蛇传中，白、许、青投奔许的姐姐，丁西林却将其改写为，白素因青儿对许宣的不满而没有答应许宣的要求，与青儿住在雷峰塔院，许宣自己去投奔姐姐。对此，丁西林评价说："青儿没有——至少暂时没有——妥协，是娘娘顾全大局，向青儿妥协，再作道理。"③

然而，过犹不及，青儿疾恶如仇的形象一再被拔高，有时甚至达到了不近情理的地步，青儿说："娘娘，我看这一班害人的东西，留在世上无用，把他们一齐杀了吧！"④ 这明显属于滥杀无辜，法海是罪魁祸首，其他和尚难道也罪大恶极？退一步说，即便法海拆散人与妖之间的婚姻就当诛杀？其他和尚即便有过、"无用"，难道就该一齐杀

---

① 丁西林：《雷峰塔》，《丁西林剧作全集（下）》，中国戏剧出版社1985年版，第61页。
② 同上书，第7页。
③ 同上书，第21页。
④ 同上书，第61页。

掉？在革命、反封建的大旗之下，理性、人道主义等显得无足轻重。相比之下，还是张恨水的《白蛇传》中白素贞的做法更能取得读者的认同，白素贞在命令水族进攻前发出了这样的命令："现在你们进攻吧！你们无论是谁，看见许仙，把他抢了出来。至于庙里，只有法海一个人，情理难容。其余和尚，与我无仇，他不杀你们，你们也不要动他。"①青儿对待许宣也是欲杀之而后快："法海秃驴丧心害理，官人忘恩负义，他俩人狼狈为奸，罪该万死。"②忘恩负义的便要被杀，青儿不仅没有考虑到许宣面对妖怪后的两难处境，还振振有词："以德报德，以怨报怨，负我之人，决不宽恕！"③

  剧本还涉及其他一些人物，如许英、鹤童、某和尚等。许英打仗威风凛凛，对待手下和蔼可亲，爱护士兵，把马让给伤兵，甚至把伤兵背在肩上，为生病的小卒洗脸理发——这简直就像革命小说中光辉的革命领袖的复制品。鹤童为白素抱不平，不仅松绑，还许下这样的承诺："下次再要仙草，你带个信来，我着人送上就是。"④鹤童与鹿童还发出想要做人的感慨："今日听了一番话，教我也想去做人。"⑤鹤童、鹿童形象的转变，是为了侧面烘托白素的形象，肯定白素的行为。法海的帮凶——"某和尚"，说话结巴，这是以生理残疾来抹黑反面人物，有失厚道。

四

  丁西林的剧作特别是喜剧，惯以幽默的语言、荒谬的情景来针砭时弊，讽刺黑暗的社会现象。如庄浩然所言："他的手法是写实的，于幽默讽刺的笑声中，嘲讽旧中国的社会弊端和人生病态，谴责压迫者、剥削者和汉奸卖国分子，同情被侮辱被损害者，歌颂进步、革命

---

① 张恨水：《白蛇传》，通俗文艺出版社1955年版，第94页。
② 丁西林：《雷峰塔》，《丁西林剧作全集（下）》，中国戏剧出版社1985年版，第63页。
③ 同上书，第64页。
④ 同上书，第58页。
⑤ 同上书，第59页。

第四章
政治枷锁下的公式化生产：20世纪五六十年代的白蛇传改写

的知识分子和爱国志士，发挥幽默喜剧对人民群众的潜移默化的教育作用。"① 尽管丁西林把《雷峰塔》处理成了一个悲剧，其间还是穿插地使用了幽默、讽刺的手法。如：

> 公差甲　和尚说，许宣的妻子白娘娘，长得太好看了，一定是个妖精。
>
> 公差乙　大哥，这就对了。你想美貌佳人到处有。咱这镇江城中，西施王嫱也就不少，听了和尚的话，可不要满街捉妖精么？
>
> 公差甲　啊唉，和尚他还有别的话。
>
> 公差乙　和尚还说什么？
>
> 公差甲　和尚还说，娘娘长得好看不算，她还能治病。
>
> 公差乙　啊大哥，我一向糊涂，今天经大哥一说，我可明白了。
>
> 公差甲　你明白什么？
>
> 公差乙　咱衙门对面，有一位祖传儒医内外方脉杨世仁大夫，长得眉清目秀，医道高明，咱俩回头顺便把他带进衙门，一定没有错儿。②

又如，公差甲、乙走进保和堂时，许宣问他们是否来看病的，公差乙说自己犯了糊涂病，并说自己的病是从太爷身上过来的，太爷犯了糊涂病却不肯医治。许宣与公差们的对话充分暴露了"太爷"与法海的糊涂、罪恶，揭示出社会的黑暗。

---

① 庄浩然：《在幽默讽刺的笑声中再现现实——谈丁西林的喜剧风格》，《福建师范大学学报》（哲学社会科学版）1981年第4期。
② 丁西林：《雷峰塔》，《丁西林剧作全集（下）》，中国戏剧出版社1985年版，第47—48页。

第六节　安得长风扫阴霾：川剧《白蛇传》

川剧《白蛇传》由前重庆市戏曲曲艺改进会集体整理，共十一场：下凡收青、游湖借伞、取伞联姻、求雨赠符、扯符吊打、醉酒惊变、仙山盗草、被诱上山、水漫金山、断桥重逢、弥月合钵。

一

川剧《白蛇传》的主题依然是反封建，然而与同时代的白蛇传作品相比较，在情节安排上有不少独特之处。

第一，"下凡收青"中，小青本是男子所变，与白蛇打斗输掉才拜白素贞为师，变作一个美丽的女子。"取伞联姻"中，做媒的不是小青，而是艄公。

第二，"求雨赠符""扯符吊打"是关于道士王道陵的场目，而同时代的其他剧作往往去除了道士除妖的情节。"醉酒惊变"中，许仙是听信道士之言才劝白素贞喝雄黄酒的，与法海无关；在田汉等人的《白蛇传》中，法海是端午惊变的罪魁祸首。

第三，镇江开药店，白素贞只是唱了句"保和堂生意好有口皆传"[①]，并未像其他作品那样渲染白素贞治病救人的功德。

第四，川剧《白蛇传》中增加了打斗的场面，白素贞的法力更高。在"仙山盗草"一场中，白素贞砍伤鹿童、打败鹤童，福、禄、寿三星出战，白蛇战败；而在田汉等人的改写中，白蛇仅仅是打败鹿童，却根本不是鹤童的对手，危急时刻，南极仙翁出手相救。

第五，"被诱上山"中，许仙病后外出游玩，本要躲避法海，为

[①] 重庆市戏曲工作委员会编：《川剧 六十六 白蛇传》，重庆人民出版社1957年版，第41页。

第四章
政治枷锁下的公式化生产：20 世纪五六十年代的白蛇传改写

保佑妻子到金山寺烧香。法海塞给许仙一把伞，许仙接伞后变得神志不清，这是其他剧本中所没有的，暴露了法海的罪过；同时也为许仙背叛白素贞开脱责任，比如，小沙弥通报白素贞来到时，许仙害怕，竟然一惊坐到地上，撑伞来保命，这就可以归结为"伞"在起作用。

第六，与其他作品一味地强调白素贞勇敢、顽强的斗争精神不同，川剧《白蛇传》细致入微地揭示了白素贞既想救许仙又惧怕法海的矛盾心理。白、青划桨去金山，白素贞竟然对法海心生胆怯停桨不划："哎呀小青！我想法海妖僧魔力甚大，娘娘心中有些胆怯。"[①] 小青转过船头返回后，白素贞再次停桨——她舍不得许仙："小青，想娘娘下凡以来，生为官人，死为官人，叫我如何割舍得下啊！"[②] 于是再次掉转船头驶向金山。这种表现白素贞胆怯、矛盾心理的描写，在当时的白蛇传作品中极为罕见，那时的政治意识形态不允许白素贞有胆怯的心理，要求正义的力量不能畏惧邪恶的力量。川剧《白蛇传》从人性真实的角度来刻画白素贞是难能可贵的，而且能更深刻地表明白素贞对爱情的忠贞：她明明知道法海的法力高强，自己不是对手，却还是要去金山寺全力一战。

第七，川剧《白蛇传》没有小青毁塔复仇的情节，"弥月合钵"即结束。白素贞产子满月，法海来收服白素贞，小青见难以挽回失败局面，不得已逃走，发誓要报仇。许仙拉住法海衣衫，法海一脚将许仙踢倒，小孩落地，许仙爬起膝行追下，婴儿啼哭。剧作在帮腔"安得长风扫阴霾！"中结束，体现了编者强烈的悲剧意识。

二

小青的形象前后有巨大变化。白素贞收服小青前，小青是个雄性蛇妖，身材魁梧，性格刚烈，脾气暴躁，妖气十足，甚至"要夺灵霄

[①] 重庆市戏曲工作委员会编：《川剧 六十六 白蛇传》，重庆人民出版社 1957 年版，第 66 页。
[②] 同上。

173

做玉皇"①。他要将白素贞收为压寨夫人,与白比试法力失败后变作女子,做了白的弟子,对白十分忠心。剧作中出场的多是旦扮小青,有时则会出现净扮小青,如抓王道陵时、断桥相逢要惩罚许仙的都是净扮小青。对待法海,小青丝毫不肯妥协,是个顽强的战斗者;与之相对,白素贞对法海低声下气,为见法海,三步低头、五步一拜,拜进寺去。

　　白:唉! 来在矮檐下,权且把头低。师徒拜进寺去。
　　青:你太懦弱了!
　　白:你太刚强了!
　　青:太懦弱了!②

在对待法海的态度上,白、青产生冲突,白的懦弱衬托了小青的刚强。

　　白素贞对待爱情忠贞,为救许仙冒死盗仙草,又担惊受怕地来金山寺,低声下气地求法海放许仙,"忍辱含羞拜仇敌"。

　　许仙开始听信道士的话,对白素贞将信将疑,然而回家后说了实情,白素贞要许仙贴符,许仙不忍心收她,要她离去;白素贞装死,许仙伤心痛哭。可见,许仙还是爱白素贞的,并不完全是个负心之人。许仙上金山寺是为了求佛祖保佑妻子,是受法海欺骗,从这点来看,他没有背叛白素贞。

　　法海是封建礼教的维护者,盛气凌人,狂妄自大,要白素贞和小青求拜进寺来,其恶毒形象就如白素贞所骂:"人面兽心虎狼胎。"③

　　王道陵是个道士,不守戒律,吃肉喝酒,对金钱贪得无厌,本领低微却欺骗众人说会求雨,欺软怕硬,形象十分龌龊。

---

①　重庆市戏曲工作委员会编:《川剧 六十六 白蛇传》,重庆人民出版社1957年版,第4页。
②　同上书,第69—70页。
③　同上书,第87页。

第四章
政治枷锁下的公式化生产：20世纪五六十年代的白蛇传改写

三

川剧《白蛇传》极具观赏性。"变脸"是川剧的特色之一。断桥相逢，小青要惩罚许仙时，几次"变脸"，让人赏心悦目。同时，川剧《白蛇传》中武打场面较多，也增强了观赏性。

川剧《白蛇传》运用了反讽手法，使作品在沉重的悲剧气氛中又增添了一份喜剧色彩。剧中关于道士王道陵算卦求雨的情节极为有趣，辛辣地讽刺了王道陵的厚颜无耻。王道陵算卦道："一算天上有月亮，二算海中有龙王，三算哑巴不说话，四算姑娘大了变婆娘。"①这样的"大实话"，人尽皆知，无须"算"。王道陵本领低微，本无求雨能力，却装模作样，结果把太阳求出来了。众人向王道陵问雨的一段对话极具讽刺意味：

王：一四七有雨。
甲：一四七不落雨呢？
王：二五八有雨。
乙：二五八不落雨呢？
王：三六九有雨。
丙：三六九都不落雨呢？
王：逢十就一定有雨！
丁：逢十都不落雨呢？
王：那我晓得哪天落雨呢？我未必端一架楼梯爬上天去问玉皇吗？②

剧中许仙拿符降白素贞一节也极富喜剧色彩。白素贞喝退灵官，符失去法力，许仙用符降她，白素贞装作不堪忍受符的法力，说自己头晕

---

① 重庆市戏曲工作委员会编：《川剧 六十六 白蛇传》，重庆人民出版社1957年版，第30页。
② 同上书，第39—40页。

眼花，最后装死，许仙痛哭，白素贞起来安慰许仙。这段喜剧情节，不仅表现了白素贞和许仙之间深厚的感情，也暴露了道士法术的欺骗性。

第七节　评剧、越剧等戏曲《白蛇传》

一　苗培时的评剧《白蛇传》

苗培时的评剧《白蛇传》出版于1954年，也是以反封建为主旨，剧本共十一场：游湖借伞、定盟结亲、姑苏舍药、端阳惊变、昆仑盗草、再生释疑、禅堂被囚、水漫金山、断桥相逢、产子合钵、雷峰塔倒。

（一）

在评剧《白蛇传》中，青蛇的战斗者形象被拔高，甚至拔高到了"狠毒"的地步。剧本以白蛇的妥协、斗争意志不坚定来烘托青蛇的顽强和决绝。然而过分的夸张与渲染，不但无助于美化青蛇形象，反而大大降低了青蛇形象的艺术感染力，使人觉得青蛇妖气十足，缺少宽容之心，没有人性。例如，在许仙去金山寺不归后，白、青二人展开了这样杀气腾腾的对话：

　　白：怕官人听谣言心里动摇，
　　青：把那些秃驴们剑剁刀削。
　　白：到金山找法海说说道理，
　　青：恼一恼金山寺水淹火烧。
　　青：姐姐！咱们到了那里，话不投机，就把那些秃驴们，通通杀光，抢回官人便了。①

---

① 苗培时：《白蛇传 评剧》，北京宝文堂书店1954年版，第47页。

第四章
政治枷锁下的公式化生产：20 世纪五六十年代的白蛇传改写

白、青到金山寺要法海放人，此时她们尚以为是许仙自己来金山寺的（从断桥相逢时白、青埋怨许仙可知），然而这样的台词显然把过错都怪罪在法海身上，这样白、青似乎就有些不讲道理了。退一步讲，即便她们知道是法海骗许仙来金山寺，那就有必要"水淹火烧"金山寺，把和尚们都"剑剁刀削"吗？即便是法海有过错，难道其他和尚就要陪葬？有没有无辜的僧人呢？青蛇要不加分别地将和尚全部杀死，于情于理实在说不过去。比如，金山寺的一个小和尚就曾表明自己是无辜的："我可也要向您先说明一下，度化许仙出家，可不关我的事，别回头你们和老禅师打起来，杀红了眼，将我的脑袋也给捎带了啊。"① 青蛇在命令水族淹金山寺时，全然不顾先前小和尚所说的话，而是要通通淹死："将那些可恶的秃驴们通通淹死，只救许官人便了。"② 这不是惨无人道吗？相反，白蛇、青蛇来金山寺，法海起先并没有为难她们，只是要她们离开，回峨眉山。这样一比较，岂不是她们比法海更狠毒吗？这样的白蛇与青蛇，与其说是战斗英雄、反封建的勇士，不如说是残忍的暴徒、恐怖的妖孽！

剧本对白蛇的妥协不满，为的是传达这样一个道理：对敌斗争不能有丝毫软弱。为求法海放人，白蛇向法海下跪求情，青蛇却说："秃驴们都是些妖魔鬼道，讲道理就凭着动枪动刀！"③ 法海不放许仙，白素贞对自己的跪求行为感到后悔，从而肯定了小青不屈服、不妥协的精神：

白：悔不该我向他苦苦哀告，
青：你哀告动不了他的毫毛。姐姐！向秃驴哪有道理好讲！
白：没道理好讲！悔不该我向他双膝跪倒，
青：那跪倒可不如就动枪刀。姐姐！向秃驴们跪倒有什么用处！

---

① 苗培时：《白蛇传 评剧》，北京宝文堂书店 1954 年版，第 48 页。
② 同上书，第 52 页。
③ 同上书，第 50 页。

白：没有什么用处！小青啊！我怒火现有千丈高，

　　白、青：杀尽秃驴把恨消。①

　　后来白蛇被法海用金钵降伏时，就不再求法海饶恕，甚至也反对许仙向法海求饶："血的仇只能用鲜血来报，他不会自愿地放下屠刀。"②白蛇将报仇的希望寄托于孩子身上："长成人万望你告他知道，他的娘被残害血恨难消。"③

　　法海是封建势力的代表，对白蛇与许仙私订终身不能容忍，认为是大逆不道，"三纲五常要维护，不除妖魔心不甘"④。金山水斗，虽然白、青战败，但作品为凸显正义的力量、显示法海的无能，硬将法海描写成一副直打哆嗦、面色大变的胆小者形象，法海还发出这样的感叹："哎哟哟！好厉害的妖魔！老僧险些儿被淹死了！"⑤ 全无获胜者的风姿。第十场"产子合钵"，法海认为白蛇产子月满后元气大伤，正是捉拿的时机。法海既然要趁白蛇身子弱而降伏她，为何要等到满月？既要把法海降伏白蛇的时间安排在白蛇产子满月后，又要丑化法海，暴露其残忍，这就造成情节的矛盾。同样是丑化法海，丁西林的《雷峰塔》就没有这样的矛盾，白蛇生子三朝就被法海用金钵降伏了，满月后肯定比分娩三日时身体要好得多。

　　许仙起先对白蛇将信将疑，轻信法海，后来坚决维护爱情，反对法海。端午惊变后，许仙不是主动上金山寺，而是被衙役抓去。他不肯屈服，不肯出家，白蛇被法海降伏时他勇敢地指责法海的多事和凶残，打持金钵的韦陀，哀求法海饶恕白蛇。白蛇被镇压在雷峰塔下，许仙出走，音信全无，这固然暴露了法海的罪恶，害得许仙一家分崩离析，然而也显示了许仙逃避现实的性格弱点；而在张恨水的《白蛇传》中，许仙悉心抚养儿子长大。

---

① 苗培时：《白蛇传 评剧》，北京宝文堂书店1954年版，第52页。
② 同上书，第68页。
③ 同上书，第67页。
④ 同上书，第63页。
⑤ 同上书，第53页。

第四章
政治枷锁下的公式化生产：20 世纪五六十年代的白蛇传改写

（二）

剧本缺少创新之处，而且在情节、人物名字、台词等方面都存在纰漏。

例如，"姑苏舍药"一场在时间上有误。白、许是清明节相遇、结亲，青蛇建议结亲后到姑苏开药店；保和堂药店伙计甲、乙谈话是在端阳节，伙计甲却说"咱这保和堂药店，自从去年开张以来"，① 这里的"从去年开张以来"显然不对，应是"今年开张以来"。另外，"姑苏舍药"改为"镇江舍药"才合理。白、许婚后从杭州来到苏州开药店，差役怎么会不顾路途之远从镇江赴苏州抓许仙？显然，应该是婚后移居镇江，在镇江舍药。这个地点的不合理，还关系到"断桥相逢"的情节：许仙从金山寺逃回家寻找白蛇，从镇江回到苏州，又从苏州来到杭州，何以如此迅速到达断桥与白蛇重逢？直接从镇江到杭州尚且不是许仙这个凡人所能迅速达到的，何况他还要转到苏州。剧本为了丑化法海，删除了法海送许仙到杭州的情节，却没有考虑到如何妥善地安排断桥重逢。

"禅堂被囚"一场也有不合理处。衙役甲、乙说许仙是个"大施主"，然而端午惊变后，许仙答应不与和尚往来，怎么会做了大施主？另外，许仙从店中被衙役强行带走，店中伙计、顾客或者行人必然看见，白蛇、青蛇怎么会不知道？以致断桥相逢，白、青竟埋怨许仙"私自"去金山寺。

除了情节纰漏外，人物名字还存在混用的问题。白蛇之子的名字大致有许士林、许仕林、许梦蛟等，不同的作品或许会使用不同的名字。然而同一作品中名字应该取其中一个，可是评剧《白蛇传》时而用许士林，时而用梦蛟：在出场人物表中，注明是许士林，可是到第十场，却把名字写成梦蛟了，第十一场就存在名字混用的现象。

剧本在人物的台词方面也存在不妥。例如，为打消许仙的疑心，白蛇说："小青儿她和我要是妖怪，早把你一口口吞在肚中。世界上

---

① 苗培时：《白蛇传 评剧》，北京宝文堂书店 1954 年版，第 18 页。

妖怪们都把人害,那里有妖怪和你把亲成。"① 这与其说会让许仙放心,不如说会让许仙更为担心——许仙已经看到蛇妖,又有高僧的指点,焉能不起疑心、不害怕?又如,白蛇说:"怕官人听谣言心里动摇。"此处的"谣言"用得不当,白蛇、青蛇是蛇妖,怎么会是谣言?再如,白蛇骂法海:"秃驴呀!你要赶尽杀绝……"这无非是夸大法海的罪恶——事实上法海并没有"赶尽杀绝",他只是不放许仙,要白蛇、青蛇回峨眉山去。

二 越剧《白蛇传》

越剧《白蛇传》写成于 1952 年 9 月,由华东戏曲研究院前创作室编剧成容,会同越剧编导韩义执笔改写,曾参加第一届全国戏曲观摩演出大会演出,同年刊载于 11 月号《剧本》月刊,1953 年收入在人民文学出版社出版的《第一届全国戏曲观摩演出大会戏曲剧本选集》,并由作家出版社出版了单行本。其后,华东戏曲研究院前创作室编审室重新讨论研究,由成容执笔修改。修改较大的场次是"惊变""释疑""禅堂""水斗""断桥""合钵"等折,"主要是使人物性格鲜明一些,尤其是使许仙这个人物的性格纯化并统一起来"。②

剧作以反封建为主题,共十一场:游湖、联姻、疗疫、惊变、盗草、释疑、禅堂、水斗、断桥、合钵、毁塔。从场次安排与人物形象来看,该剧作与同时代其他作品并无明显不同,只是剧中个别细节更能表现作者爱憎分明的立场:

例如,第六场"释疑",许仙心中生疑,虽经白娘娘解释,说白蛇是"苍龙",但许仙犹存疑心,金山寺化缘和尚说苍龙不会入帐中,许仙不能辨别真假,于是"上金山祈求佛祖除灾晦"③。许仙上山是为了消灾,而不是为了保全性命逃跑,不是背叛白娘娘,这就美化了许仙的形象。

---

① 苗培时:《白蛇传 评剧》,北京宝文堂书店 1954 年版,第 38 页。
② 华东戏曲研究院编审室改编:《白蛇传 越剧》,上海文化出版社 1955 年版,第 2 页。
③ 同上书,第 45 页。

第四章
政治枷锁下的公式化生产：20世纪五六十年代的白蛇传改写

再如，第八场"水斗"，法海要许仙出家，许仙不肯，说要与姐姐商量。法海成全许仙，令风神护送他前往杭州。许仙此行，正中法海之计，法海要他缠住白娘娘，以便去西天借来混元金钵。法海放许仙，送他到杭州，不是因为他与白娘娘"孽缘未了"，而是用计稳住白娘娘，这样改写，暴露出法海的奸诈、歹毒。

三 马少波的京剧《白娘子出塔》

马少波的京剧剧本《白娘子出塔》作于1963年10月，尽管该剧本具有鲜明的反封建色彩，甚至蕴含了建设新生活的意义，然而还是未能公演。1964年1月，该戏已经排成，因江青等大搞"开辟京剧革命的新纪元"而埋没，后来还被扣上"为彭德怀翻案""为牛鬼蛇神鸣冤叫屈"之类的罪名。该剧本早已在查抄中散失，后来马少波根据葆玖练唱的录音带补缀而成。[①]

剧本的情节大致是：白娘子被镇压在雷峰塔内已有十一年。仕林在姨娘青儿的抚养下渐渐长大，练就全身武艺。仕林每天从雷峰塔拆下一块方砖带回家去，青儿说必须用雷峰塔的砖修砌丹炉，仕林搬塔砖整整一年。这天，仕林奉姨娘之命采拾药草后去雷峰塔搬砖，镇塔神出现，仕林抄起药锄打败镇塔神。白娘子出塔，讲述了和许翰文的故事，母子相见，迎接来寻找仕林的青儿。

剧本具有鲜明的时代特色，其中有这样的"时代强音"："好青儿十年树人伏魑魅，雷峰塔关不住火里凤凰！"[②] 有论者曾说："从仕林每天挖基不止这一艺术形象中，可体悟到人民与封建制度不屈的斗争精神；从小青用拆下的塔砖修建炼丹炉这一点上，也能领会到人民不仅破坏了旧的上层建筑，而且在探索、营构着新的未来；从雷峰塔之倒掉，更能意识到整个封建王朝的土崩瓦解；白娘子已经成了人民追

---

① 马少波：《原发表后记》，《马少波戏剧代表作》，中国戏剧出版社1992年版，第382页。

② 马少波：《白娘子出塔》，《剧本》1992年第3期。

求自由、追求幸福的象征。"①

就《白娘子出塔》的写作背景和立意,马少波曾指出,京剧传统剧目《祭塔》"是一出封建糟粕较多的戏",状元儿子和母亲白娘子梦中相见,之后白娘子回到雷峰塔下继续受苦,儿子则仍然作"天子门生",这显然不符合当时的政治形势,故而马少波舍弃了旧戏的基础,"反其意另起炉灶,采撷了有关的民间传说,重新创作"②。

与其他白蛇传一样,法海被塑造成"恃强凌弱万恶魔障"的形象。值得一提的是仕林,他并未考取状元——那样意味着对封建势力的妥协,也不是保家卫国的武将(如丁西林的话剧《雷峰塔》中的许英),而是个采草药的"劳动人民"。无论是穿着打扮还是思想情感都符合时代政治需要:身着蓝色短衫,背雨笠,以药锄挑两篮药草,他采草药、搬砖修砌丹炉、炼丹制药,是为了济世救人,他疾恶如仇,敢于和封建势力顽强斗争。

戏文较短,人物有白娘子、仕林、镇塔神,小青并不出场。剧本包含了白蛇传完整的故事情节,这是通过白娘子的唱词予以实现的。

四 豫剧《白蛇传》与皮影戏《白蛇传》

(一)

豫剧《白蛇传》与皮影戏《白蛇传》是根据田汉的京剧《白蛇传》稍加改动完成的。

豫剧《白蛇传》以田汉的《白蛇传》为底本,为了适合豫剧演出,常香玉、赵义庭等提出些改动意见,由王景中执笔改写。后来在不断演出中,根据观众和演员的意见,又不断修改,但基本上仍不失田汉原著的面貌。③

---

① 苏国荣:《雷峰塔关不住火里凤凰——京剧〈白娘子出塔〉观后》,《剧本》1992年第3期。
② 马少波:《原发表后记》,《马少波戏剧代表作》,中国戏剧出版社1992年版,第381页。
③ 王景中改编:《豫剧 白蛇传》(常香玉演出本),河南人民出版社1956年版,第44页。

第四章
政治枷锁下的公式化生产：20世纪五六十年代的白蛇传改写

剧作更加突出法海的歹毒，比如在许仙逃山这一情节上，在许仙的恳求下，小沙弥从暗道放许仙下山，为避免挨打，小沙弥也逃跑了，这表明了法海不得人心，连弟子都背叛他。而在田汉的《白蛇传》中，小沙弥放许仙逃跑时遇到法海，于是说谎是带许仙去见法海，因为许仙要回家；法海派风神送许仙至西湖。

法海收服白素贞是不得人心的，剧作增添了要后代报仇雪恨的台词，白素贞说："儿记住仇人是法海，这血海的冤仇儿长大要记明白。"许仙姐姐也说："妹妹，娇儿为姐我照管，到后来与妹报仇冤。"①

（二）

唐山专区皮影社剧目组根据田汉的京剧《白蛇传》改编成了同名皮影剧本，并在1957年唐山专区会演时获奖。

皮影剧本《白蛇传》共二十三场，主旨与人物形象与田汉原作相同，情节与原作也相差不大，只是根据皮影戏的特点做了一些变动，如"释疑"一场，不是采用白绫化蛇的手段而是用语言劝说来打消许仙的疑心，这样改动适合了皮影戏注重说唱的特点，"金山水斗"加入了一些打斗场面也是出于同样的理由。

还有一些情节变动是出于强烈的反封建主旨的需要。在田汉的剧作中，许仙在江亭散心时遇到法海，被法海说动了心而去金山寺；皮影剧本改写为许仙被法海所诓，许仙去金山寺是无心的，这样就减弱了许仙的负心形象，更加充分地暴露了法海的罪恶。法海派风神送许仙至杭州，田汉的剧作未表明法海的动机，皮影剧本则予以揭示："此妖若逃往他处，必留后患，今借许仙将她缠住，我去往灵山借取金钵，趁她分娩之时身体软弱，再将她除掉。妖魔呀！妖魔！任你有通天的本领，也难出老僧之手。"② 这样改动使得作者的爱憎情感更为鲜明。

---

① 王景中改编：《豫剧 白蛇传》（常香玉演出本），河南人民出版社1956年版，第41页。
② 唐山专区皮影社剧目组整理：《白蛇传 皮影剧本》，河北人民出版社1958年版，第37—38页。

皮影剧本最终写小青毁塔救出白素贞，白、青充满了胜利的喜悦："凯歌高唱入云端"，"推倒雷峰水石干"（"石"应为"不"），"金钵魔法成灰土"，"还我自由任往还"。① 其台词极具时代风格，如"凯歌""自由"等，几乎就是当时的政治口号。

五　苏剧前滩《白蛇传》

1960年，苏州市戏曲研究室编印了苏剧前滩《白蛇传》——这不是整部白蛇传，而是选取了白蛇传中的七出：蟠桃、别师、收青、雄酒、化檀、断桥、合钵。编者的目的是保持传说的原来面目，故而在内容上未加改动，仅作了错别字、脱句漏字的校订——尽管如此，还是有一些错别字未能校订出来。

"蟠桃"写福禄寿等仙人赴西池参加蟠桃盛会，为金母祝寿，黎山老母带弟子"云修子"白素贞一同前往，金母说白素贞七世前有救命之恩未报，不能成仙。金母告诉白素贞，恩人姓许，在武林药店做伙计，与僧道不和，要她仔细行事，不得久恋红尘、违逆天条。

"别师"写与"蟠桃"基本相同，连人物台词都相似，可以看作同一出戏的不同名称。

"收青"写小青（净扮）在桃花岭修道五百年，巡山游玩时遇到白素贞，与之比武，战败后要跟随白素贞一同前往临安。小青先是变作一白面书生，白素贞不满意，认为男女授受不亲；小青又变作一婆娘，白素贞不满意；小青最终变作一少女，白素贞认可，两人以主婢相称去临安。

"雄酒"写端午节许仙饮酒庆贺，白素贞以身体有恙推脱不饮，许仙为之诊脉，原来是喜脉。许仙要其饮酒，白素贞勉强饮酒后现形，许仙被吓死，白素贞去嵩山南极仙翁处求取还魂草。白素贞临行前说，有莲衣护送，谅必此去无妨，台词降低了行动的危险性，不能

---

① 唐山专区皮影社剧目组整理：《白蛇传 皮影剧本》，河北人民出版社1958年版，第50页。

第四章
政治枷锁下的公式化生产：20世纪五六十年代的白蛇传改写

凸显白素贞为爱情的冒险精神。

"化檀"写许仙本是如来的捧钵侍者，法海受佛祖之命点化许仙。法海向许仙募化十担檀香，要许仙亲自送到金山寺，许仙答应。法海还说许仙有邪魅缠身。

"断桥"写白、青水斗失败，逃至断桥；法海送许仙至断桥，夫妻相逢，白、青埋怨许仙，许仙认错后和好。

"合钵"写白素贞产子满月，许仙接钵去收服白素贞，见其在梳妆，不像妖怪，于是把钵放在地上。白素贞道出身世，许仙泪如雨下，白素贞要许仙去求法海，然而法海不答应许仙的请求，终将白素贞收服，镇压于雷峰塔下；小青一怒之下要吞吃许仙，被法海收在净瓶之中。

白素贞被法海降伏，不怨天怨地，也不怨许仙，只怨在镇江开生药铺，化檀香起祸；她要许仙续弦，关心许仙的生活，嘱咐许仙不要跟随法海出家。这既体现了白素贞善良、宽宏大量的美德，也表明了白素贞对法海的些微愤恨。

许仙接钵后又惊又喜："惊只惊娘子要遭金钵难，喜只喜将身跳出是非窝。"[1] 尽管他没有将钵罩在白素贞头上，但是他将钵拿进房中，白素贞被降伏，他脱不了干系。他违背了白素贞的嘱咐，最终跟随法海出家。

小青在法海面前表现得怯懦："小青青一见骨也酥，想娘娘尚且遭大难，何况吓小青一婢奴。只得软洋洋钻入净瓶内。"[2]

苏剧前滩《白蛇传》承袭"报恩"说，白素贞为成仙而报恩损害了作品的爱情感染力，爱情成为生命的负荷，白素贞"缘尽"后就返回山林的说法更是与爱情相悖，比如端午节时，白素贞对小青说："奉师法旨将恩报，特到红尘了夙缘。有朝缘尽归山岛。青儿吓！与你瑶池叩金颜。"[3] 中秋节时白素贞对着观音像祷告："奉佛下山将恩

---

[1] 苏州市戏曲研究室编印：《白蛇传》，《苏剧前滩 第六集》，1960年印，第45页。
[2] 同上书，第53页。
[3] 同上书，第17页。

报,特到红尘了夙缘。有朝缘尽归山转,仍到峨眉修道坚。伏望慈航来庇佑,长礼祈诚在心间。"① 报恩凌驾于相爱之上,这也说明,在封建礼教的压抑下,人们不能正视、肯定爱情。

许仙为白素贞求情时,法海说,"将你胸前迷字来取出"②,由此可见,苏剧前滩《白蛇传》存在关于"迷字"的情节。"迷字"情节会损害白、许间的爱情,本书前面分析梦花馆主的《前白蛇传》时有相关论述。

苏剧前滩《白蛇传》保留了"报恩""迷字"、青儿怯懦等情节,这与五六十年代的政治氛围不协调,故而对于戏曲界没有什么影响。

六 电影舞剧台本《白娘子》等其他戏曲

这一时期各种戏曲白蛇传不断涌现。

武汉市楚剧团改编的《白蛇传》,该剧共十一场:游湖、联姻、疗疫、惊变、盗草、释疑、禅房、水斗、断桥、合钵、毁塔。主旨、剧情、人物形象与同时期其他的白蛇传并无不同,数百年后小青来报仇,毁掉雷峰塔,以白、青高唱凯歌结束:"凯歌高唱入云端,推倒雷峰水不干。西天金钵成灰土,讲什么佛法大如天。哪怕你风云吹黑暗,太阳一出又晴了天。白氏从此脱锁链,庆人间情侣永团圆。"③

朱今明、赵慧深的电影舞剧台本《白娘子》,包括下山、游湖、佳期、端阳、盗草、水漫、断桥、合钵、击塔九个部分,从主题、情节与人物形象看,与五六十年代的白蛇传作品并无太大区别,只是形式上是舞剧。情节上稍有不同的是结局部分,白娘子被镇压在雷峰塔后,许宣以头撞塔,殉情而死;小青则与众水族合力击塔,雷峰塔

---

① 苏州市戏曲研究室编印:《白蛇传》,《苏剧前滩 第六集》,1960年印,第27页。
② 同上书,第48页。
③ 武汉市楚剧团改编:《白蛇传》,《湖北地方戏曲丛刊 第21集》,湖北人民出版社1960年版。

第四章
政治枷锁下的公式化生产：20世纪五六十年代的白蛇传改写

倒，白娘子抱着孩子，与小青向远方飞去①。小青和水族毁塔的时间比其他作品更提前了，没有经过长时间的修炼就击毁了"敌对势力"，这再次显现了"革命力量"的伟大。

哈尔滨市评剧院改编的《白蛇传》②共十场：游湖、结亲、说许、酒变、盗草、上山、水斗、断桥、合钵、倒塔，从其场次名字上也可以看出该剧毫无创新之处。还有秦腔③、淮剧④、晋剧⑤、扬剧⑥、二人转⑦，等等。这些白蛇传作品的主旨、内容情节和人物形象基本都是相同的，故而不再一一举例分析。

除了这些整场的白蛇传戏曲外，各种折子戏也得到改编和上演，如《盗草》《水斗》《断桥》《合钵》等。《许仙谢医》由泉州市高甲戏剧团剧目工作组整理，是白蛇传的一折戏，内容是许仙因赃银案发，被发配镇江染病后得到灵药，在徐乾的陪同下前去答谢恩人，而恩人是与他结为夫妻的白素贞。经过一番矛盾冲突与化解，许仙与白素贞、小青和好如初。⑧剧作借语言的谐音插科打诨，却并未给读者提供新的白蛇传元素。

在五六十年代的戏曲改革中，各种地方戏曲积极配合"推陈出新"的方针，完全迎合时代政治的要求，缺少改写的空间和独创性，因此数量虽多却难以产生佳作。

---

① 朱今明、赵慧深：《白娘子》，《电影创作》1962年第5期。
② 哈尔滨市评剧院改编：《白蛇传》，《中国地方戏曲集成》（辽宁省、吉林省、黑龙江省卷），中国戏剧出版社1963年版。
③ 杨鹤斋与袁多寿都曾改编有秦腔剧本《白蛇传》。杨鹤斋改编：《白蛇传 秦腔》，长安书店1954年版。袁多寿：《白蛇传：秦腔剧本》，东风文艺出版社1955年版（1962重印）。
④ 王健民、马仲怡改编：《白蛇传 淮剧》，上海文艺出版社1961年版。
⑤ 张沛、沈毅改编：《晋剧 白蛇传》，山西人民出版社1954年版。
⑥ 丁汉稼改编：《白蛇传 扬剧》，江苏人民出版社1958年版。
⑦ 里果整理：《白蛇传 二人转》，春风文艺出版社1962年版。
⑧ 泉州市高甲戏剧团剧目工作组：《许仙谢医》，《剧本》1961年第5期。

第八节　迎合中的悲剧意识：张恨水的小说《白蛇传》

一

张恨水的小说《白蛇传》作于1954年，共十八章，每章标题的字数多寡不一，不追求形式的统一。

张恨水对自己的写作初衷做了陈述，认为《白蛇传》"有强烈的反封建思想"①。小说去除了丑化白素贞形象的情节，美化许仙，增大白素贞、许仙夫妇和法海之间的矛盾，极力减小白素贞、许仙间的矛盾，批判的矛头直指法海。另外，小说去除了白蛇报恩情节，白、许结合完全出于爱情。为了使情节紧凑，小说删掉下山收青这一事件，直接从白、青游湖写起，作者认为收青和许仙的故事没有丝毫关系。另盗宝及由盗宝引出的情节如捕银、赠银、露赃、出首、发配等也被删去，这或许是受了田汉的《白蛇传》影响。关于这些情节的删减，作者解释说，白蛇要用银子很容易，偷盗带有记号的库银不合理。白素贞决定离开杭州去苏州开药店，原因是杭州熟人多，许仙发财会使别人不理解，怕药店同行的熟人嫉妒；此外，苏州离扬子江不远，可以得到水族照顾。

"夜话"一章明显受到方成培《雷峰塔传奇》的影响，张恨水认为写婚后成亲就到苏州开店太突然，于是"添写西湖夜话暗暗记下断桥这一段"②；但作者对此解释得似乎不够充分。"夜话"中写断桥的确是为水斗后白、许断桥重逢埋下伏笔，但"夜话"一章主要是渲染

---

① 张恨水：《白蛇传·序》，通俗文艺出版社1955年版，第1页。
② 同上书，第3页。

第四章
政治枷锁下的公式化生产：20世纪五六十年代的白蛇传改写

白、许间甜蜜的爱情、幸福的生活。"从此长辞了"一章写许仙辞工、老板与伙计间的矛盾，用力过多，与作者简化情节的主张有些相悖。至于许仙发配、白与青赶至苏州、店主劝和这些情节的删除，当然是由删除盗宝情节所引起的，不过作者这样解释："那完全多余，而且许、白的婚约，这样一来，太不坚定，这里一律删掉。"① 为了美化白素贞形象，小说极力描写白素贞"施诊"的情形，正如作者所说："施诊这一段，旧本子多半没有，《义妖传》上也只施放避瘟散。新本子上也是有无各半，写得也太少，我就加强写了此段。"②

张恨水的《白蛇传》将法海出现的地点安排在苏州，将时间设置于端午节前，"逐道"后法海来找许仙，告之白素贞是蛇妖，这与梨园旧抄本《雷峰塔》、方成培的《雷峰塔传奇》不同，后二者中法海是在许仙发配镇江之后才出现，这一改动明显增强了白素贞与法海之间的矛盾。

许仙第二次被发配的情节也被删除。小说写许仙上金山寺是因为受到法海差遣的神将的欺骗，许仙是被迫的，这一改动美化了许仙，如作者所言："表示许氏并无心。"③ 哭塔、白素贞出塔，在梨园抄本《雷峰塔》和方成培的《雷峰塔传奇》中，均是许仙之子所为，许仙出家，许士林发奋读书，高中状元，求得诰封，白氏得以出塔。张恨水却改写为许仙来哭塔，渲染爱情悲剧，突出了许仙对白素贞的感情。张恨水的《白蛇传》中白素贞出塔是小青顽强斗争的结果，突出反抗斗争的作用，这与20世纪50年代的政治氛围是相符的。

在水淹金山这一重要事件上，张恨水的小说增添了许多新细节，如白素贞命令三十余位土地筑堤，防止百姓受害。法海收服白素贞，理由是"为金山老百姓报仇"④，白素贞回答，水漫金山时两边江岸筑有堤坝，并未伤害百姓。法海捉拿她的理由自然不成立，这无疑显示

---

① 张恨水：《白蛇传·序》，通俗文艺出版社1955年版，第1页。
② 同上。
③ 同上书，第3页。
④ 张恨水：《白蛇传》，通俗文艺出版社1955年版，第124页。

了法海的可恶、蛮横。

金山水斗时，南极仙翁赶来，带走与白素贞为敌的鹤童，并劝退四大金刚和两大天王，南极仙翁说："姓白的寻她丈夫，有什么不对。这种地方，至少也不该参加。"① 连神仙都站到了法海的对立面，如白素贞所说："现在明白事理的仙家，纷纷告退了，道理是在我们这边的。"② 白素贞与法海斗法，法海先后使用的禅杖和风火蒲团都被打败，显示出白素贞法力的高强。白素贞阵营人数众多，力量强大，法海阵营的天兵根本无法抵御，白素贞若不是即将临盆，就会取得战斗的最终胜利。白素贞迫于临盆而"收兵"，整齐撤退，不是溃逃，天兵不敢追赶，这与《白娘子永镇雷峰塔》等早期白蛇传作品明显不同。

"尽欢而散"一章，写白素贞产子后，白、许的恩爱与幸福生活，批驳妖怪的传闻，并为妖怪辩驳。

二

戴维·洛奇说："人物问题大概是小说艺术最棘手的一个方面。"③ 张恨水在小说《白蛇传》中对人物做了精心处理，然而还是存在一些不妥。

许仙的形象得到"完全改造"，爱护白素贞、坚决维护爱情、反对法海。张恨水说："白素贞为什么看重了许仙，为什么为许仙死而无怨，这里面一定有个缘故存在。所以，我在本书里面，完全把许仙写好。"④ 许仙老实忠厚，在药铺做伙计时，规规矩矩、勤勤恳恳。他不贪财，与秋翁的《新白蛇传》、卫聚贤的《雷峰塔》中利欲熏心的形象完全不同，白素贞要免费施诊，许仙完全同意，说正合他意。许仙形象的"完全改造"更主要表现在他对爱情的态度上。茅山道士说

---

① 张恨水：《白蛇传》，通俗文艺出版社 1955 年版，第 97 页。
② 同上书，第 98 页。
③ [英] 戴维·洛奇：《小说的艺术》，王峻岩译，作家出版社 1998 年版，第 76 页。
④ 张恨水：《白蛇传·序》，通俗文艺出版社 1955 年版，第 2 页。

第四章
政治枷锁下的公式化生产：20世纪五六十年代的白蛇传改写

白素贞是妖，许仙不信，认为是无稽之谈，虽然他拿了符，有些将信将疑，然而他最终相信白素贞，走到仁爱堂第一步就大声告诉白素贞，说自己拿了道士给的符回来，还把这事当作"笑话"，不敢进房间——他怕白素贞受不了。许仙没有主动用符来验证白素贞，担心不妥。

法海告诉许仙，白素贞和小青是蛇妖，许仙不信——他想到的是白素贞带给他的幸福生活，认为法海的话"完全是冤屈好人"。端午节时，他要白素贞吃雄黄酒，并不是因为怀疑白素贞是蛇妖，而是因为许仙认为喝雄黄酒应了节气，可以去毒除邪。白素贞喝下雄黄酒，不是出于许仙的逼迫，而是出于过分自信。白素贞喝下雄黄酒后身体非常难受，许仙以为她中痧，倒水送药，极为关怀。许仙获救后，虽然将信将疑，有些害怕，但并没有去找法海。听了白素贞偷盗灵芝草的事后，许仙感激不尽，跪倒叩谢，心想这样的妖怪实在罕见，"就算是和妖怪相配，也是很难得的"[1]。许仙始终不肯听信法海，敢于和法海辩理，为白素贞辩护。投奔姐姐家后，许仙极力隐瞒遭遇，为小青使用法术布置房间的行为遮掩。白素贞产子后，许仙对爱情更为坚定："我说娘子，对我如此恩爱，慢说世上不会有妖精。就是有妖精下凡，这样做夫妻，我许仙也死而无怨。何况现在添了一个小孩，更无二心。"[2] 法海前来收服白素贞，许仙不但不接钵，反而喊叫着要白素贞逃跑。

白素贞被收服、小青逃走后，许仙万分悲痛，作者刻画得非常生动：

> 这可苦了许仙，进得卧房来，没有白素贞和小青。跑上堂屋，也没有白素贞和小青。再跑远一点，李仁家中走走，也一样没有白素贞和小青。虽然家中有两个雇来的人，怎能解除他心中

---

[1] 张恨水：《白蛇传》，通俗文艺出版社1955年版，第76页。
[2] 同上书，第116页。

的悲苦？转了几个圈子，心中难过万分，又坐在房里，痛哭起来。

大人一哭，小孩儿也哭，许仙赶忙擦干了眼泪，来哄小孩儿。……

许仙坐在椅子上，想起娘子在日，随便坐在什么地方相陪，总是有说有笑。回头小青来了，有时也陪着说笑。有时小青顶上一两句，也是有趣的。于今想起来，这样好的日子，就如做梦一般。想着，又哭起来。①

因为十分思念白素贞，许仙才神思恍惚，看到雷峰塔的影子在水中摇晃，便以为塔要倒掉。白素贞被镇压后，许仙没有一气之下出家，而是把仕林教导得很好，这是他的责任，也是对封建势力不妥协的表现。

白素贞的形象在小说中也得到了美化。白素贞医术高明，毫无贪财之心，免费施诊，遇到贫穷人家就送药，不辞辛苦地治病救人，在治疗瘟疫时她更是发挥了巨大作用，被称作"女界华佗""白娘娘"。白素贞对爱情坚贞，冒死盗草，被捉时想到的不是个人性命安危，而是许仙。白素贞心地善良、仁慈、宽厚，昆仑盗草、金山索夫，都是先礼后兵。对于破坏婚姻的茅山道士，她也并不怨恨，还阻止许仙去和道士理论，劝说小青放过道士，再三嘱咐小青不要伤他性命。白素贞命令土地筑堤，确保镇江百姓安全，严令水族不得滥杀无辜。她反对许仙请乳妈的建议："我并非舍不得两个钱，天下做乳妈的，同是人家的母亲，她的孩子，就该断了乳，让人家的孩子吃自己的乳吗？"② 如此之妖比人还善良，难怪许仙赞美她"真是贤德"。白素贞被法海收服后，大家"都为之叹息不止"。苏州、镇江的百姓，都感念白素贞的恩德。

---

① 张恨水：《白蛇传》，通俗文艺出版社 1955 年版，第 130 页。
② 同上书，第 118 页。

第四章
政治枷锁下的公式化生产：20世纪五六十年代的白蛇传改写

小青是一个不屈不挠的反封建斗士形象。与白素贞的先礼后兵相比，小青始终是火冒三丈，爱憎分明。她自始至终没有妥协，质问法海，揭露其虚伪与恶毒："还谈什么法旨，关起人在这塔里，一点罪过没有，硬不许她出来，天条就是这样的吗？"① 不同于白素贞跪下苦苦哀求法海，小青气不过，叉着腰，不理睬法海。白素贞索夫不成，回去后叹息，小青却不发愁，认为应当召集水族，杀上金山寺，表现得相当有主见。白素贞被收服后，小青逃走苦练本领，"那时候就可以出头来铲除人间之不公道了"②，她最终报仇，救出了白素贞。

小青对待敌对势力并非完全冷酷，比如对待道士，小青还是很善良的：驾风将道士送到云南地面，一番恐吓后，拿出银子给他；道士自己都没有想到会得到银子，连忙道谢。

法海是封建势力的代表。他强人所难，施展法术逼迫许仙出家，要他知道"老僧能耐"。法海没有慈悲心肠，正如许仙所质问的，端午节他被吓死后，法海为何不去搭救，反而是白素贞冒死盗草。法海不仅捉拿白素贞的理由不充分，甚至冷酷如斯，连婴儿性命都不顾："你这蛇妖，现在你拼命说好话，等我走了，你又大发妖性，四周吃人了。赶快放下儿子，否则，盂钵下去，同归于尽。"③

三

张恨水的《白蛇传》具有深刻的悲剧内涵，通过精彩的细节描写，展现了白素贞和许仙的爱情悲剧，尤其是结尾这一段：

> 一会子工夫，雨也停止了，风也息了，西子湖边，又是好天气。这是月初，天净云空，东边现出大半轮月亮，照见西湖，湖平如镜，苏、白两堤树木，如堆砌的花木，嵌在上天下水空处一样。再看山上的夜景，树木楼阁，由亮处到暗处如淡墨图画，好

---

① 张恨水：《白蛇传》，通俗文艺出版社1955年版，第139页。
② 同上书，第136页。
③ 同上书，第125页。

看之至。

白素贞道:"多久时间,未曾游湖,小妹陪我游览一番吧。还有许多言语,随行随和妹妹谈。"

小青说声好,两人就步上苏堤。这时行人稀少,两人也正好谈话。

白素贞道:"现在又是清明节后,想起当年游湖借伞的事来,简直像梦一般。"

小青道:"不要想他了。"

白素贞道:"我来问你,许家情形如何?"

小青道:"姐姐,你难道忘了关在塔内多少年了吗?"

白素贞道:"我知道的。但是许仙是一个至诚好人,我那士林儿,被教导得好,也是个好人呵!"说着,两眼的泪珠,不住的滴落。①

张恨水说:"倒塔写白氏被关更长一点,许家只略提一笔。因为这是一个悲剧,虽然白氏已救出来了,但仍不失一个悲剧成分。"② 张恨水的小说虽然主题、情节和人物形象与同期其他白蛇传作品没有太大区别,然而他极力渲染爱情悲剧,人物的内心情感描写得更为充分,人物形象也更为真实、感人,这就使得该作品具有较高的艺术价值。

然而他的小说《白蛇传》也存在一些不足之处,如一味丑化法海,使小说中的某些情节相互矛盾。许仙是自行出逃的,白素贞产子满月后,法海到杭州找到许仙,说"老僧终于找到你了"。从这些情节来看,法海这段时间并非是出于人道主义,允许白素贞产子,而是根本就没有找到许仙。然而这与法海的法力不相称,法海如果想要找到许仙,其实是很容易的。小说也没有交代法海的盂钵从何而来,如

---

① 张恨水:《白蛇传》,通俗文艺出版社1955年版,第142页。
② 张恨水:《白蛇传·序》,通俗文艺出版社1955年版,第3页。

果此前便有，他为何不在金山水斗时用盂钵收服白素贞？此外，小说还有因时间处理不当而造成的情节上的纰漏：许仙和白素贞清明时节相逢，很快结为夫妻，他们的药店在苏州开张是七月初一，翌年四月"逐道"、五月"端午惊变"，那么，第一个端午节白素贞是如何过的？小说并没有交代。在很多白蛇传作品中，许和白在一起的时间是一年左右，从清明时节开始，第一个端午节白蛇饮雄黄酒现形；张恨水的《白蛇传》将白、许在一起的时间安排了近两年，却没有交代第一个端午节如何度过。

第九节 积极回应"戏改"的小说：赵清阁的《白蛇传》

赵清阁的长篇小说《白蛇传》完成于1956年元月，同样以反抗封建势力为主题。作者对此阐述得十分清楚："《白蛇传》是一个优美动人、具有高度人民性的神话故事。通过白素贞为了追求婚姻自由、人生幸福，而向封建势力的代表者——法海进行宁死不屈的斗争，反映出人民与封建统治阶级之间的尖锐矛盾，和人民要求自由幸福、反抗封建压迫的坚强意志。"①

一

小说共十二章：游湖、成亲、发配、开店、端阳、盗草、上山、索夫、水斗、断桥、合钵、毁塔。每章标题均为两个字，形式非常整齐——与张恨水的《白蛇传》标题不同，这是受了弹词、戏曲的影响，也可能受到梦花馆主的《全白蛇传》影响。

赵清阁在《白蛇传·前言》中说明，《白蛇传》的创作用了近两

---

① 赵清阁：《白蛇传·前言》，上海文化出版社1956年版，第1页。

年的时间，共写了三稿，修改了五六次。作者除参考有关资料外，还不断观摩各种《白蛇传》戏曲的演出，和文艺界友人进行反复讨论，阅读了当时文艺界有关白蛇传的争论文章，其中1953年《文艺报》第十一号刊载的戴不凡的论文《试论白蛇传故事》，对其创作具有决定性的影响。正是这些集体因素的渗透，赵清阁的《白蛇传》在不断的修改中，丧失了更为引人注目的独特性，故事主旨、情节和人物形象，甚至人物语言与当时大量的白蛇传小说、戏曲有很大雷同，缺乏独具一格的魅力。

与张恨水的《白蛇传》相比，赵清阁的《白蛇传》增加了白素贞拜蕊芝仙姑为师、学习法术、收服小青等，保留了与盗银相关的情节。许仙因盗银案发，被发配至镇江。白素贞盗钱塘县库银的理由是："就向那钱塘县去借。常听见师傅说，人间官府的银钱都是敲诈勒索来的。你我何妨拿些来用用？"[1]这与何迟、林彦《新白蛇传》中的情节极其相似。白素贞对许仙说谎，元宝是先父的俸银；案发后为许仙求情，许仙谅解。许仙被发配镇江，白素贞决定去镇江，因为缺少银子，她再次指使小青偷盗有钱有势的大户人家的银子，并且不在一个地方下手，小青七拼八凑地盗了三四千两银子，去除印鉴记号。这就是二次盗银了。白素贞、小青并不以偷盗库银或大户人家的银子为耻，反而觉得理所当然，具有思想局限性与当时的"革命"逻辑相应和。白素贞被镇压在雷峰塔后，许仙尽管非常悲伤、想念白素贞，常到雷峰塔前凭吊，十年后还与儿子哭塔，然而由于缺少更为细腻、生动的细节描写，因此也缺少了张恨水《白蛇传》那种震撼人心、感人肺腑的艺术感染力——正是这些细节，显出改写者水平的高下。

赵清阁《白蛇传》的主题是反封建，所以其作品尽力美化白素贞、小青、许仙，不遗余力地丑化法海，但主题的高扬却使得小说出现不少情节上的漏洞。如在许仙如何去断桥与白素贞重聚的问题上，不同版本的白蛇传有不同的处理方式。田汉的《金钵记》《白蛇传》

---

[1] 赵清阁：《白蛇传》，上海文化出版社1956年版，第19页。

第四章
政治枷锁下的公式化生产：20世纪五六十年代的白蛇传改写

中，法海容许许仙与白素贞重聚一月，因此令风神送许仙去杭州与白素贞团聚，田汉解释说："法海命风神送许仙到临安去，这样才赶上断桥相会的时间，增加了神话气氛，加强了许仙跟白娘子、小青之间的矛盾误会。这主意是广西桂戏演出时想出来的。北京演出时一度采用了，后来又取消了，于今我还是加上，我觉得这样小青更有理由责备许仙。"[1] 这种处理方式，符合剧情的发展，也使法海尚存一点仁慈之心，然而这一点慈悲之心在反封建的大潮中是不允许浮出水面的。张恨水的《白蛇传》中，许仙逃出金山寺后被南极仙翁送到杭州，张恨水的笔法较为老练，既考虑时间安排的合理性，又不给法海"留面子"。赵清阁的处理方式则欠妥，许仙被小沙弥放出后，先是回到保和堂，再买舟南下，尽管是"快船"，可是若非有神人相助，如何便能快速抵达杭州？显然在时间处理上不妥。另外，为了表现正义一方（白、青）的强大，突出封建势力一方（法海）的无能，小说赋予白、青以强大法力，白、青与法海打斗时，法海的禅杖和蒲团两件法宝都被白素贞破了，以致法海被吓得赶紧走开；小说写白素贞和小青寻找许仙，也如入无人之境。既然法海不是对手，那么她们回去后就没有必要发动水族来淹金山寺。夸大了白、青法力，明显与小青的某些说词相矛盾："法海本事不小，你我除非发动水族作战，恐怕很难制服他的。"[2]

赵清阁《白蛇传》的结局非常庸俗。张恨水《白蛇传》的结尾，数百年后小青救出白素贞，但许仙和孩子早已不在人世，白素贞想念他们，不禁落泪。赵清阁《白蛇传》结尾则写十年后许仙和儿子哭塔，他俩刚走小青就来了。小青打败塔神，毁掉雷峰塔，救出了白素贞："只有雷峰塔成了一堆废墟，永远地成了一堆废墟！白素贞和小青胜利地笑了。"[3] 这种处理使白素贞一家能够团聚——尽管小说没有画蛇添足地予以描写，但"光明的小尾巴"令人质疑。《白蛇传》本

---

[1] 田汉：《〈白蛇传〉序》，《田汉文集》第10卷，中国戏剧出版社1983年版，第441页。
[2] 赵清阁：《白蛇传》，上海文化出版社1956年版，第93页。
[3] 同上书，第130页。

身是个爱情悲剧，不论结局如何圆满，作为一对恩爱夫妻，白、许被分开毕竟是个悲剧，大团圆的处理方式显然削弱了其感染力。

二

赵清阁的《白蛇传》在人物处理上明显存在简单化倾向，在法海形象塑造上尤其突出。法海是"阴险残酷的封建统治者"，顽固地认为白素贞私自下山，混迹人间败坏风化，就连她施药疗疫也成了"惑众取宠"的罪责，所以决意拆散白素贞和许仙的美满婚姻。作者首先从外貌上对法海进行丑化并直接使用大量贬义词来形容法海的丑陋：大模大样、盛气凌人、鬼头鬼脑、纵声大笑、故作惊讶、狡黠、狰狞、冷酷无情、半闭着眼睛、得意而又傲慢、恶毒、气势汹汹、悻悻然、忿忿然，等等。作者更以直露的笔法暴露法海的罪恶："他虽然口念弥陀，居心却似虎狼；平日只仗着他的魔道诈取那些善男信女的香火钱，从不做什么于民有利的好事。"①

小说开头写法海并不想加害白素贞，只是要拆散白、许婚姻，要她回峨眉山。可是金山水斗后，法海收服白素贞的理由却变成了维护自己的威信和地位。法海的法力不够强大，难以制服白素贞，于是决定暂时任由许仙逃跑，也任由许仙和白素贞再到一起，自己径往灵山去取金钵。许仙扑在地上恸哭，法海冷笑着嘲讽许仙："这金钵里面一条小小白蛇，就是你那恩爱的妻子！"②法海如此歹毒，就连其他僧人也对他不满。小沙弥是一个老实善良的孩子，在庙里没有地位，常常挨打受气，他说："出家原不如在家好，所以一个人但凡有办法，谁也不愿当和尚。"③

作者对法海的批判过于直露，缺少含蓄的笔触，如：

---

① 赵清阁：《白蛇传》，上海文化出版社1956年版，第38页。
② 同上书，第123页。
③ 同上书，第81页。

第四章

政治枷锁下的公式化生产：20 世纪五六十年代的白蛇传改写

法海狡猾地笑了笑。①

法海终于说出了自己的罪恶目的。②

"哈哈哈！"法海忽地睁开眼睛，狞笑着说："许施主真是糊涂！你那妻子身为蛇精，腹内的胎儿自然也是妖畜！你让一个妖畜承继香烟，岂非笑话？"③

法海看见许仙生气了，又阴险委婉地说……④

"含蓄"是优秀作品的特点之一，朱光潜说："就常例说，作品的艺术价值愈高，就愈有含蓄。含蓄的秘诀在于繁复情境中精选少数最富于个性与暗示性的节目，把它们融化成一完整形象，让读者凭这少数节目做想象的踏脚石，低徊玩索，举一反三。着墨愈少，读者想象的范围愈大，意味也就愈深永。"⑤赵清阁的直露笔法显然是担忧读者不能领会法海的罪恶，当然这也是政治意识的干扰。

白素贞的形象则如赵清阁自己所概括的，"热情、智慧、坚强、勇敢的女性，她为了追求美好的理想而不惜牺牲一切"。⑥白素贞从师父蕊芝仙姑那里听到不少人间故事，逐渐懂得人世间生活的温暖，感觉岩穴生活枯燥无味，向往人间生活。她对人类怀有深深的爱，治病救人，怀孕之后依然辛苦地为大家看病，被许仙赞为赛过观音大士。她主动追求爱情，对爱情坚贞，为救许仙冒死盗草，与法海大战。尽管为救许仙她发动水族水漫金山寺，然而并未对镇江居民造成伤害。

小青的形象得到进一步美化，不仅忠心耿耿，而且具有坚强的斗争精神，机智多谋，具有高度的警惕性。小青曾建议白素贞在端午节一早悄悄出去躲避。金山水斗后，白素贞和许仙完全忘记往事，对危险失去警惕，沉湎在甜蜜的幸福里。小青则提醒白素贞不能麻痹大

---

① 赵清阁：《白蛇传》，上海文化出版社1956年版，第77页。
② 同上。
③ 同上书，第79页。
④ 同上。
⑤ 朱光潜：《具体与抽象》，《谈文学》，安徽教育出版社2006年版，第127页。
⑥ 赵清阁：《白蛇传·前言》，上海文化出版社1956年版，第2页。

意，认为法海对许仙逃出金山寺必不甘心，建议白素贞回峨眉山请师傅下山除掉法海，那时永留人间就可以安心了。

  小青的斗争精神非常坚决，没有丝毫妥协。许仙上金山寺，白素贞伤心难过，小青鼓励她要振作："姐姐不要难过，振作起精神来，报仇要紧。那法海秃驴，挂着佛门招牌，为非作歹，实在是罪大恶极，若不把他除掉，后患无穷！"她还催促白素贞早早安排战斗事宜："走吧，姐姐！事不宜迟，早早去安排了也好动手。"① 法海到杭州来收服白素贞时，小青先前在外面已被法海打败，然而她又匆匆跑进来继续战斗。白素贞被法海收服时，小青在力量不敌的情况下依然坚持战斗，白素贞劝她不可莽撞，要日后报仇，小青冷静地想了想，与其同归于尽不如保全自己，也好设法营救白素贞，因此顺从地点了点头，逃走修炼，十年后终于报仇。

  在许仙身上，作者强化了他对爱情忠贞的一面。许仙忠厚老诚，起先对爱情动摇，后来逐步认清法海的面貌，坚决站在白素贞一边。端午节前，许仙本想把法海的话告诉白素贞，然而怕她气恼，没有相告。端午节许仙劝白素贞喝雄黄酒，也并不是为了验证白素贞是否为蛇妖，而是因为他和伙计们喝醉了，想到白素贞平日喝酒海量，加之端午节有饮雄黄酒的习俗，所以再三相劝，这表明许仙对造成白素贞现形事件是无意的。许仙去金山寺并不是为了躲避白素贞，而是因为被法海纠缠，脱身不得；他本想到金山寺烧香后就回家，打发了法海，免得他再到家里找麻烦，惹出许多是非来，同时许仙也觉得法海不寻常，怕得罪他会有不便。白素贞在金山寺与法海大战，许仙已经稍微明白了白素贞的来历，可是念及夫妻之情，他对白素贞产生了一种怜恤的感情，对法海的为人也彻底了解。许仙认为，白素贞纵然是妖，也比法海善良得多，他非常担心白素贞的安危，因此逃出后他主动去找白素贞。断桥重逢，许仙完全没有把白素贞和小青是妖是人一事放在心上，还像往常一样，天真热情地拉住白素贞，高兴得眉飞色

---

① 赵清阁：《白蛇传》，上海文化出版社1956年版，第94页。

第四章
政治枷锁下的公式化生产：20世纪五六十年代的白蛇传改写

舞。法海到杭州来收服白素贞，许仙已完全站在法海的对立面，勇敢地反抗，甚至扑上去用头撞法海。许仙知道白素贞是蛇精后，非但没有一点儿反感，反而觉得白素贞和小青都是善良的义妖，是人间少见的贤德女子，更加敬爱她们，也更加想念白素贞。

小结　政治意识形态造成改写的公式化弊端

1949年后，随着新政权的建立和巩固，政治对文学显示出强大的干预力量，"政治标准第一""文学为政治服务"成为文学创作的"不二法门"，文学批评和创作去除了"个人"标签，打上了国家和集体的政治烙印。主流意识形态的强力介入是这一阶段白蛇传改写区别于既往的最为明显的特点。韦勒克和沃伦曾论述过苏联政府对于文学创作的影响，这种评价也非常契合当时中国的文学创作实际："我们难于过高地估计前几十年极权主义国家对文学的有意识的影响。这种影响有消极方面的压制、焚书、审查、停办和惩戒等，也有积极方面的鼓励'血与土'的乡土主义或苏联的'社会主义现实主义'。国家无法成功地创立一种既符合意识形态上的要求，又不失为一种伟大艺术的文学。但这一事实仍然否定不了政府制定的文学法规能给那些与官方的规定自愿一致或勉强一致的文人提供创作可能性的看法。因此，苏联的文学至少在理论上又变成一种公社式的艺术，那里的艺术家再度与社会结合成为一体。"[1]

在政治严重干扰文学的时代氛围中，五六十年代白蛇传改写呈现出迥异于其他时代的鲜明特点：

第一，集体改写的特点非常明显，很多作品的署名就是"集体"，

---

[1] [美]勒内·韦勒克、奥斯汀·沃伦：《文学理论》，刘象愚等译，江苏教育出版社2005年版，第108页。

如川剧《白蛇传》由前重庆市戏曲曲艺改进会集体整理。即使那些署名为"个人"的作品，也是集体参与的产物，作者在改写中必须服从政治的指挥棒，要充分考虑群众的意见，根据群众意见构思、修改，如田汉就明确说《白蛇传》是"好些人"在一块儿磨出来的，剧本在周扬的帮助下经过多次修改；赵清阁也明确说她在改写时除参考有关资料外，还不断观摩各种《白蛇传》戏曲演出，和文艺界友人进行反复讨论。广益书局、民众书店出版的"民众通俗读物"的《总序》中明确追求"集体性的创作"："渴望各地的文艺工作者和爱好通俗文艺的读者，多多地给我们指示意见，以便修订。并希望每一种书能够于再版时都有一些改进，使得本丛书逐渐地成为'集体性的创作'，成为完美的'定型本'。"① 这种集体因素还表现为改写者借鉴同期其他白蛇传作品，故而不同的改本之间会出现情节、人物台词的雷同，最明显的就是豫剧《白蛇传》，它是王景中根据田汉剧作略加改动而成。个体匍匐在时代政治和集体巨人脚下，缺少了充分的创作自主性，作品势必主题相同，情节、人物相似，千篇一律。

  曹禺曾经指出观众对编剧的影响："至于观众能影响编剧，更是显然的，因为戏是演给观众看的，剧作者对观众的性质若不了解，很容易弄得牛唇不对马嘴。台上的戏尽管自己得意，台下的人瞠目结舌，一句也不懂，这样的戏剧是无从谈起的。"② 编剧当然不能脱离群众，但是若从撇开群众走到听命群众的极端，同样难以产生优秀的作品。五六十年代，群众对于编剧的"影响"是相当大的，几乎"左右"编剧，如曹聚仁所说的"观众批准"与"加工"："今日很流行'观众批准'和'加工'两个术语，他们是观众的教师，观众也是他们的指导人，他们接受了群众的意见来把戏曲加工……"③ 剧作家若要完全听从于群众而剔除了个人的独特见解，使自己的个性泯灭，则

---

① 姚昕编撰，江栋良绘图：《白娘子·总序》，广益书局、民众书店1950年版。
② 曹禺：《编剧术》，《曹禺全集》第5卷，花山文艺出版社1996年版，第141页。
③ 曹聚仁：《"观众批准"与"加工"》，《人事新语》，生活·读书·新知三联书店2007年版，第376页。

第四章
政治枷锁下的公式化生产：20世纪五六十年代的白蛇传改写

无疑是艺术创作的悲哀。集体创作、改写使得文学作品失去独特性，公式化、概念化的倾向严重。剧作家夏衍说过："公式、概念、面谱，是艺术工作者的不能妥协的敌人。我们必须挣脱这些东西，而创造出清新丰富、使人感动的作品。"① 正如罗丹所严厉批评的，"拙劣的艺术家永远戴别人的眼镜。"②

文学创作不可能不受时代政治因素的影响，但创作决不能听命于政治。作家创作要以人、人类的整体利益为出发点，撇开狭隘的党派政治观，完全顺从时代政治只会淹没个人的思想。卡莱尔在谈但丁时说："归根结底，诗乃依据于思想的力量，正是一个人见解的真诚和深刻，使他成为一个诗人。"③ 作家甚至应该做时代的"敌人"，托马斯·曼在《我的时代》一文中说："我的时代！对于它，我有权这样说，我从来没有曲意奉承，而且，无论在艺术上、政治上、道德上从来没有对它卑躬屈节。当我在自己的作品里反映它的时候，大多数情况下，我是处在与它对立的立场的。"④ 这些论者都强调了作者不能顺从时代，如此写出来的作品才会有更为独特、深刻的思想力量。

就这一阶段的白蛇传改写来说，改写者们完全顺从时代，故而没有出现独特的作品。理想的状态是"百花齐放"，不同的作者在作品中显示出不同的个性，适合不同观众的需要，因为观众本身也不是铁板一块。王朝闻说："且不说不同时代、不同民族、不同阶级的审美需要的差别，怎样反作用于文艺创作的形式、风格的多样化，从而形成某一种文艺形式历史的变革，这是艺术史的研究对象。单说每一个人，喜欢什么与不喜欢什么，也不是一成不变的，因而固定不变、整齐划一的欣赏对象，不可能完全适应群众那发展着的需要。"⑤ 这种理想状态在当时注定难以实现。

---

① 夏衍：《夏衍论创作》，上海文艺出版社1982年版，第539页。
② [法]罗丹口述：《罗丹艺术论》，葛塞尔记，沈琪译，人民美术出版社1978年版，第5页。
③ [英]卡莱尔：《英雄和英雄崇拜》，吕霞译，上海三联书店1988年版，第134页。
④ 崔道怡等编：《"冰山理论"：对话与潜对话》下册，工人出版社1987年版，第793页。
⑤ 王朝闻：《寓教育于娱乐》，《文学评论》1979年第3期。

第二,"钦定"的主题——反封建,批判以法海为代表的封建统治势力,颂扬以白蛇、青蛇为代表的人民群众的反抗精神。1949年后,新的时代精神得到大张旗鼓的宣扬,阶级斗争、反帝反封建无疑是这种时代精神的具体化,具体到戏曲改革所要做的就是"推陈出新",肯定"新"否定"旧",将阶级斗争理论贯穿于其中。过于强调"新",强调阶级斗争的合理性,使得白蛇传的丰富、复杂内涵被简单的阶级斗争所取代,阶级斗争的二元对立思维显然是对复杂人性内涵的简单化处理。如有论者批评的:"那种强调阶级斗争无所不在,把阶级斗争贯穿于戏曲创作一切题材的理论和实践,曾使现代戏产生大量概念化作品,历史题材的创作和传统剧目的改写,也因必须以'阶级斗争为纲'而走入反历史主义的死胡同。这种错误的作法,还长期被认为是'推陈出新'。其实,这种'出新'恰恰降低了对社会生活(包括历史生活)的认识理解作用,把无比复杂生动的社会生活简单地归结为一种僵化的公式。"①

激进主义的烈火往往会焚掉人类积淀的文明之花,甚至那些已被确认的永恒的因素,比如人性。韦勒克、沃伦就曾指出过于强调"时代精神"会造成的弊端:"'时代精神'的概念也常常给西方文明连续性的概念带来灾难性的后果:各个时代的特征被想象得太分明,太突出了,以致失去了连续性,这些时代的革命被想象得太激进了,这样,那些'精神学家们'最终不仅会陷入地道的历史相对主义(这个时代与那个时代一样好),而且还会陷入个性与独创性的虚假概念中。这就会忽略人性、人类文明与艺术中那些基本的、不变的东西。"②

时代的变化固然会带来时代精神的某些变化,然而并不意味着全盘抛弃既往,否定与继承是并存的。郑宪春说:"时代精神毕竟是以时间为限的一种民族或人类的文化心理现象,随着时间的流逝,时代精神也会发生质与量的变化。戏剧的思想内容与观众的审美理想,就

---

① 张庚、郭汉城主编:《中国戏曲通论》,上海文艺出版社1989年版,第665页。
② [美]勒内·韦勒克、奥斯汀·沃伦:《文学理论》,刘象愚等译,江苏教育出版社2005年版,第137页。

第四章
政治枷锁下的公式化生产：20世纪五六十年代的白蛇传改写

会受到严重的挑战","要调整旧的戏剧与新的观众之间业已倾斜的心理天平，就只能用改编来实现新的心理平衡，用新的创作达到新的平衡。改编就是否定，即在原有的戏剧形象上注入一些新的精神。自然，否定中也有继承，对于原作中具有普遍意义的戏剧精神，改编者总是尽量予以保留，并在可能的条件下，使之发扬光大。"[1] 正如米兰·昆德拉所说："小说的精神是持续性的精神：每一部作品都是对前面的作品的回答，每个作品都包含着小说以往的全部经验。但是，我们时代的精神却固定在现时性之上，这个现时性如此膨胀，如此泛滥，以至于把过去推出了我们的地平线之外，将时间缩减为唯一的当前的分秒。小说被放入这种体系中，就不再是作品（用来持续，用来把过去与未来相接的东西），而是像其他事件一样，成为当前的一个事件，一个没有未来的动作。"[2] 五六十年代的白蛇传改写，在激进的语境中强调激进，在否定的思维中强调否定，由此使得作品沦为阶级斗争的诠释工具。

第三，相似的情节——淡化白蛇和许仙（许宣）之间的矛盾，增强法海一方与白、许一方的矛盾，渲染白、许之间的恩爱，暴露法海一方的腐朽、残忍和歹毒。服务于反封建主题和美化白蛇形象的需要，"水漫金山"普遍增加了白蛇筑堤保护镇江居民的情节，有些作品干脆只写水淹金山，对水淹镇江居民之事绝口不提。有的作品虽以白蛇被镇压在雷峰塔下收场，暴露封建势力的腐朽和残忍，但普遍情况则是写青蛇来毁塔，打败法海或者塔神，救出白蛇，以体现人民的革命乐观主义精神；很多作品出于凸显正义力量强大的缘故，写小青仅仅经过十几年（或更少）就打败法海救出白蛇。无一例外的是，白蛇之子中状元祭塔、白蛇出塔升仙等情节均被删弃，因为那意味着对封建势力的妥协。服务于反封建主题，不少作品更因极力丑化法海而出现情节上的矛盾之处，难于自圆其说；种种情节矛盾，在当时的

---

[1] 郑宪春：《中国文化与中国戏剧》，湖南人民出版社2007年版，第262页。
[2] ［捷］米兰·昆德拉：《小说的艺术》，孟湄译，生活·读书·新知三联书店1992年版，第18页。

作品中很普遍，这固然与作者考虑不周全有关，然而更多的是受到时代政治的干扰所致。

第四，人物形象塑造——二元对立，非此即彼，缺少性格的复杂性。这一时期绝大多数作品都极力丑化法海，美化白蛇，彰显青蛇的斗争精神，而淡化许仙（许宣）的薄情行为。

为了美化白蛇，很多作品甚至剔除"水漫金山"对镇江人民造成的灾难，白蛇不但毫无过错，还救苦救难，像观世音一样受人敬仰、爱戴，这完全有悖于故事发生的社会环境，其形象虽然高大、完美，然而给人不真实的感觉。老舍就批评过塑造人物性格时夸张过度的现象："我们不要太着急，想一口气把人物作成顶合自己理想的；为我们的理想而牺牲了人情，是大不上算的事。比如说革命吧，青年们只要有点知识，有点血气，哪个甘于落后？可是，把一位革命青年写成一举一动全为革命，没有丝毫弱点，为革命而来，为革命而去，像一座雕像那么完美；好是好了，怎奈天下并没有这么完全的人！艺术的描写容许夸大，但把一个人写成天使一般，一点都看不出他是由猴子变来的，便过于骗人了。"① 老舍的批评发人深思，联系时代政治氛围，白蛇的完美人格无疑是理想革命者的投射。

作为封建势力的代表，法海被极力丑化，罪大恶极；法海的形象与白蛇一样，都存在缺陷，完全的恶毒与十足的美好都过于简单化、表面化，坪内逍遥说："在创造这些人物时，如果不能深刻写出这种善人也还有烦恼，这种恶人也还有良心，在他们采取行动之前仍会有所迟疑逡巡，那么这种描写必然停留于表面状态，还不能说是达到逼真的境地。"② 王朝闻也曾批评过人物"类型化"的现象："从文艺的艺术性和思想性的关系来考察，某些图解观念的创作意图，某些把好人写成一看就是好人，把坏人写得一看就是坏人，这种类型化的形象，既缺乏艺术性，也是作者思想贫乏的表现。"③

---

① 老舍：《人物的描写》，《老舍全集》第16卷，人民文学出版社1999年版，第247页。
② ［日］坪内逍遥：《小说神髓》，刘振瀛译，人民文学出版社1991年版，第52页。
③ 王朝闻：《寓教育于娱乐》，《文学评论》1979年第3期。

第四章
政治枷锁下的公式化生产：20 世纪五六十年代的白蛇传改写

在塑造许仙（许宣）的形象上，作品通常写他起先轻信、懦弱，向法海妥协，后来逐渐觉醒，坚决反对法海。王蒙曾就法海、白蛇、许仙（许宣）的形象发表过自己的看法："新中国成立以后，爱憎更加分明了，白、青蛇成了正面人物，和尚成了反动派，而许仙是中间人物，合乎我们的政治模式。不知是不是受了阶级斗争理论的影响，新中国成立后的各种剧种的《白蛇传》，无一不是扬白（蛇）贬法（海）嘲许（仙）的。许仙愈来愈像一个动摇分子、右倾机会主义分子的典型了。可以看许仙而思陈独秀了。……白、许、法是三种色彩。"[①] 王蒙并没有全面、深入研究过白蛇传，实际上，1949 年后的白蛇传戏曲中，为了显示法海的罪恶，许仙也开始勇敢地反对法海，许仙不再是"动摇分子"。在相当多的作品中，许仙的斗争精神也极为勇敢，有的作品甚至将其斗争精神描写到极致——为救白蛇与法海抗争而被打死，这样，他当然不是被嘲笑的对象，白、许、法不是"三种色彩"，而是"只有黑白分明的两种色彩"。

青蛇的斗争形象得到充分展示，在以"胜利"结尾的白蛇传作品中，青蛇是对敌斗争的胜利者，毁掉雷峰塔，救出白蛇。为了强调青蛇的斗争精神，一些作品甚至无意中走到了反面，青蛇滥杀无辜，不加区别地要将和尚全部消灭。

第五，创作者的主观态度过于暴露，损害了作品的含蓄之美。恩格斯曾一再强调创作要避免情感的过分宣扬："我认为倾向应当从场面和情节中自然而然地流露出来，而不应当特别把它指点出来。"[②] "作者的见解愈隐蔽，对艺术作品来说就愈好。"[③] 五六十年代的白蛇传改写，具有强烈的政治化色彩，"爱憎鲜明""立场明确"是作者必须注意的，作者有意识地引导读者认识到作品的情感倾向，常常在作

[①] 王蒙：《〈白蛇传〉与〈巴黎圣母院〉》，《读书》1989 年第 4 期。
[②] 《恩格斯致敏·考茨基》，《马克思恩格斯选集》第 4 卷，人民出版社 1973 年版，第 454 页。
[③] 《恩格斯致玛·哈克奈斯》，《马克思恩格斯选集》第 4 卷，人民出版社 1973 年版，第 462 页。

品中使用褒贬分明的语词来形容人物的言行，或者赤裸裸地加以议论，凸显作者的声音。最明显的例子就是赵清阁的小说《白蛇传》，作者在描写法海时使用大量贬义词来暴露法海的丑陋，如盛气凌人、鬼头鬼脑、狡黠、狰狞、冷酷无情、恶毒、气势汹汹、悻悻然、忿忿然等，还时常站出来表露自己的情感态度。李健吾在评论《上海屋檐下》时说过这样一段话："然而误于艺术的宣传性，我们一般现实主义的作家难免倾向虚伪的夸张，很少如赫危斯所云，把现实主义看作材料的真实的处理。憎恶中产阶级，福楼拜不允许热情溢出正确的形容以外。一个现实主义者的胜利，正在他一丝不走地呈现出性格与关系，好让读者修改那必须删剔的东西。无论是集中式，无论是自然式，他的观察与表现必须同时公正。现实主义者不自私，他服役于全人类。"①作者过于注重情感倾向的表露，无疑会干扰人物塑造的"公正"，出现"虚伪的夸张"。

第六，文学批评受到政治的严重干扰，批评被政治所左右，呈现出非学理化倾向。在这种情势下，批评很难发挥应有的功能，其对文学创作的指导很大程度上不是"艺术的"指导，而是"政治的"指导。文学批评的重要性自不待言，田汉在戏曲改革时曾这样强调："理论批评是指导和推动戏剧发展的重要力量。要有好剧本、好演出，不能不期待好的批评文字。"②然而，五六十年代的文学批评非但不能"尽职"，反而成为文学的羁绊。就如陈白尘在《太平天国·序》中所说："不能不令我感到灰心的，是我们的戏剧批评家，一个剧作者要想从戏剧理论家与批评家那里得点创作上之指导，真比上天还难。他们的工作除了鉴定一个剧作者属敌属友，而分别给以或压或捧之外，好像就无所事事。而他们所知道的仿佛也仅是一顶高帽子与一套术语罢了。"③

---

① 李健吾：《李健吾戏剧评论选》，中国戏剧出版社1982年版，第28—29页。
② 田汉：《快马加鞭发展话剧》，《人民日报》1959年3月19日。
③ 陈白尘：《太平天国·序》，转引自田本相《现当代戏剧论》，江西高校出版社，第238页。

第四章
政治枷锁下的公式化生产：20世纪五六十年代的白蛇传改写

在"戏改"浪潮中，评论界关于白蛇传的文章几乎都强调作品的政治倾向，如戴不凡的《评"金钵记"》等，"政治标准第一"成为判定一切作品的圭臬。然而真正的文学批评应该剔除狭隘的政治观，秉持公正、无私的态度，朱光潜说："思想上只有是非，文艺上只有美丑。我们的去取好恶应该只有这一个标准。如果在文艺方面，我们有敌友的分别，凡是对文艺持严肃纯正的态度而确有成就者都应该是朋友，凡是利用文艺作其他企图而作品表现低级趣味者都应该是仇敌。至于一个作者在学术、政治、宗教、区域、社会地位各方面是否和我相同，甚至于他和我是否在私人方面有无恩怨关系，一律都在不应过问之列。"① 真正的批评者也应该如刘西渭所言："他不是一个清客，伺候东家的脸色；他的政治信仰加强他的认识和理解，因为真正的政治信仰并非一面哈哈镜，歪曲当前的现象……他明白人与社会的关联，他尊重人的社会背景；他知道个性是文学的独特所在，他尊重个性。他不诽谤，他不攻讦，他不应征。属于社会，然而独立。"②

由于极左政治环境，尽管白蛇传的改写普遍存在缺陷，却鲜有人敢于站出来批评。若说当时没有真正的批评者似乎也不准确，许多年后，《傅雷家书》问世，人们才明白在那个满目皆是指鹿为马的、唯唯诺诺者的时代中，有个指鹿为鹿的谔谔之士，这就是傅雷。1962年3月8日，傅雷陪母亲看了"青年京昆剧团赴港归来汇报演出"的《白蛇传》，写下这样最为真实的感受：

> 剧本是田汉改编的，其中有昆腔也有京腔。以演技来说，青年戏曲学生有此成就也很不差了，但并不如港九报纸捧得那么了不起。可见港九群众艺术水平实在不高，平时接触的戏剧太蹩脚了。至于剧本，我的意见可多啦。老本子是乾隆时代的改本，倒颇有神话气息，而且便是荒诞妖异的故事也编得入情入理，有曲

---

① 朱光潜：《文学上的低级趣味（下）》，《谈文学》，安徽教育出版社2006年版，第38页。
② 刘西渭：《咀华集序一》，《李健吾文学评论选》，宁夏人民出版社1983年版，第3页。

折有照应，逻辑很强，主题的思想，不管正确与否，从头至尾是一贯的、完整的。目前改编本仍称为"神话剧"，说明中却大有翻案意味，而戏剧内容并不彰明较著表现出来，令人只感到态度不明朗，思想混乱，好像主张恋爱自由，又好像不是；说是（据说明书）金山寺高僧法海嫉妒白蛇（所谓白娘娘）与许宣（俗称许仙）的爱情，但一个和尚为什么无事端端嫉妒青年男女的恋爱呢？青年恋爱的实事多得很，为什么嫉妒这一对呢？总之是违背情理，没有 logic，有些场面简单化到可笑的地步：例如许仙初遇白素贞后次日去登门拜访，老本说是二人有了情，白氏与许生订婚，并送许白金百两；今则改为拜访当场定亲成婚：岂不荒谬！古人编神怪剧仍顾到常理，二十世纪的人改编反而不顾一切，视同儿戏。改编理当去芜存菁，今则将武戏场面全部保留，满足观众看杂耍要求，未免太低级趣味。倘若省略一部分，反而精彩（就武功而论）。"断桥"一出在昆剧中最细腻，今仍用京剧演出，粗糙单调：诚不知改编的人所谓昆京合演，取舍根据什么原则。总而言之，无论思想，精神，结构，情节，唱词，演技，新编之本都缺点太多了。真弄不明白剧坛老前辈的艺术眼光与艺术手腕会如此不行；也不明白内部从上到下竟无人提意见：新中国成立以来不是一切剧本都走群众路线吗？相信我以上的看法，老艺人中一定有许多是见到的；文化部领导中也有人感觉到的。结果演出的情形如此，着实费解。报上也从未见到批评，可知文艺家还是噤若寒蝉，没办法做到百家争鸣。①

傅雷直陈剧本之弊端，直指弊端之根源。在一味强调"出新"的戏曲改革中，人们迷失在狂热的薄古厚今的激进语境里，当赤色的沙尘暴远去，人们才看清彼时的真面目。傅雷之语对于重新认识戏曲改

---

① 傅敏编：《傅雷家书》（增补本），生活·读书·新知三联书店 1981 年版，第 312—313 页。

第四章
政治枷锁下的公式化生产：20世纪五六十年代的白蛇传改写

革，具有极大的意义和警示作用。

值得一提的是，在20世纪五六十年代，政治的干预力量总是与作家内心的审美要求发生或大或小的冲突，一些作家虽然也会主动去迎合主流意识形态，让自己的创作符合时代的政治需要，但与此同时，一个作家的艺术修养和审美情趣却不是那么容易被政治标准改变的，也就是说，他们多少仍会在创作中固守一些自己的艺术理想。迎合当然是有意识的，而固守则更大程度上是无意识的。正是在这种有意识的迎合与无意识的固守之间，存在着隐秘的缝隙和矛盾。这一时期的白蛇传作品常常出现情节纰漏、前后矛盾、人物形象反复无常等弊病，很大程度上正是缘于作家内心这种隐秘的挣扎与矛盾。

第五章

众声喧哗：20 世纪 70 年代以降我国港台地区及海外的白蛇传改写

20 世纪 70 年代，与中国大陆的政治对文学的严重干扰不同，台湾、香港地区的创作自由度相对较大，台湾地区首先打破了白蛇传改写的阶级斗争主题。台湾、香港地区的白蛇传改写非常活跃，甚至海外作家也加入到改写的行列之中，由此产生数量众多的白蛇传作品。无论是作品的数量还是艺术水准，远远超越大陆近些年对白蛇传的改写。这些改编作品，主题多变，体裁多样，风格繁复，体现了较高的艺术水准。

第一节 祭坛上的呐喊：大荒的长诗《雷峰塔》

大荒的长诗《雷峰塔》完成于 1973 年，连载于《幼狮文艺》1974 年第 4 期至第 9 期。作品主要采用自由诗体，并参合古体诗，在必要的叙述部分采用散文语言。作品在结构上分为序诗、尾声及主体部分的十五章，每一章均有两字的标题：变形、出山、结缘、定亲、波折、成婚、瘟疫、端阳、疗惊、吞符、遭火、色诱、檀引、决斗、生灭。

第五章
众声喧哗：20世纪70年代以降我国港台地区及海外的白蛇传改写

一

长诗《雷峰塔》的内容情节大致如下：

"序诗"奠定了作品的悲剧基调，质疑镇压白蛇的雷峰塔："不藏经卷，不厝佛骨，/七级宝塔是七重地狱，/活埋一个悲剧/雷峰夕照乃有一抹凄艳！"[1]"地狱""活埋""凄艳"等语词撕破了所谓的佛教正义的面纱。

第一章"变形"写白蛇厌恶自己的"身世"，不甘于重复地过着捕食和被食的生活，对人类的命运产生羡慕之情。春天到来，白蛇出洞，与原本单纯、乐观的小青蛇展开对话。小青蛇躲过老鹰的袭击后对命运有了感触，愿意和白蛇一道冒险，来到峨眉山修炼。

白蛇和青蛇的关系与以往的作品不同，两者没有征服与被征服的关系，它们是在未修炼之前结识的，出于对命运的感慨而一同修炼。

第二章"出山"写白蛇、青蛇修炼成人形，白蛇自名"白素贞"，为青蛇取名"青青"，人性日增，物性日减。她俩在修炼过程中遇到黑鱼精修炼成的"黑风仙"，后来白、青向黑风仙辞行，黑风仙劝阻，白、青不听，执意前往临安。

第三章"结缘"写青青为白素贞做媒，作法行雨，白素贞搭乘许宣的船，借伞而归。

第四章"定亲"写青青做媒，白、许定亲，白素贞给许宣银子。与此前作品的"盗银"不同，银子是裘王的地藏，是在废墟中发现的，这样改写弱化了白、青的妖性。

第五章"波折"写许宣因白素贞赠送的银子获罪。与此前作品的不同之处是，太守知道赃银是裘王监守自盗，欲了结此案，何立诉说妖怪之事，许宣虽然有破获赃银之功，但是也有伤害官兵之过，于是被发配苏州。

第六章"成婚"沿袭此前作品的情节，写李仁托老友押司范院长

---

[1] 大荒：《雷峰塔》，《幼狮文艺》1974年第4期，第185页。

帮忙除掉许宣的狱籍，许宣得以假释，在王敬溪店中管账。白、青来找许宣，许宣起初埋怨白素贞，白素贞解释说曾跟异人学法。在王敬溪夫妇的劝解下，两人和好并完婚。

第七章"瘟疫"写青青建议开药店，昆山发生瘟疫。白素贞变卖首饰作资金，开了药店"仙济堂"，不以金钱为重，竭力治病救人。

第八章"端阳"包括端午惊变和仙山盗草两部分。白素贞饮酒完全是因为许宣出于庆贺端午节的原因，而不是像此前作品所写的那样许因怀疑白素贞的身份才劝她饮酒。白素贞盗草的情节也与此前的作品有所不同，白素贞是凭借自己的力量侥幸逃脱，而不是被南极仙翁救助。八卦连环阵一段，基本袭用子弟书《雷峰塔》[①] 卷中"阵险"原文。

第九章"疗惊"写白素贞以白绫变蛇瞒过许宣，掩饰真相。

第十章"吞符"与其他作品中的"逐道"情节基本相同。不同之处是，道士造谣说白素贞散瘟，许宣内心强烈挣扎着，非常恐惧。

第十一章"遭火"写白素贞散瘟的谣言传开来，受到一些无赖的骚扰，白素贞决定搬家。王敬溪介绍镇江的李克用员外，一些无赖半夜放火烧房子，三人收拾东西逃往镇江。而此前的多数白蛇传作品中，白、许去镇江是因为白蛇盗宝，许受到牵连被发配镇江。

第十二章"色诱"写许宣在李克用的生药铺帮忙，李克用的丫鬟秋菊引诱白素贞到望江楼，李克用欲谋不轨，白素贞变作其妻模样怒骂，李克用跌倒昏过去。不同之处是，白素贞将楼诱事件告诉许宣。

第十三章"檀引"，即其他作品中的"化檀"，增加了李克用请法海消灾避祸的情节，由此，法海知道了白素贞是妖。许宣送檀香去金山寺，法海要求许宣出家，白、青到金山寺寻许宣。

第十四章"决斗"写白、青来到金山寺要法海放人，法海不肯，于是发生冲突。白、青水漫金山，淹死无数生灵，最终战败，白素贞因身怀文曲星而逃脱。

[①] 清光绪三十一年（1905 年）盛京老会文堂刻本。

第五章
众声喧哗：20 世纪 70 年代以降我国港台地区及海外的白蛇传改写

第十五章"生灭"写法海失败后心灰意冷，认为要来的挡不住，索性助许宣，一阵风将其送至西湖。白、许断桥重逢后投奔李仁，白素贞在李仁家产下婴儿，取名士麟。

半个月过去，法海来到。在白素贞的要求下，青青带着婴儿逃走。许宣求情，看见白素贞化蛇后，无比痛心，要与法海拼命。法海要许宣出家，许宣不肯，许宣在雷峰塔边搭一草棚居住，陪伴妻子，等候儿子。"断桥重逢"去掉了青蛇要杀许宣的情节。

尾声批判"人心惟危"，赞扬白素贞轰轰烈烈的生命。

作品并无"毁塔"或"祭塔"这种大团圆结局，情节发展至白素贞被镇压、许宣守塔而结束，具有浓厚的悲剧意蕴，但并不给人以悲观、绝望的情愫，这主要是尾声以激昂的笔调高歌白素贞的美好形象。

二

作品批判了人性的某些劣质因素，讴歌了"异类"白素贞热烈的生命、美好的情感，尤其是尾声部分，作者满怀激情地道出自己的情感："从征服水土不服开始，／一步跳出野蛮，／人便停在满足上；发现酒很超现实，／而超现实很权威，／人便急忙假面于醉的后边，／搔首弄姿，／装腔作势！"[①] "人心惟危！／道心惟微！／豪杰与风车为敌，英雄以灯草作戈；当众光皆黑，／众声皆默，／她呐喊着跳上祭坛，／舞热情为火把，／接生命为新枝，／以爱的犁头，／打土地轰轰烈烈曳过！"[②]作品高度肯定了"情"，白素贞正是"情"的化身，为了情她执意去人间，不在乎能否位列仙班："仙界以永恒为一世，／情境的一世就是永恒！"[③]

白素贞是美与善的化身，与人类的丑恶形成鲜明对照。瘟疫袭来，"道士画符挡不住！和尚念经挡不住！"[④] 白素贞竭力拯救瘟疫，

---

① 大荒：《雷峰塔》，《幼狮文艺》1974 年第 9 期，第 204—205 页。
② 同上书，第 205 页。
③ 大荒：《雷峰塔》，《幼狮文艺》1974 年第 4 期，第 198 页。
④ 大荒：《雷峰塔》，《幼狮文艺》1974 年第 5 期，第 221 页。

治病救人。可是道士竟污蔑她散瘟，谣言传播开来，一些无赖到许宣家闹事，白素贞不与其计较："宁可人负我，不可我负人。"① 白素贞坚持平等的观念，认为万物皆有佛性，质疑了人类虚假的高贵："佛认万物皆有佛性，/为何不承认我们？"② 作者在第十五章"生灭"中激烈地批判人类的自私和霸道："霸世界的丰饶，/他们把私号写在万物衣襟上，/他们设计选辑的围墙，/里面不许出，/外面不许进，/一只蝴蝶越墙吻一朵玫瑰，/便以异端入侵而坐罪。"③这种平等的观念在不平等的黑暗世界中发出璀璨的光芒。

许宣起先对爱情并不坚定，盲目听信道士的话，后来许宣逐渐认识到白素贞的美好。当法海告诉许宣白素贞是妖时，许宣想到的是白素贞的好，对人、妖之别已不在乎："许宣对法海这段话颇为惊心，但他决心不再对妻子生疑，好到这程度，也没话可说了。"④ 许宣去金山寺是为了送檀香，得到了白素贞应允。许宣到金山寺后不肯出家，竭力挣扎。当法海来收服白素贞时，许宣求情不成竟不顾个人安危要与法海拼命。许宣没有出家，而是在雷峰塔边搭一草棚居住，陪伴妻子，等候儿子，其行为感人肺腑。

法海坚持人妖之别："妖精肆虐，/本已不容，/更不容繁衍孽种！/若不除去，/星星妖火，势必燎原！"⑤作者虽然是站在白素贞的立场上，但是并未刻意丑化法海。法海及雷峰塔象征着一种压迫势力，摧毁了美好的事物。

小青单纯、快乐，性格活泼，不像白素贞那样逆来顺受，她痛恨人类的丑恶行为，比如当谣言袭来、无赖到家中闹事时，小青不肯走，要对抗他们。但是她不像大陆20世纪五六十年代的白蛇传作品那样，被塑造为疾恶如仇、毫无宽恕之心的斗士。

---

① 大荒：《雷峰塔》，《幼狮文艺》1974年第7期，第139页。
② 大荒：《雷峰塔》，《幼狮文艺》1974年第9期，第188页。
③ 同上书，第193页。
④ 大荒：《雷峰塔》，《幼狮文艺》1974年第8期，第149页。
⑤ 同上书，第153页。

第五章

众声喧哗：20世纪70年代以降我国港台地区及海外的白蛇传改写

第二节 誉满全球的经典舞剧：林怀民的云门舞剧《白蛇传》

"云门舞集"是台湾的现代舞蹈表演团体，是台湾第一个职业舞团，1973年由林怀民创办。"云门"的名称来自《吕氏春秋》："黄帝时，大容作云门，大卷……""云门"是黄帝时中国最为古老的舞蹈，取这个名字反映出林怀民对传统文化的热爱之情，他的想法是："中国人作曲，中国人编舞，中国人跳给中国人看"，"我一直想编出现代而又中国的新型舞蹈"。[①]其想法是值得赞赏的，既有现代元素，又保留了民族的文化。

"云门舞集"演出过许多经典之作，在国际上享有盛誉。云门舞剧《白蛇传》（The Tale of the White Serpent）于1975年9月2日在新加坡国家剧场首演，[②] 是"云门舞集"演出最为频繁的舞剧之一，曾在新加坡、日本、韩国、菲律宾、加拿大、德国、荷兰、法国、卢森堡、比利时、丹麦、瑞士以及中国大陆、中国台湾、中国香港等地区演出，反响极大，迄今已演出四百余场。根据舞剧表演的特点，舞剧《白蛇传》舍弃了很多情节，只保留了白蛇传的主要故事情节，如游湖、惊变、水斗等。

"情欲"是云门舞剧《白蛇传》的一个重要主题。舞剧重新诠释了青蛇的形象。在"游湖借伞"一段，白蛇、青蛇展开激烈的舞蹈，争相吸引许仙，白蛇胜利而青蛇失败。舞蹈由女子双人舞到二女一男的三人舞，表现其中的情感纠结，白蛇、青蛇双人舞时，尽展眼中所见的西湖美景，两人舞蹈动作在空间、时间上都相互呼应，如青蛇跪

[①] 林怀民：《云门舞集与我》，文汇出版社2002年版，第16页。
[②] 编舞：林怀民；舞台道具：杨英风；音乐：赖德和《众妙》；舞者：吴兴国（饰许仙）、吴素君（饰白蛇）、何惠桢（饰青蛇）、刘绍炉（饰法海）。

下要双手小五花时，白蛇在其上方站立踏步双手对应小五花，姐妹俩相互照应，姐妹情深；三人舞中，两女子在前，许仙在后撑伞前行时，尽显白蛇的主导地位，三人"和谐"前行，但青蛇一有与许仙的交流，哪怕只是眼神的交流，白蛇手中白扇一挥，青蛇立刻收住自己放出的情感，白蛇手中的扇子犹如一根指挥棒，警示着青蛇不可越雷池半步，在三人舞的2+1模式中，白蛇与许仙的琴瑟和鸣双人舞与青蛇的痛苦扭曲身体相呼应，形成强烈的情感对比，白蛇与许仙在竹帘内舞蹈（象征着交媾），青蛇激烈地扭动身体，以玛莎·葛兰姆的腹部地板动作来表达强烈的欲望与痛苦压抑的情感。在此前的白蛇传中，青蛇始终是不被重视的对象，她的爱情、欲望未被充分展现，是受到压抑的。林怀民的改写显然是对于传统的颠覆，展现了被压抑的情欲。蒋勋评价说："编舞者林怀民认为：青蛇是一名独立的女子，她和白蛇一样，经过长时间修行，也有人间的渴望，她也正值青春年华，有爱情和欲望的追求。"[①]"对于古典传统《白蛇传》的爱好者而言，大概不能想象一个奴婢可以和主人小姐争夺爱人。在长期稳定封闭的伦理体系中，阶级伦理可以相信青蛇只是奴婢，奴婢只能安分做奴婢，不会有非分之想。'云门舞集'的《白蛇传》，显然不相信传统。对林怀民而言，青蛇首先是一名女性，而不是奴婢。他赋予青蛇一名正常女性应该有的性格。"[②]

此前的白蛇传中有"端午惊变"的情节，白蛇因喝下雄黄酒现形，许被吓死。舞剧《白蛇传》没有酒杯道具，去除了有关雄黄酒的情节，情节变为许、白在竹帘内舞蹈（隐喻交媾），许仙从帘内仓皇逃出，竹帘被拉断，昏倒在地。白、许在交欢中，许仙发现妻子的原形，这就突出了"情欲"主题。

"水漫金山"尤为精彩，大量运用了现代舞元素，白蛇、青蛇与法海展开激烈搏斗，青蛇大量运用倒地、爬起的动作，白蛇使用了许

[①] 蒋勋：《舞动白蛇传》，广西师范大学出版社2004年版，第110页。
[②] 同上书，第111页。

多腾跳、翻跃的大动作,最后,白蛇在一圈 360 度点翻身动作之后倒地,表现了白蛇维护爱情的坚毅精神。战败后,白蛇被镇压于雷峰塔下。所谓"雷峰塔",是高大的镂空竹帘。

布景道具比较简单,藤窝、镂空的竹帘、伞、禅杖,却很具有象征意义,舞台效果也很好。比如伞,是爱情的象征,当许仙和白蛇共处于伞下时,甜蜜的爱情便产生了。竹帘是镂空的,它可以作为白、许的爱巢,也可以作为镇压白蛇的雷峰塔;观众可以透过竹帘看到内在的一切。禅杖是法海取胜的法宝,舞动起来非常壮观,很好地展现了水斗时激烈的战斗场面。

第三节 民族传统与现代观念:刘以鬯的实验小说《蛇》

刘以鬯的短篇小说《蛇》写于 1978 年,以现代心理学来解构传统神话,对白蛇传的传奇情节做了"现实化"处理。作品注重人物内心世界的揭示,不对事项做琐碎的描摹,语言高度诗化,简练蕴藉,叙事跳跃,意境优美。

一

小说《蛇》与传统的白蛇传情节迥异:许仙幼年时被白蛇咬伤,留下严重的心理后遗症,见到蛇状的东西就吓得魂不附体。许仙清明扫墓归来时,在西湖遇到美丽的白素贞,两人情投意合,结为夫妻。许仙开药铺,生意兴隆。一天,许仙经过杂草丛生的院子时,看见一条蛇钻进院子幽深处,吓得昏倒在地。白素贞重金请来捉蛇人,然而前、后两个捉蛇人都没有发现蛇;白素贞吩咐伙计将院中草木全部铲除,还是没有发现蛇。许仙梦见白素贞到昆仑盗草,用仙草救活自己;醒来后许仙疑窦顿起。病愈后,许仙仍然恐惧,对白素贞产生怀疑,认为世间不会有这样全美的女人。端午节前一天,许仙在街上被自称为法海的和尚拦住,和尚说白素贞是贪恋红尘的千年蛇精,只要在端午节让她喝下雄黄酒,她就会现出原形;和尚向许仙化缘。端午节时,在许仙的逼迫下,白素贞喝了雄黄酒,回房休息。许仙偷偷去看,看见床上有条蛇,极度害怕,赶紧跑出房门,却发现白素贞站在门外。许仙说床上有蛇,白素贞当真,去看时发现是条刚解下的腰带。许仙去金山寺求救于法海和尚,知客僧告诉他,法海上个月就圆寂了。许仙说前日在街上还遇到他,知客僧说,那一定是另外一个和尚。

《蛇》将白蛇传予以"现实化"改写,用现代观念来演绎古老的传说,揭示了许仙的恐惧心理,误信骗子"法海"的谣言,恐慌之下误将腰带看作蛇,原本平庸的生活生发出喜剧色彩。杨义评论道:"《蛇》是清新雅丽的妙品,它别开生面地以现代心理学的钥匙解开了一个家喻户晓的人妖之恋的迷思。"[①] 张汉基也指出:"《白蛇传》用神话编纂出来的美妙动人的故事,博得人们喜爱和喝彩,因此,得以长期在人间流传。人们的欣赏力不是停滞不前的,是前进的,对这样一个具有浓厚生活气息的神话故事,要求不断地注入新的精神来达到更高的欣赏和得到一定程度上的娱乐的满足。"[②] 刘以鬯对自己的作品做出了类似的评价:"《白蛇传》的故事是个神怪故事,可以说家喻户晓,我去掉了神怪成分,把它写成一对普通夫妇的事,一个平凡的故事,用平常事写不平常。……我写故事新编,是把旧的题材用新的方法写,故事的成分少,最重要的是新。"[③] 刘以鬯还说:"《蛇》是根据白蛇传的故事来写的;但剔除了故事中的神话成分。这似乎是以往没有人尝试过的。"[④] 显然刘以鬯没有接触过白蛇传现实化改写的作品。

《蛇》与卫聚贤的话剧《雷峰塔》及谢颂羔的《雷峰塔的传说》、

[①] 杨义:《刘以鬯小说艺术综论》,《文学评论》1993年第4期。
[②] 张汉基:《读〈天堂与地狱〉》,易明善、梅子编:《刘以鬯研究专集》,四川大学出版社1987年版,第260页。
[③] 江少川:《香港作家刘以鬯访谈录》,《世界华文文学论坛》2004年第1期。
[④] 芸:《与刘以鬯的一席话》,《香港文学》创刊号,1979年5月。

第五章
众声喧哗：20世纪70年代以降我国港台地区及海外的白蛇传改写

包天笑的《新白蛇传》、秋翁的《新白蛇传》等稍有不同，刘以鬯的"现实化"改写不是出于现实讽喻和批判目的，没有强烈的改造社会现实的功利性，纯粹是出于艺术创新的需要。《蛇》仅两千多字，文字虽少，却容量丰富，包含了白蛇传的一些重要情节，如舟遇、结亲、端阳、盗草、谒禅等，可是却处理得极为微妙，还保留着一些传奇情节，如盗草——只是传奇情节发生在梦里。秋翁的小说《新白蛇传》中，白素贞虽然是蛇妖，然而故事时间却是发生在现代，所谓的"盗草"是讹传，是白素贞坐飞机去国外买药。

《蛇》包含了白蛇传的主要人物，如许仙、白素贞、法海，这些人物性格鲜明。

白素贞是个"全美的女人"，是温柔美丽的普通女子，并非蛇精所变，她助许仙的药铺生意兴隆，关心许仙，为了夫妻和睦，不惜以有孕之身喝下雄黄酒。

许仙因从小被蛇咬伤而患了严重的恐蛇症，毫无依据地对白素贞产生疑心，"他不相信世间会有全美的女人"。"法海"说白素贞是蛇精，更加重了他的疑心。

自称为"法海"的和尚其实是个骗子，冒充法海，为了骗取钱财而编造白素贞是蛇精的谎言。真实的法海和尚是金山寺的方丈，上个月就已圆寂。

至于白蛇传中的小青，在小说《蛇》中则处理得极为模糊，连姓名都没有，仅以"丫鬟"呼之，有关她的文字并不多，小说只对她使用了一个形容词——俏皮。

二

刘以鬯是个有高度文体自觉意识的作家，不断地进行文体"实验"，曾创作了《寺内》《追鱼》《蜘蛛精》等"故事新编"小说，主题新颖，形式亦颇具特色，梅子评价说："像这样改编旧的故事并赋以新义的尝试，'五四'以来已有不少大家先行，最著名的是鲁迅。

但刘氏所运用的表现手法更有进境。"①《蛇》就是其中一篇。

刘以鬯多次强调形式创新对于小说的重要性:"技巧是表现的方法。要突出主题,必须有好的方法去表现。"他认为内容和技巧都是好的小说的必备要素:"有好的技巧而没有好的内容,不能成为好的小说;有好的内容而没有好的技巧去表现,也不能成为好的小说。"好的技巧靠模仿是不能做到的,这就要求作家本人要不断地创新,他说:"从事小说创作的人,要是没有创新的精神与尝试的勇气,一定写不出好作品。"② 他的"故事新编"就是用现代人的意识来重新打量过去的题材,以新的审美观念和新的技巧使陈旧的题材焕发青春的魅力,他说:"我觉得用新的表现手法去写家喻户晓的故事,在旧瓶中加些新酒,至少可以给读者一个完全不同的感觉。或许在若干年后,人们谈及小说的发展时,会发觉到 20 世纪 70 年代的时候曾经有人用新手法来写大家熟悉的故事,这不是很特别吗?"③

为了写出"与众不同"的作品,刘以鬯在创作中借鉴西方现代派的手法,如意识流、象征、语言重复、幻觉、梦境等。用这些来演绎民族文化传统,中西合璧、古今交融,具有新鲜的美感,刘以鬯说:

> 从整个世界文学范畴,从整个古今中外的文学史来看,要创作"与众不同"的作品是难乎其难的。不过,一个喜欢写小说的人,总得有些实验精神和创新意图。我的愿望是在小说创作上,探讨一种现代中国作品中还没有人尝试过的形式,在探讨的过程中,很自然会参考西方现代文学的作品。西方国家的文艺思潮一直在转变、发展中,有些可供参考学习,有些则未必可取。例如意识流技巧,西方作家主要写"非逻辑的印象"(illogical im-

---

① 梅子:《刘以鬯的生平和创作简介》,易明善、梅子编:《刘以鬯研究专集》,四川大学出版社 1987 年版,第 12 页。
② 芸:《与刘以鬯的一席话》,《香港文学》创刊号,1979 年 5 月。
③ 同上。

第五章
众声喧哗：20 世纪 70 年代以降我国港台地区及海外的白蛇传改写

pression)，中国人吸收意识流技巧的却多不走此路。一个民族的作家、艺术家吸收另一个民族文艺作品的技巧时，总不是全面的，无条件的；总是带着本民族文化的特点。比方钢琴是一种西方乐器，由一个中国人来演奏却不因乐器是西方的而失去本国风格，尤其是在演奏中国作品的时候。同样道理，我并不反对用芭蕾舞的形式来表演《聊斋志异》或《白蛇传》这样富于中国风土特色的故事。①

《蛇》既借鉴西方的心理学知识和叙事技巧，又具有浓厚的传统文化色彩。刘以鬯非常注重民族文化，他说："民族风格和民族色彩是很重要的。我不反对借鉴，不过，写小说应该尽量保持民族风格与民族色彩。我相信用新的表现方法写旧故事，是一条可以走的路子。我写的几个故事新编，便是在这种信念下写成的。"② 在小说《酒徒》中，刘以鬯借主人公之口说出了知识分子应尽的责任，即保持民族传统："香港虽然文化气息不浓，但是每一个知识分子都有责任保存中国文化的元气及持续。"③ 酒徒甚至还提出了这样的原则："第五，吸收传统的精髓，然后跳出传统；第六，在'取人之长'的原则下，接受并消化域外文学的果实，然后建立合乎现代要求而能保持民族作风民族气派的新文学。"④ 刘以鬯正是以《蛇》等"故事新编"实践了他的文学理想，有学者评论说："刘以鬯的文学创作理念中的一个核心问题，是立足于创新而进行横的借鉴和纵的继承。"⑤

---

① 《知不可为而为——刘以鬯先生谈严肃文学》，《八方文艺丛刊》第 6 辑，1987 年 8 月。
② 《刘以鬯访问记》，易明善、梅子编：《刘以鬯研究专集》，四川大学出版社 1987 年版，第 43 页。
③ 刘以鬯：《酒徒》，中国文联出版社 1985 年版，第 75 页。
④ 同上书，第 110 页。
⑤ 周伟民：《刘以鬯的文学创作理念》，《海南大学学报》（人文社会科学版）1997 年第 2 期。

三

刘以鬯有意追求短篇小说的"短且好":"写短篇,采用写长篇的手法,是很坏的倾向,非纠正不可。短篇写得短,是一种必须;写得既短且好,是功力。"① 刘以鬯说:"短篇的目标既是'单纯的效果',就不能有太多的细节描写。"② 小说《蛇》,情节之间的跳跃性很大,芜杂的枝叶被去掉,只留下最能推动剧情、表现人物、揭示主题的文字,比如许仙扫墓坐船回去,只两个字"登船",而不写他与船家怎样搭话,如去哪里,多少钱。

刘以鬯对于短篇小说文体的认识和创新,使得他的"故事新编"不对事项做详尽的外在描摹,而是注重人物内心真实的展露,追求心理真实效果。刘以鬯认为传统的现实主义方法"缺点很多""并不能做到真正的'写实'"③。他认为要写实就应该深入表现人的内在心理,而不是拘泥于外在事件:"单是描写事象的表面并不是真正的写实。"④

刘以鬯极为重视语言的优美,强调小说家要有高度的语言功力,要像诗人那样驾驭文字:"如果小说家不能像诗人那样驾驭文字的话,小说不但会丧失'艺术之王'的地位,而且会缩短小说艺术的生命。"⑤ 他主张把诗和小说结合起来创造出优美的作品:"诗体小说不是新的东西,不过,这条道路仍可开阔,仍可伸展。……我一直都是这么想:小说和诗结合后可以产生一些优美的作品。……诗和小说结合起来,可以使小说获得新的力量。小说家走这条路子,说不定会达到新境界。"⑥ 他的小说,随处可见诗化的语言,《蛇》就是他追求诗

---

① 刘以鬯:《现代中国短篇小说的几个问题》,《短绠集》,中国友谊出版公司1985年版,第96页。
② 同上书,第95页。
③ 刘以鬯:《小说会不会死亡》,《短绠集》,中国友谊出版公司1985年版,第73页。
④ 同上书,第76页。
⑤ 同上书,第81页。
⑥ 《刘以鬯访问记》,易明善、梅子编:《刘以鬯研究专集》,四川大学出版社1987年版,第43页。

第五章
众声喧哗：20 世纪 70 年代以降我国港台地区及海外的白蛇传改写

体小说的产物。

《蛇》对于清明时节西湖的描写，可以说是诗的画图：

> 清明。扫墓归来的许仙踏着山径走去湖边。西湖是美丽的。清明时节的西湖更美。对湖有乌云压在山峰。群鸟在空中扑扑乱飞。狂风突作，所有的花花草草都在摇摆中显示慌张。清明似乎是不能没有雨的。雨来了。雨点击打湖面，仿佛投菜入油锅，发出刺耳的沙沙声。①

> 垂柳的指尖轻拂舱盖，船在雨的漫漫中划去。于是，简短的谈话开始了。他说："雨很大。"她说："雨很大。"舱外是一幅春雨图，图中色彩正在追逐一个意象。风景的色彩原是浓的，一下子给骤雨冲淡了。树木用蓊郁歌颂生机。保俶塔忽然不见。于是笑声格格，清脆悦耳。风送雨条。雨条在风中跳舞。船老大的兴致忽然高了，放开嗓子唱几句山歌。②

第二天许仙来白素贞的住处，两人饮酒，定情：

> 烛光投在酒液上，酒液有微笑的倒影。喝下这微笑，视线开始模糊。入金的火，遂有神奇的变与化。荒诞起自酒后，所有的一切都很甜。③

洞房花烛，白素贞和许仙沉浸在幸福之中：

> 烛火跳跃。花烛是不能吹熄的。欲望在火头寻找另一个定义。帐内的低语，即使贴耳门缝的丫鬟也听不清楚。那是一种快乐的声音。俏皮的丫鬟知道：一向喜欢西湖景致的白素贞也不愿到西湖去捕捉天堂感了。从窗内透出的香味，未必来自古铜香

---

① 刘以鬯：《蛇》，《刘以鬯实验小说》，中国人民大学出版社 1994 年版，第 199—200 页。
② 同上书，第 200 页。
③ 同上。

炉。夜风，正在摇动帘子。墙外传来打更人的锣声，他们还没有睡。①

这段文字虽写交欢，却毫无当前文学作品那种扑面而来的肉欲气息，不是直接描写两个肉体怎样动作、如何感受，而是采用烘云托月的手段，通过描写其他人、物来"旁敲侧击"，含蓄典雅，诗意盎然，极为微妙。

第四节　法与情的错误对决：李乔的小说《情天无恨》

李乔的长篇小说《白素贞逸传》自1982年9月到1983年6月在《台湾时报》副刊连载，1983年9月由（台湾）前卫出版社出版，书名改为《情天无恨——白蛇新传》。

在一次演讲中，李乔详细阐述了写《情天无恨》的心理：一是他读了很多中外的古老传说，其中就有洪水传说以及人和蛇灵的纠葛；二是他对白蛇传非常不满，许仙乱搞却有非常好的结局，儿子又中状元，这使他无法接受；三是他对佛教有所接触，对佛理有质疑；最重要的是第四点，即对人性丑恶的批判，他说自己非常讨厌"人"，所以对许仙就非常厌恶。②基于上述原因，李乔的《情天无恨》显示出与传统白蛇传的诸多不同之处。小说肯定"情"的合理性，将其提高至与"法"同等的高度。浓厚的佛理《情天无恨》是该小说的一大特色，融合了李乔的佛教观念和人生感悟。作品暴露了人性的虚伪，以妖——白素贞的美好形象反衬许宣等人的龌龊和卑劣，显示出强烈的文化批判色彩。

---

① 刘以鬯：《蛇》，《刘以鬯实验小说》，中国人民大学出版社1994年版，第200页。
② 李乔：《〈白蛇传〉改写》，2008年4月1日李乔在博绍文教基金会的演讲记录。

第五章
众声喧哗：20世纪70年代以降我国港台地区及海外的白蛇传改写

一

传统文化竭力压抑人的情欲，而《情天无恨》则积极肯定情欲，将其提高到与法对等的高度。

有个叫 Vo-hin 的老酋长对李乔影响很大，他讲的两件事影响了李乔的一生：一是"性"，老人经常用手抓抓自己的"卵子"，叹息"这个东西"老了，没有用了；二是关于死亡，老人说自己很怕死。李乔说："为什么我会认为这个老酋长跟我讲的这两件事很重要？因为汉文化里面有两个禁忌：性和死亡，而我童年时天天谈这个，所以影响我很大，让我的思考比较广阔。"①

白素贞修炼了一千六百多岁时，产生情欲，按照佛教说法是"情劫"，可是白素贞并不认为是"劫"，她对"情欲"持肯定态度，

> 在佛法里，总是把"情"和"欲"放在一起来说，而且对于情欲往往是主张赶尽驱绝的。……可是，生命界，不就是以欲望为动因吗？情欲本来就是生命欲望之一，又何须弃绝如此？……现在她却认为情由性生；情，不一定非欲不可吧——欲自在情中吗？那也无关紧要，情欲也是一种因缘形式，也是可以容含悟境的。②

白素贞认为情、欲、色心是合而为一的，这与许宣好色嫖妓不同，许宣很明显地把情、欲、色心分离开来。

白素贞还以肉身做武器，挑战传统的身体观。金山大战，法海赤裸着臃肿多油、白净带绿色的上半身，丑陋、污秽，白素贞撕裂上衣，裸裎白腻腻、颤巍巍、凹凸玲珑的上半身，四天王、四大揭谛、十八护寺伽蓝退开，法海双目紧闭，不敢看她。白素贞说这就是"原

---

① 庄紫蓉、李乔：《逍遥自在孤独行——专访李乔》，http://www.twcenter.org.tw/b01/b01_7203_1.htm，访问时间：2001年4月11日。
② 李乔：《情天无恨——白蛇新传》，人民文学出版社1992年版，第55页。

形"，她质问法海，为什么法海可以赤身裸体、念咒请神，而她就不能裸裎上身来自保？这是对封建礼教的无情的嘲讽和鞭挞：男女在身体上是平等的，身体被附加了文化符号，女性身体被封建文化所压抑。

对于法海和白蛇之间的矛盾，早期白蛇传肯定法海除妖的正义性，以后则逐渐向美化白蛇、肯定爱情、批判封建势力的方向发展。尤其是在20世纪五六十年代大陆的白蛇传作品中，白、法间的矛盾被"钦定"为反封建的阶级斗争主题。《情天无恨》中法海与白素贞的斗争则不再是简单的孰是孰非，正义与非正义，而是法与情的错误对决：

> 这是一场情天法海之战：一是为满怀真性纯情而拼，一是为一心律法大道而斗；白素贞如果败了，那就是一千六百年苦修换来的钟情，化成劫灰；法海万一输掉，便是天坠地崩，日月逆转；前者秉持的是，性体原始以来的根本功力——保护自身的求生本能。后者仗恃的是，天地运行的法则——无始不亏，永远完全的力势。性体的真正灭绝是不可能的，纵使是灭绝，仍然还是一种性体；律法是不容破逆的，纵然是破逆，依然还是一种律法。这是两个"有"的对决，两种"有"的争霸。[①]

法海与白素贞谁也不肯相让，法海坚持护法，"法不可灭，天地运行要维持啊！不是洒家不肯网开一面"，而白素贞则坚持情的合理，"缘生有情，阴阳男女本在大道之内嘛！小女子行藏不曾逆法"。[②]

> 这是天地万有两个力势的对决，不幸的对决，错误的对决；更不幸的是，双方所秉所持，又都是"怖一切为障者印"！诸天神佛已然不能排解，或者说，诸天神佛本身也陷入对决之中？[③]

[①] 李乔：《情天无恨——白蛇新传》，人民文学出版社1992年版，第274页。
[②] 同上书，第276页。
[③] 同上书，第294页。

第五章
众声喧哗：20世纪70年代以降我国港台地区及海外的白蛇传改写

法海反思，金山寺战败不是大法大道的失败，而是他个人的失败，原因是他信心不足、道心不坚，依仗形势和宝物，求助神祇。西湖再战，法海不再外求，无所仗恃，一心一念，求得与大法合一。白素贞明显感觉到法海大异于昨日，高深不可测，力势不可知。白素贞之情海情火、业力愿力，本来和法海等量齐观，可是，她情牵太多，心念略分，意志减弱，被法海推入雷峰塔。小说把"情"与"法"放到同等的地位，两者有相同的力量。许素兰说："李乔揭示了：先天之'情'，与后天之'法'，相融相辅之必要与可能。"①

小说的不足之处就是对于"情""法"等议论过多，有些"浓得化不开"，显得枯燥、无趣。

二

小说的很多情节既在某种程度延续传统，又别出心裁，不落窠臼，主要不同之处有：

第一，"游湖借伞"的传统情节是许雇船回家，白素贞和小青来搭船，许付了船钱，把伞借给白素贞，第二日去讨要伞，这是"英雄救美"模式。《情天无恨》恰好颠倒了这一情节：白素贞和小青乘船主动去找许宣，白素贞变出伞，小青将伞借给许宣，许宣来搭船，小青付了船资；第二日，许宣去还伞。李乔改写的原因大致有二：一是李乔很厌恶"人"，竭力丑化许宣，许宣是个"旧人"，是一无是处的无能之辈，没有"资格"去帮助白素贞；二是体现白素贞追求爱情的主动性。

第二，"盗银"的情节通常是白素贞指使小青盗来库银，事发后许被牵连。《情天无恨》中，白素贞从湖底摄来二十两纹银，没有偷盗，库银丢失是因为公差监守自盗。这样改写美化蛇——白素贞，丑化人——公差等。许宣遭受牢狱之灾和白素贞无关，是许宣的姐丈李

---

① 许素兰：《爱在失落中蔓延——李乔〈情天无恨〉里性爱的追寻、幻灭与转化》，《文学台湾》1997年第21期。

君甫恣意妄为，许宣怨恨白素贞则不合情理。

第三，传统"端午惊变"的情节是，白蛇喝下雄黄酒醉倒，许端来醒酒汤给白蛇。《情天无恨》中，许宣把白素贞抱在床上，看看她没有动静，就打算喝酒压惊。许宣心里感到不踏实，决定把酒菜搬到外面去享用，毫无顾惜白素贞之意。这样改写，暴露了许宣的冷酷。在传统情节中，许被救后起了疑心，或者主动去找法海，或者被骗去金山寺；后来白素贞去金山寺索夫。《情天无恨》中，许宣被救后起了疑心，但是没有去找法海，因为他不想失去目前的生活，决定稳住白素贞再做打算；白素贞则对许宣非常失望，离他而去。

第四，在传统"水漫金山"中，镇江百姓罹难，白素贞终因怀有身孕而被法海打败，狼狈逃走；许或者从金山寺逃走——表现许的觉醒和反抗，或者被法海主动送到断桥。在《情天无恨》中，白素贞要小青负责召来社公灶神、山君水鬼，砌成无形"法堤"，防止江水灌入民田民屋，溺死百姓，体现了白素贞的仁慈、大爱；金山水斗以法海失败、白素贞胜利而告终，大水淹了金山寺，许宣被七星道人营救出来——李乔的改写，肯定了"情"是正义的，是不可战胜的。

第五，"断桥重逢"是白蛇传的精彩之处，展现白、青、许三者间的矛盾，白、青落败而逃，责怪许宣薄情，小青甚至要杀许宣。曹聚仁说："断桥乃许宣和白娘娘重逢之地，缠绵悱恻，也可说是全剧的高峰。"[①]《情天无恨》对断桥重逢的描写只有简略的数十字，毫无"缠绵悱恻"，仅仅是默默无言：白素贞和许宣距离五尺，相对而立，默默无语；青鱼和乌鲤精站在两丈之外，也是一脸木然。法海赶来要救走许宣，小青则把许宣带走，白素贞与法海大战。

第六，白蛇和法海大战的结局通常有这样几种：一是白蛇被永镇雷峰塔，此情节存在于早期的白蛇传作品中，善恶昭彰，作为妖的白

---

① 曹聚仁：《〈白蛇传〉的头尾》，《人事新语》，生活・读书・新知三联书店 2007 年版，第 376 页。

第五章
众声喧哗：20世纪70年代以降我国港台地区及海外的白蛇传改写

蛇罪有应得；二是白蛇之子中状元祭塔，白蛇出塔后成仙升天，这种情节意在表达人们对白蛇的同情；三是小青毁塔，意在彰显被压迫者斗争行为的正义和伟大力量，批判以法海为代表的封建统治势力，这种情节普遍存在于中国大陆20世纪五六十年代的白蛇传作品中。李乔的改写别出机杼，白素贞本来与法海的法力不相上下，只是因牵挂太多而战败。白素贞点破法海的原本面目不是"人"，而是蟾蜍，法海化为一具庄严肃穆的巨石。小青跑来告诉白素贞，许宣偷偷跑掉后和一个妓女混在一起，白素贞听后顿然释怀，并不愤恨、悲伤或惆怅。白素贞虽被镇压在雷峰塔内，但是她有力量破塔而出，只是放弃了反抗，她开始冷静下来。白素贞最终修炼成菩萨，胎儿化无，塔破而出，帮助法海恢复人身。白素贞修炼成菩萨，是因为她最终悟出："无佛界魔界，无界，无……"这与此前白蛇传中白蛇在塔内悔过、状元祭塔、白蛇升仙有根本差别：后者显示了佛法的强大，升仙是佛祖的旨意；前者是否定佛教，"无佛界魔界"，归结于"无"。

第七，小青没有被法海收服，也没有修炼后来毁塔，她告诉白素贞许宣和一个妓女混在一起后，在作品中就不再出现了。

第八，小说中人面兽身的斯芬克士、伊甸园的古蛇等情节，看似荒诞不经，实则表达了一个重要理念：人并不比兽高贵，生命体有各种形式，都具有佛性，都是平等的。

三

李乔多次表达对人的厌恶，《情天无恨》对丑恶人性的揭示深入骨髓，批判震撼灵魂。

白素贞曾经被人所救，因此认为人是好的，认为在参修大道上要过"人"这一关槛，修炼成人是她一直苦苦追求的。小青对人性的丑恶有深刻的了解，劝阻白素贞去人间生活，嫁给凡人。小青说："他们开口闭口，全是情理……他们今天讲的情理，和明日守的情理，会不一样耶"，"（人有）好多好多重标准哪！他们解释义理，往往照自己高兴,或自己利益解释耶"①。白素贞从开始赞美人间的美好,到对人产生怀疑、失望,"修炼成人形至难,摆脱人的无形桎梏尤其难,最后舍弃人影人识,又是太难太难"。②

小说通过人与妖的对照来批判人性的丑恶。人把自己看得高高在上,然而其品行连妖都不如,妖尤其是白素贞成为完美的参照。尽管白素贞温柔贤惠、心地善良、救治病人,可是她依然无法改变人们对妖的厌恶和恐惧,地位甚至连低贱的妓女也不如——法海就对许宣说,妓女媚娘也算是鬼魅之物,可也不如白蛇、青鱼精可怕。白素贞认为人蛇之分与佛理违背:"众生平等,万有佛性俱足;三界六道,都是满布成佛种子……何必斤斤于人蛇之分?"③而且人、妖的区分应该在言行:"是妖是人,要在言行上作分别才是;小女子,人心,人行俱足;又情愿受人之苦,人之限制,小女子不是人,谁才是人?"④白素贞在接触许宣、李君甫、张子牙、吴兆芳等人的过程中,逐渐认识到人的卑劣、无耻,这些人丝毫不比其他动物高贵。作者对人予以辛辣的嘲讽,比如吴兆芳在白素贞的酒中下迷魂药,白素贞骂他"你这个禽兽",然而她马上改口说:"有,有你这种人?"⑤小青骂许宣如出一辙:"许宣那个畜生——喔,不,是那个人他……"⑥从把人骂做"禽兽""畜生"到把人骂做"人",人再也没有高贵可言。

白素贞在思索中看出了人的卑劣,认为按照人的逻辑来区分人、妖的高下没有根据:

> 人,就非把自己孤立起来,然后自以为高高在万物之上不可吗?更何况,奴家所作所为所奉上的,哪一点不是"人"所肯定的呢?⑦

---

① 李乔:《情天无恨——白蛇新传》,人民文学出版社1992年版,第144页。
② 同上书,第112页。
③ 同上书,第271页。
④ 同上书,第270页。
⑤ 同上书,第156—157页。
⑥ 同上书,第298页。
⑦ 同上书,第200—201页。

第五章
众声喧哗：20世纪70年代以降我国港台地区及海外的白蛇传改写

难道就非先理清"人"或"不是人"，然后才能够一起过人的生活吗？在这段日子所见所闻，多少"人"，却过着不一定"是人"，或"不是人"的生活，那又如何解释？

她看出来了：人，是自大得很可笑的动物，以为自己是万物之灵长；人不自知，这万物的灵长的内里，却也隐藏着极多极多动物性质中最为卑劣的质素。

人，总是自以为已经是不需外取不必上进的完美存有。多么可笑啊。①

白素贞坚持做正经女子，不肯施展媚术；而人施展媚术是家常绝活，处处可见，臣仆谄媚皇上主子，属下奉承上司，商贾给买主拍马吹嘘，道士和尚向主家檀那大吹法螺，塾师跟学子自吹自擂。白素贞认为这是人的恶习，或者恶德，她坚持做"新人"，不学"旧人"。甚至坚持人、妖之别的法海，也曾经饱尝了人的歹毒。蟾蜍（法海）修炼到一千多年的时候，被两个歹毒的汉子捉住困在网中，高高悬挂在长安市集上，看的人多，却没有谁发善心解救，看客们甚至献策怎么吃蟾蜍肉，它惊讶、愤怒、哀伤："它真没想到，自己千载以来所钦慕的人这个性体，居然也这多残虐不下于豺狼虎豹的。"②

白素贞是与"旧人"相对的"新人"，她感到生命的痛苦，然而在救治病人之中悟到生命的意义：对人们给予关爱。这体现了李乔对生命的思考，李乔说："我对生命的思考是：生命本身是没有意义的。……生命的过程充满了痛苦，在痛苦又没有意义的生命当中，如果硬要找出一点意义的话，若是由于你的努力，使得人间这个痛苦的网减少一点点，这是唯一的意义。这样一想，你会从极端的悲观转入极端的积极的人生观。我是这样转出来的。"③

---

① 李乔：《情天无恨——白蛇新传》，人民文学出版社1992年版，第201页。
② 同上书，第253页。
③ 庄紫蓉、李乔：《逍遥自在孤独行——专访李乔》，http://www.twcenter.org.tw/b01/b01_7203_1.htm，访问时间：2001年4月11日。

四

在肯定情欲、文化批判的旗帜下，小说塑造了不同既往的人物形象。

白素贞是"新人"的典型，虽然其本是蛇妖，但是比小说中任何一个人都要高尚，她既有"小我"之爱情，又对芸芸众生怀着深切的"大爱"。小青说她是一个完全不懂人间险恶的"新人"，白素贞则坚持要做这种"新人"，"去感化、导引他们——那些'老人'"[①]。赃银案与白素贞毫无瓜葛，然而白素贞还是自责；反观许宣，李君甫害了他，可是他竟责怪白素贞。姑苏城发生瘟疫，朝廷不是派名医送药材，而是禁绝姑苏城对外的水陆交通，派兵围守；白素贞则在危急关头，救死扶伤，义诊施药，普济众生。白素贞坚持做个凡人，不用术数去默察许宣的过去与未来，不用超人间的力量控御许宣。其实她做到了南极仙翁的建议，完全归入人的位格，没有妄行超人法力。"白素贞"这一形象，深刻体现了李乔的文化批评意图："我把白素贞塑造成一个天真可爱的，一个新的人，我一直说我讨厌人，人可是很恶劣的。我要创造一个，哪怕这个人的来源不是人子，哪怕她是一条蛇，只要她把人性最美好的部分保留，她就是新的人，最好的人。这也是我对文化的了解、对中国文化的批评、对台湾文化的批评。"[②]

许宣是"旧人"的典型，故而其形象十分丑恶，"人性最恶劣的部分由他来承担"[③]。

小说将许宣设置为南宋求和派大臣的后代，具有一定的政治丑化意图。作为大臣之后，许宣总是怨怼惆怅，埋怨命运不好，梦想将来有一天飞黄腾达；可是他无所作为，与妓女厮混，毫无奋斗之心。他对爱情不忠贞，和白素贞在一起并不觉得满足，只想着妓女媚娘，不时出去鬼混。许宣是玩乐成精的大行家，有"特殊能耐"：纵然置身

[①] 李乔：《情天无恨——白蛇新传》，人民文学出版社1992年版，第11页。
[②] 李乔：《〈白蛇传〉改写》，2008年4月1日李乔在博绍文教基金会的演讲记录。
[③] 同上书。

第五章
众声喧哗：20世纪70年代以降我国港台地区及海外的白蛇传改写

陌生城市，也能找到花街柳巷所在。他自己说："我许宣是个浪荡汉子，是个三分风流七分下流的淫棍啊！我能供什么'元阳'？在这方面我是十足污秽龌龊家伙，想来连妖怪都不会稀罕我什么的……"①许宣具有严重的男权思想、封建礼教观念，他自身放荡不羁，却非常在意白素贞是不是处女，在新婚之夜起了疑心，耿耿于怀，处女情结是男性对女性的严重压迫："'处女癖'作为一种病态意识，深深地积淀在男性的心理结构中，它乃是男子阴私心理的大暴露——对已婚妇女的性占有发展到对处女的性垄断。"②"处女"问题，暴露出作为男性的许宣的阴暗心理，郑清文指出："李乔用处女膜来分辨人和蛇。蛇不知道，人才会关心这点。我感觉得出这是李乔的重要'创见'。这是任何版本所看不到的。"③

许宣对于人情极为冷漠，赃银案发，许宣立即说出银子的来源，要找白素贞对质，丝毫不念及白素贞的恩情。为了自保，他要诬陷姐丈和张子牙是同谋。在开药店的问题上，许宣毫不在意吴员外的感受，认为再也不用看他的脸色了，对于吴员外的帮助全然忘记。

许宣非常贪婪，苏州发生瘟疫，许宣暗自高兴，想借机发财；他不管别人死活，却首先自保。许宣不满白素贞把药价定得那么低，提议抬高药价，被拒绝后，十分恼怒。白素贞要义诊施药，许宣竟吓得冒冷汗，认为她痰迷心窍。为了达到目的，许宣竟在床笫之欢时要求提高药价。

其他白蛇传中的许宣虽然胆小怕事，性格懦弱，可是形象尚未十分丑陋。《情天无恨》对许宣胆小的描写几乎令人忍俊不禁，小说几次写他吓得尿湿了裤裆。

小青对白素贞忠心耿耿，然而不像中国大陆20世纪五六十年代白蛇传中的那样，像"革命志士"一般勇敢、坚毅。小青原是西湖中

---

① 李乔：《情天无恨——白蛇新传》，人民文学出版社1992年版，第193页。
② 陈峰、刘经华：《中国病态社会史论》，河南人民出版社1991年版，第311页。
③ 郑清文：《多情与严法——试探李乔〈白蛇新传〉的文学与宗教（上）》，《自由时报》2001年6月14日，第39版。

235

一条大青鱼，看多了人类的丑恶行为，对人性之恶有深刻的了解。她劝阻白素贞嫁给凡人，甚至多次建议把许宣摄入洞府中供白素贞"享用"——从这点来看，她还保留着妖气。她看不起人，然而受白素贞影响，她发誓以后会践行给众生看病施药的诺言。小青在白素贞的生活中起了很大作用，在白、许结婚，惩罚道士，金山大战等事件中，小青始终忠心耿耿，毫无怨言。在与法海的斗争上，小青有些胆怯：她先是劝说白素贞不要去金山寺，认为救许宣不值得，不主张使用武力，"不好明枪硬仗"；当高大的揭谛尊者出现时，小青感到"好怕人"，身体战栗不已。李乔笔下的小青形象更为真实可信——"英勇无畏"多是一种政治意识形态宣扬的需要，还原到现实生活中，怯懦或许更为真实。

法海的护法行为是正当的、坚定的，李乔并没有一味地丑化法海。法海有缺点，然而与中国大陆 20 世纪五六十年代的白蛇传所塑造的"恶人"形象不同。法海原是蟾蜍，曾经被人捉住困在网中，它因为担心吓煞他们，就没有使用法术。法海本性倾向于严谨，修行特重戒律，抱元守一，专注大法。法海发大愿精研律藏，深入戒定，愿化自己为法水法海，洗大千的烦恼尘垢，承载大千的悲苦众生。法海认为，降伏除却白素贞和小青，不只是他的律法修为而已，而且正是维持律法的完整所必需的。法海维护律法的观念非常坚定，其心坚如金刚，亮似星辰，绝对纯净，不含情念，法海是"人法合一"，"'法海'就是万法之海，也就是法的具体显现"。[①]法海过于注重护法，有时因护法而失去理智，悖逆佛法。为了使许宣认识白素贞的本来面目，法海许诺，白素贞在端午节饮雄黄酒后，他会去救许宣。可是他在端午节始终未露面，言而无信。法海对凡人使用法术，派伽蓝妙眼尊者以迷心法把许宣拘提到镇江金山寺，囚禁起来。法海固执到不肯容忍"情"，为了法而不断伤害生灵。法海杀气腾腾，打死老詹、老毕，打伤（或打死）七星道人。在此前白蛇传中，法海只是要镇压白

---

① 李乔：《情天无根——白蛇新传》，人民文学出版社 1992 年版，第 246 页。

蛇，并不想伤其性命；而在《情天无恨》中，法海要用雷峰塔把白素贞砸死，使她直堕焚烧地狱，形神俱灭。这个口口声声"我佛慈悲"的"人"缺少慈悲之心，使"妖"白素贞自叹弗如："本仙姑不如汝残狠。"

因为李乔对"人"的厌恶，小说中的"人"几乎都是可恶的。李君甫和娇容胆小怕事，害怕受到许宣牵连，竟不愿意和他往来。李君甫为了自保，防备许宣陷害，竟然做假口供，在知道事情真相的情况下也不肯释放许宣，缺少维护正义之心和亲情观念。公差张丁牙监守自盗。老蟾蜍被两个歹毒的汉子捉住，路人围观却不肯解救，甚至献策怎么吃蟾蜍肉。吴兆芳五十余岁，有一妻二妾，却还不满足，垂涎白素贞的美貌，竟在酒中偷偷下迷魂药。吴兆芳利欲熏心，把霉烂的药材发给济众堂，居然坦然处之，谈笑风生，就像什么事都未曾发生一样；他还有严重的嫉妒心理，甚至造谣说瘟疫是白素贞造成的。人性的卑劣由这些人物也可见一斑。

第五节 "四角纠缠"与"文化大革命"批判：李碧华的小说《青蛇》

李碧华的长篇小说《青蛇》出版于1986年，小说采用第一人称青蛇的视角来叙事，凸显女性的爱情与欲望，并对"文化大革命"进行了辛辣的嘲讽与批判。

一

《青蛇》保留了白蛇传的主要情节，如舟遇、结亲、盗库、赃现、夜话、赠符、逐道、端阳、求草、疗惊、虎阜、水斗、断桥等，对某些细节做了改动，增添了一些新的情节，如红卫兵破坏雷峰塔等。

在传统的白蛇传中，白蛇到人间来或者是出于"报恩"或者是厌恶修道、羡慕人间生活。《青蛇》中白素贞和青蛇被吕洞宾所骗，吃下七情六欲仙丸，使得白素贞有了人的情感、欲望，想要一个平凡的男人，要平凡的爱与关心，青蛇也因此渐渐有了情欲。

方成培的《雷峰塔传奇》中有"夜话"一折，写白娘子对月感怀，既对婚姻寄予美好的希望，又对未来生活充满担忧；她与许宣庭前散步，缠绵恩爱。《青蛇》中也有类似的情节，尽管也写到白素贞与许仙的恩爱缠绵，然而那不是重心，主要是借以表现青蛇的嫉妒心理和不满情绪。

青蛇盗银并不是白素贞指使的，而是青蛇路过库房，自作主张，随手拿了五十两银子回去，并将其作为礼物送给白素贞和许仙。赃银案发后，白素贞要青蛇利用色相迷惑何立，另以五十两银子贿赂何立，案件得以平息。许仙并未遭受牢狱之苦，仅仅是被发配苏州，当然也就不会怪罪白素贞。相反，许仙为求自保供出白素贞，心中愧疚。在青蛇看来，许仙是不可靠的。而白素贞不同，她爱许仙，能够包容许仙的不是。

到苏州开药店是白素贞的建议，并非是许仙受到官司的牵连。苏州发生瘟疫，保和堂疗救瘟疫，赢得赞誉。白素贞成了"女强人"，许仙被邻人看不起，因此心生抱怨。疗救瘟疫并非是为了赞美素贞是"义妖"，而是为了表达女性的生存困境，在男权思想的观念下，女性在事业和丈夫面前必须做出选择。白素贞脱下女强人的外衣，降低身份，向许仙献媚，百般温柔，白、许矛盾化解，女性为了家庭和睦需要对丈夫顺从，做出牺牲。正如李大钊所指出的："只用几个'顺''从''贞节'的名词，使妻的一方完全牺牲于夫，女子的一方完全牺牲于男子。"[1]

在其他白蛇传的"端午惊变"中，青蛇始终要白素贞小心，劝她不要喝雄黄酒。《青蛇》中白素贞喝雄黄酒与青蛇有很大干系，她主要是在青蛇的激将下才喝的。青蛇得不到许仙，受到白素贞冷落，一

---

[1] 李大钊：《守常文集》，上海书店出版社1989年版，第50页。

第五章

众声喧哗：20世纪70年代以降我国港台地区及海外的白蛇传改写

心要拆散白素贞和许仙，以便和白素贞一起回到西湖中去，青蛇甚至残忍地将绣花针插在白素贞蜕下的蛇皮的七寸处，使白素贞戴上了枷锁。

弹词《义妖传》和梦花馆主的小说《白蛇全传》，有"婢争"情节：青蛇为争许仙而与白娘子产生冲突，因白娘娘不肯实行"三七夫妻"愤而出走，与昆山顾公子产生一段恋情；后来白娘娘践行"三七分"之言，令青蛇为妾。"婢争"情节招致诟病，因为它是男权文化作祟的结果，作者是站在男性的立场来写作的，男性既有妻又有妾，无视女性的感受。《青蛇》的"婢争"具有较为深刻的内涵，它写出了女性意识的觉醒，女性为爱情而争斗。结果是青蛇得知白素贞怀孕后认为无可挽回，于是断绝和许仙的关系。

金山水斗的性质发生根本变化。此前白蛇传中的这一情节主要是来表现白蛇对爱情的维护，反抗以法海为代表的封建势力。而《青蛇》中的水斗则是因为负气。法海勾引、强行带走许仙，白素贞不肯拱手让出猎物："她刚唆了几口的鲜肉，被人强要分尝，她肯吗？鹬蚌相争渔人得利，哪有这般便宜？严重的爱情岂肯枉费？"[①] 青蛇已对许仙绝望，她去找法海算账只是出于对法海的切切记恨："一个女人，对男人当面的拒绝，视作奇耻大辱。他说：你是什么东西？他说：我要的不是你。他说：我要许仙。"[②] 在此前白蛇传中，水族参加大战，是因为敬重白蛇的义气，以维护正义自居。《青蛇》中水族参战只是出于娱乐的需要："这些水族，平素修炼苦闷，一点娱乐也没有，但见得有事可做，当仁不让，义不容辞，也正好联群结党，一试自己功力可达什么地步。习武的等待开打，修道的等待斗法。堂堂正正的题目，引得族众义愤填膺，摩拳擦掌——我心中想，历朝的民间英雄，什么黄袍加身，揭竿起义，恐怕也是一般的部署了。"[③] 作者不仅颠覆了金山水斗的性质，而且对"民间英雄""揭竿起义"等质疑和嘲弄，

[①] 李碧华：《青蛇》，《霸王别姬 青蛇》，花城出版社2001年版，第357页。
[②] 同上。
[③] 同上书，第360—361页。

水斗的正义性荡然无存:"一切行动只为负气。事件演变为僧妖大斗法。都因双方一口气咽不下。"①

从水斗情节可以看出《青蛇》如何与张恨水的小说《白蛇传》形成"互文"关系:

> 此时,有人高呼停手:"莫开杀戒!莫开杀戒!"
>
> 哦,原来又是那南极仙翁。
>
> 他先喝止自己的底下人,便是那鹤鹿双童。他骂:"姓白的寻她丈夫,有什么不对?别管人家夫妇的事!"
>
> 那两个混小子,怎敢不听命老人,只好鼓腮败兴站过一旁。真是,自己都未开窍,懂啥七情六欲?
>
> 南极仙翁转身一瞧两军阵势,心里明白,他一指素贞:"这白蛇身怀有孕,是文曲星托世,请各位大人高抬贵手,免伤仙骨——且这人间爱欲纷争,不可理喻,不值得各位动气,浪费了时间精神。分不清是非,何必牵涉入小圈子中?"
>
> 众大汉一听,见他说得是。转念堂堂男子汉,原来插手入了家庭琐事,担了个大材小用之名,纷纷告退。水族们也离去。给足面子。
>
> "仙翁,"素贞忙下跪——这素贞,忠的也跪奸的也跪,真是作孽了,她恳求,"请代我救出许仙相公吧。"
>
> "哦,"仙翁道,"我是来劝架的,不是来打架的。有什么纠葛,还是你们自行解决好了。"②

张恨水的小说《白蛇传》也有类似情节:

> 就在这时,有人大声叫道:"莫动杀戒,老夫来也。"向前看时,云端里站了一个老者,头上没戴帽子,白发梳个圆髻,系两

---

① 李碧华:《青蛇》,《霸王别姬 青蛇》,花城出版社2001年版,第362页。
② 同上书,第363—364页。

第五章
众声喧哗：20世纪70年代以降我国港台地区及海外的白蛇传改写

根黄色带子，须眉皆白。手执龙头拐杖，穿件杏黄袍子。这正是南极仙翁。

白鹤仙童，听得老人一声叫唤，就停嘴不啄，飞到十丈以外，去看动静。仙翁站在云头，就对白鹤仙童看了一看，便道："姓白的寻她丈夫，有什么不对。这种地方，至少也不该参加。"白鹤仙童听了，又化了一个羽衣仙童，站在老者旁边。南极仙翁转身又看看两边阵势，对天兵阵式一拱手道："风调雨顺四位金刚两大天王，这素贞之事，我们一点关系也没有，何必滚入圈子里去。"那六人一听，南极仙翁说得也是。对南极仙翁遥遥稽首，便各自退去。

这两边阵上，看到南极仙翁来了以后，仙家各自告退。那时，青白两氏立刻跪在地下，求仙翁救出许仙，情愿退兵。那法海看到两批仙家告退，也急了，这事情再闹下去，金山寺恐怕真让大水漫过。也跑到庙门口来，对长空南极仙翁，磕下头去。

南极仙翁云端里笑道："我是劝架的，不是打架的。白素贞也不必往下打，有人叫你收兵。法海你也不必怕，我保你无事。哈哈！"他大笑一声，手牵白鹤仙童向西而去。①

《青蛇》中鹿童、鹤童都来参战，最终水族和众仙人纷纷退去，只剩下白素贞、青蛇、法海、许宣四人。鹿童、鹤童因白素贞盗灵芝之事不甘心，"现在又得良机呼朋引类，以多欺少，把两强悍女子收拾，怎不兴奋莫名"？② 张恨水的《白蛇传》中，参战的只是鹤童，四位金刚两大天王退去，伽蓝等五百天兵未退，上万水族也未退，五百天兵抵挡不住水族的进攻。

断桥重逢，青蛇杀死许仙，她这样做是出于对法海拒绝她的恨——法海要许仙，青蛇偏偏不肯成全他，李碧华的改写着眼于女性

---

① 张恨水：《白蛇传》，通俗文艺出版社1955年版，第97页。
② 李碧华：《青蛇》，《霸王别姬 青蛇》，花城出版社2001年版，第362页。

的爱情心理——由爱生恨。而其他白蛇传中,许皈依佛门——显示佛法的强大,或者反抗法海、拒绝出家,李乔改写为许宣逃跑后与妓女混在一起。

二

《青蛇》描写了人们对爱情的不同态度,尤其是女性的爱情、欲望与生存困境。

小说借青蛇之口,表达了对以往白蛇传的不满:《白娘子永镇雷峰塔》隐瞒了荒唐的真相,酸风妒雨四角纠缠,全都没在书中交代;《义妖传》及其续集,把白蛇与青蛇写成"义妖",过分地美化。《青蛇》不同于上述作品,它写出了"酸风妒雨四角纠缠",写出了爱情、欲望,揭示了女性的生存困境。

小说常常以直露的笔法来写女性的爱情观,透过这些议论,我们可以更好地把握小说的主旨和作者的创作观念。

小说写青蛇对法海由爱而恨:

> 作为一个女人,我小气记恨,他可以打我杀我,绝不可以如此地鄙视我拒绝我弃我如敝履。
>
> 我恨他!——我动用了与爱一般等量的气力去憎恨一个叫我无从下手的一筹莫展的男人。[①]

白素贞想要一个平凡的男人,平凡的爱与关心,可是她最终没有得到。尽管她比人类的智商高出许多,然而在爱情面前,她是个失败者。她先爱上许仙,对爱情那么投入:

> 是的,是她先爱上了他。他心里明白。……在这样的因缘里,谁先爱上谁,谁便先输了一仗。他太明白了。他也爱她。但

---

① 李碧华:《青蛇》,《霸王别姬 青蛇》,花城出版社2001年版,第376页。

第五章

众声喧哗：20 世纪 70 年代以降我国港台地区及海外的白蛇传改写

比起来，他那么平凡，她竟毫无条件送上了一切。①

青蛇对于白素贞感想的猜测，其实表达了李碧华对于男性疑虑、女性困境的认知：

——不要提携男人。

是的，不要提携他。最好到他差不多了，才去爱。男人不作兴"以身相许"，他一旦高升了，伺机突围，你就危险了。没有男人肯卖掉一生，他总有野心用他卖身的钱，去买另一生。②

小说写出了男性对于女人的永不满足：

每个男人，都希望他生命中有两个女人：白蛇和青蛇。同期的，相间的，点缀他荒芜的命运。——只是，当他得到白蛇，她渐渐成了朱门旁惨白的余灰，那青蛇，却是树顶青翠欲滴爽脆刮辣的嫩叶子。到他得了青蛇，她反是百子柜中闷绿的山草药，而白蛇，抬尽了头方见天际皑皑飘飞柔情万缕新雪花。③

张爱玲在《红玫瑰和白玫瑰》中，有一段经典描述：

振保的生命里有两个女人，他说一个是他的白玫瑰，一个是他的红玫瑰。一个是圣洁的妻，一个是热烈的情妇……也许每一个男子全都有过这样的两个女人，至少两个。娶了红玫瑰，久而久之，红的变了墙上的一抹蚊子血，白的还是"床前明月光"；娶了白玫瑰，白的便是衣服沾上的一粒饭粘子，红的却是心口上的一颗朱砂痣。④

---

① 李碧华：《青蛇》，《霸王别姬 青蛇》，花城出版社 2001 年版，第 288 页。
② 同上书，第 380 页。
③ 同上书，第 378 页。
④ 张爱玲：《传奇（上）》，经济日报出版社 2003 年版，第 29 页。

这两段话何其相似乃尔：不同时代的女人对男人本性的见解有一致性。与张爱玲相比，李碧华指出不但男性如此，而且女性也有同样的心理：

> 每个女人，也希望她生命中有两个男人：许仙和法海。是的，法海是用尽千方百计博她偶一欢心的金漆神像，生世伫候她稍假词色，仰之弥高；许仙是依依挽手，细细画眉的美少年，给你讲最好听的话语来烫贴心灵。——但只因到手了，他没一句话说得准，没一个动作硬朗。万一法海肯臣服呢，又嫌他刚强怠慢，不解温柔，枉费心机。
> 得不到的方叫人恨得牙痒痒，心戚戚。①

男人和女人不肯满足的心理，反映出人们的爱情困境，选择哪一个都会感到缺憾。如果想要同时拥有，其结局只能是一无所有。就如青蛇和许仙一样，青蛇没有得到许仙和法海，许仙则失去了白素贞和青蛇。

李碧华在接受采访时这样袒露自己的爱情观及其与创作的关系：

> 我没有我笔下的女主角痴情。我和现代许多现代人一样对感情比较疏离，觉得爱情只有今天，没有明天。对别人、对自己都没有足够的信心去相信，爱情是可以天长地久的。但是我想每个人向往天长地久的感情，也许因为得不到，就说算了，暂时拥有也好，这未尝不是一种自欺欺人。另一方面，对我来说，写小说也好，写剧本也好，都是将心中的梦想实现。于是我写了天长地久的感情，写了如花这样的女子。②

《青蛇》揭示了女性的生存困境，在事业和丈夫面前必须做出选

---

① 李碧华：《青蛇》，《霸王别姬 青蛇》，花城出版社 2001 年版，第 378—379 页。
② 张西娜：《个体户李碧华》，（新加坡）《联合早报》1992 年 11 月 22 日。

第五章
众声喧哗：20世纪70年代以降我国港台地区及海外的白蛇传改写

择，白素贞选择了脱下"女强人"的外衣，小说这样揭示了普通女性的生命："人人的妻子都'敢谓素娴中馈事，也曾攻读内则篇'。她们致力于三餐菜式，四季衣裳，就终此一生。如果丈夫心有外骛，她们更觉时间不敷使用，要拨一点出来悲哀。"① 一个女子若是表现得不平凡，那么其结局会很可悲：

> 一个女子，无论长得多美丽，前途多灿烂，要不成了皇后，要不成了名妓，要不成了一个才气横溢的词人——像刚死了不久的李清照……她们的一生都不太快乐。不比一个平凡的女子快乐：只成了人妻，却不必承担命运上的诡秘与凄艳的煎熬。②

女性若想得到男人的高兴，须要牺牲，甚至要表现得愚蠢。比如游虎丘时，许仙要白素贞猜他手中的东西，白素贞装作猜不出来，许仙很开心："女人猜不中他手中的是啥？他很开心。太开心了：女人处于下风呀。"③ 青蛇准确地说出许仙手中的东西，白素贞和许仙都不高兴，因为她破坏了游戏，没有表现出"女人处于下风"。

《青蛇》中女性的命运具有宿命色彩。白素贞万念俱灰，要青蛇永远不要重蹈覆辙。青蛇对于她与许仙之间的爱情，感到好像是"一场游戏"，把买汤圆、爱许仙看作"荒唐事儿"，那是她心头的一个疤，她愿一切都没发生过。白素贞后来不顾教训，再次恋爱，"生命太长了，无事可做，难道坐以待毙？"④ 那个人或许是许仙的转世，生命似乎陷入宿命的轮回之中。

法海有同性恋倾向，鄙视女人，对正常的男女爱情存在偏见："夫妻恩爱，情人反目，女人是惊扰世道人心的浊物，众生都为虚情假意所伤，朝为红颜，夕已成白骨——白骨犹彼此攻讦，敲打不

---

① 李碧华：《青蛇》，《霸王别姬 青蛇》，花城出版社2001年版，第290页。
② 同上书，第286页。
③ 同上书，第294页。
④ 同上书，第390页。

绝。"① 法海拆散白素贞与许仙，将白素贞镇压在雷峰塔下，或许是因为妒忌。如青蛇所言："是你妒忌吧？你一生都享受不到的，因此见不得天下有情人终成眷属这种好事，甚至不准他们自欺。"②

爱情始终是人类永恒的主题：

没有人在花前月下，湖畔柳边，会记起什么"五讲四美三热爱""清除精神污染""沪苏浙皖赣比翼起飞"……他们只晓得讲和听一些自己都不相信的话，又平和而谦虚地相信了。建设祖国多么困难，建设爱情就易得多了。虽然同是空中楼阁。③

爱情成为解构政治的手段，在爱情面前，没有人会记起"建设祖国"的事情，尽管建设爱情和建设祖国同样是空中楼阁。

三

《青蛇》暴露了人性之恶，尤其是辛辣地讽刺、批判了"文化大革命"，"文化大革命"批判使得《青蛇》成为白蛇传中比较独特的文本。白蛇传与"文化大革命"本来毫无关联，一古一今，李碧华却将其"拼贴"在一个文本之中，"文化大革命"由此成为小说中非常醒目的部分，看似不伦不类，实则大有深意、别具一格。古今交融的写法，影响了李锐的《人间》、芭蕉的《白蛇·青蛇》、周蜜蜜的《蛇缠》、严歌苓的《白蛇》等作品。

人总是自以为是，高高在上，蔑视其他物种。法海就坚持人、妖之别，蔑视"妖"："世上所有，物归其类，人是人，妖是妖，不可高攀。"④ 青蛇的话也揭示出人类的自高心理："五百岁的蛇，地位比一千岁的蛇低，但一千岁的蛇，地位又比才一岁的人低。不管我们骄傲

---

① 李碧华：《青蛇》，《霸王别姬 青蛇》，花城出版社2001年版，第356页。
② 同上书，第375页。
③ 同上书，第388页。
④ 同上书，第348页。

第五章
众声喧哗：20 世纪 70 年代以降我国港台地区及海外的白蛇传改写

到什么程度，事实如此不容抹杀。人总是看不起蛇的。"然而，人类并非是自以为是的那样优越，与蛇相比人类有许多缺点，如青蛇所言："人类，一朝比一朝差劲，一代比一代奸狡，再也没有真情义了——但我永远都有。"① 许仙无疑就是"差劲""奸狡"、无情的典型，《青蛇》正是通过暴露许仙的缺点，来批判人性之恶。

人的批判和社会批判纠结在一起。《青蛇》中多处细节表露出作者对社会历史的批判，如《青蛇》对于以往的白蛇传不满："谁都写不好别人的故事，这便是中国，中国流传下来的一切记载，都不是当事人的真相。"② 这句话意味深长，讽刺了历史文献对历史真相的扭曲。再如，"五石散"本是魏晋时期士大夫们所服用的，小说写南宋乐师吸食"五石散"，这是对于南宋朝廷苟安、人们醉生梦死生活的讽刺。与南宋相比，唐朝才是青蛇与白蛇所羡慕的，"我来的时候，正是中国文化最鼎盛的唐朝"，"中国最优秀的才子都在唐朝，但他们全都死去，太迟了，到你想要一个男人时，男人明显地退步"。

最能表现李碧华历史批判意识的，是小说中有关"文化大革命"的情节。众所周知，雷峰塔是 20 世纪 20 年代自行倒掉的。李碧华一面借青蛇之口说以往的白蛇传不真实，一面却更加不真实地将"众所周知"的事实予以颠覆，将雷峰塔的倒掉安排在"文化大革命"时期，并说是革命小将红卫兵们破坏的。"文化大革命"虽然在小说中占据的篇幅不多，然而有关"文化大革命"的几处情景却写得撼人心魄、发人深省。20 年后，李锐、蒋韵的小说《人间》虽然也写到"反右"，但似乎缺少李碧华的魄力和胆识——当然，这也是不同政治环境对于文学创作的不同影响。

带头破坏雷峰塔的，是白素贞儿子的转世——许士林。一个红卫兵要许士林"号令主持把这封建帝王奴役百姓的铁证推倒"。许士林英姿勃发，骄傲地宣布自己改名叫"许向阳"，其他红卫兵纷纷改名

---

① 李碧华：《青蛇》，《霸王别姬 青蛇》，花城出版社 2001 年版，第 247 页。
② 同上书，第 380 页。

字，如"向东""前进""永红"等。许向阳等人高呼口号，青蛇对此不耐烦：

> 唉，快继续动手把雷峰塔砸倒吧，还在喊什么呢？真麻烦。这"毛主席""党中央"是啥？我一点都不知道，只希望他们万众一心，把我姐姐间接地放出来。
>
> ……
> 塔倒了！
> 也许经了这些岁月，雷峰塔和中国都像个蛀空了的牙齿，稍加动摇，也就崩溃了。
> 也许，因为这以许向阳为首的革命小将的力量，是"文化大革命"的贡献。①

许向阳等人慷慨激昂高呼口号，而青蛇对时局漠不关心——她只希望白素贞被间接地放出来。青蛇装糊涂，"是啥""一点都不知道"的背后，实际上是作者故作不知，是对时代的不予认同和抵触。作者将雷峰塔比喻为蛀空了的牙齿不足为怪，加上"中国"，却具有深刻的痛惜之情了。"破坏"是红卫兵的功课："一切一切的文物，都曾受严重破坏，剥削阶级的旧思想、旧文化、旧风俗、旧习惯，都像垃圾一样，被扫地出门，砸个稀烂。"②"垃圾"饱含李碧华强烈的批判意识和痛惜心理。

白素贞和青蛇关于时间的对话也颇耐人寻味：

> "如今是什么朝代了？"
> "不晓得呀。"
> "谁当皇帝？"
> "也不晓得。不过，好像不叫'皇帝'，叫'主席'。"

---

① 李碧华：《青蛇》，《霸王别姬 青蛇》，花城出版社2001年版，第383页。
② 同上书，第385页。

第五章
众声喧哗：20世纪70年代以降我国港台地区及海外的白蛇传改写

"'主席'？"

"唏，别管这些闲事了。我俩回家去吧。"①

白素贞出塔后不知今夕何夕，然而青蛇理应知道，至少事后理应知道是什么时代，却说"不晓得"。白素贞将"主席"的时代误认为"皇帝"的朝代，青蛇说"主席"或"皇帝"是"闲事"，在她看来，"回家"才是大事；这说明社会政治状况没有实质性的改变，社会生活也没有变化，以至白素贞和青蛇分不清时代的变化。李碧华辛辣的反讽笔法由此可见一斑。

尽管白素贞和青蛇是妖精，但她们对"文化大革命"的混乱和暴行感到吃惊和害怕，不得已而躲入湖底避难：

> 总是有游行和大规模的破坏。众人学艺不前，急剧退步。营营耳语，闪闪目光。堂堂大国，风度全失，十亿人民，沦为举止猥琐、行藏鬼祟的惊弓之鸟。
>
> 红卫兵是特权分子，随便把人毒打、定罪、侮辱，那恐怖的情形，令我汗毛直竖，难以忍受。
>
> 所以我俩慌忙躲到西湖底下去。②

可是避难西湖并非良策，西湖不是世外桃源，白素贞和青蛇同样要承受时代的苦难，这使她俩产生"讨厌"之感：

> 谁知天天都有人投湖自尽，要不便血染碧波，有时忽地抛掷下三数只被生生挖出来的人的眼睛，真是讨厌！
>
> 我们不喜欢这一"朝代"，索性隐居，待他江山移易再算。老实说，做蛇就有这自由了，人是修不到的，他们要面对不愿意面对的，连懒惰都不敢。

---

① 李碧华：《青蛇》，《霸王别姬 青蛇》，花城出版社2001年版，第384页。
② 同上书，第385页。

……过了一阵子，大约有十年吧，投湖的人渐少了，喧闹的人也闭嘴了，一场革命的游戏又完了。——他们说游戏的方式不对，游戏的本质却无可厚非。①

这些关于"文化大革命"的多处文字，在绝大多数中国大陆出版的《青蛇》中被删除，由此也印证了李碧华对于"文化大革命"批判的凌厉。将情欲和"文化大革命"批判结合在一起，使得《青蛇》具有较为丰富的内涵。有论者说："李碧华的小说并不是一般的纯言情小说，它们有比爱情更丰富的内涵，在历史的、社会的、美学的、哲学的层面上所给人的思考，是一般的言情小说所不能比拟的。"②

四

《青蛇》所塑造的人物颇有特点。

青蛇不是忠心耿耿、心地善良、疾恶如仇、英勇顽强的战斗者形象，而是有情感有欲望的女性，她勾引法海，争夺许仙，背叛友情。

青蛇吃下吕洞宾的七情六欲丸后，渐渐有了爱和欲的需要。青蛇对男女之间的爱情很好奇，竟提出要白素贞把许仙让给她一天的要求。她因好奇与寂寞勾引许仙，并在端午后和许仙偷情。她甚至想到要和许仙私奔。为了许仙，她与白素贞大动干戈，及至她知道白素贞怀孕后方才罢手。她看透了许仙的阴险、狡诈，面对许仙的纠缠、虚伪，她产生厌恶之情，然而为了白素贞和她的孩子，青蛇要许仙保守秘密，不把她们的身份说出来，不揭穿平静生活的假象。

青蛇与白素贞不是主仆而是姐妹关系，这样两人的地位是平等的，青蛇不必对白素贞唯唯诺诺。在白素贞被法海用金钵罩住的时候，青蛇不顾尊严，跪下求法海饶恕白素贞。后来红卫兵破塔，她也助了一臂之力。可见，她还是很珍惜与白素贞的友情的。

---

① 李碧华：《青蛇》，《霸王别姬 青蛇》，花城出版社2001年版，第386页。
② 刘登翰主编：《香港文学史》，人民文学出版社1999年版，第496页。

第五章
众声喧哗：20世纪70年代以降我国港台地区及海外的白蛇传改写

青蛇不是"义妖"，她对那些被法海抓住的小妖幸灾乐祸。正如她的自我评价："一条蛇的操守会高到哪儿去？"在与白素贞去金山寺前，青蛇这样评价自己："我是那种干不得大事的小人物。我有的是小聪明小阴谋，人又小气，遇上大事，一筹莫展。"① 面对法海，她并非是坚强勇敢的战斗英雄，而是表现得怯懦，请法海"高抬贵手"，她自己感到"真窝囊""惨败"。

李碧华对青蛇形象的塑造，突出了青蛇的情感和欲望，将其从"配角"的奴婢提升到故事的"主角"。青蛇形象的变化或许是受到云门舞剧《白蛇传》的影响，蒋勋说："白蛇、许仙、法海、青蛇，四个角色，构筑起《白蛇传》的原型。20世纪70年代，云门舞集的《白蛇传》改变了青蛇的性格，首次颠覆了原型，之后香港徐克的电影《青蛇》，基本延续这个颠覆原型的观点。"② 电影《青蛇》改写自李碧华的小说《青蛇》，青蛇的性格在电影和小说中保持了一致性。

白素贞和青蛇一样，因吃下七情六欲丸才有了爱情和欲望。她倾心许仙，"一半因为人，一半因为色"。为了救许仙，她冒死去昆仑山盗草。她想做一个"真正"的女人，坐月子、喝鸡汤、抚养孩子。白素贞看出许仙狡猾、好色，可是她已经怀孕，势成骑虎，她接受了人间的"习俗"——孩子要有父亲。

法海年轻英武，三十余岁，眉目凛凛，精光慑人，不怒而威，有超然的佛性，不像其他白蛇传中的老和尚。法海以降伏妖魔、替天行道为己任："当今乱世，人妖不分，天下之妖捉之不尽。我不为百姓请命，谁去？我不入地狱谁入？"③ "天地有它的规律，这便是'法'，替天行道是我的任务！"④ "若我入世，必大慈大悲大破大立，为正邪是非定界限，令天下重见光明！妖就是妖，何用废话！"⑤ 作为年轻的

---

① 李碧华：《青蛇》，《霸王别姬 青蛇》，花城出版社2001年版，第358页。
② 蒋勋：《舞动白蛇传》，广西师范大学出版社2004年版，第118页。
③ 李碧华：《青蛇》，《霸王别姬 青蛇》，花城出版社2001年版，第250页。
④ 同上书，第253页。
⑤ 同上。

和尚，法海竭力压抑、掩饰自己的欲望，然而在青蛇的勾引下，他欲望起伏，暴露出他并非"六根清净"。法海对女性有偏见，视女子为"浊物"。可是他勾引许仙，有同性恋的倾向。法海理应把青蛇收服，可是法海与青蛇对峙了很久，扔下盂钵逃走。

许仙原是做观音像雕版的穷书生，看起来清高、有理想，老实得不知搭讪，如青蛇所说，一本正经、德高望重、知书识礼、文质彬彬，然而这只是表象，其实他奸诈、阴险，胆小怯懦，内心被欲望奴役，对待爱情很虚伪。他既想要青蛇，又不想失去白素贞，为了青蛇，他向白素贞说谎。当青蛇决定不再和他继续相好、要他安分守己时，他还是纠缠青蛇，甚至想和青蛇带着银子远走高飞，完全忘却白素贞对他的爱。遭到青蛇拒绝后，许仙恼羞成怒，揭穿青蛇和白素贞为蛇妖的身份，骂青蛇不识抬举。尽管此前他知道白素贞和青蛇是蛇妖，但不露声色地想要维持往日的生活——同时占有青蛇和白素贞，由此可见许仙的奸诈和虚伪。

在此前白蛇传中，许仙知道妻子是蛇妖后害怕，甚至甘愿出家。而《青蛇》中的许仙知道白素贞和小青是蛇妖后不动声色，想继续过这种世俗生活——既有白素贞为妻，又和青蛇偷情。他知道白素贞和小青不会伤害他，甚至为他争风吃醋。许仙拒绝法海，不肯出家："——我不怕，我要回去。师傅，在妖面前，我是主；在你面前，不知如何，我成了副。师傅莫非要操纵许仙？"[①] "我不落发！我不要出家，我恋栈红尘，沉迷女色，你们是妒忌我吗？我不要学你们一样！"[②] 法海收服白素贞时，许仙阻拦，及至法海威胁说要将他一起摄入钵中，许仙抱头飞蹿。对此，青蛇觉得他那么无情、可笑。许仙在蛇妖面前是大胆的，在法海面前却胆小、懦弱，当危险来临时，许仙放弃了对白素贞的救护。

---

① 李碧华：《青蛇》，《霸王别姬 青蛇》，花城出版社 2001 年版，第 355 页。
② 同上书，第 361 页。

第五章

众声喧哗：20 世纪 70 年代以降我国港台地区及海外的白蛇传改写

五

此前的白蛇传小说，采用第三人称全知叙事方式；《青蛇》采用第一人称叙事方式，这便于展示青蛇的情感、思想。青蛇生活在现代，对过去展开回忆，青蛇在讲述故事时已带有现代观念，用现代眼光对过去的人事加以评判。

《青蛇》采用第一人称叙事方式，基本从青蛇的角度来讲述故事。然而小说的叙事焦点并不完全限制于青蛇，有时也采用全知的叙事方式，讲述青蛇并不知道的事情，比如白素贞最后如何得以从昆仑山回来，而最明显的例子莫过于青蛇对白素贞心理活动的揭示。

《青蛇》在叙事特征上具有元小说的特色。青蛇对以往关于她和白素贞的传记不满，尤其表达了对《白娘子永镇雷峰塔》和《义妖传》不满，她决定自己写传记：

> 宋、元之后，到了明朝，有一个家伙唤冯梦龙，把它收编到《警世通言》之中，还起了个标题，曰《白娘子永镇雷峰塔》。觅来一看，噫！都不是我心目中的传记。它隐瞒了荒唐的真相。酸风妒雨四角纠缠，全都没在书中交代。我不满意。……
>
> 清朝有个书生陈遇乾，著了《义妖传》四卷五十三回，又续集二卷十六回。把我仍写成"义妖"，又过分地美化，内容显得贫血。我也不满意。
>
> ——他日有机会，我要自己动手才是正经。谁都写不好别人的故事。
>
> 繁荣、气恼、为难。自己来便好，写得太真了，招来看不起，也就认了。猪八戒进屠场，自己贡献自己——自传的唯一意义。[①]

[①] 李碧华：《青蛇》，《霸王别姬 青蛇》，花城出版社 2001 年版，第 380 页。

《青蛇》多处流露出对以往白蛇传的批评，认为它们没有写出真相，而她自己写的传记才是真实的。白素贞出塔后，青蛇隐瞒了许仙结局的真相，骗她说许仙懊悔，情愿出家，在塔旁披剃为僧，修行数年，一夕坐化。青蛇说："这是我在那冯梦龙的《警世通言·白娘子永镇雷峰塔》中抽出来的一段。别人为我们的故事穿凿附会竟又流传至今。"① 青蛇完全颠覆了传统《白蛇传》，在批判"他者"的时候，小说《青蛇》自身的意义凸显出来。

《青蛇》开头和结尾的时间背景是现代社会，一个流传久远、家喻户晓的故事，本与现代社会有着难以逾越的时空距离，然而被煞有介事地改写为青蛇和白蛇依然生活在现代社会中，而且告诉人们这才是真实的传记，的确显得有些荒诞。小说开头如此描写断桥：断桥已改建，铺了钢筋水泥，通了汽车。小说末尾，更是浓墨重彩地写到了"文化大革命"时期混乱、恐怖的社会现实。随着时间向现代推进，还出现了缝衣机、电风扇、录音机、牛仔裤、尼龙丝袜、太阳眼镜、迪斯科等现代事物，这些被读者所熟知的与白蛇传无关的事物，揭示了小说的荒诞与虚构本质。不仅如此，作者索性借青蛇之口说：

> 我要集中精神，好好写那发生在我五百多岁，时维南宋孝宗淳熙年间的故事。这已经足够我忙碌了。
>
> 我还打算把我的稿子，投寄到香港最出名的《东方日报》去。听说那报章的读者最多，我希望有最多的人了解我呢。
>
> 稿子给登出来了，多好。还可以得到稿费。不要白不要。
>
> 我在信末这样写："编辑先生，稿费请支付港币或美元。否则，折成外汇券也罢。我的住址是：中国、浙江、杭州、西湖、断桥底。小青收便可。"
>
> 万一收不到稿费也就算了，银子于我而言不是难题。我那么

---

① 《青蛇》，《霸王别姬 青蛇》，花城出版社2001年版，第387页。

第五章
众声喧哗：20 世纪 70 年代以降我国港台地区及海外的白蛇传改写

孜孜不倦地写自传，主要并非在稿费，只因为寂寞。①

这段文字是元小说最醒目、最典型特征，暴露了小说的虚构本质。这也间接表明李碧华的改写意图：不是要单纯地讲述一个久远的传说，而是要借这个传说来表达自己的爱情观念和对人性的认知、对历史的批判。

第六节 小剧场的前卫之作：田启元的《白水》《水幽》

《白水》是台湾有名的小剧场作品，由"鬼才"田启元编导，1993 年首演后给台湾剧场界以极大震撼，编导受邀参加布鲁塞尔艺术节。所谓小剧场，锺明德说："小剧场泛指不同于传统戏曲或传统话剧的剧场或演出活动，在艺术倾向上隐含着实验剧场或前卫剧场的特色。另一方面又专指小规模、小制作和观众数目很少的剧场。"②

《白水》改编自《白蛇传》中的"水斗"一折，许仙去金山寺不归，白蛇既担心婚姻遭到法海迫害，又因自己怀有身孕、法海法力高强，担心自己与青蛇不是法海的对手。青蛇说要和白蛇一起去金山寺，找来虾兵蟹将一同前往，法海若不放人，就决一死战。许仙藏身金山寺，已知妻子是蛇妖，不肯回家，处于矛盾痛苦之中——既害怕白蛇，又留恋白蛇。法海带着许仙对抗白蛇与青蛇，白蛇、青蛇发动水斗；白蛇怀有身孕，法海的宝钵因此不能将其罩住，白蛇、青蛇战败逃走。法海说许仙与白蛇尘缘未了，要许仙回到白蛇身边去，许仙对白蛇很害怕，在回去的路上，内心十分矛盾，处于痛苦挣扎之中。

---

① 李碧华：《青蛇》，《霸王别姬 青蛇》，花城出版社 2001 年版，第 391 页。
② 锺明德：《继续前卫——寻找整体艺术和当代台北文化》，（台湾）书林出版社 1996 年版，第 162—163 页。

255

白蛇负伤，青蛇则在旁边守候。青蛇看见许仙，十分恼怒，要取许仙性命。许仙惊慌，向白蛇求救，他躲过青蛇的攻击，跌倒在白蛇的身边，吓得不敢抬头，全身颤抖。白蛇默默看着许仙并伸手轻轻抚慰，显示出一种温情和怜惜。青蛇看见这种情景，凶器掉落，青蛇也跌落。许仙抬起头，与白蛇对望。

从剧情上来看，《白水》沿袭以往作品的情节，演员的性别、打扮以及台词等却显示出别样的风貌。

白蛇由男性演员饰演，三分短发的中间和两侧分别有三条白线，面部是传统戏曲旦角的化妆，身体精瘦，穿着四角内裤，胸膛上画有一条白蛇，从外形上来看，"白蛇"的意味是具备的，只是"女性"的色彩缺乏。白蛇维护爱情的态度是坚决的：

> 呜……好大的一篇道理，既是慈航普度，你还分什么人我兽畜？
> 我与许仙真情挚爱，坏了你什么伟大的天纲法纪？
> 我死何足惧，白骨散天地，但我珍惜；长相厮守，白头共叙，延香火，代代续续。
> 哈！哈！哈！
> 纵，我夫妻不能比翼双飞，
> 我儿何辜，我儿何辜？
> 我腹中的儿啊！我腹中的儿！
> 纵母亲九死，也不允人把你伤！
> 纵母亲九死，也绝不让你成为一个无父的儿郎！[①]

白蛇毫无畏惧地与法海辩驳，在爱情面前，白蛇不肯退让。由男性来演白蛇，固然能够体现田启元的用意，可实际效果未必好，比如，一个男性不可能会怀有胎儿，当白蛇说到胎儿时，便抱着腹部，

---

① 田启元：《白水》，《狂睡五百年——临界点剧象录剧本创作集1》，（台湾）临界点剧象录2002年版，第71—72页。

第五章
众声喧哗：20 世纪 70 年代以降我国港台地区及海外的白蛇传改写

这显得有些滑稽。

与白蛇一样，青蛇也由男性演员饰演，在外形上，青蛇面部画有青色眼影，化妆偏向现代风格，胸前围绕着青色布条，这也使得演员具备"青蛇"的外形，使观众能够分辨得出来。青蛇的脖子后面绑着倒立的十字架，隐喻着青蛇的反抗性格。青蛇恨许仙抛弃白蛇的薄情行为，欲杀之而后快。青蛇的台词并不多，但是性格得到鲜明的表现。

许仙由男性演员饰演，外形上带有女性的色彩：穿着白衣、白裙，头上有本小书，联结着两条白色缎带。不仅是外形，许仙表演时的声音也显得女性化。许仙害怕白蛇，然而又念及她的情爱，内心十分矛盾、痛苦。许仙一再重复着这样的台词："我深爱着她，但我也害怕。"这就是他最真实的感受——既爱又怕，于是许仙有些不知所措。

法海身着白色及腰大衣，及膝的白色短裤，腰部系有白色的塑料软管，胸前挂着心形的布团，背负一斗笠，涂抹着大片黑色的眼影。"人是人，畜是畜，天生万物各有所处；人不人，畜不畜，纲毁纪崩生灵炭涂。"[①] 法海认为白蛇作为蛇妖，理当以蛇身行世，擅化人形、"魅惑人心"是"大坏纲纪伦常"，"其心可诛"。

白蛇、青蛇、许仙、法海分别由四个男性来饰演，很多评论者认为田启元这样编排是为同性恋者发声。蒋勋说："20 世纪 80 年代台湾的小剧场非常蓬勃，政治解严前后的社会，渴望解放思想，也特别具有颠覆传统原型的野心。田启元'临界点剧象录改编《白蛇传》为《白水》，重新解构四个角色，青蛇爱上了白蛇，法海爱上了许仙，看来荒谬的性别倒错，正是隐藏在《白蛇传》原型里丰富的潜意识雏形。"[②]

饰演这四个角色的演员还要扮演四位路人，并根据剧情需要加入歌队，当演员成为歌队中的成员时，便不再担任原本的角色。歌队起

[①] 田启元：《白水》，《狂睡五百年——临界点剧象录剧本创作集1》，(台湾) 临界点剧象录 2002 年版，第 71 页。

[②] 蒋勋：《舞动白蛇传》，广西师范大学出版社 2004 年版，第 118 页。

到以音乐营造剧情氛围的作用,能够更为明确地传达剧作的意图,比如这一段歌队和声:

> 难道,相爱,有罪
>
> 难道,真心相待,是一种浪费
>
> 难道,是这般,无怨无悔
>
> 难道,真有个,是是非非
>
> 累、心碎、奇美
>
> 什么是门当户对
>
> 什么是殊途同归
>
> 什么是人我异类
>
> 为什么要万念俱灰①

歌队的"难道""什么是""为什么"质疑了"纲纪伦常"的荒谬本质。

剧作的语言文白混杂,这样更能够凸显人物的内心情感,也容易调动观众的情感,比如,许仙想到妻子是蛇妖时说:"她对我不好吗?她会想害我吗?蛇会长手长脚吗?蛇会炒菜做饭吗?"②这段白话更具生活的原生态色彩,更能够传达许仙内心的矛盾痛苦。

田启元后来又根据《白水》编导了《水幽》。《白水》中的四个主要角色(白蛇、青蛇、法海、许仙)分别由四位男性演员饰演,与之不同,《水幽》则全部由女性演员饰演。《水幽》首次演出于1995年5月,由五位女演员在户外的草地上演出,剧本台词没有更动。五位女演员穿着各式白色衣服,这是现代人的白蛇传。演员在演出时并没有固定角色,演员的性别是模糊的,每个演员可能是白蛇也可能是法海,不同于《白水》中一人饰演一个角色。演员的肢体动作介于人和

---

① 田启元:《白水》,《狂睡五百年——临界点剧象录剧本创作集1》,(台湾)临界点剧象录2002年版,第68页。

② 同上书,第74—75。

第五章
众声喧哗：20 世纪 70 年代以降我国港台地区及海外的白蛇传改写

畜之间，间或集体吟诗，传达剧中人物的心声。角色、性别的模糊，或许隐含着人与妖并无区别的意思，这样更能够颠覆传统的"纲纪伦常"意识。除了五个女性的演出版本外，1995 年 11 月，在台北市幼狮艺文中心，临界点还上演了 7 个女性演出的《水幽》。

第七节 "人畜何处分？"：陈庆龙的小说《蛇的女儿》

陈庆龙在小说集《蛇的女儿》的自序《只是太迷恋脑袋里的故事》中，对自己创作《蛇的女儿》动机和主题有比较详尽的说明：

> 《蛇的女儿》完成的时间大约是三年前，是我的小说作品里面比较常被人看到的。这个故事起源自我很喜欢的剧本《白水》，而这个剧本则源自于《白蛇传》。我觉得这个故事中，白蛇的痴情，青蛇的恩义以及许仙的怯懦，面对象征着整个社会礼教的法海，产生了很精彩的火花。《白蛇传》其实已有此比喻，而《白水》更是把这议题凸显出来。剧作家田启元先生自由奔放的笔触以及语言，带动我构思出《蛇的女儿》这样的故事来。我常对离别的诠释有很深的体会，有很多故事都在暗喻离别的宿命。并不是离别就一定美，悲剧也并不是因为需要而必须是悲剧，我觉得最美的，始终还是人的信念。很多时候，我在写一个故事，可是故事却活了起来，反过来给我的人生新的出口。[1]

从中可见，陈庆龙的创作是受到田启元《白水》的影响，作者对于离别有着深刻的体会。

---

[1] 陈庆龙：《蛇的女儿》，（马来西亚）大将出版社 2009 年版，第 11 页。

小说以第一人称的叙述角度，从一个月夜，两个人（大概是别墅管理员）杀"我"（蛇——变成蛇前的名字叫庄青青）写起，"我"在疼痛中开始了回忆。想起了八岁时妈妈带"我"看田启元的《白水》的情景。十四岁那年，妈妈告诉"我"，"我"爸爸的这一族出生的时候都是人类，到了二十四岁就会变成蛇，之后也只有二十四年的寿命；"我"三岁那年，他（蛇王）在山上被人活活打死了。"我"16岁时，妈妈因心脏病发作而亡故，之后，"我"开始了一个人的生活，在担心二十四岁变蛇的日子中度过，因担惊受怕而忧郁。在高中毕业旅行中，同学黄宇轩向"我"表达了他的爱慕之情。22岁的夏末，"我"的左手臂开始出现茧，这是变蛇的征兆。与"我"同居的黄宇轩发现了，以为是皮肤病，建议看医生，"我"拒绝了。24岁生日的前一天，姨妈写信向"我"告别，并且表达了她这些年来的恐惧与愧疚，她知道"我"会变成蛇。24岁生日的夜里，"我"变成了一条蛇，告别了熟睡着的黄宇轩，游向别墅旁的丛林。回忆至此结束，这样故事回到了开篇，可以推测，"我"刚刚游出家门就被管理员捉住并杀掉了。

与其他白蛇传作品相比，这部作品的不同之处在于不是蛇变化为人，而是人变化为蛇。由人变蛇的恐惧笼罩着"我"，对于做人、爱情的留恋与最终要变成蛇的恐惧、事实，形成不可调和的矛盾、冲突，这一悲剧的过程及其变蛇后离开而遭杀戮的结局使得作品具有凄婉的风格。

在《蛇的女儿》这一作品中，我们明显可以看出前文本的影响，作品多次提及白蛇传故事及田启元的剧本《白水》，借以抒发"我"的感受。"《白蛇传》里的许仙，当知道妻子白素贞是条白蛇，吓得整个人都失了魂。但白蛇却由始至终关心她的夫君，对许仙一心一意。蛇的情深意切，人的薄心负义，有时候，我也不懂到底谁的血才是比较温暖。"[①] 不管白蛇如何情深，许仙对白蛇都心存恐惧，"我"也设

[①] 陈庆龙：《蛇的女儿》，（马来西亚）大将出版社2009年版，第62页。

第五章
众声喧哗：20世纪70年代以降我国港台地区及海外的白蛇传改写

想过自己变成蛇后，黄宇轩也会恐惧，尽管他说过"还是一样会爱你"这样的话。"我"两次观看《白水》，后来还买了剧本集《白水》来阅读。《白水》的台词"人畜何处分"，对"我"触动很大，"我"对人妖之分提出了质疑和反思。"我经过这里，不瞥你们一眼，也不张开獠牙"，显然蛇对人未构成危害，却被逮住杀掉；而人杀蛇的理由很简单粗暴，"它是畜生，我们是人。畜生会咬人，我们当然要杀了它"。"我从来没有看过人类在残杀我的族人时有任何手软的"，这句话揭示出人对蛇的残忍、狠毒，也注定了"我"作为"蛇"族的生命悲剧与爱情悲剧。

第八节　复杂的情爱：严歌苓的《白蛇》与周蜜蜜的《蛇缠》

一　严歌苓的小说《白蛇》

（一）

严歌苓的小说《白蛇》发表于1998年，该作品并非是单纯的白蛇传故事，而是借白蛇传中的某些情节，来叙述"文化大革命"前后孙丽坤和徐群珊的人生遭遇、同性情爱。

孙丽坤是著名舞蹈家，以演"白蛇"著称，因与捷克的男舞蹈家上床而被定案为资产阶级腐朽分子、国际特务嫌疑、反革命美女蛇，被关押审查。徐群珊小时候看过孙丽坤演出的《白蛇传》，对她非常着迷。徐群珊自幼就是男性装扮，常常被误认为"小男孩"。"文化大革命"时期，徐群珊偶然看到被关押起来的孙丽坤，于是化名为男青年"徐群山"，冒充中央特派员接近孙丽坤。在一个月的接触中，孙丽坤爱上了"徐群山"。孙丽坤知道"徐群山"是女性后，精神崩溃，被送往精神病院治疗。"徐群山"恢复为徐群珊，以女性身份"姗姗"去医院陪伴、照顾她，两人发生了同性恋情。"文化大革命"结束后，孙丽坤重返舞台，开始新的生活，徐群珊与人结婚，两人的同性之爱被迫结束，依依惜别。

同性恋题材在严歌苓的作品中并不罕见，除《白蛇》外，小说《也是亚当，也是夏娃》《魔旦》也是关于同性恋的。《白蛇》深刻地揭示了"文化大革命"对于人性的摧残，写出了人性的善、恶、美、丑，刻画出女同性恋的复杂感受：在外界压力下，心有不甘而又不得不向世俗妥协。

小女孩徐群珊见到演白蛇的孙丽坤后，被其漂亮的外貌所震撼，甚至产生去触摸她的身体的想法，可是她对自己有这种想法"很害怕"。她一直喜欢舞蹈，自见了孙丽坤的舞蹈后，觉得自己不是喜欢舞蹈，而是喜欢产生舞蹈的这个人体。妈妈总说她不是个很正常的孩子，她对此很担心："我多希望我是正常的，跟别人一样，不然多孤立啊！多可怕呀！"[①]

徐群珊强迫自己不要再去想"白蛇"，可是她连做梦都会梦见她，她告诫自己："马上要考试了。我得记住，我是共产主义接班人。我必须做一个正常健康的接班人。"[②] "正常健康"即是对于迷恋白蛇的摒弃。

徐群珊与一个35岁的助教结婚，"珊珊在他身上可以收敛起她天性中所有的别出心裁。珊珊天性中的对于美的深沉爱好和执着追求，天性中的钟情都可以被这样教科书一样正确的男人纠正。珊珊明白她自己有被矫正的致命需要"[③]。就是徐群珊、孙丽坤自己也难以真正接受同性恋关系："她们之间从来就没能摆脱一种轻微的恶心，即使在她们最亲密的时候。"[④] 徐群珊结婚，孙丽坤告诉自己，该为珊珊高

---

① 严歌苓：《白蛇》，《十月》1998年第5期。
② 同上。
③ 同上。
④ 同上。

第五章
众声喧哗：20 世纪 70 年代以降我国港台地区及海外的白蛇传改写

兴，"从此不再会有太大差错了。她们俩那低人一等的关系中，一切牵念、恋想都可以止息了。珊珊也在笨手笨脚地学做一个女人"。[①] 孙丽坤被平反，"她恢复了正常的生活中，是不该有珊珊的"[②] 徐群珊专门偷偷去看孙丽坤跳白蛇舞，可是以演白蛇著称的孙丽坤没有跳白蛇舞，这意味着两人情感彻底被埋葬。

严歌苓出生、成长于国内，后来移居北美，移民生活使严歌苓获得了更大的自由创作空间，更新了思想观念，比如对于同性恋的看法。严歌苓在接受《新闻周刊》采访时说，刚开始的时候，她对于同性恋"当然很排斥，甚至觉得恶心"，到 1995 年、1996 年时，她"完全能同情同性恋了"，原因之一就是有两个女同性恋者暗恋她很长时间，尽管她不可能接受，但是她们的表达方式、姿态都使她感到很美好，没有半点强迫，"我意识到自己以前对同性恋的看法是错误的，它并不都是病态、变态的"[③]。严歌苓对于同性恋的厌恶遭受过批评，美国是个多元文化的国家，任何针对某个特定群体的歧视心态和言论都违背多元共存的现代文明准则。严歌苓说："我不希望自己被别人看成是一个不开明的人，这是我作为一个到西方的中国人特别敏感的区域。"[④] 严歌苓所居住的旧金山正是全美同性恋的大本营。这种人生际遇，使严歌苓对于同性恋者抱有同情心，故而能够将《白蛇》处理成有关同性恋的小说。

"文化大革命"是严歌苓小说常见的故事背景，如《天浴》《人寰》《穗子物语》等。严歌苓出生于 20 世纪 50 年代末，成长于"文化大革命"时期，后移居海外，移民经历使她对于人性有了更深刻的认识："移民也是最怀旧的人，怀旧使故国发生的一切往事，无论多狰狞，都显出一种奇特的情感价值。它使政治理想的斗争，无论多血腥，都成为遥远的一种氛围，一种特定环境，有时荒诞，有时却很凄

[①] 严歌苓：《白蛇》，《十月》1998 年第 5 期。
[②] 同上。
[③] 《最干净的同性恋小说》，《新闻周刊》2002 年 7 月 8 日。
[④] 同上。

美。移民特定的存在改变了他和祖国的历史和现实的关系，少了些对政治的功罪追究，多了些对人性这现象的了解。"①"大概'文革'中各种控诉、各种失真和煽情的腔调已经让我听怕了。我觉得'血泪史'之类的词里含有庸俗和滥情，是我想回避的。我觉得越是控诉得声泪俱下，事后会越忘却得快，忘却得干净。"②对于"文化大革命"，严歌苓不去追问其根源，没有声泪俱下地控诉其惨烈，而是保持一种距离上的远观，将其处理成故事的背景，凸显人性的内涵，《白蛇》就是如此。"文化大革命"对于人性造成严重压抑和摧残，男、女之间的性爱尚且被认定为"腐化"，更何况是超越世俗的同性之爱？从这个意义上讲，"文化大革命"是《白蛇》最为合适的故事背景。这与李碧华的《青蛇》稍有不同，《青蛇》中的"文化大革命"是李碧华有意为之，不惜违背历史真实，杜撰雷峰塔倒掉的原因和时间，将故事从一千年前写到"文化大革命"，"文化大革命"成为近距离的特写，李碧华不是有意彰显人性，她所在意的是批判政治、历史的荒诞。

（二）

《白蛇传》的某些情节，成为孙丽坤与徐群珊情感历程的隐喻。

小女孩徐群珊在其日记中描写观看孙丽坤所演的《白蛇传》与内心感受："台上正演到青蛇和白蛇开仗。青蛇向白蛇求婚，两人定好比一场武，青蛇胜了，他就娶白蛇；白蛇胜了，青蛇就变成女的，一辈子服侍白蛇。青蛇败了，舞台上灯一黑，再亮的时候，青蛇已经变成了个女的。变成女的之后，青蛇那么忠诚勇敢，对白蛇那么体贴入微。要是她不变成个女的呢？……那不就没有许仙这个笨蛋什么事了！我真讨厌许仙！没有他白蛇也不会受那么多磨难。没这个可恶的许仙，白蛇和青蛇肯定过得特好。咳，我真瞎操心！"③她强迫自己不

---

① 严歌苓：《呆下来，活下去》，《北京文学》2002年第11期。
② 严歌苓：《从魔幻说起》，《波希米亚楼》，当代世界出版社2001年版，第147页。
③ 严歌苓：《白蛇》，《十月》1998年第5期。

第五章

众声喧哗：20 世纪 70 年代以降我国港台地区及海外的白蛇传改写

要再去想"白蛇"，可是她连做梦都会梦见她。白蛇、青蛇间微妙的同性关系，成为孙丽坤与徐群珊之间情感的隐喻。

当徐群珊以"男性"徐群山出现时，孙丽坤产生了这种心理："她突然意识到他就站在'《白蛇传》'的断桥下，青灰色的桥石已附着着厚厚的黯淡历史。"[1]"徐群山"在孙丽坤生活中的出现，就如同许仙和白蛇的相遇。

"徐群山"和她接触后，孙丽坤产生这种直觉："她的直觉懂得整个事情的另一个性质。她感到她是来搭救她的，以她无法看透的手段。如同青蛇搭救盗仙草的白蛇。"孙丽坤在暗无天日的生活中，把"徐群山"作为拯救自己生命的人，并且喜欢上"他"，只是她还不知道"徐群山"是个女性。孙丽坤"无法看透的手段"，则是隐喻着她不知道"徐群山"的真实身份。

在招待所里，"徐群山"放了一段《白蛇传》的音乐，"一支媚态的二胡独奏，呜啊呜地慢慢哭了起来。音质不好，音乐不干不净，真的像哭。……是白蛇哭的那段独舞。许仙被化了蛇的白娘子唬死之后，白蛇盘缠在他的尸体上，想以自己的体温将他暖回来"[2]。"媚态"是修饰音乐的，然而也非常适合当时孙丽坤与徐群珊的心理，欲望在两人之间产生。音质像"哭"，预示着令孙丽坤伤心的事件将要发生。"徐群山"其实是女性徐群珊，这一事实对孙丽坤造成严重打击，就如同许仙被白蛇吓死。

孙丽坤送给徐群珊一个白蛇与青蛇怒斥许仙的玉雕作为结婚礼物，珊珊看了她一眼，意思说她何苦弄出这个暗示来；孙丽坤也看了珊珊一眼，表示绝非存心。徐群珊与一个助教结婚，孙丽坤与徐群珊的同性恋关系结束，助教对于孙丽坤与徐群珊关系的破坏，就如同许仙破坏了白蛇与青蛇的感情。

在《白蛇传》的演变中，白蛇的爱欲常被看作淫欲的文化符码。

---

[1] 严歌苓：《白蛇》，《十月》1998 年第 5 期。
[2] 同上。

孙丽坤皮肤很白，老少建筑工人们争辩她是白蟒、花蟒。在"民间版本"中，孙丽坤演出时走过的 17 个城市，每个城市都有男人跟着她，她那水蛇腰三两下就把男人缠上了床。她演白蛇的剧照被叫作"妖精"。孙丽坤因与捷克的男舞蹈家发生性行为而被认定"腐化活动"，被称作"国际大破鞋"，与白蛇的遭遇具有极大的相似性。

青蛇起初是男性之身，后变为女性之身，这也与徐群珊颇为类似，徐群珊本是女性，可是她自小就男性装扮，以男性身份出现于孙丽坤生活之中，和孙恋爱，最终在孙面前暴露出女性身份。

二 周蜜蜜的《蛇缠》

周蜜蜜的短篇小说《蛇缠》，发表于 2008 年，小说写的是为翻拍《白蛇传》，几个编剧煞费苦心地构思《白蛇传》，小说插入何静等人的情感经历，以现代人的爱情、欲望来改写《白蛇传》，具有元小说的特点。

（一）

到 2008 年时，白蛇传已繁衍出相当多的后代，济济一堂，要写出有新意的白蛇传作品，的确存在很大困难。《蛇缠》开头，编审王祺对《白蛇传》做了介绍，提到三个作品：话本小说《白娘子永镇雷峰塔》以及"两个成功的版本"——电视剧《新白娘子传奇》和电影《青蛇》，说《新白娘子传奇》中的白蛇更像是大嫂，而《青蛇》则是一个相互勾引的故事，王祺要求大家拿出新意。一向油嘴的梁志发建议，写白娘子和许仙相爱、法海喜欢白娘子，而小青勾引过法海又和龙王相爱。王祺截断他的话，批评他"胡说八道""恶搞"。陈莹莹说，是恶搞也可以变正搞，内地一个电视台把许仙编成搞婚外情、包二奶的陈世美，多少人一边骂还一边看；梁志发说这"合乎国情"。王祺提醒说不能太离谱，要求向"大路""正路"上想，否则通不过。王祺说，白蛇、青蛇是两条女蛇，夹着一个男人许仙，可以从恋爱关系、心理分析角度来构思。梁志发说："川剧中的青蛇是个男身，他和许仙夹着白娘子合成个'嬲'字，这就比较好做文章。可现在是两

第五章
众声喧哗：20世纪70年代以降我国港台地区及海外的白蛇传改写

女一男，难写难表啊……"① 王祺从旁打气，引导大家思考，认为两女一男还是可以写的，两女一男，互相吸引，又互相排斥。陈莹莹说，她查过资料，最早的《白蛇传》，第一折戏叫《双蛇斗》，是用京剧、昆曲同台合演的"风搅雪"演法，青雄白雌，青蛇要与白蛇成婚，白蛇不允，双蛇斗法，最后白蛇战胜青蛇，青蛇甘愿化为侍女，姐妹相称，而后下山。梁志发听后兴奋地说，两条女蛇前世就是冤家了，后世变成姐妹，是不情愿的，大有文章好做。王祺兴致勃勃地说，青蛇由男变女，身份、性格复杂多变，是个很不简单的角色。王祺说："有情有义的妖和无情无义的人哪个更值得同情？这才是《白蛇传》的故事核心，懂不懂？无论怎么样发展怎样编，都要把握住这样的重点！"② 陈莹莹说："我看人性和妖性，其实也难分难解，青蛇白蛇，都是人、妖合体，青蛇更是男、女合一，同性恋，异性恋，双性恋全有可能，这又和现代人有什么区别？"③ 陈莹莹试图从角色分析中深化剧情。

（二）

小说穿插了编剧何静与丈夫老成以及丹彤、叶青黛等人之间的情感故事。在大家讨论如何构思《白蛇传》时，何静的手机几次响起，有关何静等人的故事插入进来。何静的丈夫老成本应为李丹彤拍片，可是丹彤却找不到他，于是打电话问何静，而何静原以为老成与李丹彤在一起。李丹彤对何静有同性恋的爱慕倾向，两人都属蛇。李丹彤对何静大有相见恨晚之意，总爱说若早十年碰上，也许就与何静结拜为兄弟，不会嫁给"黑面神"了。何静与老成的感情渐趋转淡，二人聚少离多。丹彤第一次见到老成，兴奋得两眼发光，开玩笑说对老成相见恨晚，何静若是腻了，就把老成让给她；何静心理产生些微醋意。李丹彤再次打电话来，说老成是给叶青黛强占去拍演唱会海报，叶青黛是个"假情假义的坏女人"，"表面装淑女，骨子里是妓女"，

---

① 周蜜蜜：《蛇缠》，《香港文学》2008年1月号。
② 同上。
③ 同上。

要老成给她拍写真集，实际上就是勾引老成。叶青黛也属蛇，对何静也有爱恋倾向。热爱摄影的律师华辉很花心，何静劝说叶青黛不要与他交往，叶青黛却满不在乎："不要紧，他会玩，我也能玩的，咱们就好好地玩一场吧。哈哈哈！"① 叶青黛火速地插入她和李丹彤的交往之中，然而李丹彤并不赏识叶青黛；叶青黛非常失望，说李丹彤没有一点人味"绝不是个好货"，警告何静不要与丹彤走得太近，否则会吃亏。叶青黛打来电话，她被丹彤气坏了，警告丹彤和她的"猪朋狗友"，不准到她的演唱会上来。

何静从她和李丹彤、叶青黛的故事中受到启发，打算以此来写《白蛇传》："新的《白蛇传》故事，是发生在现代的"，"这个故事，等一下你们谁都可以接着说下去。因为故事里的角色，虽然是从夸张的传奇人物演变过来，但是他们的欲望，他们的爱恋，他们的妒恨，他们的情感起伏变化……全都和时下活着的人们无异。或许你和我都认识，都熟悉，相互之间，纠缠不清，变幻无常，就有故事。比如我，就认识一个像白蛇，一个像青蛇的女子，当然，也缺不了许仙和法海……"② 王祺、梁志发和陈莹莹微笑着听何静讲下去，窗外的天色已经微亮。何静的构思，显然是要写现代人的爱情、欲望，这与陈莹莹的观点相一致：人性和妖性难分难解，青蛇、白蛇同性恋，异性恋，双性恋全有可能，和现代人没有区别。

第九节　母子乱伦，悲剧抑或闹剧：赵雪君的京剧剧本《祭塔》

赵雪君的京剧剧本《祭塔》，写白素贞与许仕林乱伦。作者对乱伦式爱情的认识存在偏颇，对乱伦行为盲目认同。作品缺少文化批判

---

① 周蜜蜜：《蛇缠》，《香港文学》2008年1月号。
② 同上。

第五章
众声喧哗：20 世纪 70 年代以降我国港台地区及海外的白蛇传改写

的力量并流露出低级趣味。尽管作品的结局很悲惨，白素贞与许仕林为爱而死，然而这并不能引起读者灵魂的震撼。

一 《白蛇传》传播中的乱伦故事

早在赵雪君创作《祭塔》之前，白蛇传就存在乱伦之作。王增勇在《神话与民俗》中记录了一篇有关白蛇传乱伦的故事：

> 许子祭塔完了，只听一声巨响，塔就塌了。白娘子站在塔前，容貌一点没变，还是二十年前的那个样子。许子看到白娘子，一下子就惊呆了，他怎么也没想到白娘子是这样的艳美，真不愧是神仙，他立刻产生一种邪念，心里头想，要是自己娶妈妈为妻，这一辈子才没有白活。这时只听一声霹雳，许子当场被雷劈死。白娘子看到这种情形，马上明白了这是怎么回事。她望着死去的儿子，悲痛得不得了。只好回到原来的山里，继续修炼去了。[①]

王增勇说："这是一种复杂的文化现象，决不可简单视之。故事能在较大的范围内流传不息，就说明它具有一定的群众基础，里面隐藏着深刻的社会内容"，"有人根据许子遭到雷劈，主张故事情节是对母子乱伦欲念的批判。这是一点儿不错的。但同时也应看到，事实是否定的基础。对母子乱伦的否定，前提是承认母子乱伦意识的存在"[②]。

从赵雪君的表述来看，她似乎没读类似乱伦的白蛇传，而认为自己的作品是独创的：

> 初而我想，《祭塔》是十分富于当代性的作品，是时代的必

[①] 王增勇采风所得，讲述者为田琮，男性，1927 年生，原籍为河北定兴县三家疃村，后迁居北京。王增勇补充说，据北京师范大学教授许钰说上述状元祭塔故事，清末民初在北京、天津一带农村也有流传。王增勇：《神话与民俗》，陕西人民教育出版社 1993 年版，第 102 页。

[②] 王增勇：《神话与民俗》，陕西人民教育出版社 1993 年版，第 102 页。

然，当时代提供的能量蓄积足够，只需要一条像我一样的"引信"，这样重新诠释古典与传统的剧本，就可以产生，今日不出于我手，来日也出于他人之手，只是时间早晚的问题。然而再深思到《祭塔》的源头，亦即为什么许仕林会爱上白素贞这个问题，我怀疑这样个体性极为强烈的剧本，来日当真能出于他人之手吗？天底下要找一个与我一模一样相似个性之人又岂是容易？尚需生活于特定的文化环境与政治背景之下——我生存的社会，仍旧残存着极端的本省人绝不与外省人婚配，外省人不愿与本省人通婚观念，不同省籍之间不愿通婚，难道不是因为在对方的省籍（血缘）当中，找不到认同感吗？台湾人的本省与外省情节（结），现在想来，亦可视为许仕林心中那"妖精世界"与"人类世界"永难相容之对立的母型吧。[①]

作者的自述表明了其严肃的创作态度，在泛化的解释中，作品具有一定的现实依据和启示性；然而，不能不说，这是一部比较糟糕的作品。

二 《祭塔》中的人物对于乱伦缺少抵抗与挣扎

《祭塔》中人物形象的塑造都不成功，原因就是作者缺少对于人类文化的深刻体认，将自己的想法生搬硬套地安排在作品人物身上。作者对丑恶的人物持肯定的而不是否定、批判的态度，这当然导致作品的失败。

许仕林在明明知道白素贞是自己母亲的情况下，还要对她竭力挑逗，与之结合；白素贞同样知道许仕林是自己的儿子，却接纳他的情欲，她完全抛却了与许仙的往日恩爱。许仕林推塔门之前想到的竟是母亲的姿色："听闻她、容颜貌、丽质天生，可似那、西施女、雁落

[①] 赵雪君：《〈祭塔〉剧本分析》，《〈硕士〉毕业作品集》，台湾大学戏剧研究所2005年版，第115页。

第五章
众声喧哗：20 世纪 70 年代以降我国港台地区及海外的白蛇传改写

鱼沉?"① 在白素贞的美貌面前，自我完全被色欲控制，不能自持：

> 许仕林：一声官人、叫得我、胸如水滚，
>
> 　　　　两只星眸、望得我、心似火焚。……
>
> 许仕林：但见她、泫然欲泣、面颊微晕，
>
> 　　　　我已是、情迷骨酥、颠倒神魂。②
>
> 许仕林：原来我、早便是、暗种情根，
>
> 　　　　二十年、孺慕情、船过无痕。……
>
> 许仕林：铁了心、将错就错、盼将姻缘定，
>
> 　　　　教她不再想、最是薄情、负心人。③

当白素贞要说出两人的真实关系后，许仕林的回答相当无厘头：

> 白素贞：你过的……不好么？
>
> 许仕林：好的很好的很，见了小娘子，什么都好。
>
> 白素贞：痴儿，胡说些什么，我是你——（被打断）
>
> 许仕林：（很着急，一直不想让白素贞说出关键字）小娘子，我求你了，别说……别说……别说要做小生义妹，那便是叫我肝肠寸断、如入刀山油锅，我不如在此碰死算了。④

两人终于置人伦于不顾：

> 白素贞：由得他、为我将名儿取，
>
> 　　　　就当是、换了名姓、人间再无白素贞。
>
> 许仕林：哪管他、犯天条、伦常违逆，
>
> 　　　　得了红妆、这一生、别无所需。⑤

---

① 赵雪君：《祭塔》，《（硕士）毕业作品集》，台湾大学戏剧研究所 2005 年版，第 8 页。
② 同上。
③ 同上书，第 9 页。
④ 同上书，第 10 页。
⑤ 同上书，第 11 页。

许仕林、霜儿：携手向花间、将西湖风光、尽赏遍，
　　　　新婚燕尔时，谁羡那、双蝶翩翩。①
　　霜儿：今朝恩爱、抛却了、往日愁怨。
　　许仕林：人间乐事，莫过于和夫人同游西湖。
　　霜儿：我亦是欢喜十分。②

　　白素贞与许仕林是母子关系，剧本仅仅是描写两人"新婚燕尔"，丝毫不触及在文明人看来应该有的内心挣扎。席勒说："在情欲的热潮中倾听理性的命令和约束本性的粗野发作，众所周知，这是好的风度对每一个文明人的要求。这种好的风度，就是美的法则。"③ 白素贞与许仕林生活在封建伦理观念浓厚的社会，难道竟没有感到来自礼教的压力？

　　许仕林年幼时就表现出恋母情结，看雷峰塔的神情一日较之一日不同，有时候不喊娘亲而是喊"素贞"。作者对恋母情结理论囫囵吞枣，没有考虑到许仕林所处的文化环境、家庭身世和幼小年龄时的生理特点。难道恋母就一定要喊母亲的名字？弗洛伊德认为，男性在幼年时期会有恋母情结，一个重要的原因是母亲是男孩最早、最亲密的接触对象。许仕林家庭分崩离析，他被姑母抚养，从未与母亲接触，受的教育又是封建礼教，怎么可能有异样的神情，喊娘亲的姓名？

　　许仕林作为状元，他的封建伦理观念应当是极为深厚的，可是他对乱伦竟毫无抵制，实在令人不解。

　　白蛇形象的感人之处在于她遵守人间法度、温柔善良、知书达理，对爱情坚贞，而乱伦和她被镇压前的品格是不相称的。许仙姐姐评价白素贞"知书达理"，许仕林说她比人还要像人，那么白素贞怎么会对乱伦没有强烈的抵制和痛苦的挣扎？作者说："贯穿其中的，

---

① 赵雪君：《祭塔》，《〈硕士〉毕业作品集》，台湾大学戏剧研究所2005年版，第13页。
② 同上书，第14页。
③ [德] 弗里德利希·席勒：《秀美与尊严》，张玉能译，文化艺术出版社1996年版，第256—257页。

第五章
众声喧哗：20世纪70年代以降我国港台地区及海外的白蛇传改写

是白素贞对于人间一种纯粹爱情的向往。"① 然而人间的爱情是有社会性的，"纯粹爱情"是以不违背人类的基本伦理为前提的。"白素贞之所以没办法抗拒许仕林，也是因为她是受过情伤的女子。"② 白素贞"受过情伤"，但是并不会必然接受许仕林，她完全可以从已经"自我改造"的许仙或者对她一往情深的青蛇那里得到安慰。

当两人陷入困境时，许仕林决定认母，"霜儿"竟然感到不可置信、心寒；而许仕林并非真心悔过，他只是要保护"霜儿"和她肚里的孩子。

不仅是许仕林和白素贞，就是青儿与许仙也摒弃了人类的伦理规范。青蛇反对白蛇与许仕林成亲，不是因为青蛇在意伦理观念，而是因为青蛇没有得到白蛇的爱："人间那套理法，与我无关，我问的是，你竟将许仙抛弃在脑后，又弃我于不顾，凭什么是他许仕林？"③ 青蛇决定不再为难白素贞，还要保护白素贞与许仕林的爱情，她要等许仕林老死后再去追求白素贞。青蛇付出的代价是巨大的，然而并不感人，原因就在于青蛇维护的是一种违背人类伦理的情爱。

许仙也是如此，他口口声声要杀白素贞和许仕林来"替天行道"，然而他大动干戈的主要原因是白素贞抛弃了他，"替天行道"不过是自欺欺人的幌子：

> 全是她、先枉顾、夫妻情分，
> 这些年、始终惦记、似海恩情，
> 过去事、我亦是、内疚万分，
> 不辞苦、勤修炼、盼开塔会佳人。
> 想那人间夫妻、至多是、百年誓盟，
> 若登仙道、生生世世、厮守共双星。

---

① 赵雪君：《创作与剧本分析·前言》，《(硕士)毕业作品集》，台湾大学戏剧研究所2005年版，第101页。
② 赵雪君：《〈祭塔〉剧本分析》，《(硕士)毕业作品集》，台湾大学戏剧研究所2005年版，第108页。
③ 同上书，第21页。

谁料想、她与亲儿、另结同心，

反叫我、如何自处、气难平。

　　青蛇问许仙为什么非杀白素贞不可，许仙回答："她背叛我。""我逃离他身边，并未另结新欢。她她她、连二十年都等不了么？"① 许仙的伦理观念同样薄弱，他更在乎的是白素贞被抢走的事实，而不是被谁抢走。

　　乱伦并非不可以写，古今中外出现过很多乱伦题材的杰作，鲁迅说过："写什么是一个问题，怎么写又是一个问题。"② 同样是母子乱伦，《俄狄浦斯王》（Oedipus Rex）却是传世之作。《俄狄浦斯王》之所以会成为千载传诵的悲剧，其原因就在于《俄狄浦斯王》重视文化因素、伦理观念对于个人的制约。一个人并非是完全动物性的，还具有社会性。俄狄浦斯竭力抵抗乱伦的命运，他知道自己弑父娶母的命运后就逃跑，当他知道自己已经弑父娶母后，他悲愤地刺瞎自己的双眼去流浪。自始至终，俄狄浦斯一直在抵抗乱伦事件的发生。他的逃跑和对自己的惩罚，是对人伦与文明的维护。阿诺德指出："文化认为人的完美是一种内在的状态，是指区别于我们的动物性的、严格意义上的人性得到了发扬光大。人具有思索和感情的天赋，文化认为人的完美就是这些天赋秉性得以更加有效、更加和谐地发展，如此人性才获得特有的尊严、丰富和愉悦。"③《祭塔》则不然，剧本中的人物，尤其是白素贞与许仕林，缺少对乱伦的抵抗。赵雪君答辩时口试老师对《祭塔》也不认同，认为白素贞与许仕林相爱缺少依据，并建议将剧本修改为"为父还情债"——许仕林为了弥补许仙的薄情而爱白素贞，这种建议同样荒唐透顶。

---

① 赵雪君：《祭塔》，《〈硕士〉毕业作品集》，台湾大学戏剧研究所 2005 年版，第 46 页。
② 鲁迅：《怎么写——夜记之一》，《鲁迅全集》第 4 卷，人民文学出版社 1981 年版，第 18 页。
③ ［英］马修·阿诺德：《文化与无政府状态：政治与社会批评》，韩敏中译，生活·读书·新知三联书店 2002 年版，第 10 页。

第五章
众声喧哗：20世纪70年代以降我国港台地区及海外的白蛇传改写

三 作者的创作心理分析

《祭塔》是具有强烈个体性色彩的作品，赵雪君说："有强烈的个人人格贯穿角色，亦即乃是有意识的分别以'自身性格'镕铸与塑造角色。"[1] 为了更准确地理解这样一个具有强烈个体色彩的作品，我们需要全面、深入地了解赵雪君的创作心理——幸而赵雪君写有《〈祭塔〉作品分析》一文。

剧本写许仕林与白素贞乱伦，"俄狄浦斯情结"自然是不容回避的，对此赵雪君说：

> 《祭塔》亦不拟引用任何创作理论，因创作过程并无理论作为根据，唯一的理论便是个人对创作的认知：创作乃是主体有感于客观世界，并将客观世界的事物主体化。以《祭塔》而言，客观世界是原有《白蛇传》说，我所成长的外在环境高度欧化，环境刺激思考，当许仕林开塔，发现母亲未曾老去，伊底帕斯情结是否会作用在他身上？[2]
>
> 创作之时这样安排许仕林并无任何学理上伊底帕斯情结的预先设想与套用，只是本能地感觉到，许仕林除了不喊白素贞"娘亲"，他也绝对不会喊许仙"爹爹"。而且他否认与许仙的父子关系，必早于他刻意逃避与白素贞的母子关系之前。[3]
>
> 《祭塔》共有三层底蕴，最浅一层的是伊底帕斯情结。其实用伊底帕斯情结来讲祭塔的乱伦，是非常不正确的。伊底帕斯的弑父娶母是出于骄傲与暴躁的惩罚，而许仕林对白素贞，是混血认同的皈依，亦即《祭塔》最主要表达的内涵。我个人的好恶个性不止决定了人物性格，也与认同问题相互交织作用。

---

[1] 赵雪君：《创作与剧本分析·前言》，《（硕士）毕业作品集》，台湾大学戏剧研究所2005年版，第101页。
[2] 同上书，第102页。
[3] 赵雪君：《〈祭塔〉剧本分析》，《（硕士）毕业作品集》，台湾大学戏剧研究所2005年版，第104页。

> 《祭塔》是个充满当代性的作品，除了伊底帕斯情结渗入了传统民间故事……①

尽管作者声称剧本没有以任何理论为创作根据，然而作者不得不承认，许仕林是否会有"伊底帕斯情结"是其所思考的重要问题。"伊底帕斯情结"尽管是作品的最浅层次，然而这种理论毕竟渗透于作品之中，成为塑造许仕林形象的理论来源。作者构思的漏洞就是忽略了许仕林的环境毕竟与作者的"高度欧化"的环境不同，乱伦行为与许仕林的身份及其所处的时代不相称：许仕林处于封建社会，所受的是封建文化教育，许仕林就算有"伊底帕斯情结"，也只能竭力压抑，如《雷峰塔传奇》中的许士麟一样，"趋近人性"。赵雪君说："许仕林半人半蛇的血缘、鄙弃功名、厌恶人世的个性，造成他不顾世俗、离经叛道近乎任性而为的强娶白素贞。"② 许仕林性子烈，非常任性，"人情世故怕是不及九岁小儿半分"，然而这些还不足以认定他可以离经叛道至乱伦的地步。事实上，许仕林对姑母非常孝顺，许仙姐姐评价许仕林"是个好孩子，人孝顺，官声也好"，没有"劣质恶性"。③ 差役说许仕林"会读书会做文章"。许仕林读的毕竟是"圣贤书"，接受的是封建伦理观念的教育，他越会读书，受到的封建伦理观念则会越深。一个深受封建文化教育的状元岂能对母亲见色起心，毫不顾忌伦理？

同样是"祭塔"，台湾作家张晓枫的散文《许仕林的独白》所揭示的情感更为真实、可信、感人："当我读人间的圣贤书，娘，当我援笔为文论人间事，我只想到，我是你的儿，满腔是温柔激荡的爱人世的痴情。而此刻，当我纳头而拜，我是我父之子，来将十八年的愧

---

① 赵雪君：《〈祭塔〉剧本分析》，《（硕士）毕业作品集》，台湾大学戏剧研究所 2005 年版，第 108 页。
② 赵雪君：《创作与剧本分析·前言》，《（硕士）毕业作品集》，台湾大学戏剧研究所 2005 年版，第 101 页。
③ 赵雪君：《祭塔》，《（硕士）毕业作品集》，台湾大学戏剧研究所 2005 年版，第 34 页。

第五章

众声喧哗：20世纪70年代以降我国港台地区及海外的白蛇传改写

疚无奈并作惊天动地的一叩首。"[1] 在这里，起作用的是"圣贤书"，其情感是"爱人世"，是人子对于蛇母的"愧疚无奈"，父子、母子伦理得到维护与遵守。

赵雪君在生活中始终存在"不被选择"的失落心理，如此造成她对于乱伦关系的错误认识："霜儿跟赵云是我心中美丽的梦，血缘加上爱情，母子天性与真情挚爱，霜儿怎么样都不可能抛弃许仕林；赵云愿意为了一个他不可能得到的女人冒着生命危险回头，在乱军之中抱着一个婴儿，拖着一个女人，那什么都不求，只希望她活下去的心意，总让我感觉到一种无法言说的激动，平静与安心。"[2] 禁止乱伦是人类基本的伦理观念，是人类文明进步的必备条件；尤其是血亲乱伦，更是与文明相悖。"血缘加上爱情"更容易破灭，因为这践踏人类文明，定然不会被社会认可。"不被选择"的失落不能成为对生活绝望、践踏人类文明的理由，弗洛姆说："承担起生活中的困难、障碍和悲哀，把它们看作一种挑战，战胜它们将使我们更加强壮，而不要把它们看作不公正的惩罚，抱怨它们不该落在我们头上，要做到这一点，也需要信念和勇气。"[3]

为什么许仕林会爱上白素贞，作者说"无从回答"，其中有不为他人理解之处：

> 男女之间的爱情，真要说出个道理，还不是那么有道理可说，简而言之，便是"吸引力"的作用。爱就是爱了，要解释为什么而爱，实不知从何解释而起。故此，《祭塔》的问题并不在于"为什么许仕林会爱上白素贞"，而是为什么许仕林不压抑这份感情，为什么反而硬要娶母，白素贞又为什么会接纳许仕

---

[1] 张晓风：《许士林的独白》，《步下红毯之后》，湖南文艺出版社1996年版，第105—106页。
[2] 赵雪君：《〈祭塔〉剧本分析》，《〈硕士〉毕业作品集》，台湾大学戏剧研究所2005年版，第110页。
[3] ［美］埃利希·弗洛姆（Erich Fromm）：《爱的艺术》，孙依依译，工人出版社1986年版，第113页。

林……这种种问题的答案,都在开塔之后的场次陆续展现,并不是很直接的回答,而是展示出许仕林的"环境"与"个性"。①

问题是许仕林与白素贞之间并不是正常的"男女之间的爱情",作者对此尚且不能做出圆满的解释,读者当然更不能理解。许仕林爱白素贞主要是垂涎白素贞的美貌,而不是单纯的爱情。许仕林为什么不压抑乱伦情感,作品没有回答,没有充分展示出许仕林的"环境"与"个性"。

"混血认同"是剧本最主要的内涵,是作者思考并试图表达的问题:

> 《雷峰塔传奇》的许士麟压抑它的妖性,而趋近人性;《祭塔》中许仕林则强化血液中的妖性,自我的、任性地活在人世间。从剧中主角"妖性——人性"的对比上,刻意呼应剧外创作者对于"个体性——普遍性"所做出的选择。②
>
> 生为人父蛇母之子,生长于人类社会,本当认同自己是人类的许仕林,受到人类社会的排挤,他不是用趋近人类社会价值的方式获得认同,相反的,他想要否认自己体内一半的血液,这一半既不能全然接受他,那他就选择认同另一半,亦即妖精世界。我个人的好恶与个性便在混血认同的大议题上产生作用:如果我所属的社会不认同我,我会选择自绝于社会。③

所谓的"混血认同"并不能完全解释乱伦,因为白素贞的性格恰好与许仕林相反,她知书达理。吸引许仕林的并非是白素贞与他有相近的蛇性,而仅仅是美貌。

---

① 赵雪君:《〈祭塔〉剧本分析》,《〈硕士〉毕业作品集》,台湾大学戏剧研究所2005年版,第104页。
② 同上。
③ 同上书,第108页。

第五章
众声喧哗：20世纪70年代以降我国港台地区及海外的白蛇传改写

四 《祭塔》受到的西方解构主义影响

白蛇传作为一个主题、情节、人物形象固定的民间传说，尽管有不同时代的作家予以改写，然而故事内核大体一致。赵雪君怎么会写出《祭塔》这样盲目认同乱伦的作品？除了上述创作心理分析之外，西方解构主义思潮影响也是重要原因之一。

解构主义思潮在西方产生以来，对整个世界的哲学、社会科学等领域产生了很大的影响。解构主义与传统的认识论、方法论不同，对确定性予以消解。赵雪君从自身所处的时代环境和在生活中始终存在"不被选择"的失落心理出发，来诠释白蛇传，解构原有的故事内核与人物形象，注重个人情感和认识的表达，赋予传说以新的内涵，这正是解构主义的特点。"感受式的解构阅读是指接受主体在解读中抛弃了以往文本的神圣化观念，把接受主体的自我放在第一位，完全凭自我的兴趣进行阅读，对作品中的人物命运和事件，采取随感式的多角度、多层次的解构与延伸。"[①] 赵雪君自己也说，"《祭塔》是十分富于当代性的作品"，"我所成长的外在环境高度欧化，环境刺激思考"。赵雪君正是在时代的和个人心理的因素下，以自我的感受来解构古老的《白蛇传》故事并予以新的诠释。

五 插科打诨的低级趣味

解构主义思潮的影响还体现在剧中人物的插科打诨，解构原有的意义和真实性，消解崇高和庄严，冲淡了作品的悲剧意蕴，并使得作品染上游戏之嫌。如许仕林祭塔前，差役乙、丙的对话：

> 差役丙：这么说，今天没蛇妖可看了？
> 差役乙：可能没戏看了。
> 差役丙：没戏看就回家看老婆吧。

[①] 张向东：《解构主义与中国当代文学批评》，《中国比较文学》1997年第2期。

差役乙：老婆有什么好看？

差役丙：你老婆好看。

差役乙：去你妈的，你奶奶好看。

差役丙：不不不，我奶奶没你老婆好看。①

许仕林喝退众人时，差役丙说："谁叫他娘是稀有动物，当然不能轻易给人看的嘛。"②白素贞作为一个"义妖"被镇压在雷峰塔下本是个悲剧，她理应得到众人的崇敬，如此才能衬托出剧本的悲剧气氛。然而差役丙、乙的谈话却带着猥亵的语调，看"蛇妖""稀有动物"与看"白娘子"显然不是同等范畴，二者所具有情感色彩是截然不同的。

差役乙：我叔叔的表妹的丈夫的弟弟的大嫂的堂哥他儿子亲眼瞧见，那日西湖畔，大雨倾盆，状元公脱了官服同一位姑娘遮雨哪。

差役丙：浪漫！真浪漫。

差役乙：浪漫你个头。③

到底是谁亲眼瞧见并不是作者想要传递的信息，作者只是想以俏皮话来哗众取宠；许仕林以官服为一位姑娘遮雨才是作者想要传递的信息，因此差役乙的第一句话改为"有人瞧见"即可。"浪漫"是一个明显具有现代色彩的语汇，与剧本中人物生活的时代背景和古朴典雅语言基调不协调。

差役丙：人家是蛇生的嘛。没吞蛋蜕皮就不错了。

差役乙：说到这吞蛋蜕皮……

差役丙：怎么，难道状元公真有这等蛇性？

---

① 赵雪君：《祭塔》，《〈硕士〉毕业作品集》，台湾大学戏剧研究所2005年版，第5页。
② 同上书，第6页。
③ 同上书，第12页。

第五章

众声喧哗：20 世纪 70 年代以降我国港台地区及海外的白蛇传改写

差役乙：有没有蜕皮我是不知道，不过吃蛋倒是有的。

差役丙：可有人证？

差役乙：见过状元公吃蛋的可就多了，先不说我，老张正月二十八看状元公吃了颗蛋，小王二月初二又见着他吃蛋，二月初六是老蔡看见的，二月十五状元公还让小陈到市街上买鸡蛋哪。

差役丙：那倒真是蛇性不改了？

差役甲：呸，谁不吃蛋哪？光看人家吃蛋就说人家没个人样，这不是亡铁意邻么？就有你们这种人一天到晚说人闲话、两只眼睛死命地盯着人家瞧，巴不得从人家身上找出点蛇样儿，照这种瞧法，我看你（指着差役乙）娘是只老鼠，你（指着差役丙）娘是只企鹅。

差役乙：老大，你怎么说我娘是老鼠？

差役丙：我娘怎么又是企鹅？

差役甲：（指着差役乙）你这小子专门在人背后嘀嘀咕咕、咕咕嘀嘀，你不像只老鼠？你娘要不是只老鼠精，你这副鼠目鼠嘴是打哪儿来的？（指着差役丙）还有你，一年四季喝得醉醺醺，走起路来摇摇晃晃，还挺个大肚皮出来，不像企鹅吗？（踢差役丙）快滚到动物园去孝敬你娘亲吧。①

差役乙、丙捕风捉影地谈论许仕林的蛇性很滑稽，差役甲拿别人的母亲开玩笑、咒骂，也不具有高尚的道德情操，这类谈话与作品的悲剧基调不符合，赵雪君没有意识到"幽默"与"下流轻薄"的区别，朱光潜说："幽默之中有一个极微妙的分寸，失去这个分寸就落到下流轻薄。大约在第一流作品中，高度的幽默和高度的严肃常化成一片，一讥一笑，除掉助兴和打动风趣以外，还有一点深刻隽永的意味，不但可耐人寻思，还可激动情感，笑中有泪，讥讽中有同情。"②

---

① 赵雪君：《祭塔》，《〈硕士〉毕业作品集》，台湾大学戏剧研究所 2005 年版，第 13 页。
② 朱光潜：《文学上的低级趣味（下）》，《谈文学》，安徽教育出版社 2006 年版，第 37 页。

赵雪君受西方解构主义思潮影响,从时代的和个人心理的因素出发,解构经典,消解道德,盲目认可"混血认同",没有写出文化、伦理对于人物的影响,没有写出人物的痛苦挣扎,因此《祭塔》并不是引起读者灵魂震撼的悲剧,而是荒唐的闹剧。李渔说,文学创作,"凡说人情物理者,千古相传;凡涉荒唐怪异者,当日即朽"。[①]《祭塔》注定是速朽的,它的存在只是作为个案为白蛇传的改写敲响失败的警钟。

小结 独出机杼是改写成功的必备条件

这一阶段,台港地区及海外的白蛇传改写是相当活跃的,数量虽然不如大陆 20 世纪五六十年代那样多,艺术水准却远非后者所能及。这主要得益于"创新",既包括主题的创新,也包括艺术形式的创新。这一阶段白蛇传改写的主题是多元的,有些注重揭示被压抑的人性欲望,有些重在历史和文化的批判、揭示人性的丑恶,有些则意在表达身份认同和文化认同的主题,等等,不一而足。需要说明的是,有些作品并不是单一的,而是涵盖了不同的主题,显示出丰厚的内涵。

在多元的文化环境下,作者可以对白蛇传做多角度的审视,从不同方面发掘这一矿藏,寻找各自所需要的主题、内涵,有论者说:"当一部剧作的主题精神超越历史或同人时,便有可能成为艺术杰作;而当同一题材的多部剧作,其主题精神分别可以确立时,其剧作的艺术价值往往不是平分秋色,就是三足鼎立。"[②] 20 世纪 70 年代中后期以来,多种主题精神并存,产生了相当多的优秀作品。

白蛇传改写呈现出多样化,有舞剧、传统戏曲、小说——有长篇

[①] 李渔:《闲情偶寄》,单锦珩校点,浙江古籍出版社 1985 年版,第 12—13 页。
[②] 郑宪春:《中国文化与中国戏剧》,湖南人民出版社 2007 年版,第 47—48 页。

第五章

众声喧哗：20 世纪 70 年代以降我国港台地区及海外的白蛇传改写

也有短篇。手法、风格呈现出多样化局面。《青蛇》以第一人称的叙述方式、以青蛇的视角来讲述白蛇传，具有元小说特色；作者把雷峰塔倒掉的原因改写为红卫兵的破坏，将古老的传说与当今社会联系起来，古今交融与"文化大革命"批判的写法，影响了李锐的《人间》、芭蕉的《白蛇·青蛇》等作品。陈庆龙的短篇小说《蛇的女儿》也是以第一人称叙事，一条被杀死的蛇回忆自己由人变蛇的悲剧。周蜜蜜的《蛇缠》与严歌苓的《白蛇》，借白蛇传写现代人的情感欲望，故事发生在现代，白蛇传的某些情节成为现代人情感的隐喻。田启元作为同性恋者，通过作品来传达自己的情感、见解。他的话剧《白水》是台湾小剧场名作之一，相当前卫，白蛇、青蛇、许仙、法海分别由四个男性来饰演，他们还分别扮演四位路人，并根据剧情的需要加入歌队；《白水》的语言也很有特色，许仙的台词文白夹杂。

第六章

百花齐放：20 世纪 80 年代以降大陆的白蛇传改写

"文化大革命"如一场严冬，摧残了文坛上的各种花草，"百花齐放"成为美好的想象。20 世纪 70 年代大陆的白蛇传改写因此是沉寂的。20 世纪 80 年代以来，伴随着政治意识形态对文学干涉的减弱，文学不再如先前那样受到政治的严重羁绊，在白蛇传的诠释上，作者拥有更大的自由度，可以比较充分地展现自己的创作个性，表达新见解，其中既有延续阶级斗争主题的，也有着眼于文化认同、人性批判等主题的，白蛇传的改写逐渐呈现出较为活跃的局面，"百花齐放"在某种程度上成为现实，更是一种趋势。

第一节 "义贯长河"：萧赛的小说《青蛇传》

萧赛的长篇小说《青蛇传》创作于 20 世纪 80 年代中期，内容、情节与 20 世纪五六十年代白蛇传作品迥异，然而主题却具有相似性：表现青蛇对法海等封建势力的反抗斗争精神，延续着阶级斗争的革命思维。

第六章
百花齐放：20世纪80年代以降大陆的白蛇传改写

一

萧赛对传记文学情有独钟，除《青蛇传外》，还著有《契诃夫传》《史特林宝传》《红楼外传》《高鹗传》等。在写《青蛇传》的两年前，即1983年秋，萧赛登峨眉山写有《哀白龙洞》一诗："深山冷月照寒潭，滴水焉能漫金山。可怜青儿含泪去，犹恨白蛇爱许仙。""犹恨白蛇爱许仙"后来成为《青蛇传》第十六章的标题。此诗跋曰："一九八三年秋登峨山，观白龙洞，闻是白娘子修仙处。遥想《船舟借伞》《滕王府招亲》《钱塘县盗库银》《大摆雄黄阵》《扯符吊打》《仙山盗草》《水漫金山》《断桥相会》《合钵生子》，直到《仕林祭塔》……哀其不幸，情不自禁，题白龙洞而去。白娘子美就美在心地善良，错爱许仙，造成了中国神话剧首屈一指的罕见的大悲剧！"①虽然萧赛对白娘子的命运感慨万分，他却没有写白蛇传，而是写出了长篇小说《青蛇传》。

为青蛇立传，是萧赛强烈的想法。萧赛对青蛇给予了相当高的评价，认为青蛇与孙悟空、猪八戒、白蛇一样，是中国神话的瑰宝，惊天动地、留芳百代，立传大有可为。青蛇的"义"感染了他："白蛇立一个'情'字，生为官人，死为官人；青蛇立一个'义'字，生为娘娘，死为娘娘。'情'与'义'相比较，情有私而义无私，给青蛇立传就大有文章可做了。"②萧赛还评价了自己为青蛇立传的贡献："我对青蛇立传，只有三点贡献：第一、老许仙是负义郎。第二、六亲不认的二郎神杨戬，独怜青蛇仗义。第三、青蛇是妖怪中敢于'三砍佛头'的义妖，她必遭碎尸万段，悲剧收场。"③萧赛还作词来表达自己对青蛇的情感和见解：

---

① 萧赛：《哀白龙洞》，《乐山报》1983年8月24日，第4版。
② 萧赛：《人活着为什么》，《绵竹文史资料选辑 第21辑》，中国人民政治协商会议四川省绵竹市委员会2002年版，第70页。
③ 同上书，第71页。

调寄［水龙吟·新繁韵］：中国四大妖怪，独怜青蛇待遇薄！齐天大圣，天蓬元帅，封神成佛。两条蛇仙，白蛇当家，青蛇配角。一名小丫头，侍候姑爹，只守尸，只熬药。怎忍她受委屈？为青蛇立传确凿。孤剑闯塔，天兵天将，志不可夺！难救娘娘，碎尸万段，义贯长河！二郎神杨戬，六亲不认，拱手佩服！[①]

小说《青蛇传》初稿完成于1985年冬，1986年秋修改。大致情节是：白素贞被镇压在雷峰塔，小青与捉拿她的二郎神等打斗，负伤后逃到峨眉山修炼。二十年后小青不畏艰险，回来营救白蛇，三砍佛祖的头，将吃了许仙的王道灵捉到雷峰塔，证实了自己没有吃许仙的事实，最后小青被天神斩杀于旗台之上。

小说的主要情节围绕青蛇救白蛇展开。法海、王道灵、二郎神等作为封建势力的代表，四处捉拿小青，坚持人、妖之别，认为白蛇的行为伤风败俗——不仅是他们，就连玉皇大帝、王母娘娘、如来佛祖都是相同货色。这种主题，与20世纪五六十年代的白蛇传作品并无差别，甚至斗争的程度更加激烈，斗争范围更加广大，小青的敌人更多，不仅仅是法海和王道灵，诸多天神都来围剿她。如来佛祖被塑造得奸诈、狠毒，他是封建势力的最高统治者；小青三砍佛祖头，则是对于封建势力的最勇猛、最激烈的反抗。

作为一个20世纪20年代出生的老作家，萧赛受阶级斗争理论的影响极深，而且在波诡云谲的时代被冤屈地关押多年，这使得萧赛的《青蛇传》延续了20世纪五六十年代的阶级斗争主题。有论者说："古代的文史题材到了萧赛手里，并非照录史料、照循常规，他总是另辟蹊径，立意新颖。《青蛇传》打破传统大团圆的结局，写了青蛇的最后失败，写出了一个感人的悲剧。"[②] 笔者并不认同这一评价。

[①] 萧赛：《人活着为什么》，《绵竹文史资料选辑 第21辑》，中国人民政治协商会议、四川省绵竹市委员会2002年版，第71页。

[②] 王先霈、於可训主编：《80年代中国通俗文学》，湖北教育出版社1995年版，第121页。

第六章
百花齐放：20世纪80年代以降大陆的白蛇传改写

《青蛇传》既是作为白蛇传的续传，其情节当然是新颖的，然而立意并不新颖。萧赛的《青蛇传》虽然创作并出版于20世纪80年代中后期，然而其主题和人物形象的处理，与20世纪五六十年代的白蛇传并无不同：白蛇、青蛇是正义的，反抗封建礼教；法海、王道灵是封建势力的代表；许仙胆小怯懦，对爱情动摇，后来改好，反对法海、王道灵；青蛇对白蛇忠心耿耿。这些形象与主题缺少创新性。小说不仅主题陈旧且语言拙劣，叙事拖沓，情节上的纰漏迭出，简直令人难以卒读，更谈不上感人。阶级斗争、反封建的思维是对神话意蕴的简化，二元对立的思维使得复杂的人性被简单、机械地处理，因而难以写出具有更加丰富内涵的杰作。

服务于阶级斗争这一主题，作者极力丑化青蛇的对立者，脸谱化地处理了所谓的反面人物形象。王道灵是曾被"扯符吊打"的道士，故而与法海站在同一阵营共同捉拿小青。作为反面人物，王道灵被丑化到这样的地步：不但贪财好色、吃肉喝酒，而且残忍至极，吃掉许仙还嫌他的肉老。为了表明自己的情感倾向，作者还从外貌上对其丑化：扫把眉、三角眼、酒糟鼻、厚嘴唇、大板牙、留着几根虾猫胡子。外貌丑而心灵美的人并不少见，雨果笔下的阿西莫多不就是如此吗？人性是复杂的，好人或坏人的划分过于简单，如果读者一看人物的相貌就知道是好人或坏人，那么这种人物形象是缺乏人性内涵的，当然也是失败的。

与王道灵一样，法海的相貌也是丑陋的。法海是修道一万年的老蛤蟆精，不守戒律、阴险狡诈、心肠恶毒。其实法海是个"冒牌货"，金山寺原来的法海和尚德高望重、很有学问，老蛤蟆精将原住持法海害死，自己变成了他的模样，冒充住持。

如来的形象被彻底颠覆，他不再是正义的化身，相反他是虚伪、恶毒、阴险的，是非不分，无原则地调和矛盾，袒护法海、王道灵等邪恶势力。小说甚至写到如来使用借刀杀人的恶毒手段：如来本要派天神去斩杀白素贞，但文曲星已投胎，如来不敢落下杀害婴儿的罪名，故而暂时放过她。如来认为，白素贞去昆仑山盗仙草时，看守灵芝草的鹿童、鹤童会去杀她,这样一举两得,既可以除掉白素贞,又不落下把柄。如来的形象就如小青所言:"如来佛那家伙,表面笑哈哈,心头一把叉。"① 此外,王母娘娘、玉皇大帝等也是思想腐朽、心肠歹毒的。

其他人物形象的塑造也显得粗糙、简单。许仕林异常聪明,有孝心,为救母亲出塔发奋读书,中了状元。他起先还积极营救母亲,顶住来自朝廷权贵的压力;后来青蛇被斩,他明哲保身,与宰相千金成亲,再也不提祭塔救母之事。许仕林的转变,显示出封建力量过于强大,同时这也是作者对悲剧艺术的接受。只是许仕林的转变与二郎神一样,过于戏剧性,缺少铺垫,作者没有写出人物转变过程中内心的矛盾与痛苦。

许仙胆小、懦弱,是个负心之人,对爱情摇摆不定,白素贞被收服与他有关。许仙害怕小青吃他,后来才悔悟。许仙的形象比较失败,人物不是按照自身性格发展,时好时坏,完全是作者在支配。

二

小说的情节比较粗糙,有诸多纰漏。

小说的故事时间就比较混乱。这有的是作者故意为之,不交代故事发生的具体时间,予以模糊化处理,如第三章开头:"青蛇在舍身岩死去的二十年后,既非汉,又非唐,也不是清末民初,反正是古代罢了。"再如,第二章说石窟造像是五代、宋、元时期的;第八章,小说中的人物看过方培成的《雷峰塔传奇》;第十章,章绣公主下凡看元宵节灯会,提到了《三国演义》《水浒》《红楼梦》,等等。古今杂糅,将不同时代的白蛇传予以比较,大有戏说之意。然而更多情况下,故事时间混乱是作者思维不严密所致。

不管是有意为之,还是马虎大意、力不从心,故事时间的混乱造成了情节上的诸多纰漏。若从"许仕林后来真高中状元,再到杭州旧

---

① 萧赛编:《青蛇传》,花城出版社1988年版,第8页。

第六章
百花齐放：20 世纪 80 年代以降大陆的白蛇传改写

地、进了汴梁京都，朝见天子，参拜恩师"来看，时间应是北宋；若从第十一章许仕林答应明日上朝这一情节来看，朝廷则在杭州，那么时间应为南宋。将许仕林"充军辽阳"[①] 系史实有误，北宋尚且不能充军到辽阳，更何况丢了汴京、狼狈逃窜的南宋？小说的故事时间如果是南宋或者北宋，那么作者一再提及当时上演的各种戏曲白蛇传或者青蛇传是不会出现的，从现有资料看，戏曲白蛇传上演最早大概出现于清代。

小说第十六章，南极仙翁和洪翁下围棋，洪翁却口吐"将军"二字："南极仙翁这盘棋输定了，将军！"[②] "将军"乃象棋用语，作者把围棋和象棋混为一谈，不知其区别。

小青审问王道灵时，王道灵竟说："许仙又怎样暗示小青从哪个方向逃亡？"[③]（联系作品，暗示后面应有个逗号，否则有歧义）。这与前面的情节矛盾，许仙不但没有暗示小青从哪个方向逃走，相反，他对王道灵撒谎，隐瞒小青来过状元府，因为许仙"真怕青蛇吃他"，"绝不敢再出卖小青"[④]。

小说第九章叙述道："老奶奶是眼见小宝吃奶长大的，不畏惧他……"[⑤]但是第十一章提到玉梅家"隔壁林家小宝"[⑥]，林小宝是在姑苏长大的，刚来杭州进状元府不久。老奶奶（李家婆子）是李君甫家的管家，怎么可能"眼见小宝吃奶长大"？即便把"小宝"改为"仕林"也不对。因为，老奶奶仅仅在仕林还是婴儿时照顾过他，救过他的命，并非看着仕林长大——仕林还是婴儿时就被许仙带至姑苏。

再如，关于白蛇传如何塑造白娘娘和小青的形象，前后矛盾：

[①] 萧赛编：《青蛇传》，花城出版社 1988 年版，第 387 页。
[②] 同上书，第 389 页。
[③] 同上书，第 260 页。
[④] 同上书，第 235 页。
[⑤] 同上书，第 220 页。
[⑥] 同上书，第 279 页。

老艄翁在世之时，看演唱《白蛇传》，叫全家人都去看，回家后还要讲解：说为人重情，要学白娘娘；重义，要学小青姐，人世间有一些不争气的东西，人还不如蛇哩！①

小渔郎说："老许仙在杭州、扬州、姑苏、镇江、无锡一带，他那负义郎君的坏名声，是千年万载也洗刷不掉的了！"②

婆婆说："平时候，我们左邻右舍，闲聊起《白蛇传》，提到人不如蛇，讲的就是许仙！"③

从这些文字来看，白娘娘和小青显然是善良的，是"义妖"，然而这与其他情节中白、青是"妖怪"的说法矛盾。许仕林在《陈情表》中说，他未中状元之前，江浙一带乡村戏班子所演唱的《雷峰塔》《白蛇传》等传奇，将白素贞和小青写成吃人不眨眼的妖精妖怪，违背事实。小渔郎这样讲述许家的情况：左邻右舍风言风语，说蛇妖生的儿子，将来长大成人也会是蛇妖，不如趁早把他扔掉或者掐死，以免四邻不安。这些情节相互矛盾，说明作者创作思维不够缜密。

类似的情况还有很多。比如说，关于蛤蟆庙的地址。小说第一章提到的是"钱塘县蛤蟆庙的王道灵"④，而到了第十章蛤蟆庙却坐落在姑苏了。关于王道灵的年龄，"五百年前，王道灵就是金湖里修炼成精的一只青蛙"⑤，修炼成精并非一朝一夕，王道灵应在五百年以上，可是小说后面却说："这修道一万年的老蛤蟆精法海，毕竟要比修道五百年的小青蛙精王道灵高明得多。"⑥ 把后一个"五百年"改为六百年或以上则更合理。

再如，二郎神对青蛇和家人态度的转变缺少铺垫，过于戏剧性。二郎神心狠手辣，在乌尤寺残忍地杀死小青蛙，将花港中的鱼全部杀

---

① 萧赛编：《青蛇传》，花城出版社1988年版，第186—187页。
② 同上书，第188页。
③ 同上。
④ 同上书，第3页。
⑤ 同上书，第253页。
⑥ 同上书，第272页。

第六章
百花齐放：20世纪80年代以降大陆的白蛇传改写

死，"最恨白蛇青蛇，好大喜功，爱讨升赏"。他六亲不认，对父母、妹妹冷酷无情，甚至要取外甥陈香的命。这样一个人却因小青的"义"——英勇无畏，骂昊天犬和二郎神是狗奴才，就拱手佩服，释放小青，甚至回去看望父母，拜访妹妹、妹夫和外甥。二郎神的转变是为了从侧面表现小青的义气，并不是人物自身性格的合理发展。转变之前浓墨重彩地写二郎神封建礼教观念根深蒂固，心狠手辣，却没有任何文字为其转变做铺垫，结构严重失衡，他的转变是生硬、勉强的。

小青向猴子学本领的情节也存在缺陷。小青本领非凡，能够腾云驾雾，她学攀藤爬树、过涧跃山的小技有何用？事实上，小说无一处写到小青如何使用了这些低微的本领。在王道灵吃掉许仙的问题上，小青如何知道这一事实？她为什么不怀疑是法海所为？

从以上所举的例子可以看出，小说的叙事比较拙劣，骈枝丛生，拖沓缓慢，在无关紧要的情节上恣意描摹、泼墨如水、铺排无度。小说中那些离奇的情节，看似新颖有趣，实则是对《西游记》等神魔小说的模仿，并未超越古人。

三

高尔基说："文学的第一要素是语言，语言是文学的主要工具。"[1]小说《青蛇传》的语言比较拙劣，影响了作品整体的艺术水准。

> 不要把以讹传讹的谣言，全都信以为真。[2]

谣言是指没有事实存在而捏造的话或没有公认的传说，用"以讹传讹"修饰"谣言"是不当的。既然说"以讹传讹"，应该是完全不可信，而不是"不要全都信以为真"。

> 险些儿把患难同心、生死与共、直到诸神下界捉拿于她、四

---

[1] 高尔基：《论散文》，《高尔基论文学》续集，人民文学出版社1979年版，第387页。
[2] 萧赛编：《青蛇传》，花城出版社1988年版，第389页。

面楚歌、她还仗义冒险、舍死前来的小青姑姑，错当成吃人的妖怪了！①

"舍死前来"与作者想要表达的意思截然相反，应该是"冒死前来"或"舍生前来"。而且这是个典型的欧化的句子，"小青"前面的修饰语过多，这些修饰语本无必要，因为小青的品德、行为已展现得十分清楚；即便是为了强调，也应该采用简单句。

不到最后的最后迫不得已，佛祖爷决不会调换我家的主人。②

"不到最后的最后迫不得已"语义重复，啰唆得令人生厌，"不到最后"或"迫不得已"择一而用即可。

许仙虽然提门当户对，却恨他姐夫李君甫从前嫌贫爱富，悔了婚约；如今想来高攀许家……③

这句话显然构不成转折，联系上下文，"提"字前面缺少否定词，如"未"或"没有"。

但他对许封翁并不十分惬意，觉得他对朋友好，对妻子差，如果当初青蛇是他黄抓药的老婆，只要事实证明蛇不吃人，他决不抛弃蛇，仍旧与蛇不变心肠，偕老白头！④

"青蛇"应该改为"白蛇"，因为黄抓药是在批评许仙对妻子"白蛇"不好。"仍旧与蛇不变心肠"是病句，"仍旧与蛇"后面缺少成分，比如"厮守"。

---

① 萧赛编：《青蛇传》，花城出版社1988年版，第392页。
② 同上书，第236页。
③ 同上书，第219页。
④ 同上书，第218页。

第六章

百花齐放：20 世纪 80 年代以降大陆的白蛇传改写

来开门的是一位秀眉俊眼的年轻姑娘，把来客上下打量了几眼，略略问了她几句，笑容可掬地道："请里面坐，我妈在家。"未及开言，一眼就认出小青来了："哎呀！你就是我弟媳白娘子的随身丫头小青姐吧，真把人想苦了！"她叫女儿前去见过小青姑姑。①

"未及开言"后面缺少主语"李许氏"——也就是下面的"她"。

池中的金鱼听说小青跌死，伤心痛哭，"流的泪水竟将池水涨高一尺"②，金鱼在池中，不管流多少的泪，所占体积是恒定的，池水怎么可能会涨高？

作者在行文中，过于彰显自己的情感倾向，以致在塑造小青的敌对势力时流露出恶俗的趣味。比如，小青火烧灵官：

抽屉里的许多灵官，听见青蛇声音，都争先恐后地想冲出来，捉蛇擒妖，立功受赏；小青不等许仙回答，迅速拉开抽屉，一伸手抓住了所有的灵官符，一个个灵官也没有逃脱小青的掌中，她还用力使劲一捏，捏得那群灵官叽叽喳喳地直叫，也捏得旁观的许仙冷汗直冒，寒毛直立。忽听青蛇猛然叫道："拿火来！"许仙胆战心惊，房中取火，递与小青。忽听青蛇又猛然叫道："烧！"许仙只好得罪灵官，遵照青蛇吩咐，用火点燃了她手上抓着的灵官符，烧得那群灵官呜呜呵呵地直哭，顷刻之间化为灰烬，有个烧烂了的灵官，最后还在不断地埋怨："他妈的！王道灵这妖道，不该把老子送进状元府里来惹火烧身！"③

降妖除魔本是灵官之职，就是因失败而身亡，灵官也不应该如此咒骂。难道只有类似"革命"的战士才英勇无畏，而类似"反动派"

---

① 萧赛编：《青蛇传》，花城出版社 1988 年版，第 214 页。
② 同上书，第 154 页。
③ 同上书，第 226 页。

的都胆小怕死、不甘殉职？作者在创作中过度暴露自己的情感倾向，未必能取得所期望的效果。这段文字暴露出小青过于狠毒，毫无慈悲之心，这与她饶恕乌尤大仙是不相称的。

小青审问王道灵，王道灵"只叫饶命，但求免死，连他的青蛙妈偷人养汉、青蛙爹被炒为'宫保田鸡'，他都心甘情愿、俯首帖耳地全讲给小青姑奶奶听，不说谎话，招供画押"。[1] 这样丑化王道灵，透露出作者恶俗的趣味，即便王道灵可恶，与其父母何干？这是一种变相的"连坐"，只能说明青蛇的心理阴暗。

巨灵神恼怒后竟如此粗野："鸡巴毛炒韭菜！你不认识我，师父认识我！"[2] 凡是与小青对立的，无论神仙还是妖魔，都被极度丑化，不但相貌丑陋，就连语言也十分粗野。

第二节 "岂能自顾贪情欢"：高舜英的京剧《青蛇传》

高舜英的京剧《青蛇传》是根据同名锡剧改编而成，属于"续传"，写青蛇拜南极仙翁为师，苦练本领，最终从雷峰塔下救出白素贞。

京剧《青蛇传》分为六场。《序》写白素贞被镇压在雷峰塔下，韦陀将梦蛟扔向湖中，小青救起梦蛟逃走，将梦蛟托付给艄翁，含泪离去。第一场的时间是十八年后，地点是昆仑山。小青面壁炼珠，南极仙翁要小青耐心修炼，赐她仙桃一枚，仙桃能使人、妖变化，使其永远成人。白猿告诉小青，许仙在金山寺内出家服役，梦蛟已长大，和艄翁相依为命，法海在追寻小青的踪迹。小青远远看见艄翁带着梦

---

[1] 萧赛编：《青蛇传》，花城出版社1988年版，第259页。
[2] 同上书，第380页。

第六章
百花齐放：20 世纪 80 年代以降大陆的白蛇传改写

蛟去雷峰塔祭拜，遇见法海，法海疑云顿起。小青不听白猿劝阻，抢了白猿的剑冲下山去。第二场写法海化作跛足贫僧查访梦蛟，法海道出许梦蛟的身世，欺骗他说，白蛇因为要吃人而被镇压。法海使用离间计，恐吓许梦蛟说，小青定会来吃许梦蛟，要他上金山寺，许梦蛟不肯；法海要许梦蛟在小青来到时禀报他。小青说出事实真相，要梦蛟随她去，免遭法海迫害。许梦蛟将信将疑，出门找艄翁时，被大风刮走。小青决定去金山寺找他。第三场写法海用梦蛟做钓饵引诱青蛇到来。许梦蛟被大风刮到金山寺门外，与许仙相见。小青救父子出金山寺，与法海、四大金刚等打斗，战败被缚。第四场写小青被押在白龙洞，净智、净空和尚认清法海的罪恶面目，决定救小青。法海命人押来许梦蛟，要他执扇扇风，以便使小青速灭。法海哄骗许梦蛟，说是送小青上天修成正果，饶她性命，为民除害。许梦蛟扇风，危急时刻，净空引许仙、艄翁、白猿来到。艄翁、许仙等告诉梦蛟上当，梦蛟悔悟，众人离开白龙洞，白猿取被锁的神剑时被掩埋在白龙洞中。第五场写小青向南极仙翁请罪，南极仙翁愤怒之下要逐小青下山。后来南极仙翁得知小青未吞仙桃，被小青的执着精神和善良之心所感动，于是留下她，帮她重燃炉火，修炼神珠。神珠炼成，仙翁说吞下神珠会变蛇形，永难成人，小青表示在所不惜。仙翁命众仙童随小青去毁塔，斗法海。第六场写小青、众仙童与法海等激战，白猿执宝剑加入战斗，小青吞下神珠，救下白素贞。白素贞一家团聚，小青却变成蛇形腾云而去。

京剧《青蛇传》的主题与萧赛的小说《青蛇传》相似，都是写白蛇被镇压后青蛇苦练本领来报仇，赞扬青蛇的"义"，表现她对邪恶势力毫不妥协的斗争精神；不同的是小说《青蛇传》以悲剧结尾，而京剧《青蛇传》则写青蛇最终战胜法海，救出白素贞。

剧本的人物形象承袭既往，法海是封建势力的代表人物，心狠手辣，毫无慈悲之心，比如他在镇压白蛇时，竟然要韦陀将梦蛟扔向湖中，他的台词"本以为他葬身鱼腹早丧命"①，充分暴露了其恶毒面目，竟连一个襁褓中的婴儿也不能容忍。

小青始终以打败法海、救出白蛇为己任，苦练本领。她不肯吞仙桃永远做人，"法海作恶百姓怨，岂能自顾贪情欢"，② 心地善良，为了报仇而舍弃个人的欢乐，和萧赛的小说《青蛇传》中的青蛇形象一样，毫无私心，以"义"为重。

第三节　荒唐的"留根"：沈士钧的长篇小说《青蛇新传》

沈士钧的长篇小说《青蛇新传》与萧赛的《青蛇传》、高舜英的《青蛇传》有相似之处，即以青蛇为中心人物，写白蛇被镇压在雷峰塔之后青蛇的"义举"。与前二者的不同之处是，《青蛇新传》中青蛇的"义举"，不是营救白蛇出塔、为白蛇报仇，而是为白蛇与许仙的后代"留根"，延续香火。

小青告别白素贞后不久，白素贞就遭到法海的毒手，被镇压在雷峰塔下。小青则按照姐姐的吩咐来到南海边找到师父，拜师学艺，潜心修炼，一千年后离开师父去寻找亲人。四百年前雷峰塔倒了，小青感到寻找白素贞与许仙的希望渺茫，于是去镇江找白与许的后代子孙。在镇江城外的小山坡上，小青遭到法海的关门弟子老和尚派来的弟子小灰熊和啄木鸟（两个小男孩）的阻挠，小灰熊的朋友晶晶则设法帮助小青。而晶晶则是许仙的后代许言午的女儿。小青得知许言午丧偶并只有一女后，决定给许言午"留根"，为许家延续香火，晶晶则反对许言午娶小青。整部小说就是围绕小青与晶晶的这一"矛盾"

---

① 高舜英：《青蛇传》，《剧影月报》1994年9月。
② 同上。

第六章
百花齐放：20 世纪 80 年代以降大陆的白蛇传改写

来写的——所谓的"矛盾"，都是些鸡毛蒜皮、微不足道的琐事。后来小青变作青蛇吓昏许言午，然后又带着晶晶去昆仑山求取灵芝草，救活许言午。3 年后，小青离开了许言午和晶晶。以上就是《青蛇新传》的主要内容、情节。

作者在自序《写在前面的话》中说："故事取材于《白蛇传》，将《白蛇传》中的小青（青蛇）单独塑造，将其塑造成了一个有恩必报的神话人物形象，使读者可以从中受到启迪。"那么，小青是如何有恩必报的呢？留根，为许家续香火。

当小青得知许言午丧偶并只有一女后，就主动提出为许言午"生个大胖小子"，并视之为"亟待解决的问题"，青蛇为此表现出舍我其谁、勇于担当的精神，"这件事也不必怕人家议论。要是有人说什么不好听的话，一切风险由我一个人承担。为了我姐姐，为了能让许家的香火延续下去，我一定要为你生一个大胖小子"。[1] 可见，当青蛇"勇于献身"的时候，不是出于和许言午之间的爱慕，而是为了姐姐和许家的香火延续下去。许言午听到小青的话时如何反应呢？"许言午听了不禁惊呆了"[2]。我想，读者也一样惊呆了。"许言午没想到，刚见面不久，小青竟会说出这样的话来。"[3] 为了说服许言午接受自己的建议，小青对许言午进行思想教育，把许言午的名字改为"许根"，要他为许家留一个根，否则就是不孝。大概作者也意识到没有爱情的纯粹的传宗接代不美好，于是强做月老，生硬地安排小青和许言午相爱："所以，你应该生个儿子，留一个根。现在你明白了吗？让我为你生个大胖小子，好吗？许言午，我爱你！"小青说到这里，放下酒杯，一把抱住了许言午。[4] 然而，许言午在爱情方面或是延续香火方面是个什么人呢？之前每当媒婆跟他说，哪家的姑娘如何好，许言午

---

[1] 沈士钧：《青蛇新传》，群众出版社 2014 年版，第 46—47 页。
[2] 同上书，第 46 页。
[3] 同上书，第 47 页。
[4] 同上。

都会毫不犹豫地拒绝:"我不感兴趣,我这一生都不会再娶了。"① 传宗接代这样的大事也没能成为续弦的理由,尽管他感到传不下去了,"无脸去见我家的列祖列宗啊"②。

可是,在作者的强扭之下,许言午对于小青似乎也是你有情我有意,"心跳得特别厉害"。这样的人妖之恋的一见钟情合乎情理吗?当年许言午的祖宗许仙尚且被蛇妖吓死,难道许言午比祖宗有了出息,胆子变大了?甚或对普通的爱情不感兴趣,而对异类蛇妖产生了爱慕?况且这个蛇妖还是他老祖宗白素贞的妹妹。当小青告诉许言午她是白素贞的妹妹小青、许仙是她的姐夫时,许言午先是被吓呆,继之不敢相信:"'这……'许言午被吓得说不出话来,过了好久才说,'不会的,你骗我。'"③ 正常人的心态就该如此:对蛇妖存有恐惧心理,至少是像许仙那样爱且怕。所以,后来许言午才会被小青变的青蛇吓死。可是,得知小青身份真相后的许言午,在小青的大胆表白后,完全没有了害怕心理,好像他面对的不是蛇妖,而是一个平凡的女人,尽管法海的弟子一再告诫他,蛇妖会吸他的血。为了和小青成为夫妻,他和小青一样,来做晶晶的思想工作。不仅许言午毫无恐惧心理,就是知道小青是蛇妖的街坊邻居也没有任何恐惧与担忧,令人费解。

小青不是去辛苦地寻找白素贞、许仙的下落,在白、许的生死都未卜的情况下,一心一意地要为许家传香火,这就是作者在序言中所要说的"有恩必报"?小青见到许言午的当晚,也说过自己其实不适合给许言午生子:"我是个一千多年的人了,和你相差这么多代,好像给你生孩子不合适。"④ 可是,她非要义不容辞。那么,小青完成强加给自己的使命了吗?小说却偏偏在这个问题上语焉不详,模糊地叙述:三年后,小青劝师妹小红先离开,小红要小青和她一同走,可是

---

① 沈士钧:《青蛇新传》,群众出版社 2014 年版,第 47 页。
② 同上书,第 45 页。
③ 同上书,第 48 页。
④ 同上书,第 46 页。

第六章
百花齐放：20 世纪 80 年代以降大陆的白蛇传改写

小青不肯，她说还要再去见见老和尚。小红对小青说："你现在可以离开他们，去做你想做的事了。"小青拒绝了晶晶的挽留："我有事，不得不离开你们。"那么，小青有什么事不得不离开？为什么"现在可以离开"？是完成了留根，还是意识到吓昏了许言午，不适合做夫妻？作者对这件事情未能叙述清楚。

作者构思粗糙，不能把故事讲述清楚，作品不仅格调不高，人物对话冗长、拖沓，情节平淡无奇，进展缓慢，而且叙事上漏洞百出、前后矛盾之处非常明显，如：

第一，小青传宗接代的观念非常浓厚，而且认为女孩不能延续香火，但是她何以知道一千年后许家还有后代？她是这样判定的："这孩子一定会娶妻生子，子又生子，孙又生子，这样子子孙孙，许家香火延续到今天已有一千年了。"她如何断定"子又生子，孙又生子"，难道不会出现生女而不生子的情况？许言午就是只生下一女而丧偶，不肯续弦，出现不能延续香火的情况。类似这种情况就不会出现在许言午之前，以致许家没有了后代？何况千年之中，疾病、战争、饥荒等天灾人祸都会夺取人的生命。作者大概是受《愚公移山》的影响太深，不仅想法类似，连语言都雷同："虽我之死，有子存焉；子又生孙，孙又生子；子又有子，子又有孙；子子孙孙无穷匮也。"

第二，许言午与小青的爱情是作者生硬加上去的，把本不相爱的人与妖写成相亲相爱的一对。不仅如此，为了弥补小说的平淡无奇，作者故意制造情节波澜，又安排了秋兰与许言午的相爱，由此出现了争风吃醋的"三角恋"，然而这与许言午先前不感兴趣、拒绝再婚的行径相悖。

第三，小青既然与许言午是相爱的，为什么要离开？甚至离开时连与许言午的告别都没有。尽管晶晶强力挽留，说许言午和她都需要小青；而小青则毫无离别的感伤，甚至同意秋兰做晶晶的后妈。

第四，小青告诉许言午，她是白素贞的妹妹小青、许仙是她的姐夫时，许言午被吓呆而且不敢相信，其实小说的上一章小青就表明了身份："我是个一千多年的人了……可你知道，我是你老祖宗白素贞的妹妹，因此，我是个什么样的人，你心中有数……"① 这两处对话发生在同一时间段内（当天晚上），前后对话是紧接着的。

第五，小青向刚刚见面不久的许言午大胆表白："许言午，我爱你！"可是，到了小说的第 68 章，竟然出现了这样一句话："迄今为止，小青还没有亲口对许言午说过一个'爱'字。"②

第六，小说第 1 章第 1 页就明明白白地写着"四百年前，雷峰塔倒了"，可是到了小说的第 88 章，雷峰塔倒塌的时间又变了，"那塔到今天已经倒了三百年了"。③

第七，小青告别白素贞后修行了一千年，若加上她与白素贞分别前的年龄，此时的小青显然不止一千年，小说却说小青是千年蛇妖，"一千年的小青蛇"④，改为两千年或者接近两年前的数字不是更合理吗？

第八，白素贞被镇压在雷峰塔后，许仙每天在塔周围打扫卫生，塔倒后小青也应该先去杭州找白、许的后代才合理，作者却安排小青去镇江去找。许仙作为一个凡夫俗子，一千年后肯定死掉了，小说却说"许仙也不知去向"。作品一方面渲染小青法力高强，另一方面却写她被老和尚的两个小弟子阻挠，不能去镇江。小青在镇江一耽搁就是三年，除了围绕"留根"而发生的鸡毛蒜皮的小事外，这三年尽是叙事的空白，小说简单地用"三年后"来表明时间的过去，大概是作者意识到没什么好写。

第九，作者没有交代小青变作青蛇吓昏许言午的动机，而青蛇对能否得到仙草、救活许言午事先并无把握。大概是为了表现青蛇对于许言午的爱，以致她冒着危险去昆仑山求取仙草，然而这与白蛇盗草的情节几乎如出一辙，落入窠臼。

第十，作品未明确说明故事发生的时代背景，从镇上没有医院、

---

① 沈士钧：《青蛇新传》，群众出版社 2014 年版，第 46—47 页。
② 同上书，第 134 页。
③ 同上书，第 174 页。
④ 同上书，第 150 页。

第六章
百花齐放：20世纪80年代以降大陆的白蛇传改写

许言午为人接生等生活场景看，大概是古代，而且神话传说的背景安排在古代比较合适。然而小说中却出现了"服务员""火柴""眼镜""晚上7点"等词汇，令读者感到别扭。

我们从相关资料了解到，作者沈士钧患有眼疾而失明，作者克服重重困难用了4年时间才写出《青蛇新传》，她的老伴邵敦玉进行了校对、修改等工作。作者对文学的虔诚、执着精神令人钦佩，因此，如果批评作者的创作态度不严肃、不认真是冒失的行为，会损害作者等人对文学的感情。但是，有必要指出，文学创作仅有热情是不够的，还要努力提升自己的艺术修养。

第四节　拘泥原貌的失败：孙蓉蓉的《白蛇传》、罗湘歌的《白蛇》、吴锦的《白娘子新传》

一　孙蓉蓉编著的民间故事《白蛇传》

孙蓉蓉编著的民间故事《白蛇传》出版于2000年，延续着反封建的政治斗争主题。故事背景是南宋淳熙年间，共十二章：断桥相遇、借伞定情、喜结良缘、节外生枝、法海作祟、端午惊变、仙山盗草、白绫化蛇、水漫金山、重逢断桥、法海合钵、哭塔毁塔。作品在主要情节上毫无创新，延续以往作品；却在一些微不足道的细节上做文章，其"小题大做"造成诸多纰漏。

"断桥相遇"去除了"报恩"情节，白娘子（白蛇）、小青（青蛇）到人间来是因为难忍深山寂寞，羡慕人间，向往凡人生活。白娘子游湖遇雨，在岸上并未发现许宣，及至搭载许宣雇的船后方见到许宣，心生爱慕；这与此前白蛇遇许宣后施法下雨的情节不同。"借伞定情"写许宣把船家张阿公之伞借给白娘子；在此前白蛇传中，许宣借给白娘子的伞或者是他自己的或者是他从朋友、亲戚那里借来的。

许宣去讨伞时,小青做媒,白、许在白娘子住处成婚,许宣的姐姐和姐夫参加婚礼;在此前《白蛇传》中,许宣的姐姐和姐夫并未参加白、许的婚礼;有些则写白、许当晚定情或成婚。

"节外生枝"写赃银案,白娘子和小青因生计问题而偷窃了邵太尉的五十锭大银。白、许结婚十余天后,许宣去看望姐姐和姐夫,拿出两锭银子给姐姐,姐夫李仁看到银子上的字号,大惊失色,要许宣带着白娘子离开杭州去外地避风头。在此前白蛇传中,白蛇给许银子,要他筹办婚事;许将此事告诉姐姐、姐夫,由此案发。显然,因筹备婚事赃银案发更加合理。

白娘子本来可以和许宣一起去苏州,可是她这样安排:"你先到苏州熟人处落脚,我和小青收拾收拾,随后就到。"[①] 李仁既是特意放走白、许,就该留下足够时间要白、许收拾东西逃走,可是他在许宣走后就立即去报案。再者,白娘子如何知道许宣在苏州有熟人?若她知道,就不会出现在苏州找不到许宣的情况。

李仁到县衙府报告,说发现了盗贼的线索。李仁去参加过白、许的婚礼,放走许宣就要担责,公差已在白娘子家搜到银子,若追问下去,李仁肯定无法脱掉干系;可是他没有被追究责任,还得到奖赏,情节设置令人起疑。

白、许在苏州相见后,认为苏州也不是久留之地,于是到镇江去另谋生路。在此前白蛇传中,有的直接写白、许从杭州到镇江,有的写许到苏州后,因白蛇再次盗宝,许被发配至镇江。孙蓉蓉的改写,剔除了苏州盗宝、许再次被发配的情节,仅仅认为苏州不是久留之地,至于原因,小说没有交代。

"仙山盗草"写看守仙草的是"两个仙童",至于"仙童"是什么,并未说明;在其他白蛇传中,所谓的"两个仙童"是鹿童、鹤童,鹤是蛇的天敌,故而白蛇与鹤童的打斗惊心动魄。

法海对前来金山寺烧香的许宣说,白娘子是蛇精,时机一到就会

[①] 孙蓉蓉编著:《白蛇传》,江苏古籍出版社2000年版,第13页。

第六章
百花齐放：20 世纪 80 年代以降大陆的白蛇传改写

吞吃许宣；许宣吓得脸色发白、冷汗淋漓，哆嗦着请法海"多多指教"。法海要其皈依佛门，"许宣未作回答，就被站在两旁的小和尚挟持着来到了一间阴森的小屋软禁起来"①。这个细节显然不合理，许宣既如此害怕，是极有可能皈依佛门的，法海应该听许宣的回答再做定夺。许宣得知白娘子是蛇妖的真相时胆战心惊，后来却偷偷跑出金山寺，去杭州和白娘子相见，性格变化急剧，缺少铺垫。

作品把法海处理成封建势力的代表，暴露法海的罪恶。"怎能容得妖精在人世'兴风作浪'，法海下定决心要除掉白娘子。"②"除掉"白娘子不过是夸大法海的罪恶，因为法海只是要许宣皈依佛门，白娘子去金山寺索夫时，法海起先并未施法术"铲除"白娘子，而是要她赶快离开；况且，是白娘子先动手打斗的。

"水漫金山"不写水灾对镇江人民造成的灾害。许宣逃离金山寺，回到家中不见白、青，猜想她们可能去了杭州，于是紧追而来，剔除法海送许宣到杭州的情节。显然是受 20 世纪五六十年代的《白蛇传》作品的影响，缺少法力相助，许宣作为一个凡人，赶到杭州是需要很长时间的，"紧追"白、青是不可能做到的。

白娘子和小青的关系有些混乱，小青是奴婢身份，呼白娘子为"娘娘"，可是当小青说要离开时，白娘子却说："看在姐妹份上，你就留下来吧。"③ 在很多白蛇传作品中，小青是忠实的侍从，两者主仆相称并无不可。在五六十年代的白蛇传作品中，白、青多是姐妹相称，强调关系的平等，这样处理也是可以的。但是，将"主仆"与"姐妹"杂糅却不妥。

小青回到峨眉山后苦练法术，十几年后毁塔救出白娘子，小青唯恐白娘子再受到法海的迫害，执意要她回峨眉山，为此两人争执不下，小青无奈，只得略施法术，使白娘子难以再回到人间，不得不随着小青返回峨眉山。苦练法术十几年就毁塔是法术"大跃进"，然而

---

① 孙蓉蓉编著：《白蛇传》，江苏古籍出版社 2000 年版，第 29 页。
② 同上书，第 16 页。
③ 同上书，第 33 页。

五六十年代的白蛇传作品中写法术"大跃进",是为了使白娘子和家人团聚,彰显斗争的胜利,大团圆结局的意图可以理解。然而孙蓉蓉笔下的小青既不使白娘子和家人团聚,又如此快速地修炼后将其救出来,有些令人费解。小青"略施法术",白娘子就难以再回人间,难道白娘子的法术如此不堪一击?不如把毁塔的时间放长,在张恨水的《白蛇传》中,小青救出白素贞时几百年过去了,许仙和儿子早已不在人间;时间若是改为几百年后,白素贞在人间已无可留恋,回峨眉山就自然了。

白娘子被收服后,法海恶狠狠地说道:"白蛇妖孽,永世不得翻身。除非雷峰塔倒,西湖水平。"① "西湖水平"令人费解,大概是"平"是"干"的别字。

总之,作者在故事框架上袭用既往,缺少独具匠心的创新能力,所做的一些细节上的变化,非但不能出彩,反而造成诸多纰漏。

孙蓉蓉编著的《白蛇传》,是俞为民主编的"新编民间传说故事"丛书之一,俞为民说,"这五个民间传说故事②都深刻地反映了古代劳动人民的道德理想,对美好事物的赞扬,对恶势力的抨击。如《梁山伯与祝英台》《牛郎织女》《白蛇传》《天仙配》都赞美了封建社会青年男女对幸福爱情的追求,抨击了封建礼教和封建势力对青年男女幸福爱情的摧残和扼杀,并且最后都借助神话的形式,让美好的理想得以实现","新编的故事,力求符合现代人的阅读欣赏需求,一方面以前代流传的作品为依据,努力保持故事的原貌,另一方面也剔除了其中的一些糟粕,努力做到推陈出新"。③

孙蓉蓉编著的《白蛇传》要符合丛书的基本规定:在主题上宣扬男女爱情、抨击封建礼教;在情节、人物上"以前代流传的作品为依据,努力保持故事的原貌"。由于这些约束,孙蓉蓉编著的《白蛇传》没有什么创新的空间,只是整理既往白蛇传故事。"保持原貌"的说

---

① 孙蓉蓉编著:《白蛇传》,江苏古籍出版社 2000 年版,第 35 页。
② 指《梁山伯与祝英台》《牛郎织女》《孟姜女》《白蛇传》《天仙配》。
③ 俞为民:《前言》,孙蓉蓉编著:《白蛇传》,江苏古籍出版社 2000 年版。

第六章
百花齐放：20世纪80年代以降大陆的白蛇传改写

法令人费解，在该丛书出版（2000年）之前，白蛇传在流传中已产生相当多的作品，主题、情节、人物形象等存在很大不同，所谓"前代流传的作品"是指哪一部或哪几部？从该作品的主题和情节来看，仅是指五六十年代流传的作品。至于"力求符合现代人的阅读欣赏需求"，也并不见得能够实现，大概编者尚未弄清楚"现代人的阅读欣赏需求"是什么。"现代人"是指哪一部分读者呢？读者的文化层次、阅读动机、期待视野不同，阅读欣赏需求当然也就不同。"反封建"主题的白蛇传在五六十年代占据统治地位，在大陆具有广泛、深远的影响力，人们对其主题、情节、人物形象等已相当熟悉，故而，这类作品已不能给读者带来新的阅读体验，只能使读者感到审美疲劳。况且，在当今大众文化语境之下，"追新逐奇"是读者普遍的阅读心态，没有多少读者愿意把金钱和时间花费在已经熟悉的作品上。编者思维僵化、保守，观念还停留在五六十年代，不思考读者的阅读心理，不注重创新，因而该作品既无艺术价值又无市场价值。

二　罗湘歌的短篇小说《白蛇》

罗湘歌的短篇小说《白蛇》在主要情节上与传统的白蛇传并无区别，基本没有什么新的诠释。该作品有这样一些特点：一是在叙事上，采取现实与回忆交叉的形式：白素贞被镇压在雷峰塔五百年后因塔倒而出世，但是她已然忘却过去，在小青的帮助下回忆过去，传统白蛇传的情节如游湖、端阳、盗草、水斗等在回忆中呈现出来。二是写了小青与石宣的爱情。石宣即放走白蛇盗草时的白鹤童子，他被贬下尘世后始终在尘世轮回，每世都活不过三十岁；小青一直在人间找他的转世，有时候能够找到，有时候却找不到，有时候去早了，有时候去晚了，真正能结为夫妻的也就此一世。小青与石宣的爱情悲剧与白、许的爱情有同质性，都是人与妖之间的悲剧爱情，由此为白蛇传故事蒙上了一层凄美的面纱。三是渲染了白素贞出塔后的迷茫情绪，小说中有这样一些文字：

这静默的世界。头上是无边无际的黑色天空，脚下是广阔无垠的黑色土地。天地广阔，到底哪里是我的容身之所。这悲哀的自由与生命，不过是无尽的漂泊和流离。我曾经承受着超乎寻常的痛苦来印证自己的爱情和生命，而这一切都随着雷峰塔的倒塌灰飞烟灭，不，是在我遗忘的那一刻起就不在了。①

回忆了过去之后，白素贞没有了恨意，只是感到身心俱疲，无欲无求：

奇怪的，再回想起来，对法海已没有了恨意，只是深深的厌倦。身心俱疲，无欲无求。许仙当年也是这样么？
白素贞说不出的累。

小说的结尾部分，白素贞执意离开小青家，却又不知去哪里：

又走了很久，她忽然停住了脚步，看着眼前不知通向哪里的道路。
"这是要去哪里呢？"

白素贞的迷茫情绪大概也是包括作者在内的现代人的生命哲学追问，是作者重述白蛇传的初衷：我是谁？我从哪里来？要向哪里去？就如小说"出世"部分白素贞的自我追问一样："她发现自己记不起为什么要来这人世间，为什么要被关在雷峰塔里。终于，她发现已经想不起自己的名字了。我，是，谁？"

三 吴锦的长篇小说《白娘子新传》

吴锦的长篇小说《白娘子新传》这一书名，或许会使读者在阅读之前产生过一些期待，这个古老的传说会在作者笔下变得如何"新"？

---

① 罗湘歌：《白蛇》，《青年文学》2009年12期。

第六章
百花齐放：20世纪80年代以降大陆的白蛇传改写

读过之后，我们不免失望：这是一部拙劣的"旧"传。小说共4万余字，分为22章：逃离峨眉、巧遇青青、同舟结缘、红楼成亲、青青买胭脂、贪官变苍蝇、端午饮雄黄、还魂珠、白娘子斩蛇、真假白娘子、龙宫借兵、水漫金山寺、断桥重逢、青青救麟儿、郎永献毒计、重游西湖、武林山遇青鸾、青青斩狼妖、雷峰塔、何仙姑之路、青青巧取火芙蓉花、青青吃法海。作者不肯花费心思在作品的主题、情节、人物性格上创新，但是既名新传，作者自然懂得要弄点新的元素出来：一是在无关紧要的细枝末节上出新，比如法海是癞蛤蟆精所变，曾经要强娶白娘子，仙山盗草改为龙宫求取还魂珠，许仙到金山寺是上了法海的当——法海变化为白娘子使许仙难辨真假（好像《西游记》），等等。二是增添核心人物以外的其他人物，比如法海的徒弟郎永，他是黄鼠狼所变，法力高强，因斗法的需要，由郎永又引出了青鸾。

作品塑造的白娘子性格过于软弱，动辄流泪，好像不是按照妖而是按照林黛玉的性格来塑造的，某种程度上遮蔽了其抗争、刚强的一面，忽视了其作为"蟒仙"所具有的法力。

出于丑化反面人物的动机，作者将法海描写成好色、贪婪、阿谀的癞蛤蟆，将杭州知府塑造成贪婪、歹毒、好色的污吏。法海受知府所派，变成卖胭脂的小贩，用小小的胭脂盒抓取了不计其数的佳人，供知府享用。法海既然有如此法力，为什么还要勾结、听命知府？知府听从法海的建议，命狼头人身的衙役扮作强盗抢夺库银，以便去远方购买美女。知府竟然龌龊到这样的地步：刘知府一见前几天刚刚丧偶的儿媳穿白戴孝更添三分姿色，兽心大发，抱起儿媳放在桌子上。刘知府竟然毫无丧子之痛？毫不顾忌人伦？过度的夸张使得作品失去了真实性。

过多的妖魔出现与斗法描写，使作品误入近些年来流行的玄幻一途，荒诞有余而真实感欠缺，妖与人在现实生活中的爱情悲剧没有得到更为充分的展开，究其原因，大概是作者还没有深刻领会到白蛇传的精髓。

第五节　人性的反思：芭蕉的《白蛇·青蛇》和包作军的《后白蛇传》

一　芭蕉的网络小说《白蛇·青蛇》

芭蕉的中篇小说《白蛇·青蛇》，分为三部分："白蛇篇""青蛇篇""法海篇"，以第一人称展开叙事。故事时间是 20 世纪末，讲述的是白蛇、青蛇、许仙、法海的转世再次相逢，其情节如下："我"（陈老师）开始并不知道自己是许仙的转世，一天晚上，"我"在聊天室里遇到白素贞，这使"我"感到十分意外和"恐惧"。当晚"我"梦到她大哭，以后"我"变得精神恍惚。"我"抽一日空闲到西湖，遇到白素贞。白素贞说"我"是许仙，并将一把油纸伞借给"我"，事情如此荒诞，以致"我"昏迷了两天，并且再次梦见她。"我"想弄清前因后果，再次上网，遇到白素贞，她要和"我"重续前缘。挡不住她的纠缠，"我"依了她去还伞，与她生活在一起。白素贞开了家药铺"永生药堂"，生意并不是很好。"我"始终不肯接受白素贞，认为爱上蛇是耻辱。学校的老师金海山告诉"我"，他爱上了一个女孩，那个女孩正是小青。白素贞感到绝望，决定放弃"我"，和小青回到西湖；金海山责怪"我"害得她们离开。生活恢复了平静，好像一切事情都没有发生。很久以后，"我"寂寞地打开电脑，来到原来的聊天室，依然是人来人往热闹非凡的场面。"我"叹了口气，"人啊"！

小说的主题是对人性的质问，陈老师始终不肯接受白素贞，认为爱上蛇是耻辱，认为白蛇和青蛇无论如何也修炼不了人的根本；白素贞问人的根本是什么，他却答不上来，把所有知道的语汇想了一通才挤出"人性"二字，可是他尚且不如白、青具有做人的坚定信念。小青的话道出了陈老师所谓人性的虚伪之处："如今姐姐本想同你长相

第六章
百花齐放：20 世纪 80 年代以降大陆的白蛇传改写

厮守恩爱逍遥，却遭你百般嫌弃，我可不懂所谓人性为何物，只知假仁假道对你是正经，世人竟这般无情……"① 小青的话终于使陈老师明白，为何每次见到白素贞和小青他总是仓皇，因为她们有他从未有过的做人的执着："人遇到一种比人还更想做人的东西总难免会心生恐惧，然而表面却又如此嗤之以鼻。"② 陈老师发出的"人啊"的感叹，是对主题的最直接的点明。

许仙转世为一个姓陈的老师，身上总带着奇怪的中药味，癖好是收集雨伞。他始终不肯接受白素贞，总是用"人性"来敷衍白素贞。

金海山是学校的政治老师，为法海转世，生活非常邋遢，都快四十了还不肯结婚，被人称为"和尚"。他爱上了小青，变得形容枯槁、憔悴不堪，埋怨"我"的薄情。

白素贞打扮极入时，有着美丽的容颜，有恒温的躯体，不肯行偷窃之事，开个药铺只想过正经日子。她始终深爱陈老师，宽容大度，被一再拒绝后伤心离去，没有为被镇压之事而心生埋怨。

小青记恨被镇压之事，为白素贞不平，怨恨许仙负心，想要杀了他却没有下手。她不断地在法海面前出现，使法海爱上她，这便是她对法海的报复。

小说多次提到冯梦龙和《警世通言》，还提到一些有关白蛇传的情节，比如白素贞的偷窃之事。某些细节表明作者受到李碧华的《青蛇》影响，比如许仙和小青偷情、法海爱上小青、吕洞宾的"七情六欲仙丹"。

小说最初发表在网络上，语言颇为诙谐，具有调侃的风格，这也是很多网络小说的语言特点。比如：

> 她难得幽这一默，自己娇笑几声，我也讪笑着。③

---

① 芭蕉：《白蛇·青蛇》，五朝臣子、李寻欢主编：《活得像个人样》，时代文艺出版社 2000 年版，第 271 页。
② 同上书，第 271—272 页。
③ 同上书，第 262 页。

不知所措的我就学会了念念有词目光呆滞语无伦次行为乖张等一系列过去被我喻为精神分裂前奏曲的玩意。①

在二十世纪末的今天，世上还有比这更荒诞的事吗？所以我干脆昏迷了两天。②

然而刻意追求调侃风格有时会造成弊端，比如，"天知道我是多么希望在此时忽然迎面而来一位仙风道骨留着山羊须的和尚或道士"③，和尚是不蓄须的，用"留着山羊须"来修饰"和尚"显然不合适。

二　包作军的微型小说《白蛇后传》

包作军的微型小说《白蛇后传》发表于 2004 年，仅有 200 余字：

白素贞被法海施法镇于雷峰塔之下，三百余年了。

许仙夜夜戚戚，不能成寐。

许仙曾祈祷风雨雷电去撼雷峰塔，曾请高僧施法去咒雷峰塔，曾携一双小儿女用锹锨斧凿去掘雷峰塔……

雷峰塔纹丝不动。

许仙戚戚复戚戚。

青儿担心许仙有什么不测，终日相陪左右。

村人皆不忍心，劝许仙道："将青儿续弦罢。"

许仙坚决不允。

村人乃传言：许仙青儿，孤男寡女，终日厮守，已失人伦。

许仙大呼冤枉，求村中长者止谤。

长者道："无风焉能起浪？"

---

① 芭蕉：《白蛇·青蛇》，五朝臣子、李寻欢主编：《活得像个人样》，时代文艺出版社 2000 年版，第 268 页。
② 同上书，第 254 页。
③ 同上书，第 259 页。

第六章
百花齐放：20 世纪 80 年代以降大陆的白蛇传改写

许仙百口莫辩，遂与青儿商定，三日后迎娶青儿。是夜，雷峰塔轰然坍塌。长发飘飘的白素贞自废墟之中勃然冲出，大叫："许仙，你这个混蛋！"①

小说无非是写女性对爱情的嫉妒之心，尽管某杂志编辑认为该小说"题材也很一般"，然而对其夸张手法特别欣赏："但由于作者包作军妙用了夸张手法，遂使这篇小说发生了奇异的变化，一个崭新的白娘子形象跃然纸上。作品写人物的嫉妒心理夸张到竟然可以使雷峰塔倒掉，不能不让人拍案惊奇，对作者的奇思妙想击节赞叹！由此，我们可以看到夸张的力量所在。"②

小说的夸张手法失度，造成情节矛盾，许仙乃一凡人，莫说是白素贞被镇压后"三百年"，就是一百年，恐怕许仙也已经死亡。再者，村人的"皆不忍心"与村人的谣言是矛盾的，前者表现的是村人的"善"；后者却揭露出村人的"恶"。

第六节 放荡的书生许仙：邱振刚的小说《许仙日记》

邱振刚的中篇小说《许仙日记》，以 23 则日记的形式叙述了另一种独特的白蛇传故事：

许仙十八岁时父母故去，失去管束后他扔了书本，整日四处游荡，因不善经营以及连续几年的灾荒，他卖掉了田地房屋，到天台县城买了处小小宅院，每天和诗友赏花吟诗，无拘无束。几年后坐吃山空的日子到头了，为谋生，他到杭州的一个茶商家中授课，因对联、

---

① 包作军：《白蛇后传》，《小小说月刊》2004 年第 15 期。
② 《微型小说选刊》2005 年第 18 期，第 5 页。

作诗出众，不停地被邀请参加筵席、诗会，出入达官显贵的府邸，不仅财源广进，还受到青楼妓女、老鸨的追捧，"得以饱享天大的艳福"，整日眠花宿柳。后来他在西湖遇到白素贞，并与之结为夫妻。但是，许仙并没有满足自己的幸福生活，偷偷出入青楼，并且趁白素贞回乡期间偷偷勾引小青。小青将许仙逛青楼、勾引她的事情写信告诉白素贞。白素贞回来后化作车夫，一路跟随回天台县扫墓的许仙与小青，发现了许仙的勾引行为后严厉斥责并与小青离去。许仙不思悔改，想着继续从前的浪荡生活，并开始写他与白素贞的故事，要把自己写成忠厚文人，满腹才学，有着大好前程；把白素贞、小青写成妖，化作人形魅惑许仙，使其大好前程付诸流水。

《许仙日记》颠覆了传统的许仙与白素贞之间的爱情故事，批评了文人的放浪形骸，"使麒麟皮下露出马脚"，对男女的不平等地位进行反思。小说中白素贞斥责许仙的话一语中的：

> 读书人有文采又怎样，能吟诗作赋又怎样，如果不懂得礼义廉耻，没有真情实意，自以为能靠那些风流招数来博得女子欢心，却和那些市井流氓又有何区别！如今世风，女子如果不守妇道，自然为人所不容。但文人放浪形骸，四处卖弄文才，征歌逐色，以诗词歌赋诱人，反被认为是佳话。即使遭文人引诱的是良家妇女、有夫之妇，而文人也对此心知肚明，世人却也是仅仅对落入彀中的妇人极尽嘲讽，而文人却可全身而退，名声只有更胜，这等风气，对女子又如何算得公道！[①]

在《许仙日记》中，许仙是个读书人、大才子，但是毫无操守，自命不凡，其才华仅是用来换取银子，博取妓女的青睐；见异思迁、薄情寡义，既娶了白素贞为妻，又勾引小青，这点与李碧华的小说《青蛇》相似，不知是否受了《青蛇》的影响。许仙的形象如此龌龊，

---

① 邱振刚：《许仙日记》，《作品》2014年第2期。

与李乔的《情天无恨》中的许宣类似。白素贞与小青美若天仙，虽未使用过法术，现出过原形，但是几处细节描写小青与白素贞的忽来忽去、观鱼时鱼群的不安等，似乎表明她们是妖所变化。而法海只是略提一笔的疯和尚，见人便说是妖。

第七节　人妖之别与人心之恶：罗怀臻的新编越剧《许仙与白蛇》

罗怀臻的新编越剧《许仙与白蛇》，从白蛇获救写起，千年后白蛇、青蛇在峨眉山修炼成功，脱掉蛇形，她们坚定地想去人间做人，于是辞别圣母后来到杭州，此后的情节如游湖、结亲、施药、端阳、求草、释疑、水斗、合钵等与田汉等人的白蛇传作品并无太大区别，未超越前人的窠臼。然而还是有几点不同之处值得一提。

第一，剧作坚持人、妖之别，以"和心汤"凸显白素贞之善良与民众之恶毒，这点对李锐、蒋韵的小说《人间》有很大的影响，虽然后者并未提及罗怀臻的《许仙与白蛇》。白素贞、许仙镇江开保和堂药店，有救治黎民性命的百灵百验的药"和心汤"，而"和心汤"是白蛇滴进了自己的鲜血，数月下来，她的身体已经日渐衰弱。即便在身体非常虚弱的情况下，当一少女为其爹爹求药时，白蛇依然救助："不要哭，不要哭，白娘娘虽然血已不多，但总不能见死不救……"尽管白蛇以自己的血救人，非常善良，被称作"活菩萨""白娘娘"，但是法海不能容她："他是人，你是妖，人与妖岂容你们颠倒！"而民众并未因此感激白蛇的救命之恩，反而恩将仇报：

市民甲　是血，蛇血，腥气冲天！
市民乙　啊，这么说，我们都喝了蛇血？哇——（呕吐）

众　　哇——（齐吐）①

当法海要白蛇现形时，人声鼎沸，白蛇则东躲西突，惶恐不安，白蛇发出了这样的质问：

人啊人，我为你们流鲜血，
我为你们救死伤。
为何对我这般狠，
为何不以善良报善良？

市民看到白蛇现形后纷纷喊打："打蛇，打蛇呀！"并感激地向法海下跪。他们全然忘却白蛇的救命之恩，全然不顾白蛇的哀求。人心之黑暗由此可见。尽管求药的少女感激白蛇的救命之恩，放白蛇逃生，但是她也计较白蛇的身份："白娘娘，你为什么是一条蛇呢？你要真是一个人，那多好啊！"

白蛇在向圣母求草时，发出这样的悲凉之音：

实指望诊病坐堂行善事，
实指望刺血和汤救死伤。
谁知道白蛇对人心一片，
倒落个家破人亡独悲凉。

甚至圣母都为白蛇感到不平：

圣母　真情真情，你对人是一片真情，可是人对你又有吗？他们拿菖蒲熏你，拿雄黄烧你，难道这就是人对你的回报？你爱人，人却并不爱你！人其实真正爱的，只有人自己！

白蛇　不，人也曾经爱过我，他们也曾经赞美我，颂扬我，曾经——

―――――――――
① 罗怀臻：《许仙与白蛇》，《上海艺术家》1998年第6期。

> 圣母 痴种，你还当真呢！须知人在颂扬你的时候，正是在颂扬着自己，颂扬他们的病又好了！
>
> 白蛇 不管怎么说，人总是美好的，总是好人多，坏人少。

白蛇对人类有大爱，而人类对蛇存恶念，尽管如此，白蛇不改其善良品性。

第二，断桥重逢后，青蛇执意离去，此后的合钵、毁塔等情节，青蛇均未参与。白蛇被镇压在雷峰塔后，许仙殷勤守护在雷峰塔前，白蛇以唱词"总算得到人间真情"表达了自己的感受。当白蛇即将分娩之时，雷峰塔轰然倒塌。蓬莱圣母和青蛇再次出现，白蛇不改做人的初衷，剧作以许仙一家幸福地在一起而结束。

第三，其他情节如游湖，白蛇摇晃使许仙落水，然后白蛇、青蛇施救，与传统的"借伞"情节不同。如端阳现形，白蛇饮雄黄酒与许仙无关，而是众乡亲感激白蛇救命之恩，一老者代表众人敬酒。再如合钵，许仙从小沙弥手中买花环给白蛇戴上，上了法海的当，无意加害白蛇。但这些只是细节的不同，未能从大框架上显示出独特之处。

第八节　身份认同·人性批判·历史反思：小说《人间》

小说《人间》由李锐、蒋韵合著，是国际"重述神话"项目的组成部分。2005年，英国坎农格特出版社（Canongate Books）著名出版人杰米·拜恩发起"重述神话"项目，邀请各国著名作家以神话题材来创作小说，《人间》就是为该项目而创作的。李锐在序言中说出"重述"的困难：白蛇传在千百年的传说中早已定型，作者被笼罩在一个巨大无比的阴影里，很容易跌进阅读习惯造成的期待陷阱中。他明确感觉到来自"前文本"的压力，产生影响的焦虑。在反复的商讨、试探、修改、体悟之后，李锐和蒋韵既保留了白蛇传的很多经典情节，又赋予作品新颖的主题、情节和人物形象。

一

在梨园抄本、方成培等人的《雷峰塔传奇》中，有"收青"情节，白素贞用法力收服青蛇，青蛇成为其侍儿，两者是主仆关系。《人间》中的白素贞没有用法力来收服青儿，两者是姐妹关系，白素贞从妓院救了青儿，使她避免了吃官司；这受到李碧华的《青蛇》的影响，《青蛇》中的白素贞杀死石头鱼救下青蛇，两者成为姐妹。

《人间》的"端阳""盗草"很有特色。法海起先并没有对许宣透露白素贞是蛇妖，只是说她有顽症；许宣被蒙在鼓里，将法海邀请至家中为白素贞治病。法海和白素贞相见后并没有直接的冲突，白素贞转身回房，法海说端阳节时白素贞饮下雄黄酒或者用雄黄酒濯足即可除病。洗是纵，灵魂出窍，快意淋漓，却全然不容白素贞掌控，会无知无觉地现形；饮是搏，虽然痛苦万分却能够清醒，有一二分胜算，不会猝不及防，至少有时间将自己隐藏起来。白素贞选择饮，连饮三杯雄黄酒；许宣听到呕吐声后去送热茶，青儿掀开帐子斥责许宣，许宣看到大白蛇，吓死过去。《人间》的改写，弱化了许宣的负面形象——许宣不知情，同时增强了白素贞对许宣的爱——宁肯痛苦地饮，而不快意地洗。青儿并未出去躲避，斥责许宣，对许宣吓死是有责任的——她本来可以隐瞒，青儿对许宣的斥责代表了读者的感情倾向。青儿本要泼掉雄黄酒，可是城里到处都有雄黄酒，无能为力。她并不想隐瞒事实，不会"表演"，这显示出她的善良天性，就如同她分不清"范巨卿"和演员"小生"一样。青儿主动给许宣看白素贞的本相，快速地推进了情节发展，使得盗草及夫妻冲突情节更早地到来。

白素贞到中岳嵩山找"还魂草"，与看守仙草的一只九千岁的大秃鹫厮杀了三天三夜，打了个平手，两厢都是遍体鳞伤。白素贞再无半点气力，跪下来哭求，泣不成声，秃鹫叹息后啄下最小的一片叶子给她。在其他白蛇传中，盗草时白蛇的战斗对象是鹤童，危急时刻南

第六章
百花齐放：20世纪80年代以降大陆的白蛇传改写

极仙翁救下她。《人间》增加了白素贞盗草的困难和危险，对手是"九千岁"的大秃鹫，修行时间远比白素贞久；二者打了三天三夜，打斗尤其激烈。因此，白素贞的坚贞和牺牲精神得到更充分的表现。

许宣随法海去了金山寺，白素贞没有和青儿去找法海算账，更没有发动水漫金山的战斗。水漫金山只是青儿的梦和愿望，白素贞只想做人，不愿以"妖"的面目和许宣面对，不能以"妖"的手段去夺他回来，而由恨成妖，恰恰是法海所希望的。《人间》对水漫金山情节的删除，同样能够表现爱情——白素贞是因为爱许宣才不肯以妖的面目出现，强化了白素贞做人的愿望和操守。

白素贞表面"坦然接受"许宣离开的事实，其实内心非常痛苦。她始终规规矩矩地做人，结果许宣还是看到了她的蛇形，把她看作可怕的妖。白素贞尽管使用法术"胡闹"，以此宣泄内心的痛苦情绪，然而并未连累无辜者，她还是保持做人的准则：只是烧掉净慈寺，临近房屋却安然无恙。老鸨等人作恶多端，理应受到惩罚；官府向来黑暗，府官贪财、枉法更是司空见惯。白素贞不恨许宣，体现出她的善良与宽容。《人间》的"盗银"只是出于惩罚恶人和泄愤，不同于其他白蛇传。

同样是疗救瘟疫，在有些白蛇传里，白蛇用霉烂的药材救治病人，突出她医术高明。《人间》中的白素贞起先并不知道自己的血对治瘟疫有用，及至发现后，她就用血来救治病人，连青儿也献血。这样改写，彰显了白素贞和青儿的善良美德，并与后文中人们的忘恩负义行为形成鲜明对比。

小说增加了极为惨烈的人、蛇之战。碧桃村一带的人极爱吃蛇，世代以捕蛇为业，他们吹着特制的短笛，引诱着一代又一代的蛇上当。在有些白蛇传中，苏州或镇江发生瘟疫是因白素贞遭小青散毒，或者并不交代的原因。《人间》中瘟疫紧接着人、蛇之战而发生，是人与蛇的尸体所致，这样改写增加了小说的批判力度——人类的残暴招致祸患。

白素贞和小青的命运更不同于其他白蛇传。法海对于降伏白素贞犹豫不决，是在村民的逼迫下才开始行动的，他要众人不可轻举妄动——他想保存白素贞和青儿的性命。青儿是被饰演范巨卿的小生所杀，白素贞则在咬死范小生后自尽。雷峰塔不是用来镇压白素贞的，而是白素贞和青儿的墓碑。

传统的白蛇传中表现青儿爱情的作品并不多，在弹词《义妖传》和小说《白蛇全传》有"婢争"和"三七夫妻"的情节；李碧华的《青蛇》中，青蛇与许仙偷情。《人间》中，青儿的爱情不同于以上作品：青儿喜欢上在《生死交》中饰演信士范巨卿的小生，用自己的血为他疗瘟疫，最后却被他杀死。这样改写，表现了青儿的善良，显示了人性的恶毒、残忍。

《人间》对粉孩儿（许仕麟）与香柳娘的命运和爱情有精彩的描写，粉孩儿是个蛇人，捕食鸟虫；香柳娘只会笑不会哭，两个人都被人们所排斥，同病相怜。

《人间》的情节极为复杂，故事时间跨越千年，不仅写了白蛇和许宣的爱情故事，还写了人物转世后的故事。秋白即是白素贞的转世，梅树是许宣的化身，结尾中的小男孩儿是许仕麟的转世。秋白的曲折经历，显示了历史的荒诞、人类的残酷。

二

爱情是《人间》的重要元素，并且得到比较出色的描写；然而更加震撼读者灵魂的是人对于"异类"的迫害，不管这异类是蛇还是人自身，"身份认同"成为《人间》重要的理念。李锐说："身份认同的困境对精神的煎熬，和这煎熬对于困境的加深；人对所有'异类'近乎本能的迫害和排斥，并又在排斥和迫害中放大了扭曲的本能——这，成为我们当下重述的理念支架。"[1]

白蛇一心想修炼成人，然而白蛇并不了解人性的凶残。具有讽刺意味的是，白蛇因救人而功亏一篑，没能修炼出人心的残忍，观音菩

---

[1] 李锐：《偶遇因缘（代序）》，《人间：重述白蛇传》，重庆出版社2007年版。

第六章
百花齐放：20世纪80年代以降大陆的白蛇传改写

萨说，在人间，白蛇将备受折磨，因为没有什么生灵比人更不能容忍异类的。白素贞、青儿等所经历的一切，验证了人类的残暴。

青儿刚来到人间，就被一个慈眉善目的老婆婆所骗，卖至妓院。白素贞在人间完全隐藏妖性，规规矩矩地做人，可是人类不容她。白素贞和青儿用自己的血来救人，可是人在得救后恩将仇报，谣传她们放蛊害人。胡爹说："她行此大善举，居心何在？害人者为妖，为妖者岂能不害人？如今这碧桃村，人妖混居，黑白颠倒，妖血四传，不知暗伏了什么样的大祸事？"[①] 即便是"除妖人"法海，也对人性的丑恶感慨万千："人心真是黑暗，举目可见忘恩负义之人，行忘恩负义之事。"[②] 人们手持铁锄或棍棒，愤怒地叫喊，不但要除掉白素贞，还要斩草除根，叫嚣着将粉孩儿一起杀掉。白素贞救了胡爹及其儿子，胡爹后来却带头"除妖"；青儿为救范小生历尽千辛万苦，可是范小生却残忍地杀了她。与那些残暴的村民相比，白素贞具有理想中的"人"的美德，是真正的"人"，村民不过是徒具人之形。富有戏剧性的是，被大家认为是蛇妖的白素贞，想要变回蛇身，可是她修炼成了"人"，无法再变回原形，由此可见"除妖"的荒谬。以正义之名来杀害白素贞和青儿，其实毫无正义可言。

人、蛇之战是展现"身份认同"主题的重要情节。人吹奏短笛引诱蛇出洞，然后捕捉；有了"同春丹"后人们更加有恃无恐，人的贪婪、残暴引起蛇的报复。有论者从"人与自然的关系""生态文明"的角度来分析《人间》：人们大规模地捕食蛇，招致蛇的报复，上演了人、蛇大战的惨烈场面；尾声里的小男孩，反省自己先侵犯了蛇，能够和蛇亲密相处，"这昭示了人与自然界的其他生命形态应该和谐相处。这似乎很符合当下社会提倡的生态文明。当然，生态的问题最后也应该归结为人的问题，是人如何对待生命的问题"[③]。该论者仅是

[①] 李锐：《人间：重述白蛇传》，重庆出版社2007年版，第123页。
[②] 同上。
[③] 董春风：《对人心的拷问与探索——评李锐的长篇小说〈人间：重述白蛇传〉》，《当代文坛》2008年第4期。

注意到作品的表面层次，其实人、蛇大战揭示的是人对于"异类"的残忍迫害，其中蕴含的是"身份认同"问题。在人、蛇大战中，最痛苦的莫过于白素贞和青儿："这互相杀戮的双方都是她们自己，流血相残的双方都是她们自己。她们自身的这一半和那一半厮杀决战，这可叫她们如何是好？普天之下，可有谁陷入这像她们一样的绝境？"[1]尾声里的小男孩其实是许士麟的转世，他具有蛇的血液，愿意与蛇相处而不愿意与人交往，还是"身份认同"问题。

粉孩儿和香柳娘也是被人们所排斥的，粉孩儿有蛇性，对于捕捉鸟虫不能抑制；香柳娘非常勤快，与人无争。香柳娘的爹一死，亲戚不但不肯照顾她，还把她嫁给一个痴呆之人，剥夺她的家产。粉孩儿和香柳娘都没有危害他人的行为，可是人们不能容忍他们，这使得"身份认同"主题更为深刻。

"身份认同"是与社会批判、人性恶毒联系在一起的，小说多次以直露的笔法来揭示"人间"的"非人间"性。比如，香柳娘只会笑，然而她的生活实在痛苦，她受尽人们的嘲笑和侮辱，被掠夺了一切，作者议论说："除了笑，她一无所有，这个世界榨干了她所有的一切，只允许她笑。"[2] 这个形象是对于"人间"的极大反讽。母亲看了《钱塘晚报》上人们疯狂找金的举动后，常常叹息："秋白呀秋白——这人世间真是托付不得真心呐……"[3]

"文化大革命"作为人类历史上的浩劫之一，李锐曾亲身经历，有过惨痛的体验，"文化大革命"作为李锐心中难以磨灭的记忆，在李锐的诸多作品如《旧址》《无风之树》《万里无云》中一次次浮现。《人间》虽然没有写"文化大革命"那段惨痛的历史，然而涉及"文化大革命"前的"反右"，"反右"与"文化大革命"在本质上是一致的，都鼓吹阶级斗争，都是人性的黑暗与残暴的宣泄，是人类历史的巨大灾难。

---

[1] 李锐：《人间：重述白蛇传》，重庆出版社 2007 年版，第 107—108 页。
[2] 同上书，第 54 页。
[3] 同上书，第 3 页。

第六章
百花齐放：20 世纪 80 年代以降大陆的白蛇传改写

白蛇传的主要情节发生在千年之前，《人间》若只写千年之前的故事，从结构上来说同样是完整的，然而作者却不这样做，《人间》以白素贞的转世"秋白"的回忆将千年前的故事延续到当前，使得作品具有强烈的现实批判意义，残酷地排斥、打击"异类"的悲剧，在当下轰轰烈烈地上演。王春林指出："李锐在'文革'中这样一种极其沉痛的生命经验，自此之后就成为作家内心中无法摆脱的痛苦情结，并成为作家诸多小说作品创作时难以回避的一个精神出发点"，"李锐、蒋韵之所以要把所谓的'文化认同'或'身份认同'问题设定为自己'重述的理念支架'，其根本的原因正在于李锐自己在'文革'中有过这样一种极为惨痛的人生经验"①。《人间》将古代的故事延续到当代，写了中国一段极为荒诞、悲惨的"反右"历史，这一点受了李碧华的小说《青蛇》的影响，《青蛇》的故事时间从南宋时期延续到 20 世纪 80 年代，李碧华以极为泼辣的手法揭露了"文化大革命"时社会的混乱、人性的残暴。

有论者说："'文革'浩劫中，许多人被打为'牛鬼蛇神'，这就把要迫害的对象先排除出'人民'的行列，也就被视为'异类'，随之而来的就是被施与相应的'待遇'：住牛棚、剔（剃）阴阳头等。当前世界上的霸权主义国家美国为了自己的利益对其他国家肆意侵犯和制裁，它往往也会采取类似的方法，比如给一些国家定为'无赖国家''邪恶轴心''恐怖主义国家'等，然后对其经济封锁、政治制裁。这部小说对人心的批判不仅指向历史，更重要的是指向现实。"②《人间》的批判意义"指向现实"的说法是不错的，然而不是指向美国的霸权主义。"文化大革命"及其之前的那段历史对于李锐来说，是"现在时"，没有成为过去，而且作品的"身份认同"问题更具有当下性。

---

① 王春林：《"身份认同"与生命悲歌——评李锐、蒋韵长篇小说〈人间〉》，《南方文坛》2008 年第 3 期。
② 董春风：《对人心的拷问与探索——评李锐的长篇小说〈人间：重述白蛇传〉》，《当代文坛》2008 年第 4 期。

秋白是白素贞的转世，在"反右"运动中成为"异类"。人们激情澎湃，到处都在"鸣放"，大家像一家人一样团团围坐，促膝谈心，"那叫'引蛇出洞'，人们用这种方式将隐身在人群中的异类引诱出来，就像捕蛇人用竹笛引诱蛇群上当一般"。① 秋白因抱怨研究资料匮乏而受到严厉批判，经历了无数次大大小小的批判会，她信赖的丈夫揭露、背叛她，说她是化身成美女的真正的毒蛇，"我又一次被以正义之名驱逐到了人群之外"。② 千年之后，白素贞依然没有逃脱被驱逐的命运，"身份认同"再次使她被驱逐，尽管此时她是"秋白"——不是由蛇修炼成人，是个真正的人。千年过去，"人间"依然没有改变，"引蛇出洞"再次上演，不过这次是人对于人的迫害，一方打着正义之名来迫害无辜的另一方。作者感慨万千：

> 当迫害依靠了神圣的正义之名，当屠杀演变成大众的狂热，当自私和怯懦成为逃生的木筏，当仇恨和残忍变成照明的火炬的时候，在这人世间，生而为人到底为了什么？慈航普度，到底能让我们测量出怎样的人性深度？在这古往今来，每时每刻都会发生善恶抉择的人世间，生而为人是一种幸运，一种罪恶，还是一场无辜？这一切让我们百感交集。③

人间，非但不是如白蛇和青蛇想象的那样美好，相反，人心是险恶、残暴的，人成为比妖更可怕的动物，人间成为黑暗的象征。小说以"人间"为标题，具有极其强烈的反讽意义和批判精神。

三

与其他白蛇传作品相比，《人间》的人物形象比较独特。

白素贞是蛇，一心想要修炼成人，可是没有修炼出人的残忍之

---

① 李锐：《人间：重述白蛇传》，重庆出版社 2007 年版，第 150 页。
② 同上书，第 151 页。
③ 李锐：《偶遇因缘（代序）》，《人间：重述白蛇传》，重庆出版社 2007 年版。

第六章
百花齐放：20世纪80年代以降大陆的白蛇传改写

心。她在人间规规矩矩地做人，小说有个细节描写得极为出色：白素贞开绣庄讨生活，青儿烧茶煮饭兼做一些粗营生，绣庄并无绝活与出奇之处，生意常常清淡，甚至会发生没银子买米的窘境，白素贞十指绣出串串血泡，却不肯逾越自己设定的做人底线，她严厉斥责青儿用法术变银子。白素贞对爱情坚贞，为求仙草与大秃鹫搏斗了三天三夜，着实感人。白素贞和青儿竭力疗救被蛇咬伤的人们，献血疗救瘟疫。胡爹偷了药方，她却不气恼，还献血救治胡爹之子。除妖人法海患了瘟疫，就是他的同类——村民，都不肯接纳他，甚至要烧死他，而白素贞却用自己的血来救护他。这是大爱、大善、大慈悲，是高贵的人性。她的善良、宽容与牺牲精神，是黑暗无比的"人间"中所散发的璀璨的光芒。她的死，使得人间更加黯淡无光。她最终修炼成了人，可是"人"成为她唾弃的躯壳。

秋白是白素贞的转世，在大学里教授古典文学，20世纪50年代再次因"引蛇出洞"而被批判。由于作者的叙述并不充分，秋白的形象比较单薄，缺少感染力。

青儿的思想单纯，看不透人世的欺骗，喜欢上了饰演信士范巨卿的小生，她分不清戏里戏外，把戏当作真实的事情。她为爱的付出是巨大的，可是被范小生刺死。青儿与白素贞生死与共，不肯抛下白素贞独生。

法海从铁面无私的除妖人逐渐转变为大彻大悟之人，从固执地区分人、妖之别到最终看透人性的黑暗。师父慧澄说他前世是西天佛祖座下的弟子，领了佛祖的金旨下凡往东土震旦除妖。在随师父的云游中，法海看到了社会的黑暗：昏君当道，任用权臣酷吏，残害忠良，欺压百姓，可是他对于暴政、恶人，无能为力。在师父的要求下，法海喝了紫铜金钵中的血水，成为铁面无私的除妖人，继承了师父的衣钵，做了金山寺住持。十年来在除妖方面毫无建树，然而他不满社会黑暗，为此，他还救下一个忠臣之子。从白素贞对许宣的态度上，法海看出白素贞并非恶妖，等他再去杭州时，许宣和白素贞已远走高飞，法海对此"并不大觉意外"，"甚至松了一口气"[①]。但是师父追到梦中，要他做一个铁面无私的除妖人；法海又开始云游，然而追寻不再是急如星火。师父、蒋真人、罗真人遇到的都是罪恶昭彰的妖孽，而法海要追寻的是一个没有劣迹的妖精，这使得他处于矛盾困惑之中。尤其是当白素贞救了他，他得知白素贞献血拯救病人后，对于除妖更是犹豫不决。当村民逼迫他除妖时，他感到的是人心的黑暗。法海要许宣带着婴儿逃离，白素贞对他的话感到"最有担当"。在人群愤怒的叫嚣声中，法海试图来保全白素贞和青儿的性命。法海尽力完成白素贞的意愿，他无法使白素贞变回蛇，就只好焚化了她所唾弃的人身，并且为白、青超度，将她们葬在西湖，用雷峰塔做了她们的墓碑。

许宣是个凡人，知道白素贞是蛇妖后逃走，从法海那知道了白素贞对他的爱和牺牲。许宣被法海派回去做内应，回家后发现白素贞已怀孕，于是悔过，不再背叛爱情。许宣为白素贞向法海求饶，质问社会的不公正。他没有辜负白素贞的托付，尽心尽力地抚养粉孩儿，将其培养成万人仰慕的新科状元。他深深爱着白素贞，双目失明、托生成梅树，都是他悲痛之情和爱的体现。

胡爹是寡廉鲜耻、忘恩负义的典型。白素贞几次有恩于他，可是他竟带头请求法海除掉白素贞。饰演范巨卿的小生是轻易背叛爱情之人，仅仅懂得"表演"，而并不把戏台上的真情带到生活中来。这类人物都是人性丑恶的代表。

四

《人间》的叙事极具特色，具有较高的艺术价值。小说在结构上分八章及引言、尾声部分，采取多角度叙事方式，忽而秋白，忽而粉孩儿，忽而法海，忽而白素贞和青儿，忽而许宣，这种多角度叙事方式与小说的人物的轮回转世有关。第一人称和第三人称叙事方式不断

[①] 李锐：《人间：重述白蛇传》，重庆出版社2007年版，第92页。

第六章
百花齐放：20 世纪 80 年代以降大陆的白蛇传改写

变换，古今交融，松弛交错，别具一格。

《人间》的故事时间跨度大，人物轮回转世到现代，故事的正常叙述顺序被打乱，显得有些凌乱，读者在阅读中会遇到障碍，从头至尾读完小说方能豁然开朗。小说大致包含以下几条线索：一是 20 世纪时空中秋白的故事，引言、第二章、第五章第一部分、第八章及尾声叙述了秋白的故事，采取第一人称叙事方式。秋白出生于 1924 年雷峰塔倒掉之时，是白素贞的转世。秋白大病后将一株梅树移植到家中，后来与一个饰演《白蛇传》中许仙的人结婚。在"反右"中丈夫揭发、控诉她，后来离婚，回到老宅，发现梅树是许宣的化身。秋白在大学里教授古典文学，反复讲述白蛇传故事。2004 年她 80 岁生日时，应邀参加雷峰塔重生法事，见到《法海手札》。她常常梦见尾声中的养蛇的小男孩（粉孩儿的转世）。二是白素贞与许宣、青儿与范小生之间的故事，第一章的第二、第三部分及第四章、第五章的第二、第三部分、第六章及第七章，主要通过许宣的讲述和《法海手札》来叙述。白素贞是修炼近三千年的白蛇，青儿是蟠桃园中修炼千年的小青蛇，两蛇来到人间。白素贞与许宣成亲，助许宣开药店。法海遇到许宣，端午惊变许宣吓死，白素贞仙山盗草救了许宣，许宣逃走又回到白素贞身边。白、许、青向南来到碧桃村，人、蛇大战，发生瘟疫，白、青献血救治病人。法海前来降伏白素贞，感染瘟疫，被白素贞所救。青儿爱上范小生，寻找、救治范小生，然后一同赶往碧桃村。法海在村民的逼迫中来除妖，要许宣带着婴儿逃走，青儿被范小生杀死，白素贞咬死范小生后自尽。法海超度、埋葬白素贞和青儿。三是粉孩儿的故事，主要是第一章中的第一部分、第三章、第四章第一部分、第七章第五部分、尾声。粉孩儿有蛇性，许宣和香柳娘为避祸而三次迁居。粉孩儿与香柳娘产生恋情，粉孩儿中状元，回家奔丧，逼问父亲自己的身世，弃官后和父亲离家远走。尾声中，2006 年，北方某城市有个养蛇的小男孩，他是粉孩儿的转世。

小说采取了开放性结构，主要表现在法海、许仕麟的结局上。

自埋葬白素贞和青儿之后，就没有人再看见过法海，他没有再回金山寺。有人说他成了疯疯癫癫的游方和尚;有人说他隐居深山小庙里;有人说他在埋葬白、青后即投湖自尽;有人说他纵情酒色,狂放不羁,做了一个落拓文人,更名换姓,化名是"汤显祖",也有人说是"李渔";多年后,有人看见了他,他已还俗做了纤夫,喜欢在大雨之中独坐河岸,念叨着"人归于人……水归于水……"

许宣和许仕麟做了江湖上的说书人,名传天下,写出不计其数令人赞叹的话本,尤其是《白娘子魂断雷峰塔》最为著名,催人泪下。也有人说,许仕麟千里迢迢来到雷峰塔恸哭了三天三夜,雷峰塔陷进地下一层;许仕麟弃官游历江湖,鬻画卖字为生,最终加入一个卖艺的杂耍班。

小说在叙事上也存在某些不足,尤其是第八章第二部分,作者用了几页的篇幅对秋白所知道的《白蛇传》版本和源头,做了一系列考证和介绍,其实仅仅是卖弄有关《白蛇传》的知识而已,显得非常生硬,与小说的其他部分并不能组成一个完美的整体,若删去这一部分,小说会更具艺术含量。尾声写粉孩儿的转世,秋白与他在梦中相见,这样写固然显得故事有头有尾,对某些人物的前世今生交代清楚;其实并无必要,反而成为作品的"赘肉":其一,这一部分对于少年的描写并不充分,不像秋白那样占有较多的篇幅,索性不如不写;其二,作品中人物众多,人物的转世并不能一一交代清楚,"完整"的目标不易实现;其三,交代粉孩儿转世,不留"空白",缺少含蓄蕴藉的力量,排斥了艺术想象的空间。

朱光潜认为,"卖弄学识"是文学上的低级趣味之一:"文艺作者不能没有学识,但是他的学识须如盐溶解在水里,尝得出味,指不出形状。有时饱学的作者无意中在作品中流露学识,我们尚不免有'学问汩没性灵'之感,至于有意要卖弄学识,如暴发户对人夸数家珍,在寻常做人如此已足见趣味低劣,在文艺作品中如此更不免令人作呕了。过去中国文人犯这病的最多,在诗中用僻典,谈哲理,写古字,都是最显著的例。"①《人间》除了上文谈到的具有"掉书袋"的嫌疑外，还具有"浓得化不开"的佛教因素——佛理本来可以增强作品的思想容量，尤其是这样一个本身具有佛教因素的故事；然而《人间》对佛理的传达过于直露，多是枯燥的议论说理，没有做到"融入"其中，韦勒克和沃伦就"哲理"批评说："只有当这些思想与文学作品的肌理真正交织在一起，成为其组织的'基本要素'，质言之，只有当这些思想不再是通常意义和概念上的思想而成为象征甚至神话时，才会出现文学作品中的思想问题。……一种思想认识的见解可以增加艺术家理解认识的深度和范围，但未必一定是如此。假若艺术家采纳的思想太多，因而没有被吸收的话，那就会成为他的羁绊。"②《人间》中的"哲理"显然还有待于"吸收"。

小结　摆脱政治羁绊后的改写

由于政治环境的变化，中国大陆的文艺政策变得相对宽松，20世纪80年代以来，大陆的白蛇传改写逐渐活跃，打破了70年代的死寂局面。

萧赛的《青蛇传》延续着阶级斗争的创作模式，已经略显陈旧，很难引起读者的兴趣，再加上作者构思粗糙、语言艺术不高、故事时间混乱，故而《青蛇传》在文学界没有反响。高舜英的六场京剧《青蛇传》根据同名锡剧改编而成，写青蛇拜南极仙翁为师，苦练本领，最终从雷峰塔下救出白素贞。沈士钧的长篇小说《青蛇新传》与前二者相似之处，以青蛇为中心人物，写白蛇被镇压在雷峰塔之后青蛇的

---

① 朱光潜：《文学上的低级趣味（下）》，《谈文学》，安徽教育出版社2006年版，第41页。
② ［美］勒内·韦勒克、奥斯汀·沃伦：《文学理论》，刘象愚等译，江苏教育出版社2005年版，第138页。

"义举"。不同之处是,《青蛇新传》中青蛇的"义举",是为白蛇与许仙的后代"留根",延续香火。该作品的构思混乱,主题游离、模糊,情节拖沓。孙蓉蓉的《白蛇传》、吴锦的《白娘子新传》、罗湘歌的《白蛇》,均出版于21世纪,拘泥原貌,乏善可陈,故而乏人问津。

  包作军的微型小说《白蛇后传》刻画了女性对爱情的嫉妒心理,采取极为夸张的手法。芭蕉的中篇小说《白蛇·青蛇》,讲述的是20世纪末,白蛇、青蛇、许仙、法海的转世再次相逢,小说的主题是对人性的质问。邱振刚的中篇小说《许仙日记》,撕破了文人许仙伪装的面皮,深度剖析了人性尤其是男性之丑恶。罗怀臻的新编越剧《许仙与白蛇》在批判人性的丑恶上与李锐、蒋韵夫妇合著的长篇小说《人间》相似。《人间》蕴含了作者李锐的生命体验,影射了荒谬的"反右"历史。《人间》采取多角度叙事方式,与小说中人物的轮回转世有关;第一人称和第三人称叙事方式不断变换,古今交融,松弛交错。小说还采取了开放性结构,主要表现在法海、许仕麟的结局上。

  这一阶段,白蛇传的改写逐渐呈现出较为活跃的局面,主题变得丰富起来,形式上也颇有创新。这说明只有在多元文化的原野上,将文学置于温暖和煦的阳光下,文艺的百花才能齐放。而劣作与优作并存的局面,说明对待白蛇传的改写,作者要持慎重的态度,仅对白蛇传感兴趣、有热情是不够的,还要有良好的艺术修养。

第七章

有关传说改写的一些重要理论问题

　　白蛇传的改写要以现代意识为基点,"泥古"是没有出路的。悲剧与"大团圆"两种结局都存于白蛇传的产生与发展过程中,这不是纯粹的艺术形式和艺术观念问题,还关系到作品的思想主题,并进一步折射出时代环境。白蛇传这一古老的传说发展至今,产生了大量不同形式的作品,仅就体裁来看有戏曲、话剧、舞剧、影视、小说等,而且同一体裁的作品又存在许多形式上的不同,"有意味的形式"将使白蛇传的改写散发出璀璨的光芒。

第一节　现代意识:传说复活的基点

　　白蛇传是个流传近千年的传说,在早期阶段,它固然具有美的面目、真的思想和善的性格,然而受制于时代的影响,无可避免地要向宗教、礼教、皇权等谄媚,染上奴才式的时代病。当时空转换后,白蛇传也要适时进行"改造",以饱满的精神迎来自己的春天,否则就如一个浑身散发着恶臭的衣衫褴褛的老妪走向时装舞台,无论如何都不令人舒服。

改写要以"现代意识"为基点,主要是就作品的主题而言,兼及作品中的某些情感倾向。所谓现代意识,是相对于种种落后的、腐朽的思想观念而言的,这样笼统而言自然容易生发歧义,没有患上健忘症的人应该不会忘记,把一些高贵的理念当作糟粕来处理的灾难曾经如何影响了人类的历史和文明,特别是中国的历史和文明,故而,还有进一步指出这一概念的含义的必要:现代意识是以人性为基点,追求自由、民主、科学、理性、人道主义,等等,它超越于狭隘的国家、民族、党派、阶级等观念,更有别于小团体或小我的自私自利思想,它追求宏大——以人类的宝贵文明和整体利益为参照,它追求微小——以尊重个人的正当利益、高尚人格、合理想法为前提。现代意识并非完全从属于现代社会,有些事物是永恒的,如自由;同样,现代社会也会产生很多糟粕。但是作为一种明确的追求,现代意识只能在追求文明、进步的现代社会中产生。

具体到白蛇传的改写,这种现代意识有多种,如反对封建礼教对于恋爱、婚姻的压迫,追求恋爱、婚姻的自由;反对封建礼教对于女性的歧视和压抑,追求男女人格的平等,关注女性的地位、命运;反对宗教或礼教对于正常欲望的压抑,肯定情欲的合理性;反对阶级压迫与种族歧视,追求人与人之间的真正平等,甚至是物与人的平等;等等。若将古今白蛇传进行对照分析,"现代意识"的理念将会更加清晰地呈现出来。

早期白蛇传作品往往板着面孔来教训人,美女是妖精,作为一种骇人的理念被灌输给读者——这绝不等同于现代的"女人是老虎"的颇显可爱的说法,在科学不昌明的时代,前者是令人惊恐的,也许会让很多人信以为真。在《西湖三塔记》中,白衣妇人淫荡非常,时常骗取新人到来;冷酷无情,不断吃掉旧人心肝。这个恐怖的故事颇具"警世"目的,告诫世人勿事冶游,拈花惹草、贪恋美色的淫欲行为是会产生严重后果的。作品提倡的伦理道德自然也无可厚非,只是为什么这个妖精单单是女性,这不能不引起人们的思索。尤其是善良的白卯奴被镇压,更令人不平,尽管她也是妖——乌鸡。在话本《白娘

第七章
有关传说改写的一些重要理论问题

子永镇雷峰塔》中，妖精白蛇的形象得到极大的转变：她心地善良——如为青青求情，行为端正——不肯顺从李克用的淫欲，对爱情坚贞——设法维护风雨飘摇的爱情小巢，她想要过人的生活，是具有人情、人性的蛇妖，完全有别于《西湖三塔记》中的白蛇。尽管作品的结局是白蛇被高僧法海镇压，尤其是法海与许宣各自宣扬色空的偈言揭示了作品的"正统"主题，但是这无法遮掩故事浓厚的悲剧因素。同情白蛇的情感在冯梦龙那里尚显模糊，在后人的作品中却极为浓郁，如梨园抄本《雷峰塔》增加了白娘子生子得第、受封升天的情节，方成培等人的作品沿用下来。这种情节变化，固然把爱情提到一个高度，写出了一个悲喜交加的传奇，改变了《西湖三塔记》中惊恐骇人的面貌，但是作品具有浓厚的色空观念，充斥着佛教的禁欲主义和皇恩浩荡的庸俗思想——如"愿吾皇万岁万岁万万岁"[1]，"五四"之前的作品基本都是如此。

同情走向极端，便会带来弊端。弹词《义妖传后集》及据其稍加修改的小说《后白蛇传》就是如此，中国民众在"大团圆"心理的作祟下，认为白、许飞升，不能继续过甜蜜的夫妻生活，许梦蛟中状元、奉旨完婚，也难事天伦之乐，于是写了续传。小说《后白蛇传》思想极其庸俗，缺少正确的价值观，完全被封建礼教的黑暗所笼罩，丝毫看不到现代文明的阳光。比如，作品明显歧视女性，"香火"观念十分浓厚，传宗接代问题又带有鲜明的因缘果报色彩。作品对男人同时拥有妻妾现象津津乐道，完全是满足于男性对女性的占有欲，毫不顾及女性的感受和尊严。小说充斥着定数、因果报应等观念，以享尽荣华富贵、得道升仙等"大团圆"情节收场，以庸俗之心度高雅之腹。其失败说明这样一个道理：随着时代的进步，白蛇传的改写必须摒除落后的封建礼教观念，树立现代意识。

受"五四精神"冲击而觉醒的几位文学青年，以现代意识来诠释白蛇传，高长虹的《白蛇》、向培良的《白蛇和许仙》、顾一樵的《白

---

[1] 方成培：《雷峰塔传奇》，乾隆三十六年（1771年）刊刻。

娘娘》，借白蛇传来宣扬现代爱情观念，批判了旧礼教对人性的束缚，响应了启蒙运动，具有强烈的现实意义和相当高的艺术价值。

20世纪30年代末谢颂羔编著的小说《雷峰塔的传说》，尽管具有非常明显的缺陷，艺术价值不高，但是作品大张旗鼓地扫除迷信阴霾，抨击封建礼教的腐朽和对人性的压迫，赞扬青年对黑暗的反抗精神，这些具有积极的意义。40年代的几部作品，如秋翁、包天笑的同名小说《新白蛇传》以及卫聚贤的话剧《雷峰塔》等，是抗战时期黑暗社会的折射，具有鞭策社会黑暗与人性丑恶的现实意义。50年代初，徐菊华改编的京剧剧本《白娘子》、姚昕编撰的读物《白娘子》等，以反迷信和反暴政为主旨，宣扬科学、理性以及自由、平等思想。这些作品具有"现实化"的特点，剔除了传奇情节，尽管缺陷明显，但是表现在作品中的平等、自由、科学、理性等却是可贵的。刘以鬯的短篇小说《蛇》写于1978年，作品虽然也是"现实化"的，但是别具一格，作品不注重社会功利性，而以现代心理学来解构传统神话。

五六十年代的白蛇传改写，如田汉的京剧《白蛇传》、何迟与林彦合著的京剧《新白蛇传》、苗培时的评剧《白蛇传》、袁多寿的秦腔《白蛇传》、华东戏曲研究院编审室改编的越剧《白蛇传》、王景中改编的豫剧《白蛇传》、张恨水与赵清阁的同名小说《白蛇传》，高举政治意识形态的红缨枪，热烈地敲打着文艺为政治服务的锣鼓，存在着种种不足甚至是极为严重的弊病，如极力丑化法海，把法海塑造为冷酷无情的封建势力的代表者，为了突出青蛇的反抗斗争精神，竟至于走向创作目标的反面，不是将其塑造为"义妖"，而是塑造成了残忍的"妖孽"，然而大体来说，作品都是本着"推陈出新"的目的，本着摧毁封建旧势力、建设美好生活、维护自由爱情和婚姻的目的。丁西林的古典歌舞剧《雷峰塔》，借白蛇做人的故事驳斥白色人种优越、有色人种低级的论调，宣扬了种族平等的观念。

与大陆20世纪五六十年代单一的反封建主题不同，70年代以来，我国台湾、香港地区和海外作家的白蛇传改写主题多元，现代意识在

第七章
有关传说改写的一些重要理论问题

作品中熠熠生辉。80年代以来,大陆的白蛇传不再死寂,特别是近年来,也出现了具有深刻内涵的作品。

比如情欲从被压抑到被正视、被肯定。以往的作品多是关注"小姐"而不关注"丫鬟",林怀民编导的云门舞剧《白蛇传》,凸显了青蛇的情欲心理,将其被忽视、被压抑的情欲热烈地展现出来,这是有突破性的,也影响了后来李碧华的小说《青蛇》。李乔的小说《情天无恨》,同样肯定了情爱的合理性,将情、欲提高到与法对等的高度。在情欲的展示中,有些作品还把目光投向同性之间的情爱:田启元编导的实验话剧《白水》,被认为是为同性恋者发声;严歌苓的小说《白蛇》与周蜜蜜的小说《蛇缠》,也涉及同性之间的情爱。在当今世界,同性恋整体上处于被压抑、被歧视的尴尬处境,在真正多元的文化环境中,同性恋者应当得到尊重。这几部作品的意义就是使人们关注另一种形态的生活和情爱。

比如批判人性丑恶、宣扬平等观念。在大荒的长诗《雷峰塔》中,白素贞坚持平等的观念,认为万物皆有佛性,质疑了人类虚假的高贵。李乔的《情天无恨》,同样鞭挞了人性的丑恶,倡导众生平等的观念。这些作品已不局限于人与人之间的平等,视野更为开阔,胸襟更为广博,宣扬了众生平等观念。

再如,身份认同或文化认同。赵雪君的京剧剧本《祭塔》,使本应成为悲剧的作品沦为荒唐的闹剧;然而作者是想要借此表达文化认同、身份认同这样严肃的主题。李锐、蒋韵合著的小说《人间》,也是以身份认同为主题,极力批判人性之丑恶,具有深刻的思想力度。芭蕉的《白蛇·青蛇》,同样质疑了人性的虚假,人与蛇终归是两类,蛇只能在无奈中离开自以为高贵的人,归于西湖,而人只能发出"人"的感叹。

需要说明的是,虽然说现代意识是改写的基点,但是这并不意味着要完全否定那些现代意识不明显的作品。有些人喜欢传统戏曲,有些人痴迷流行音乐,各种选择都应得到尊重。白蛇传文本也应如此,厚古、厚今的都可以存在,不必勉强统一。但是总体来说,随着时代文明的进步，缺少鲜明的现代意识的作品是不被欢迎的，比如，在科学昌明的今天，如果还是按照《西湖三塔记》的主题和模式来改写白蛇传，则不会有很大的审美价值，当然也很难引起读者的兴趣。

第二节　悲剧与大团圆：改写的两种情感基调和模式

"大团圆"是中华民族长久以来形成的审美习惯，极大地影响了中国文学创作。如何看待"大团圆"，至今仍存在极大的争议，论者们各执一词，头头是道。其实"大团圆"不应该斩钉截铁地肯定，也不应该不假思索地否定，模棱两可的回答也欠妥，较为理智的做法是结合不同的作品进行具体分析。

悲剧与"大团圆"在《白蛇传》的产生与发展过程中，都是存在的，这不是纯粹的艺术形式和艺术观念问题，还关系到作品的思想主题，并进一步折射出时代环境。悲剧与"大团圆"要与作品的主题思想、时代环境联系起来，只要处理得当，都是可以采取的。

早在20世纪初，王国维就指出中国人的"乐天"色彩和中国文学的大团圆结局："吾国人之精神，世间的也，乐天的也。故代表其精神之戏曲小说，无往而不着乐天之色彩；始于悲者终于欢，始于离者终于和，始于困者终于亨，非是而欲餍阅者之心，难矣。"[①] 这种大团圆结局在过去的文学创作中，牢牢地占据着头把交椅，悲剧只能像个胆怯的小喽啰，丝毫不敢觊觎其位。随着东西文化交流，西方的悲剧观念影响了作品的结局，大团圆受到激烈的批判。

在蔡元培、胡适、鲁迅等先驱看来，反对"大团圆"结构就是反对"瞒和骗"的文艺，这是"五四"共驱者的文艺理念。1916年，蔡元培在演说中指出："西人重视悲剧，而我国则竞尚喜剧。……曾不

---

① 王国维：《红楼梦评论》第三章，《静庵文集》，1905年刊本。

第七章
有关传说改写的一些重要理论问题

知天下事,有成必有败,岂能尽如人愿而无丝毫之缺憾?即以历史人物而论,颜渊敏而好学,不幸短命。屈原,楚之贤大夫也,而自沉于汨罗。惟其如此,始足使千载下动无穷之凭吊。然我国人绝无演此类事于舞台之上者。盖我国人之思想,事事必求其圆满。"①

胡适在《文学进化观念与戏剧改良》一文中,也指出中国文学悲剧观念的缺失:"中国文学最缺乏的是悲剧观念。无论是小说,是戏剧,总是一个美满的团圆。"进而,胡适指出"大团圆"的成因及弊端:"这种'团圆的迷信'乃是中国人思想薄弱的铁证。做书的人明知世上的真事都是不如意的居大部分,他明知世上的事不是颠倒是非,便是生离死别,他却偏要使'天下有情人都成了眷属',偏要说善恶分明,报应昭彰。他闭着眼睛不肯看天下的悲剧惨剧,不肯老老实实写天下的颠倒残酷,他只图说一个纸上的大快人心。这便是说谎文学。""说谎文学"成为牢牢扣在"大团圆"上的帽子,与此不同,睁开眼的文学则成为"悲剧"的桂冠。胡适认为,悲剧的观念即是承认人类最浓挚最深沉的感情是在悲哀失意的时节,承认看别人的不幸都能发生至诚高尚的同情,承认世上的人事无时无地没有极悲极惨的伤心境地,不是天地不仁,"造化弄人"(此希腊悲剧中最普通的观念),便是社会不良使人消磨志气、堕落人格、陷入罪恶而不能自脱(此近世悲剧最普通的观念)。胡适积极肯定悲剧观念:"有这种悲剧的观念,故能发生各种思力深沉、意味深长、感人最烈、发人猛省的文学。这种观念乃是医治我们中国那种说谎作伪思想浅薄的文学的绝妙圣药。"②

鲁迅的观点与胡适相似。1924 年鲁迅在西安发表演说《中国小说的历史的变迁》,批判了中国人的大团圆心理,将其与"国民性"联系起来:"中国人底心理,是很喜欢团圆的,所以必至于如此,大概人生现实底缺陷,中国人也很知道,但不愿意说出来;因为一说出

---

① 蔡元培:《在北京通俗教育研究会演说词》,《东方杂志》第 14 卷第 4 号,1917 年 4 月 15 日。
② 胡适:《文学进化观念与戏剧改良》,《新青年》5 卷 4 号,1918 年 10 月 15 日。

来，就要发生'怎样补救这缺点'的问题，或者免不了要烦闷，要改良，事情就麻烦了。而中国人不大喜欢麻烦和烦闷，现在倘在小说里叙了人生的缺陷，便要使读者感着不快。所以凡是历史上不团圆的，在小说里往往给他团圆；没有报应的，给他报应，互相骗骗。——这实在是关于国民性的问题。"① 在《论睁了眼看》一文中，鲁迅也激烈批判凡事总要"团圆"的做法，批判"瞒和骗"的文艺，"不足悲"使鲁迅无比感慨，他呼吁"冲破一切传统思想和手法的闯将"② 的出现。

朱光潜指出："戏剧在中国几乎就是喜剧的同义词。中国的剧作家总是喜欢善有善报、恶得恶报的大团圆结尾。"③ 朱光潜揭示了中国人缺少悲剧观念的原因：即用很强的道德感代替了宗教感，相信善恶有报的因果命运。他进一步说："中国人既然有这样的伦理信念，自然对人生悲剧性的一面就感受不深。他们认为乐天知命就是智慧，但这种不以苦乐为意的英雄主义却是司悲剧的女神所厌恶的。对人类命运的不合理性没有一点感觉，也就没有悲剧。"④ 在这种观念作用之下，"悲剧题材也常常被写成喜剧"。⑤ 朱光潜指出，对待悲剧要持全面的观点，不能只见一隅："任何伟大的悲剧都不能不在一定程度上是悲观的，因为它表现恶的最可怕的方面，而且并不总是让善和正义获得全胜；但是，任何伟大的悲剧归根结底又必然是乐观的，因为它的本质是表现壮丽的英雄品格，它激发我们的生命力感和努力向上的意识。悲剧总是充满了矛盾，使人觉得它难以把握。理论家们常常满足于抓住悲剧的某一方面作出概括论述，而且自信这种论述适用于全部悲剧。有人在悲剧中只见出悲观论，又有人只见出乐观论，有人视命运为悲剧的根基，又有人完全否认悲剧与命运有任何关系。他们都

---

① 鲁迅：《中国小说的历史的变迁》，《鲁迅全集》第 9 卷，人民文学出版社 1981 年版，第 316 页。
② 鲁迅：《论睁了眼看》，《鲁迅全集》第 1 卷，人民文学出版社 1981 年版，第 241 页。
③ 朱光潜：《悲剧心理学》，张隆溪译，人民文学出版社 1983 年版，第 218 页。
④ 同上书，第 217 页。
⑤ 同上书，第 218 页。

第七章
有关传说改写的一些重要理论问题

正确又都不正确——正确是说他们都抓住了真理的一个方面,不正确是说他们都忽略了真理的另一个方面。完善的悲剧理论必须包罗互相矛盾的各个方面情形——命运感和人类尊严感、悲观论和乐观论,所有这些都不应当忽略不计。"①

以上的论者都肯定悲剧的价值和意义,对于大团圆则持否定态度。张庚、郭汉城主编的《中国戏曲通论》对悲剧、"大团圆"有不同见解,论者认为,"积极的、浓郁的乐观主义精神"是中国戏曲的审美特征,"不能视为某种技巧特点,它是一种深植于我们民族素质和具有传袭力量的审美传统。……其主要的特征,是悲剧主人公最终在幻想形式或现实世界中得到一个理想的结局"。论者不同意把大团圆结局看作"思想薄弱"的论调,相反,是坚强意志的体现:"在漫长的封建社会中,人民的生活太悲惨、太愁苦,没有一点希望,失去生活的支撑点,就会难以生活下去。正是基于这种要求,人们在现实中一时难以得到的东西,都希望在艺术中得到,以求情绪上的调节和心理上的平衡,鼓舞生活的勇气","这种理想的、美丽的、富有诗意的结局,是悲剧主人公的美好意志和强烈情感的升华,具有激动人心的力量。它们不是'中国人思想薄弱的铁证',恰恰相反,是中国人民生活意志的坚强和审美意识的活跃的表现"。论者进一步指出,"从审美角度讲,有理想结局的悲剧和没有理想结局的悲剧,其悲剧精神是一致的,都是以美好事物的毁灭在观众的审美感受上获得肯定。悲剧主人公在悲剧里是失败者,在观众心灵上却是胜利者。所以二者互不排斥,可以并存;所不同的是,前者赋予更直观的形式和更鲜明的倾向,使不同层次的观众都能明白无误地感受到。"论者不同意把积极的乐观主义精神当作消极的麻醉意识:"人在头脑中对生活作出某种判断,是各种认知方式和各种认识来源交互作用的结果。所以艺术中描写的形态,不会导致人们误以为是生活的本身。悲剧中描写的理想结局,如果它符合人民意愿,顺应历史发展趋向,体现着积极乐观

---

① 朱光潜:《悲剧心理学》,张隆溪译,人民文学出版社 1983 年版,第 209 页。

主义精神，可以帮助人们更正确、更深刻地认识生活，鼓舞人们对生活的信心和勇气，不至在严酷的现实面前产生悲观和气馁。"否定大团圆的另一依据是：鬼神、清官、侠客等实现团圆或复仇的力量在现实生活中是虚伪、不存在的，是把虚空当作实有，会产生欺骗、麻醉作用。论者批驳说："一方面抹杀艺术的本质，把哲学的认识论混同于艺术的反映论；另一方面又以实用主义的功利目的代替艺术的审美功能。"当然，论者也指出要把积极乐观主义精神与某些庸俗的圆满套式区别开来："作为民族审美理想的积极乐观主义精神，它追求客观内容真实性和主观倾向性的统一，追求现实力量与理想精神的统一，追求面向人生的严肃态度与健康向上的乐观气质的统一，从而达到中和之美。我们必须把那种'公子落难、小姐赠金'，'金榜题名、奉旨完婚'的套式，与我们民族的审美理想区别开来。"①

这些论者的观点都准确，这样说并非是调和纷争的中庸之见或者是懵懂无知的无主见。悲剧也好，大团圆也罢，作品是服务于作者自身、读者或观众的，人们的心理并非是统一的，也无必要勉强统一。悲剧会使人产生悲观、绝望之情还是给人以希望与勇气，因人而异；大团圆也是如此，有些人或许陷入"瞒和骗"的窘境，有些人或许从中得到生存下去的力量。在一种多元的文化氛围中，悲剧和大团圆都应有生存权，读者也有选择的自由。

作为民族的审美心理的悲剧或大团圆观念，和时代环境有密切的关系，就如泰纳（Hippolyte Adolphe Taine）在《〈英国文学史〉序言》中说："如果一部文学作品内容丰富，并且人们知道如何去解释它，那么我们在这作品中所找到的，会是一种人的心理，时常也就是一个时代的心理，有时更是一种种族心理。"②在白蛇传的不同文本中，以悲剧或大团圆作结局的都很多。首先需要指明，有时作品是不是"悲剧"取决于分析者的立场和角度。

---

① 张庚、郭汉城主编：《中国戏曲通论》，上海文艺出版社1989年版，第81—86页。
② [法]泰纳（Hippolyte Adolphe Taine）：《〈英国文学史〉序言》，伍蠡甫主编：《西方文论选 下》，上海译文出版社1979年版，第241页。

第七章
有关传说改写的一些重要理论问题

在早期的白蛇传作品中,作者往往秉持"正统"观念,作品的结局是邪恶的白蛇被镇压。既然被镇压的是邪恶的"妖孽"——如《西湖三塔记》中淫荡、残忍的白蛇精,自然谈不上悲剧性,这是一种正义战胜邪恶的喜剧结局。但是其中蕴含着悲剧因素,其根源就在于有些"妖"并不十分可恶,甚至有可爱、善良的一面——如《西湖三塔记》中的乌鸡精白卯奴,她心地善良,非但没有加害奚宣赞,反而两次救其性命,属于"义妖"。在白蛇传的成长中,白蛇逐渐由邪恶者改过自新,被塑造为善良的、有人性的妖,这自然会使人生发同情之心,故而白蛇被镇压就蕴含了强烈的悲剧性。在话本《白娘子永镇雷峰塔》中,白娘子完全有别于《西湖三塔记》中的白衣妇人,她心地善良,如为青青求情,想要过人的生活,是具有人情、人性的蛇妖,她最终被"永镇雷峰塔",着实令人同情。黄图珌改编的戏曲《看山阁乐府雷峰塔》至"塔圆"结束,结局是白娘子被镇压、韦驮引领许宣归于西天。黄图珌坚持"正统"观念,认为蛇妖不能入衣冠之列,反对白娘子生子得第的情节。然而白娘子已不是那种冷血的恶妖,仅仅因为是蛇妖就遭受如此悲惨的下场,不能不令人感慨唏嘘。梨园抄本《雷峰塔》改编了这一悲剧结局,白娘生子得第、受封升天,这是广大民众美好愿望和朴素理想的反映。其后,方成培等人的作品都坚持这种大团圆结局。

弹词《义妖传后集》与小说《后白蛇传》对"大团圆"结局尚且感到不"圆满",写了更为"团圆"的结局,并因此完全放逐了悲剧性。在小说《后白蛇传》中,经如来允许,白娘娘、小青不但被释放出来,她俩还与许仙相聚,小青成为许仙的小妾。许家虽有磨难,最终全家得到天子封赏,荣归故乡。白、许、青享尽荣华富贵,经法海劝说去参见如来,修真学道。许仙之子许梦蛟、许梦龙皆有作为,相继产下三个公子,长大后都金榜题名,于是香火不绝,梦蛟、梦龙则白日飞升成仙。作品思想庸俗、腐朽,格调不高,以世俗的荣华富贵、娇妻美妾、香火不绝来补偿曾经的离乱与凄苦,以下里巴人之心度阳春白雪之腹,令人无法得到精神的崇高之感。

早期的白蛇传弥漫着浓厚的宗教思想,如在方成培的《雷峰塔传奇》中,许宣、白蛇最终皈依佛教,位列仙班,人物在宗教中寻得满足,最后皆大欢喜,"笑杀从前"却极大地损害了人物对于爱情的执着精神。

白蛇传的悲剧结局虽然"古已有之"——如话本《白娘子永镇雷峰塔》,然而,在作者看来未必是真正的"悲剧",其中蕴含着喜剧性——因为妖孽被镇压。随着白蛇传的发展,这种悲剧因素逐渐凸显,尽管多数作品以大团圆收场,然而正是大团圆格局,映射出人们对白蛇的悲剧命运的同情。随着中西文化的碰撞、交流,西方的悲剧观念被输入中国,悲剧作为一种明确的文学观念得到许多文艺家的赞许。于是在白蛇传的改写中,出现了真正的悲剧作品。

20世纪二三十年代之交的几部话剧——向培良的《白蛇与许仙》、高长虹的《白蛇》、顾一樵的《白娘娘》,摒弃了传统白蛇传的大团圆模式,以悲剧收场,深刻反映出青年作者们在面对无边的黑暗时的悲观、苦闷情绪,具有鲜明的时代烙印,具有较强的思想力度,更能够引发读者的思索。

但是悲剧作品的数量并不可观,更多的还是大团圆惯性下的改写。30年代末谢颂羔编著的小说《雷峰塔的传说》、40年代的秋翁与包天笑同名的小说《新白蛇传》,都是以喜剧结尾。在秋翁的小说《新白蛇传》中,白素贞被塑造为恶贯满盈的妖孽,她囤积居奇、散瘟、偷盗,法海收服白素贞当然大快人心——就如《西湖三塔记》中奚真人收服白衣妇人,这种喜剧结局契合作品的情节和人物形象,具有强烈的现实批判力度。包天笑的小说《新白蛇传》,没有什么深刻的思想内涵,充斥着琐碎、庸常的生活场景,小说中不存在破坏爱情的强大力量,白素贞的"妖精"之名不过是取笑谐谑之语。小青的婚姻本是悲剧,然而小说又将此轻松地化解了。

在政治意识形态的强力作用下,五六十年代的白蛇传多以"毁塔"结局,隐喻了革命者摧毁落后、腐朽阶级的胜利,显示了革命力量的强大,契合昂扬的时代斗争氛围,这些作品的数量相当多,如田

第七章
有关传说改写的一些重要理论问题

汉的《白蛇传》、徐菊华改编的京剧剧本《白娘子》、越剧《白蛇传》以及根据田汉的京剧《白蛇传》稍加改动而成的豫剧《白蛇传》、皮影戏《白蛇传》等,连当时的连环画《白蛇传》也是如此。"毁塔"与"祭塔"不同,"祭塔"是妥协、屈服,而"毁塔"是坚持不懈的反抗斗争的结果,故而,五六十年代的作品无一写到"祭塔"。

同是"毁塔",时间设置不同,悲剧内涵也不同。有的作品写几百年后小青来复仇、毁塔,相对来说,作品尚存悲剧内涵。有的则把时间设置得非常短,以便形成大团圆格局,如丁西林的《雷峰塔》,青儿复仇毁塔的时间是二十五年后,苗培时的评剧《白蛇传》则是十五年后,马少波的京剧剧本《白娘子出塔》则是十一年后,这是法术修炼上的"大跃进"。毁塔的时间不一甚至表现在同一人的不同作品之中,以田汉为例,《金钵记》和十六场京剧《白蛇传》中的毁塔时间发生在数百年后,而二十四场京剧中的毁塔则发生在"若干年后"(时间不久),白素贞得以和儿子团圆。这种大团圆结局带有浓厚的庸俗色彩。

以张恨水和赵清阁的同名小说《白蛇传》来对照分析,则更能够清楚地说明这一点。在张恨水的《白蛇传》中,毁塔时间是白蛇被关押几百年后,张恨水认为《白蛇传》是个悲剧,故而把白蛇被关押的时间写得长一些。白蛇出塔时许仙和许士林早已不在人世,白蛇想到他们伤心不已,这种结局虽然迎合时代的革命乐观主义精神,但是悲剧内涵却并未丧失。作品浓墨重彩地渲染了白蛇的悲痛之情,因而具有较高的艺术感染力。相比之下,赵清阁的小说《白蛇传》的结局非常庸俗:十年后许仙和儿子哭塔,他俩走后不久,小青就来毁掉了雷峰塔,救出白素贞,作品如此欢快地宣布胜利:"只有雷峰塔成了一堆废墟,永远地成了一堆废墟!白素贞和小青胜利地笑了。"这种处理使白素贞一家能够团聚——尽管小说没有画蛇添足地予以描写。

在20世纪五六十年代的《白蛇传》作品中,有些没有写"毁塔",然而无一例外地设置了青蛇逃脱的情节——青蛇是打败法海的希望。如何迟、林彦的京剧剧本《新白蛇传》至"合钵"结束,白娘子被捉拿时，青儿抱着女婴水生离开，小青及水生是解放妇女命运的希望。由前重庆市戏曲曲艺改进会集体整理的川剧《白蛇传》也是如此，"弥月合钵"时，小青见难以挽回失败局面，不得已逃走，发誓要报仇。

相比之下，台湾、香港地区及海外的白蛇传改写往往比较关注作品的悲剧内涵。

大荒的长诗《雷峰塔》至"生灭"结束：白素贞被镇压、许宣守塔，作品并无"毁塔"或"祭塔"这种大团圆结局，具有浓厚的悲剧意蕴，然而并不给人以悲观、绝望的情愫，这主要是尾声以激昂的笔调高歌白素贞的美好形象。

李乔的长篇小说《情天无恨》结尾处理得不落窠臼，白素贞修炼成菩萨，腹中胎儿已然化之于无，她助法海从石头恢复人身，法海道谢，向金山寺行去，皆大欢喜，就如作品所写："这是美妙，成熟，圆融的一时。一时，圆融，成熟，美妙，皆大欢喜……"[①] 这种结尾既具有悲剧性，许宣背叛、白素贞的爱情落空、一心护法的法海变成大石头，可是喜剧紧接悲剧而至，白素贞修成菩萨，法海恢复人身，白与法从生死对峙到和解——宗教的思想在这里起了很大作用。

李碧华的小说《青蛇》，虽然具有浓厚的喜剧色彩，设置了红卫兵倒塔的热闹局面，然而白素贞不顾教训，再次恋爱，去追随一个或许是许仙的转世青年，生命似乎陷入宿命的轮回之中，表达出女性命运的悲哀。

赵雪君的京剧剧本《祭塔》，写白素贞与许仕林乱伦，尽管作者有意识地追求作品的悲剧内涵，作品中人物的结局也相当悲惨，然而这并不能引起读者灵魂的震撼，因为作者对乱伦式爱情的认识存在偏颇，作品缺少文化批判的力量并流露出低级趣味。

陈庆龙的短篇小说《蛇的女儿》写从人变蛇的悲剧，对做人的留恋、对爱情的渴望与变蛇的宿命之间形成紧张的冲突。

---

① 李乔：《情天无恨——白蛇新传》，人民文学出版社1992年版，第308页。

第七章 有关传说改写的一些重要理论问题

第三节 "有意味的形式"：改写的重要指南

文学作品的"形式"是内容的存在方式和形态，包括体裁、结构、语言、韵律、表现手法等。内容要通过一定的艺术形式表现出来，内容也与形式是相依为命的，形式不能脱离内容，内容同样也不能脱离形式，正如别林斯基所言："如果形式是内容的表现，它必和内容紧密地联系着，你要想把它从内容分出来，那就意味着消灭了内容；反过来也一样：你要想把内容从形式分出来，那就等于消灭了形式。"① 黑格尔说："内容和完全适合内容的形式达到独立完整的统一，因而形成一种自由的整体，这就是艺术的中心。"②

英国文艺批评家克莱夫·贝尔（Bell. C.）曾提出过"有意味的形式"理论，他说：

> 艺术品中必定存在着某种特性：离开它，艺术品就不能作为艺术品而存在；有了它，任何作品至少不会一点价值也没有。这是一种什么性质呢？什么性质存在于一切能唤起我们审美感情的客体之中呢？什么性质是圣·索菲亚教堂、卡尔特修道院的窗子、墨西哥的雕塑、波斯的古碗、中国的地毯、帕多瓦（Padua）的乔托的壁画，以及普辛（Poussin）、皮埃罗·德拉、弗朗切斯卡和塞尚的作品中所共有的性质呢？看来，可做解释的回答只有一个，那就是"有意味的形式"。在各个不同的作品中，线条、色彩以某种特殊方式组成某种形式或形式间的关系，激起我们的审美感情。这种线、色的关系和组合，这些审美地感人的形式，

---

① ［苏］别林斯基：《别林斯基论文学》，梁真译，新文艺出版社 1958 年版，第 147 页。
② ［德］黑格尔：《美学》第 2 卷，朱光潜译，商务印书馆 1979 年版，第 157 页。

我称之为有意味的形式。"有意味的形式",就是一切视觉艺术的共同性质。①

"有意味的形式"给予我们的启发是,要注重形式自身的审美价值,有意义的内容与完美的形式的联姻,才能产生不朽之作。

形式具备一定的历史继承性,有些形式不会因为时空的转变、新形式的出现而失去生命力:比如传统戏曲在话剧勃兴之后,依然能够博得观众的青睐;古典诗词也是如此,新诗固然风光无限,然而古典诗词的创作也不时出现佳作,并大有读者捧场。新形式的产生与演变不能完全脱离旧形式,旧形式的采取与革新是新形式产生的条件,正如鲁迅所言:"一个新思想(内容),由此而在探求新形式,首先提出的是旧形式的采取,这采取的主张,正是新形式的发端,也就是旧形式的蜕变","旧形式是采取,必有所删除,既有删除,必有所增益,这结果是新形式的出现,也就是变革"②。

不同的形式有自身的特点与规律,同一内容采取不同的形式会产生不同的效果。白蛇传发展至今产生了大量文本,仅体裁来看就有戏曲、话剧、舞剧、影视、小说、连环画等,而且同一体裁又有诸多形式上的不同,比如话剧,有20世纪二三十年代的表现主义白蛇传话剧,也有90年代的实验话剧。白蛇传不断被改写,一个极为重要的原因就是形式的创新,"有意味的形式"将使白蛇传的改写散发出璀璨的光芒。白蛇传的体裁除了弹词、鼓词、宝卷等,还有以下几类。

第一,小说体裁的白蛇传。早期的白蛇传文本是话本,如《西湖三塔记》《白娘子永镇雷峰塔》。在清代,白蛇传被改写为章回小说,如宋玉山的小说《雷峰塔奇传》。民国时期,梦花馆主据弹词《义妖传》及《义妖传后集》改编了小说《白蛇全传》,主题、情节、人物

---

① [英] 贝尔(Bell. C.):《艺术》,周金怀、马钟元译,中国文艺联合出版公司1984年版,第4页。
② 鲁迅:《论"旧形式的采用"》,《鲁迅全集》第6卷,人民文学出版社1981年版,第22—23页。

第七章
有关传说改写的一些重要理论问题

形象等基本保持弹词本原貌,而且每回的标题都是两字,与弹词本相同。20世纪30年代末的小说有谢颂羔编著的《雷峰塔的传说》(《白娘娘》),40年代有秋翁(平襟亚)的《新白蛇传》、包天笑的《新白蛇传》。谢颂羔的《雷峰塔的传说》及包天笑的《新白蛇传》属于中长篇小说,虽然分章,但是并未给每章加标题;这两部小说具有鲜明的现实化手法,把白素贞塑造为普通女性。秋翁的《新白蛇传》是短篇小说,把《白蛇传》的故事背景放在40年代日据时期,批判了现实社会的黑暗。张恨水与赵清阁的同名小说《白蛇传》产生于50年代中期,前者共十八章,每章标题字数多少不一;后者共十二章,每章标题均是二字,形式较为整齐。

20世纪70年代以后,白蛇传小说有了更多的变化,有长篇也有短篇,甚至还有仅仅二百余字的微型小说,更为引人注目的是,很多小说的艺术手法非常"张扬"。

刘以鬯的短篇小说《蛇》,以现代心理学来解构传统神话,语言高度诗化,简练蕴藉,叙事跳跃,意境优美,是他追求诗体小说的产物。

李碧华的小说《青蛇》,与此前白蛇传小说的第三人称全知叙事方式不同,《青蛇》采用第一人称叙事方式,基本从青蛇的角度来讲述故事,然而叙事焦点并不完全被限制于青蛇,有时也采用全知的叙事方式。《青蛇》在叙事特征上具有元小说的特色,这也间接表明李碧华的改写意图,她不是要单纯地讲述一个久远的传说,而是要借这个传说来表达自己的爱情观念和对人性的认知、对历史的批判。白蛇传与"文化大革命"本来毫无关联,一古一今,李碧华却将其"拼贴"在一个文本之中,"文化大革命"由此成为小说中非常醒目的部分,看似不伦不类,实则大有深意、别具一格。

严歌苓的小说《白蛇》,并非是单纯的白蛇传故事,而是借白蛇传中的某些故事情节,来描写"文化大革命"前后孙丽坤和徐群珊的人生遭遇、同性情爱。周蜜蜜的短篇小说《蛇缠》,写的是为翻拍《白蛇传》,几个编剧煞费苦心地构思《白蛇传》,小说插入何静等人的情感经历，以现代人的爱情、欲望来改写《白蛇传》，具有元小说的特点。

《人间》的故事时间跨越千年，不仅写了白蛇和许宣的爱情故事，还写了人物转世后的故事。小说在结构上分八章及引言、尾声部分，采取多角度叙事方式，忽而秋白，忽而粉孩儿，忽而法海，忽而白素贞和青儿，忽而许宣，这种多角度叙事方式与小说中人物的轮回转世有关；第一人称和第三人称叙事方式不断变换，古今交融，松弛交错，别具一格。小说的故事时间跨度大，人物轮回转世到现代，故事的正常叙述顺序被打乱，显得有些凌乱，读者在阅读中会遇到障碍，从头至尾读完小说方能豁然开朗。小说还采取了开放性结构，主要表现在法海、许仕麟的结局上。芭蕉的《白蛇·青蛇》也写到人物的轮回转世，时间安排在20世纪末，采取第一人称叙事方式。

罗湘歌的短篇小说《白蛇》，以白蛇出塔后失去记忆、青蛇帮助她回忆为由头，将现实与回忆交错起来。邱振刚的中篇小说《许仙日记》，则采取日记体的形式，刻画出许仙这个放荡不羁、厚颜无耻的形象。

第二，戏曲体裁的白蛇传。明代已出现关于白蛇故事的戏曲，明洪武年间郏仲谊作有《西湖三塔记》杂剧，万历年间陈六龙撰有《雷峰记》，可惜两剧皆已失传。清乾隆三年（1738年），黄图珌编写的《看山阁乐府雷峰塔》问世，剧本分上、下两卷，共三十二出。陈嘉言父女改写了《看山阁乐府雷峰塔》，增设了"端阳""求草""救仙""化香""水斗""断桥""指腹""画真""祭塔""做亲""佛圆"等情节，共三十八出。方成培有感于淮商祝暇的雷峰塔传奇"辞鄙调讹"，故而加以修改，使"归于雅正"。乾隆三十六年（1771年），方成培改写的《雷峰塔传奇》（即水竹居刻本）问世，共三十四出。方成培的《雷峰塔传奇》成为后世舞台上《白蛇传》戏曲的蓝本。

20世纪50年代，在戏曲改革的推动下，各种戏曲白蛇传大量涌现，这些作品多是对情节加以变化，使之符合当时的政治形势，发挥文艺为政治服务的功能。其中有些戏曲做了形式上的探索，如马少波

第七章
有关传说改写的一些重要理论问题

的京剧剧本《白娘子出塔》：戏文较短，人物有白娘子、仕林、镇塔神，小青并不出场，剧本却包含了《白蛇传》完整的故事情节，这是通过白娘子的唱词予以实现的。更值得一提的是丁西林的《雷峰塔》，它与古典歌舞剧《胡凤莲与田玉川》等是丁西林对民族戏曲创新的尝试。对《雷峰塔》的舞台形式，丁西林做了详尽的说明："这个剧本的目的是想在改革中国旧剧方面做一个试验，用旧剧的风格（服装，台步，说白的语调，传统的象征等），话剧的手法（用开幕闭幕的方法分场，尽量地利用对话发展剧情，加强组织结构，配合简单布景），自由的乐曲（中国乐器，中国音乐，利用各种旧调，创造个别新调），听得懂的歌词（白话夹通俗文言），创造一种新型的、进步的、但仍是民族形式的歌舞剧。"①

当前，传统戏曲依然具有强大的生命力，尽力保持"原貌"固然是一条途径，积极创新也是可贵的方式。2003年8月，宁波艺术剧院小百花越剧团演出了青春越剧《蛇恋》。《蛇恋》的剧情及表演形式与传统越剧白蛇传不同，剧作突出表现了白蛇、青蛇由蛇到人的转变过程。浓郁的"青春"气息是其重要特点：演员非常年轻，很适合展现"现代精神"及运用现代舞元素。在表演形式方面，《蛇恋》借鉴了话剧、京剧及现代舞元素，古典情韵与现代气息都得以结合起来。《蛇恋》还注意运用先进的舞台设施，如灯光变幻，使得演出呈现出极佳的视觉效果。这些自然会赢得观众的好评："越剧《蛇恋》亮出青春越剧的旗号，以全新的姿态亮相，集唱、做、舞于一体，已赢得了观众的阵阵掌声。"②

第三，舞剧体裁的白蛇传。林怀民编导的"云门舞剧"《白蛇传》，使白蛇传获得一种新的表现形式。此前白蛇传中有"端午惊变"的情节，白蛇因喝下雄黄酒现形，许仙被吓死。舞剧《白蛇传》没有酒杯道具，去除了有关雄黄酒的情节，情节变为许、白在竹帘内舞蹈

---

① 丁西林：《雷峰塔》，《丁西林剧作全集（下）》，中国戏剧出版社1985年版，第3页。
② 施奇：《造型奇异 富有新意——青春越剧〈蛇恋〉观后》，《戏文》2003年第5期。

（隐喻交媾），许仙从帘内仓皇逃出，竹帘被拉断，昏倒在地。白、许在交欢中，许仙发现妻子的原形，这就突出了"情欲"主题。"水漫金山"尤为精彩，大量运用了现代舞元素，白蛇使用了许多腾跳、翻跃的大动作，表现了白蛇维护爱情的坚毅精神。所谓"雷峰塔"，是高大的镂空竹帘。

1996 年，台湾吴佩倩舞极舞蹈团创作排演了爵士舞剧《白蛇传》，首次将西方现代舞蹈艺术爵士舞与中国传统文化白蛇传进行了融合，民间传说借爵士舞自由不拘的肢体语言再生，爵士舞也借千古传说放大自己的光环，这是东西方文化艺术交流的有益尝试。爵士舞剧《白蛇传》在美国及中国大陆等地演出后，反响热烈，获得广泛赞誉。

第四，话剧体裁的白蛇传。话剧进入中国以后，白蛇传出现了新的生命形态。在 20 世纪二三十年代交替时出现了几部话剧白蛇传：向培良的《白蛇与许仙》、高长虹的《白蛇》、顾一樵的《白娘娘》。这三部话剧具有表现主义的鲜明特征，丰富了中国话剧的表现手法，具有较高的艺术水准，超越了"五四"幼稚的问题剧。这三部话剧还融合了审美主义的一些特点，如语言的诗意美，特别是向培良的《白蛇与许仙》，具有相当高的语言艺术。

同为话剧，田启元编导《白水》却与上述几部话剧具有明显的不同。《白水》虽然在剧情上沿袭以往的作品，但是演员的性别、打扮以及台词等却显示出别样的风貌。白蛇、青蛇均由男性演员饰演，四位演员还要扮演四位路人并根据需要加入歌队。人物的语言文白混杂。田启元后来又根据《白水》编导了《水幽》，全部由女性演员饰演，五位女演员穿着各式白色衣服，在演出时并没有固定角色，不同于《白水》中一人饰演一个角色。

第五，诗歌体裁的白蛇传。大荒的长诗《雷峰塔》采用自由诗体并参合古体诗，在必要的叙述部分采用散文语言。

第六，影视体裁的白蛇传。随着电影在中国的兴起与传播，1926 年天一公司推出了电影《白蛇传》前两集（又名《义妖白蛇传》），次年续上第三集（又名《仕林祭塔》），标志着白蛇传开始以一种新的生

第七章
有关传说改写的一些重要理论问题

命形态走进人们的生活。同为电影，早期白蛇传电影和晚近的白蛇传电影存在很大区别，如声音、色彩等，尤其是特效技术的应用，使得后来的电影比早期的制作更为精良，能够将神奇的景象精彩地展现出来。1926年天一公司的《白蛇传》是黑白默片，到了1956年，日本推出了彩色电影《白夫人之妖恋》。

同为视听文学，电影与电视剧又存在很大区别。由于时间限制，电影往往是干净利落、短小而精悍的，节奏快，并不拖泥带水，在有限的时间内展现白蛇传的精彩部分。电视剧白蛇传则不同，往往长达数十集，如台湾电视剧《新白娘子传奇》，这使得电视剧能够突破时间的限制，可以从容不迫地来敷衍情节，由此造成的弊端就是叙事缓慢、拖沓。电视剧延展时间的法宝之一就是展示更多的情节，如《新白娘子传奇》几乎展现了早期白蛇传的各种情节，并且还增加一些新的情节来吸引观众。新加坡电视剧《白蛇后传之人间有爱》《青蛇与白蛇》，中央电视台制作的电视剧《白蛇传》也是如此。

动画片也是影视白蛇传的重要体裁，1958年，日本第一部彩色动画片《白娘子的传说》(《白蛇传》)搬上银幕，成为日本现代动画史上的里程碑之作。

戏曲电影是中国最早出现的电影类型之一，是戏曲和电影两种艺术形式的综合，演员基本按照戏曲舞台模式进行表演，以镜头为叙事的基本单位。1980年上海电影制片厂拍摄的《白蛇传》就是戏曲电影，该影片大量地运用了特技，某些在舞台上一带而过的情节在该片中用特技表现出来，如做模型、定向荧幕合成等。白蛇、青蛇从峨眉山飞出化为人形，就是工作人员用硅胶做成长蛇，以拍摄木偶戏的方法逐格拍摄，然后合成。特技的运用使得戏曲获得新的表现力，能够对观众产生强烈的吸引力。

第七，连环画白蛇传。连环画是用多幅画面连续叙述故事的绘画形式，多配以简短的文字脚本，有些则采用对话框添加人物对白的形式。连环画以线描为主，这也是一种传统的技法，此外还有水墨、水粉、水彩、木刻、素描、漫画等其他绘画手法。连环画是一种老少皆宜、人民群众喜闻乐见的艺术形式，在普及知识、宣传教育方面也有非常大的作用。鲁迅对连环画非常重视，不仅肯定其宣传意义，还肯定其艺术价值，他还在连环画的取材上提出过建议，并且提到了《白蛇传》："要取中国历史上的，人物是大众知道的人物，但事迹不妨有所更改。旧小说也好，例如《白蛇传》（一名《义妖传》）就很好，但有些地方须加增（如百折不回之勇气），有些地方须削弱（如报私恩及为自己而水漫金山等）。"① 尽管电影、电视的出现与普及使得连环画的发展受到挑战，但是这并不等于宣判其寿终正寝。连环画是一种非常具有生命力的艺术形式，不同年龄的群体、不同层次的读者都非常喜欢，日本漫画盛极一时就是极好的例子。如何继续为连环画寻找出路，为读者提供好的作品，是相当有意义的事情。

《白蛇传》连环画有相当多的版本。20世纪50年代初，任率英创作了16幅彩色连环年画《白蛇传》。1954年3月，上海人民美术出版社出版了由赵宏本、刘锡永、林雪岩绘画的《白蛇传》，开本为60开，有186幅图。1979年4月，江苏人民出版社出版了秀公、新昌绘的《白娘子》，64开，共102页。80年代，白蛇传连环画的创作非常兴盛。1981年3月，人民美术出版社出版了孟庆江绘的《白蛇传》，64开，画本是根据田汉同名京剧改编，改编者是路南。姜录绘画的《白蛇传》，1982年6月由黑龙江人民出版社出版，64开，共111幅图。1981年9月，上海人民美术出版社出版了孙昌茵绘画的《白蛇传》，64开，据上海昆剧团的《白蛇传》改编，改编者为厉建祖。1981年6月，王建、王月琴绘画的《白蛇传》由河北人民出版社出版，开本为64开。1981年5月，颜梅华、颜志强等绘画的《白蛇传》由浙江人民美术出版社出版，64开，共134幅图。1981年6月，中国电影制片厂出版社出版了电影连环画册《白蛇传》，这是根据1980年上海电影制片厂摄制的戏曲电影《白蛇传》改编的，开本为60开。

---

① 鲁迅1933年8月1日致何家骏、陈企霞的信，见《鲁迅全集》第12卷，人民文学出版社1981年版，第204—205页。

1981年12月，万一兵绘画、许德贵编文的连环画《白娘子下山》，由四川人民出版社出版，40开，共22幅图。《白娘子下山》中的白蛇在名字上取名"白树珍"，故事内容和其他白蛇传连环画也有很大区别。2004年，吴承惠改编、董天野绘画的《白蛇传》由人民美术出版社出版。随着出版业的发达和市场化的加快，近些年出现了一大批连环画白蛇传，然而内容都比较守旧。

第四节 穿越时空：白蛇传的永恒光彩

当今社会发展极为迅速，越来越匆忙、冷漠的现代人也许更需要用神话来弥补心灵的虚空，救治人性的缺失。叶舒宪说："现代艺术发展中的神话化倾向和人文科学领域中神话研究的长足进展确实格外引人注目"，"艺术则藉神话的重建又复归于它的初始状态：象征型。面对艺术跨越'浪漫型'重又趋向于神话的现实发展，20世纪的理论家们便决然扬弃了黑格尔的有限发展模式，掉头转向曾被视为与理性和科学背道而驰的远古神话，仪式，梦和幻想，试图在理性的非理性之根中、意识的无意识之源中重新发现救治现代痼疾的希望，寻求弥补技术统治与理性异化所造成的人性残缺和萎缩的良方"[①]。

白蛇传作为神话故事的原型，已存在于中华民族的集体记忆之中，它不会消失，光彩也不会褪色，它将会得到那些有创造力的作家的青睐，一次又一次地在新的作品中苏醒、复活。蒋勋一再认为白蛇传存在被改写空间："神话故事往往是一种人性原型，因此，长达数千年之间，依据原型，可以不断在特殊时空及社会背景下演绎出不同的版本。……原型不会消失，却等待新一代的创作者提出更新的挑

---

① 叶舒宪：《神话—原型批评》（译文集），陕西师范大学出版社1987年版，第1—2页。

战。"① "《白蛇传》作为文化原型,还有旺盛的生命力,它还没有被定型,它还等待着有创造力的颠覆者,从颠覆《白蛇传》、解构《白蛇传》为传统原型找到新活力。"② "也许未来《白蛇传》还会发展出更多不同的版本"③。

白蛇传依然具有强大的生命力,将在不断的改写中显示自己的价值。郑宪春指出:"戏剧要想超越时空的限制,则需要后来人的不断改编;新时代的戏剧若想征服观众,则必须突出戏剧的时代精神。其协同与突出,目的是为了调整戏剧与社会的关系,最为关键的是为了调整戏剧主题精神与人们审美理想和审美趣味的关系,这是戏剧艺术的增值过程。"④ 其实不独戏剧,其他文学体裁如小说、影视剧等也是如此,作者可以从不同的角度对白蛇传予以诠释,在其中注入新的元素。王蒙就认为白蛇传"可以做不同的多种解释与戏剧处理":

首先是象征式的,蛇是情爱特别是女子情爱的象征,柔软、缠绵、怨毒、寸断、执着,简直绝了……

其次一种解释是怪圈式的。蛇要爱,但这种爱要伤人。人爱蛇,但又要拯救自己的生命与灵魂,人怕蛇,合情合理。(叫作又爱又怕!)佛(僧)要救人,就要与蛇斗争。人的尴尬处境两难处境就在于活活夹在蛇与佛之中,"蛇还是佛",比哈梦雷特的"活着还是不活着"的问题还要煎熬人。由蛇、人、佛之争出现了生与死,战争与和平,呜呼,《白蛇传》太伟大了!

更可以做弗洛伊德式的解释。……如果法海也爱白娘子呢?

返身再说,佛、人、蛇,不都是人的心理人的意识的幻化吗?白、许、法的厮杀,不正是反映了人们的内心中的暴风雨吗?外宇宙的各种层次,不正是内宇宙的写照吗?

---

① 蒋勋:《舞动白蛇传》,广西师范大学出版社2004年版,第111页。
② 同上书,第118页。
③ 同上书,第111页。
④ 郑宪春:《中国文化与中国戏剧》,湖南人民出版社2007年版,第37页。

第七章
有关传说改写的一些重要理论问题

我们同样不应该排斥道德化的处理：白蛇就是妖，法海就是佛，佛法无边，妖氛终扫。现代化的法海甚至可以指出，路遇便生爱心，闹不好会传染艾滋病的。雄黄酒说不定能防治艾滋病啊！有何不可？[①]

王蒙这段颇具调侃意味的话语却说明了一个严肃的道理：可以从不同的角度对白蛇传进行诠释与改写。王蒙在这篇文章中明确说他"真想写一部《白蛇传》题材的叙事长诗"。

白蛇传的改写，不仅可以在主题、情节、人物形象上做文章，也可以选择不同的体裁，如传统戏曲、话剧、小说、舞蹈、影视等，还可以如王蒙所言，写"叙事长诗"。

社会的发展、文明的进步将给作者们带来更大更自由的创作空间，也将给读者们提供更多的审美选择。具体到白蛇传的改写，不同的作者可以根据自己的理解赋予作品新的主题、情节或人物形象，不同的读者也可以选择自己喜欢的版本，不能武断地厚此薄彼，不能因一己的爱好就否定他者。

需要指出的是，白蛇传存在被改写的可能与白蛇传被改写的事实效果是两回事，不能混为一谈。不能因为某些改写的作品思想腐朽或趣味低下，就武断地认为《白蛇传》要坚持"原版""传统"，不能改写；但也不能随意地草率地改写，创作者要持慎重的态度，仅对白蛇传感兴趣、有改写的热情是不行的，还要提高自己的艺术修养。有论者指出："传统剧目则是已经经过古代作家审美处理，凝聚着古代作家的世界观、人生观、道德观和审美观的局限。今天的作家加以重新处理的时候，就不能不受限制。因为在艺术作品中，作家、艺术家的思想不是抽象的存在，往往是水乳交融地存在于美的形象之中，如果草率地将它变动，美的形象就会遭到破坏。"[②] 这一见解是有道理的。

[①] 王蒙：《〈白蛇传〉与〈巴黎圣母院〉》，《读书》1989年第4期。
[②] 张庚、郭汉城主编：《中国戏曲通论》，上海文艺出版社1989年版，第122页。

白蛇传作为传统剧目已在人们心中形成了比较深的"美"的"印痕",如果"草率"变动,"美的形象就会遭到破坏"。然而如果作者具有新颖别致的见解、较高的艺术功力和严肃认真的态度,就有可能创作出别样的"美"。

附录

本书主要研究的与白蛇传相关的作品

一 小说、戏曲、舞剧、话剧等作品（按时间顺序排列）

1. 《西湖三塔记》,《宋元话本集》,傅惜华选注,四联出版社1955年版。

2. 冯梦龙编著:《白娘子永镇雷峰塔》,《警世通言》,上海古籍出版社1992年版。

3. 黄图珌:《看山阁乐府雷峰塔》,傅惜华编:《白蛇传集》,中华书局1960年版。

4. 方成培:《雷峰塔传奇》,乾隆三十六年(1771年)刊刻("超星读秀"电子文本)。

5. 宋玉山:《雷峰塔奇传》,亦余点校,山西人民出版社1987年版。

6. 陈遇乾:《绣像义妖全传》,陈士奇、俞秀山评定,同治八年刻本。

7. 佚名:《义妖传后集》,上海文益书局民国8年(1919年)。

8. 梦花馆主:《白蛇全传》,岳麓书社2006年版。

9. 向培良:《白蛇与许仙》(《传说的独幕剧》),《北新》半月刊四卷第七期,1930年4月。

10. 高长虹：《白蛇》，《长虹周刊》第十九期（1929年6月8日）。

11. 指铭：《许仙与白娘娘》，《民间旬刊》1931年第44期。

12. 顾一樵：《白娘娘》，商务印书馆1938年版。

13. 谢颂羔编著：《雷峰塔的传说》（《白娘娘》），竞文书局1939年版。

14. 秋翁：《新白蛇传》，《万象》1942年第12期。

15. 卫聚贤：《雷峰塔》，说文社出版部1945年版。

16. 包天笑：《新白蛇传》，连载于《茶话》1948年第26期至1949年第35期。

17. 刘念渠：《白娘子》，《春秋》1949年第1—4期。

18. 田汉：《金钵记》，中华书局1950年版。

19. 田汉：《白蛇传》（十六场京剧），《田汉文集》第10卷，中国戏剧出版社1983年版。

20. 田汉：《白蛇传 京剧》（二十四场），《剧本》1953年第8期。

21. 徐菊华改编：《白娘子 京剧剧本》（草本），东北戏曲新报社1950年版。

22. 姚昕编撰、江栋良绘图：《白娘子》，广益书局、民众书店1950年版。

23. 何迟、林彦：《新白蛇传 京剧》，上海杂志公司1951年版。

24. 苗培时：《白蛇传 评剧》，北京宝文堂书店1954年版。

25. 张沛、沈毅改编：《晋剧 白蛇传》，山西人民出版社1954年版。

26. 袁多寿：《白蛇传：秦腔剧本》，东风文艺出版社1955年版（1962年重印）。

27. 华东戏曲研究院编审室改编：《白蛇传》，上海文化出版社1955年版。

28. 张恨水：《白蛇传》，通俗文艺出版社1955年版。

29. 王景中改编：《豫剧 白蛇传》（常香玉演出本），河南人民出版社1956年版。

30. 赵清阁：《白蛇传》，上海文化出版社1956年版。

31. 丁西林：《雷峰塔》，《丁西林剧作全集 下》，中国戏剧出版社1985年版。

32. 唐山专区皮影社剧目组整理：《白蛇传 皮影剧本》，河北人民出版社1958年版。

33. 丁汉稼改编：《白蛇传 扬剧》，江苏人民出版社1958年版。

34. 马少波：《白娘子出塔》，《剧本》1992年第3期。

35. 重庆市戏曲工作委员会编：《川剧 白蛇传》，重庆人民出版社1957年版。

36. 杨鹤斋改编：《白蛇传 秦腔》，长安书店1954年版。

37. 苏州市戏曲研究室编印：《白蛇传》，《苏剧前滩 第六集》，1960年印。

38. 王健民、马仲怡改编：《白蛇传 淮剧》，上海文艺出版社1961年版。

39. 泉州市高甲戏剧团剧目工作组：《许仙谢医》，《剧本》1961年第5期。

40. 朱今明、赵慧深：《白娘子》，《电影创作》1962年第5期。

41. 里果整理：《白蛇传 二人转》，春风文艺出版社1962年版。

42. 哈尔滨市评剧院改编：《白蛇传》，《中国地方戏曲集成》（辽宁省、吉林省、黑龙江省卷），中国戏剧出版社1963年版。

43. 武汉市楚剧团改编：《白蛇传》，《湖北地方戏曲丛刊 第21集》，湖北人民出版社1960年版。

44. （香港）刘以鬯：《蛇》，《刘以鬯实验小说》，中国人民大学出版社1994年版。

45. 大荒：《雷峰塔》，《幼狮文艺》1974年第9期。

46. 李乔：《情天无恨——白蛇新传》，人民文学出版社1992年版。

47. 萧赛编：《青蛇传》，花城出版社1988年版。

48. 李碧华：《青蛇》，天津人民出版社2005年版。

49. 林怀民编导：云门舞剧《白蛇传》，1975 年 9 月新加坡国家剧场首演（录像 http：//www. tudou. com/playlist/playindex. do？lid＝6974266＆iid＝12377225＆cid＝23）。

50. 田启元：《白水》，《狂睡五百年——临界点剧象录剧本创作集 1》，（台北市）临界点剧象录 2002 年版。

51. 田启元编导：《白水》，1993 年 7 月台北永琦东急百货的万象厅演出。

52. 田启元编导：《水幽》（五人版），1995 年 5 月台北市立美术馆前演出（录像 http：//catalog. digitalarchives. tw/dacs5/System/Exhibition/Detail. jsp？OID＝3112742）。

53. 田启元编导：《水幽》（七人版），1995 年 11 月，台北市幼狮文艺中心演出（录像 http：//catalog. digitalarchives. tw/dacs5/System/Exhibition/Detail. jsp？OID＝3112743）。

54. 高舜英：《青蛇传》（京剧），《剧影月报》1994 年 9 月。

55. 吴佩倩编导：爵士舞剧《白蛇传》，1996 年由台湾吴佩倩舞极舞蹈团创作排演。

56. 严歌苓：《白蛇》，《十月》1998 年第 5 期。

57. 罗怀臻：《许仙与白蛇》，《上海艺术家》1998 年第 6 期。

58. 孙蓉蓉编著：《白蛇传》，江苏古籍出版社 2000 年版。

59. 芭蕉：《白蛇·青蛇》，《水妖》，天津人民出版社 2001 年版。

60. 罗怀臻编剧、雷国华导演、宁波艺术剧院小百花越剧团演出：《蛇恋》，2003 年 8 月。

61. 赵雪君：《祭塔》（剧本），《毕业作品集》，台湾大学戏剧研究所 2005 年版。

62. 包作军：《白蛇后传》，《2005 年中国微型小说精选》，长江文艺出版社 2006 年版。

63. 李锐：《人间：重述白蛇传》，重庆出版社 2007 年版。

64. 周蜜蜜：《蛇缠》，《香港文学》2008 年 1 月号。

65. 陈庆龙：《蛇的女儿》，（马来西亚）大将出版社 2009 年版。

66. 罗湘歌：《白蛇》，《青年文学》2009 年第 12 期。

67. 邱振刚：《许仙日记》，《作品》2014 年第 2 期。

68. 吴锦：《白娘子新传》，天津古籍出版社 2014 年版。

69. 沈士钧：《青蛇新传》，群众出版社 2014 年版。

二　影视作品（按时间顺序排列）

1. 电影《白蛇传》，导演：邵醉翁，编剧：邵山客，主演：胡蝶、金玉如、吴素馨、魏鹏飞等，天一公司，1926—1927 年。

2. 电影《白蛇传》，导演：杨小仲，主演：陈燕燕、孙敏、童月娟等，华新影片公司，1939 年。

3. 电影《白夫人之妖恋》，导演：丰田四郎，主演：池部良、八千草薰、李香兰（山口淑子）等，1956 年。

4. 动画片《白娘子的传说》（《白蛇传》），1958 年。

5. 黄梅调电影《白蛇传》，导演：岳枫，编剧：葛瑞芳，主演：林黛、赵雷、杜娟、杨志卿等，邵氏兄弟（香港）有限公司，1962 年。

6. 电影《真白蛇传》，执行导演：陈志华，编导：司马克，主演：林青霞、秦祥林等，1978 年。

7. 电影京剧戏曲片《白蛇传》，导演：傅超武，编剧：田汉，主演：李炳淑、陆柏平、方小亚等，上海电影制片厂，1980 年。

8. 舞台剧《白蛇传》，由罗文独资监制的香港首部粤语歌舞台剧，主演：汪明荃、罗文、米雪等，1982 年。

9. 电影《青蛇》，导演：徐克，编剧：李碧华、徐克，主演：张曼玉、王祖贤、赵文卓等，上海电影制片厂、香港思远影业公司，1993 年。

10. 电视剧《新白娘子传奇》，导演：夏祖辉、何麒，编剧：贡敏，主演：赵雅芝、叶童、陈美琪等，中国台湾电视公司，1992 年。

11. 电视剧《白蛇后传之人间有爱》，新加坡新传媒集团，1994 年。

12. 电视剧《青蛇与白蛇》，导演：赖义璋，主演：焦恩俊、范文芳、张玉嬿、李铭顺、宋达民等，1999 年。

13. 电视剧《白蛇传》，导演：吴家骀（台湾），主演：刘涛、潘粤明、陈紫函等，中央电视台中国电视剧制作中心，2006 年。

三　连环画作品（按时间顺序排列）

1. 任率英绘画：16 幅彩色连环年画《白蛇传》，20 世纪 50 年代初。

2. 赵宏本、刘锡永、林雪岩绘画：《白蛇传》，上海人民美术出版社 1954 年版。

3. 秀公、新昌绘画：《白娘子》，江苏人民出版社 1979 年版。

4. 路南改编，孟庆江绘画：《白蛇传》，人民美术出版社 1981 年版。

5. 颜梅华、颜志强等绘画：《白蛇传》，浙江人民美术出版社 1981 年版。

6. 王建、王月琴绘画：《白蛇传》，河北人民出版社 1981 年版。

7. 上海电影制片厂改编：电影连环画册《白蛇传》，中国电影出版社 1981 年版。

8. 孙昌茵绘画：《白蛇传》，上海人民美术出版社 1981 年版。

9. 万一兵绘画：《白娘子下山》，四川人民出版社 1981 年版。

10. 姜录绘画：《白蛇传》，黑龙江人民出版社 1982 年版。

11. 董天野绘画：《白蛇传》，人民美术出版社 2004 年版。

参考文献

一　中文文献（按责任者姓名的拼音顺序排列）

1. 阿英：《雷峰塔传奇叙录》，中华书局 1960 年版。

2. 蔡春华：《中日文学中的蛇形象》，上海三联书店 2004 年版。

3. 陈白尘、董健：《中国现代戏剧史稿》，中国戏剧出版社 1989 年版。

4. 陈建宪：《神祇与英雄——中国古代神话的母题》，生活·读书·新知三联书店 1994 年版。

5. 邓启耀：《中国神话的思维结构》，重庆出版社 2004 年版。

6. 丁乃通：《中国民间故事类型索引》，春风文艺出版社 1983 年版。

7. 何星亮：《中国图腾文化》，中国社会科学出版社 1992 年版。

8. 贺学君：《中国四大传说》，浙江教育出版社 1987 年版。

9. 胡士莹：《话本小说概论》，中华书局 1980 年版。

10. 胡士莹：《弹词宝卷书目》，上海古籍出版社 1984 年版。

11. 黄裳：《西厢记与白蛇传》，平明出版社 1953 年版。

12. 季羡林：《比较文学与民间文学》，北京大学出版社 1991 年版。

13. 贾志刚：《迈向现代的古老戏剧》，中国戏剧出版社 1996 年版。

14. 江苏人民出版社编辑：《金山民间传说》，江苏人民出版社 1980 年版。

15. 蒋勋：《舞动白蛇传》，广西师范大学出版社 2004 年版。

16. 李刚：《谈白蛇传》，通俗文艺出版社 1956 年版。

17. 李扬编：《作家文学与民间文学》，中国海洋大学出版社 2004 年版。

18. 刘守华：《中国民间故事史》，湖北教育出版社 1999 年版。

19. 刘振兴总主编：《白蛇传文化集粹论文卷》，江苏文艺出版社 2007 年版。

20. 罗钢：《叙事学导论》，云南人民出版社 1994 年版。

21. 罗永麟：《论中国四大民间故事——兼论民间文学与文人文学的关系》，中国民间文艺出版社 1986 年版。

22. 潘江东：《白蛇传说研究》，（台湾）学生书局 1985 年版。

23. 宋宝珍：《残缺的戏剧翅膀：中国现代戏剧理论批评史稿》，北京广播学院出版社 2002 年版。

24. 孙琦、陈勤建编：《白娘子传说》，中国社会出版社 2006 年版。

25. 孙庆升：《中国现代戏剧思潮史》，北京大学出版社 1994 年版。

26. 谭正璧、谭寻编著：《弹词叙录》，上海古籍出版社 1981 年版。

27. 谭正璧：《话本与古剧》，上海古籍出版社 1981 年版。

28. 唐新民主编：《白蛇传文化集粹 异文卷》，江苏文艺出版社 2007 年版。

29. 田本相主编：《中国现代比较戏剧史》，文化艺术出版社 1993 年版。

30. 温奉桥编：《现代性与 20 世纪中国文学》，中国海洋大学出版社 2004 年版。

31. 谢选骏：《神话与民族精神》，山东文艺出版社 1986 年版。

32. 叶舒宪编：《神话——原型批评》，陕西师范大学出版社 1987 年版。

33. 袁珂：《中国神话传说》，人民文学出版社 1998 年版。

34. 袁进：《中国文学观念的近代变革》，上海社会科学院出版社 1996 年版。

35. 张庚、郭汉城主编：《中国戏曲通史》，中国戏剧出版社 1980 年版。

36. 赵景深等：《白蛇传研究资料》，（台北）天一出版社 1991 年版。

37. 赵景深：《弹词考证》，商务印书馆 1938 年版。

38. 郑宪春：《中国文化与中国戏剧》，湖南人民出版社 2007 年版。

39. 中国民间文艺研究会浙江分会编：《〈白蛇传〉故事资料选〈白蛇传〉研究资料之二》，1983 年 5 月。

40. 中国民间文艺研究会浙江分会编：《〈白蛇传〉故事资料选〈白蛇传〉研究资料之三》，1983 年 5 月。

41. 中国民间文艺研究会浙江分会编：《〈白蛇传〉论文集》，浙江古籍出版社 1986 年版。

42. 钟敬文主编：《民间文学概论》，上海文艺出版社 1980 年版。

43. 锺明德：《继续前卫——寻找整体艺术和当代台北文化》，（台北）书林出版社 2001 年版。

44. 朱眉叔：《白蛇系列小说》，辽宁教育出版社 1992 年版。

45. 朱光潜：《悲剧心理学》，人民文学出版社 1983 年版。

46. 朱光潜：《谈文学》，安徽教育出版社 2006 年版。

二 外国文献（按责任者姓名的拼音顺序排列）

1. ［英］珀·卢伯克、爱·福斯特、爱·缪尔：《小说美学经典三种》，方土人、罗婉华译，上海文艺出版社 1990 年版。

2. ［英］戴维·洛奇：《小说的艺术》，王峻岩译，作家出版社 1998 年版。

3. ［英］E.M. 福斯特：《小说面面观》，苏炳文译，花城出版社

1984年版。

4. ［德］F. 席勒：《审美教育书简》，冯至、范大灿译，北京大学出版社1985年版。

5. ［英］吉利恩·比尔：《传奇》，邹孜彦、肖遥译，昆仑出版社1993年版。

6. ［美］利昂·塞米利安：《现代小说美学》，宋协立译，陕西人民出版社1987年版。

7. ［加拿大］诺思罗普·弗莱：《批评的解剖》，陈慧、袁宪军、吴伟仁译，百花文艺出版社2006年版。

8. ［日］坪内逍遥：《小说神髓》，刘振瀛译，人民文学出版社1991年版。

三 学位论文（按时间顺序排列）

1. 梁淑静：《〈白蛇传〉与〈蛇性之淫〉的研究》，硕士、博士学位论文，（台湾）文化大学，1980年。

2. 中田妙叶：《〈白蛇传〉的创作与人民思想的关系》，硕士、博士学位论文，北京大学，1996年。

3. 林丽秋：《论雷峰塔白蛇故事的演变》硕士、博士学位论文，（台湾）中山大学，2000年。

4. 李桂芬：《白蛇戏曲比较研究》，硕士、博士学位论文，台湾大学，2001年。

5. 王碧兰：《田汉〈白蛇传〉剧本研究》，硕士、博士学位论文，（台湾）中国文化大学，2001年。

6. 李耘：《白蛇传故事嬗变研究》，硕士、博士学位论文，首都师范大学，2002年。

7. 袁益梅：《方成培〈雷峰塔〉传奇研究》，硕士、博士学位论文，郑州大学，2003年。

8. 范金兰：《"白蛇传故事"型变研究》，硕士、博士学位论文，（台湾）政治大学，2002年。

9. 孟梅：《白蛇传说戏剧嬗变过程的文化研究》，硕士、博士学位论文，中国传媒大学，2005年。

10. 平怡云：《〈白水〉与〈雷峰塔传奇〉二剧之意识形态符号学研究》，硕士、博士学位论文，(台湾)东华大学，2006年。

11. 张万丽：《〈白蛇传〉青蛇形象的流变及演绎初探》，硕士、博士学位论文，西南交通大学，2007年。

12. 张丽：《白蛇传故事探微》，硕士、博士学位论文，中央民族大学，2007年。

13. 郭应斌：《〈雷峰塔白蛇故事〉戏剧与文本斠疑》，硕士、博士学位论文，(台湾)逢甲大学，2008年。

14. 林新荣：《基于镇江历史文化的〈白蛇传〉故事研究》，硕士、博士学位论文，山东大学，2008年。

15. 夏蕙筠：《白蛇传研究——以重要文本的分析与比较为中心》，硕士、博士学位论文，复旦大学，2008年。

16. 孙正国：《媒介形态与故事建构——以〈白蛇传〉为主要研究对象》，硕士、博士学位论文，上海大学，2008年。

四　期刊、报纸论文（按时间顺序排列）

1. 鲁迅：《论雷峰塔的倒掉》，《语丝》周刊1924年第1期。

2. 戴不凡：《评"金钵记"》，《人民日报》1952年9月12日。

3. 陈丁沙：《对修改演出〈白蛇传〉的意见》，《光明日报》1952年5月23日。

4. 沈仁杰：《〈白蛇传〉试论》，《解放日报》1952年5月31日。

5. 李岳南：《论白蛇传神话及其反抗性》，《新华月报》1952年4卷1期。

6. 梦殷：《综论白蛇传的报恩问题及其他》，《大公报》1952年10月28日。

7. 阿英：《谈许仙的转变》，《文艺报》1952年第23期。

8. 张庚：《关于〈白蛇传〉故事的改编》，《文艺报》1952年第 23 期。

9. 戴不凡：《试论〈白蛇传〉故事》，《文艺报》1953 年第 11 期。

10. 杨刚：《评越剧〈白蛇传〉》，《文艺报》1953 年第 23 期。

11. 程毅中：《从神话传说谈到白蛇传》，《革命日报》1954 年 4 月 12 日。

12. 适越：《被剥落的神话色泽》，《光明日报》1956 年 11 月 3 日。

13. 颜长河：《试论〈白蛇传〉悲剧中许仙的性格》，《戏曲研究》，1959 年第 5 期。

14. 赵锡骅：《川剧〈白蛇传〉的特色》，《文汇报》1959 年 9 月 4 日。

15. 卫明：《别具风格的川剧〈白蛇传〉》，《戏剧报》1959 年第 19 期。

16. 刘尽生：《赞秦腔〈烙碗计〉和〈断桥〉》，《解放日报》1959 年 11 月 8 日。

17. 彭松：《看川剧〈白蛇传〉的〈托举〉有感》，《舞蹈》1960 年第 1 期。

18. 关凌岚：《〈白蛇传〉的艺术典型与悲剧的成因——与颜长河同志商榷》，《戏剧研究》1960 年第 2 期。

19. 李亚群：《继承和创造——在〈峨嵋〉编辑部召开的〈白蛇传〉座谈会上的发言》，《峨嵋》1960 年第 4 期。

20. 赵景深：《华彩纷披〈白蛇传〉》，《新民晚报》1961 年 10 月 16 日。

21. 俞振飞：《〈白蛇传〉中的三个许仙》，《解放日报》1961 年 10 月 21 日。

22. 唐真：《扬剧〈白蛇传〉的艺术特色》，《上海戏剧》1962 年第 6 期。

23. 洪非：《方成培与〈白蛇传〉》，《安徽文学》1963 年第 5 期。

24. 吕兆康：《〈白蛇传〉和戏曲》，《文汇报》1979 年 2 月 18 日。

25. 杨世祥：《〈白蛇传〉演变的启示》，《戏剧文学》1981年第5期。

26. 陈大海：《白蛇和她的悲剧——读方成培〈雷峰塔〉札记》，《中山大学学报》（社会科学版）1982年第4期。

27. 杨刚：《评越剧〈白蛇传〉》，《福建师范大学学报》（哲学社会科学版）1982年第3期。

28. 李悔吾：《〈雷峰塔〉传奇试论》，《湖北大学学报》（哲学社会科学版）1983年第1期。

29. 吴同宾：《白蛇是怎样由丑变美的》，《研究戏曲》1984年第7期。

30. 陈建宪：《从淫荡的蛇妖到爱与美的化身——论东西方〈白蛇传〉中人物形象的演化》，《华中师范大学学报》（人文社会科学版）1987年第2期。

31. 陈建宪：《女人与蛇——东西方蛇女故事研究》，《民间文学论坛》1987年第3期。

32. 夏雄彪：《〈雷峰塔〉传奇的悲剧美》，《湖北大学学报》（哲学社会科学版）1987年第2期。

33. 贾芝：《从〈白蛇传〉的演变看民间文学的整理改编问题》，《烟台大学学报》（哲学社会科学版）1988年第1期。

34. 罗永麟：《〈白蛇传〉与中国传统文化的冲突及其悲剧价值》，《民间文学季刊》1989年第3期。

35. 张守清：《论川剧〈白蛇传〉的审美价值》，《四川戏剧》1989年第5期。

36. 王蒙：《〈白蛇传〉与〈巴黎圣母院〉》，《读书》1989年第4期。

37. 王晓华：《白蛇传与民族悲剧无意识》，《民间文学论坛》1990年第4期。

38. 吕洪年：《论〈白蛇传〉故事的"世俗化"倾向》，《浙江大学学报》（人文社会科学版）1990年第1期。

39. 方梅：《白蛇传故事流变的文化心理分析》，《宁夏社会科学》1990 年第 4 期。

40. 郑劲松：《人仙妖之恋——试论中国四大民间故事的共性结构描写及其文化内涵》，《中国民间文化》1991 年第 4 期。

41. 计文蔚：《试论黄图珌的〈雷峰塔传奇〉》，《戏剧艺术》1993 年第 4 期。

42. 林波：《川剧〈白蛇传〉艺术创新三题》，《四川戏剧》1994 年第 2 期。

43. 殷企平：《谈"互文性"》，《外国文学评论》1994 年第 2 期。

44. 龙永干：《白蛇传故事流变及近作刍议》，《绵阳师范高等专科学校学报》1995 年第 1 期。

45. 刘宁波：《兽性与人性：人与异类婚恋故事之人类学建构》，《民间文学论坛》1995 年第 2 期。

46. 金登才：《〈雷峰塔〉：市民英雄悲剧》，《戏剧艺术》1996 年第 4 期。

47. 程锡麟：《互文性理论概述》，《外国文学》1996 年第 1 期。

48. 史天虹：《略谈互文性和独创性的统一》，《杭州大学学报》（哲学社会科学版）1997 年 S1 期。

49. 陈泳超：《〈白蛇传〉故事的形成过程》，《艺术百家》1997 年第 2 期。

50. 李紫贵：《田老写〈白蛇传〉始末》，《中国戏剧》1998 年第 7 期。

51. 黄念然：《当代西方文论中的互文性理论》，《外国文学研究》1999 年第 1 期。

52. 王轶冰：《白蛇传故事的文化意蕴》，《廊坊师范学院学报》1999 年第 4 期。

53. 虞卓娅：《〈雷峰塔〉传奇与〈雷峰宝卷〉》，《浙江海洋学院学报》（人文科学版）1999 年第 4 期。

54. 谢忠燕：《人妖恋故事模式的延伸——论方本传奇〈雷峰

塔〉》，《重庆师院学报》（哲学社会科学版）2000年第1期。

55. 蔡春华：《中日两国的蛇精传说——从〈白娘子永镇雷峰塔〉与〈蛇性之淫〉谈起》，《中国比较文学》2000年第4期。

56. 罗婷：《论克里斯多娃的互文性理论》，《国外文学》2001年第4期。

57. 陈岸峰：《李碧华〈青蛇〉中的"文本互涉"》，《二十一世纪》2001年第65期。

58. 马紫晨：《〈白蛇传〉故事研究现状及其本源试析》，《中州今古》2002年第2期。

59. 赵连元：《象征结构与永恒母题——〈拉弥亚〉与〈白蛇传〉的美学比较》，《首都师范大学学报》（社会科学版）2002年第2期。

60. 朱万曙：《〈雷峰塔〉的梨园本与方成培改本》，《安徽大学学报》（哲学社会科学版）2002年第4期。

61. 李玉平：《互文性批评初探》，《文艺评论》2002年第5期。

62. 陈永国：《互文性》，《外国文学》2003年第1期。

63. 袁益梅：《白蛇传故事的文化渊源》，《殷都学刊》2003年第1期。

64. 陈毅勤：《从〈西湖三塔记〉到〈白蛇传〉》，《承德民族师专学报》2003年第4期。

65. 陈毅勤：《文艺作品是社会的一面镜子——再论〈白蛇传〉故事的演变》，《承德民族师专学报》2004年第1期。

66. 秦海鹰：《互文性理论的缘起与流变》，《外国文学评论》2004年第3期。

67. 潘少瑜：《雷峰塔倒，白蛇出世——白蛇形象演变试析》，《中国文学研究》2005年第14期。

68. 朱瑛：《漫谈传统名剧〈白蛇传〉》，《剧作家》2005年第5期。

69. 谢谦：《白蛇传：民间传说的三教演绎》，《四川师范大学学报》（社会科学版）2005年第6期。

70. 顾晓辉：《〈拉米亚〉与〈白蛇传〉之比较论》，《徐州师范大学学报》（哲学社会科学版）2006年第2期。

71. 罗戎平：《白蛇传：从蛇图腾到具有反叛力的女性话语》，《镇江高专学报》2006年第4期。

72. 袁益梅：《方成培〈雷峰塔〉传奇中白娘子形象成因》，《河北理工学院学报》（社会科学版）2006年第2期。

73. 王路平：《从传奇〈雷峰塔〉几种版本看白娘子形象的嬗变》，《戏曲研究》2007年第2期。

74. 朱振东：《从田汉先生〈白蛇传〉剧本创作看许仙人物形象塑造》，《戏曲艺术》2007年第3期。

75. 尚丹方：《方本传奇〈雷峰塔〉中人与异类关系解读》，《山西农业大学学报》（社会科学版）2007年第4期。

76. 郭玉华：《〈雷峰塔〉的反向叙述与正史意图》，《齐鲁学刊》2007年第6期。

77. 董上德：《"白蛇传故事"与重释性叙述》，《中山大学学报》（社会科学版）2007年第6期。

78. 王澄霞：《〈白蛇传〉的文化内涵和白娘子形象的现代阐释》，《扬州大学学报》（人文社会科学版）2008年第1期。

79. 孙正国：《媒介视野下〈白蛇传〉的现代传承》，《文化遗产》2008年第4期。

80. 董春风：《对人心的拷问与探索——评李锐的长篇小说〈人间：重述白蛇传〉》，《当代文坛》2008年第4期。